第三十七章　盛宠：引凤台..................313
第三十八章　梦碎：姻缘破..................322
第三十九章　设计：夺子心..................331
第四十章　　芳逝：玉人泪..................340

第四十一章　遇刺：浴佛节..................350
第四十二章　心计：夺皇子..................361
第四十三章　及笄：征尘远..................370
第四十四章　结亲：选兄嫂..................377

第四十五章　忧心：被困栖霞关..............387
第四十六章　封妃：百日宴..................395
第四十七章　选秀：风波起..................403
第四十八章　中毒：揪元凶..................412

第四十九章　主谋：水落石出................423
第五十章　　选秀：千千色..................436
第五十一章　争宠：各显其能................443
第五十二章　凯旋：和谈始..................451

第五十三章　赐婚：尘埃定 459
第五十四章　比试：一箭定江山（上）..................... 465
第五十五章　比试：一箭定江山（中）..................... 474
第五十六章　比试：一箭定江山（下）..................... 483

第五十七章　密谋：破盟约（上）............................ 492
第五十八章　密谋：破盟约（中）............................ 504
第五十九章　密谋：破盟约（下）............................ 512
第六十章　相许：一世心 528

第六十一章　清剿：风波起 534
第六十二章　陷阱：露水香（上）............................ 541
第六十三章　陷阱：露水香（中）............................ 551
第六十四章　陷阱：露水香（下）............................ 559
第六十五章　完结：凤临天 579

第三十七章　盛宠：引凤台

应国的冬季若是适应了也不是那么难熬。深居简出，闲时看看雪景，看看书，倒也过得逍遥。大雪过后一连几日晴天，永华殿中的宫女们都把被褥拿出来晒。聂无双懒洋洋依着美人榻，看着窗外的宫女们边晒被子，边玩闹嬉戏，不由得含了一丝浅笑。

杨直绕过嬉闹的宫女走到她跟前，聂无双看他的面色，知道他有话要说，便与他慢慢向永华殿后的一小丛梅园走去。

"有什么事么？"聂无双一边走一边问道。

杨直躬身道："奴婢打听到一个消息，好像皇后要赦了云充媛的禁足。"

聂无双脚下一顿道："这事是真的？"

卑也不明白皇后娘娘的这个举动，也许是因为年岁将近了。

不宫中又会多事了。"

，这后宫中，唯一不怕的是多事，唯有惧怕的是多事的人。肃凤溟下了圣旨，解了云充媛的禁足。被关了足足三四个月的云充媛这才得见天日。

聂无双去向皇后请安。彼时她来得不算太早，刚进来仪宫就看见一顶肩辇停在了宫门外。她以为是敬妃来了，心中暗道今日敬妃来得好早，可进了宫妃常拜见皇后的花厅，却不见敬妃也不见皇后。

"皇后娘娘呢？"聂无双问一旁的宫妃。

那妃子嗑着瓜子，哼了一声："在里面呢。"她神色间带着不屑与愤恨，"今天还有一位稀客，娇客，贵客呢！"

她一连说了三个客，嘲讽之味甚浓。聂无双略略一想，就知道今日来了谁。

她抿了口茶水，不紧不慢地吹着茶盏中的浮叶，笑道："这么说，云充媛今日来是特

地向皇后娘娘谢恩了？"

"可不是么？挺着个大肚子，好像里面怀的不是孩子，是金子！"那妃子说得极不客气，但是终究不敢大声。

聂无双听了，忽地板着脸："错了。"

那妃子本就是随口说两句泄愤，却没想到聂无双听了以后，看起来那么严肃。不由得讪讪。

聂无双看见她紧张得解释不清楚，这才慢悠悠地道："这云充媛肚子里怀的可不是金子，而是比金子更加金贵的龙种呢。"

正说话间，皇后走了出来，在她身后跟着一位素色衣裳的妃子。聂无双定睛一看，不由得微微吃惊。

只见云充媛如今瘦得可怕，只挺着个大肚子，瘦削的身形，配上如此突兀的圆球样的小腹，更觉得她瘦骨伶仃。她慢慢走来，一双眼睛隐隐带着熠熠的光，看上去竟有些吓人。她跟在皇后身后，像是在说什么，身子微躬，谦卑得令聂无双觉得看到的这个人不是她。皇后走在前面，由女官围绕着，边听边含笑点头。

待到了花厅中，皇后笑道："都来见见云充媛。"

云充媛从她身后走出，后到的宫妃都忍不住惊讶起来。云充媛目光木然地扫过众人，忽地把目光定在了聂无双的面上。

聂无双迎上她的目光，嫣然一笑，上前道："几个月不见，云充媛可好？"

云充媛看了她一眼，慢慢福身，口中谦卑地道："臣妾拜见莲嫔娘娘。"

聂无双笑了笑："云充媛不必多礼。"曾经清高傲然的云妃，如今竟也能低头俯首，这实在是令人怀疑。

事反之则为妖，聂无双坐在自己的位置上，不住地打量她的一举一动。但云充媛好像真的变了个人似的，谁问她话，她都十分有礼温和。今日是大寒节气，雅婕妤也挺着肚子前来拜见皇后。

皇后看着她们两人，端庄的面上露出笑容："你们两位孕育皇嗣有功，看谁先生出皇子，本宫就奏禀皇上，让皇上晋你们的位份。"

雅婕妤眼中一亮，连忙谢恩。

云充媛忽地跪下："臣妾不敢，臣妾有罪在身，若是生出皇子，愿让娘娘教养。"

此话一出众妃纷纷变了脸色。这云充媛分明就是铁了心要把自己的孩子送给皇后了。众妃窃窃私语，一道道目光不停在云充媛与皇后脸上来回扫射，猜测其中的隐情。

皇后怔忪了下，终究是经过大场面的人，随即温和笑道："云充媛言重了，这胎若是皇子，本宫也不敢担当。一来本宫要统领后宫事务，无法分身，二来本宫已有了大皇子，教养皇子责任重大，恐怕云充媛还要另找他人。"

云充媛也不勉强，磕了个头就退了下去，只剩下雅婕妤尴尬地站在一旁，她至今未曾表态过这种问题。她想了想，终究还是保持沉默。有哪个做母亲的肯心甘情愿说出把自己孩子送人的话来？

她面色黯然地坐在众妃之中，这一幕都被聂无双看在眼中。等众妃散了以后，聂无双上前扶着她的手，安慰道："雅妹妹别把教养孩子的事放在心上，毕竟皇上还没下旨。一切还有转机。"

雅婕妤勉强笑了笑道："娘娘不必安慰臣妾了，臣妾自知自己才德浅薄，无法教养自己的孩子，恐怕到时候还是得由皇上安排。"

聂无双顿了顿："若是皇子自然是无法自己教养，若是公主也许皇上会网开一面，由你自己教养，所以雅妹妹还是放宽心吧。养好身体才是正经。"

雅婕妤感激地握了她的手叹道："终究是十月怀胎，臣妾可下不了像云充媛这样的狠心，唉……"

她又与聂无双说了一番话，这才离开。聂无双看着她惆怅的身影渐渐走远，这才慢慢向宫中走去。云充媛的巨大改变令她心存疑惑，不明白她到底是为什么说出那样一段话来。

聂无双一路走一路想，只觉得头疼，待走过了皇后的来仪宫，她在一处精美的拱门拐角碰到了回宫的云充媛。云充媛慢慢走着，时不时停下来坐着歇息，几位内侍抬着的肩辇远远跟着，看样子是她不愿意坐肩辇。在应国后宫中，只有嫔以上的才有资格乘坐肩辇，聂无双走惯了，不愿意备辇，而云充媛自从从妃贬为充媛后，因为她身怀有孕，又素有心疾，皇上这才没撤去她乘坐肩辇的资格。

聂无双见她走得这样慢，有心要改道，但是凝神一看，那云充媛分明是故意走在她惯常回宫的路上。明芙宫的方向根本不是取道这里。

原来，她走得这么慢，不过是因为在等着她而已。

聂无双在心中冷冷一笑，慢慢上前，既然她都如此用心等着她了，何不遂了她的心愿？聂无双由夏兰与茗秋扶着，慢慢走上前。经过云充媛身边的时候，她目不斜视地走过。眼角的余光中，她看见云充媛眼中射出怨毒的光来。

"等等！"聂无双走过，身后响起云充媛的声音。

聂无双停下脚步，然后慢慢转过身："啊，原来是云充媛。"

云充媛挺着肚子冷傲地上前，她眼光又嫉又恨地打量了聂无双，今日聂无双穿着一袭厚而艳丽的霞锦制成的短襦，下身穿着六幅绣百鸟长裙，裙子上的花鸟栩栩如生，一看就是用真的翠羽绣成，十分精美华丽。她外罩嫣红色披风，披风边缘还缀着一圈雪白的雪狐毛，她笼在披风中，肤色赛雪，眉眼若描画，美得令人窒息。

聂无双一动不动由她打量着，今日的云充媛从头到脚都没了往日的气势，穿的，打扮

的都统统落入了俗流,她想不通,难道从高处跌落就只能这般狼狈么?

云充媛屏退了众宫女,上前一步,直视着聂无双的眼睛:"莲嫔娘娘看到臣妾这样,心中一定觉得非常快意吧?"

聂无双淡淡打量了她一下,点了点头:"是,今日云充媛心中有多失落,本宫就有多快意。"

云充媛见她直言不讳,不由得倒吸一口冷气:"聂无双你!——"

聂无双微微一笑:"云充媛应该称呼本宫为娘娘,而不是直呼其名。不是吗?慕容芙?"

她红唇一勾:"如果云充媛今日是来兴师问罪的话,本宫劝你还是免了吧。"

她转身要走,身后响起云充媛怨毒的声音:"你夺走了他!"

聂无双顿住脚步,看着云充媛狰狞的脸,惋惜地摇了摇头:"若他是属于你的,谁人也夺不走,若不是你的,你也绝无可能霸占一辈子,这样浅显的道理云充媛若是还不明白,以后恐怕会过得更加凄惨。"

"是吗?"云充媛忽地哈哈笑起来,因瘦削而颧骨高耸的脸上神色疯狂,一双眼中带着令人费解的执拗,"要不是你与那玉嫔捣乱,他怎么可能知道当年的真相?就是你夺走了他对我的宠爱,就是你!"

"聂无双,你以为你夺去他,他对你的宠爱就能长久了吗?哈哈……你这个人尽可夫的贱女人,你这被休下堂的糟糠,你如果能生,他天天宠幸你,怎么一点消息也没有?哈哈……"

聂无双冷冷看着她发疯,云充媛尖尖的指甲几乎要戳到了她的脸上,聂无双厌恶地避开,转身就走。云充媛在她身后高声叫骂,满口污言秽语。

她不容易有身孕这事并不算是什么大事,顶多被人拿来作攻击她的话罢了,只是云充媛一会要把自己的孩子送给皇后,一会又跑来骂她,这分明是受了别人的唆使。

聂无双冷冷地笑了起来。看来唆使云充媛那人不整倒她是不会善罢甘休的了。心情陡然亮了起来,聂无双拍了拍手:"回宫吧,今天这事就不必让皇上知道了,告诫下去,听到云充媛骂本宫的宫人都嘴巴闭紧一点。"

夏兰疑惑:"那娘娘不是平白让云充媛骂了吗?"

聂无双微微一笑,拢了拢身上的披风:"放心,自然会有有心人替本宫告诉皇上的。我们坐等看戏就好了。"

过了一两日,果然云充媛谩骂聂无双的事不知怎么让皇上知道了,皇上下了口谕斥责她毫无贤淑的品德,责令她向聂无双道歉,口谕中又训斥她不顾大局,私自决定未出世皇子的教养,其心可诛。

云充媛好不容易被解了禁足,如今又被皇上训斥,一连几日吃不好睡不好,上了几道罪己疏，这才平息了皇帝的愤怒。后宫的妃嫔们提起云充媛的改变，亦是不屑又觉得可怜。从盛宠到如今只能卑微地在后宫中行走，也不过才几个月的时间。人事变迁得令人不敢相信。

聂无双在宫中盛宠依旧，只是她不像淑妃那般玲珑八面，也不像敬妃那样勤恳贤淑，亦不像云充媛当初是云妃之时那般清高傲然。她让人觉得神秘缥缈。在宫中，人人只知道她是个美人，艳绝天下的美人，身世坎坷，毁誉参半，说不出她的好，也说不出她的不好。

应国京城中，大雪纷纷扬扬下了几场，永华殿宽敞却不保暖，亦是不够精美华丽。萧凤溟便想为她重新建一座宫殿，取名"引凤台"。画册画成不但有近五十丈的高台，更有亭台楼阁，山水庭院，规模宏大，比当初的明芙宫还大上一倍不止。但此议一出，朝堂中顿时又是掀起轩然大波，御史台的谏官纷纷上疏谏言，更有不少老臣在朝堂中怒斥聂无双妖颜祸国，萧凤溟皆一笑置之。

聂无双在后宫听闻朝堂上对她的责难，亦只是笑了笑。彼时画官为她展现引凤台的画册，两个内侍拉着两边慢慢展开，旖旎画卷顿时如冬季里的一抹春色，令人移不开眼去。她白腻如雪的手指轻轻抚过那一笔一画，一处处精致的宫阙楼台，许久才道："收好吧。本宫没什么可添改的。请画官禀告皇上，本宫十分喜欢。"

画官闻言心中暗自得意，本想再恭维几句，却见聂无双已经转回内殿中，只剩下两位内侍在小心翼翼地收拾画卷。杨直看出聂无双的漫不经心，微微一叹，进入内殿，果然看见聂无双依在窗边，看着窗外的雪景，面容含着淡淡的惆怅。

"娘娘可是不满意引凤台的规制？奴婢可以代娘娘向皇上转达。"杨直道。

聂无双淡淡回头："当初始皇帝建阿房宫耗资不计其数，不过是为了阿房女，后来还不是被付之一炬。宫阙重楼又不能令本宫安然屹于立后宫，只不过徒增盛名的负累而已。"

"那娘娘还同意皇上建引凤台？"杨直疑惑道。

聂无双清冷一笑："保身者寡欲，保生者避名。本宫既不想保身，也不能时刻保生，既然皇上想为本宫建宫殿，何不遂了他的心意。"

"那娘娘既然不怕朝官言论，烦恼的又是什么？"

聂无双长长叹了一口气："本宫烦心的并不是这引凤台。"

杨直还要再问，聂无双已又转头幽幽地看向庭中雪景："已经是两个月又十四天了。他怎么还不回来？"

"谁？"杨直不由得问道。

正当这时，夏兰匆匆进来，面带喜色："娘娘，奴婢打听到了，聂将军明日就到京城了！"

317

聂无双眼中猛地一亮,脸上的郁色一扫而空,她欢喜地在殿中来回踱步:"是啊,早就该回来了,本宫就说怎么会去了那么久……"她念念叨叨,一会吩咐夏兰把她为大哥做好的冬衣拿出来,一会又说要请皇上下圣旨,准许她与兄长见面。

杨直看着内殿中那抹倾国美颜上的欢喜,心中感叹,悄悄退下。帝王宠爱、万金打造的宫殿,都不能博她开心欢颜,只一道亲人回京的消息便令她喜不自胜。原来,博得美人一笑竟是如此简单的一件事……

聂明鹄回京了,风尘满面黑瘦了不少,但是一双眼眸熠熠生辉,如被锻造出的一柄宝剑,越发寒气如水锋芒内敛。他进京之后直接面见了萧凤溟,御书房中,一位是心怀天下一统的帝王,一位是征战沙场的将军,两人聊了什么无人可知,唯一知道的是,聂明鹄出来之时走路都是带着踌躇满志。

聂无双在永华殿中见了两个多月不见的聂明鹄,按捺住心中的欢喜,笑道:"大哥黑了不少。"

聂明鹄大口吃着她为他准备的午膳,半天才有空道:"是啊,这些日子我走了不少地方,还过了淙江。"

聂无双手中的银筷微微一抖,秀眉一挑:"大哥去了齐国?"

"是啊,偷偷去的,如今齐国自顾不暇,淙江一带也几乎都是秦军,我只去那边看了下地形就回到了应国。你别担心。"聂明鹄笑道。

聂无双放下筷子,看着聂明鹄,半晌才问道:"如今淙江封河结冰了么?"

"结了一半,河面上流凌甚多,再下几场雪估计就封河了。"聂明鹄回答。

聂明鹄默默放下碗筷,擦了擦嘴角,这才目光复杂地叹道:"提起这个不得不说,顾清鸿真是智谋百出,他在汉江边号召百姓挖渠引水,把温泉水引入淙江,这样一来就大大推迟了江水结冰的时间,只要熬过这个冬季,秦军补给不续,战局随时有大逆转的可能。"

"引温泉水入河?"聂无双涩然地问。

"是……听说他还亲自去挖,令桐州百姓十分感动,一夜之间上百口温泉眼就被挖了出来。"聂明鹄叹道。若不是聂家与顾清鸿有不共戴天的仇恨,他真的该赞他一声。

聂无双默默站起身来,看着窗外飘落的雪花。应国天寒地冻,那桐州的冬天恐也是湿冷难熬。他竟然真的亲自带着百姓去挖。她叹了一口气,口中的热气被寒气化成袅袅的轻烟,刹那间再也不见了踪迹……

兄妹两人的团圆饭吃得各怀心思,用完饭聂明鹄想要出宫,聂无双忽地想起一事,叫住了他。

"大哥……"她踌躇许久,却发现自己怎么也说不出口。

"还有什么事？"聂明鹄回头,俊美的面容上带着一点腼腆,"外臣不能在宫中久留,我还想趁有点时间去看看云乐。好久不见,不知她又闯了多少祸事。"

聂无双闻言心中更是黯然,沉默许久,才慢慢道:"太后要为云乐在及笄后选驸马。"

"哦,选驸马啊……"聂明鹄随口应了一声,正要往外走,忽地他顿住脚步,慢慢回头,"你说……选驸马？"

"是,选驸马。"聂无双走到他跟前,眼中带着愧疚,"大哥,我们高攀不上云乐这门亲事,而且皇上与太后两边,我们总要最终选择一边,我……"

聂明鹄艰难地看着她,与聂无双酷似的眸中流露出竭力隐忍的痛苦,许久,他才怔怔地道:"好,我知道了。"

他慢慢向外走去,聂无双只觉得心痛得像是被一双看不见的手在狠狠揉搓着,她忍不住上前一步,抓住大哥的手:"大哥,你恨我吧！是我……"

"傻丫头,大哥怎么会恨你。"聂明鹄勉强笑了笑,像小时候一样轻拂她的鬓发,"反正大哥也不是很喜欢她,那样调皮捣蛋的公主,也不会是聂家合适的当家主母。"

他说着面上依然是笑着的,笑得令人心慌意乱。聂无双张了张口,还想再说什么,他已一把放开她,大步出了永华殿。聂无双陡然软在了椅上,夏兰进了殿中,见她脸色惨白,不由得上前担忧地道:"娘娘是不是哪里不舒服？要不要宣太医？"

聂无双无力地摇了摇头,踉跄转入了内殿中。

天上的刺眼天光映在了雪地上,更加晃人眼目,聂明鹄默默走在笔直的出宫路上,雪已经被洒扫的宫人细心地扫在了两旁,可是他却觉得每一脚走在其上,如踩在了云端之中。

"聂将军,您是要去哪里？"德顺笑眯眯地在前面拦住。

聂明鹄这才从缥缈的神游中回过神来,他看着前面重重的宫阙楼台,隐约看到那一抹熟悉的红色小楼,许久才淡淡地"哦"了一声。

"是我想事想得走神了。德公公带路吧。"聂明鹄掩住眼中的黯然,说道。

"是。"德顺看了他一眼,忽地,他看见聂明鹄袖子中落下的一截缨络,打得精致可爱,不由得笑道:"原来聂将军也喜欢这种佩饰,是娘娘赏的么？"

聂明鹄机械地看着袖中无意间落下的那串缨络,慢慢地拿了出来,缨络上系着一方火红的红玉,看久了,仿佛那红色会隐隐流动,是难得的玉中佳品。

"不是,是我在宁州买来的。"聂明鹄轻轻抚摸过,随即淡淡一笑,递给德顺,"就送给德公公吧。反正这种东西我也不再需要。"

德顺微微吃惊,连忙婉拒:"不不,奴婢不是那个意思。聂将军万万不可。"

聂明鹄仿佛铁了心,一把把玉塞到了他的怀中:"我经常在外奔波,在宫中你们就替

319

我好好照顾娘娘……"

德顺暗自叫苦，要知道他刚才只不过是好奇随口说说，可不是要贪图聂明鹄的这一方玉佩。

"奴婢伺候娘娘是应该的，万万不可……聂将军……"德顺一张圆脸顿时皱成了苦瓜脸。

聂明鹄不容他再说什么，把玉塞给他，大步向前走去："德公公就收着吧，反正……这玉再也没机会送出去了。"

德顺看着手中的玉佩，这才依稀认出这玉佩是女人的式样，难道……他心中念头闪过，终是难得惆怅地叹了一口气。

这事就这样云淡风轻地过去，聂无双心中愧疚，一连几日不展颜。她的落寞寡欢萧凤溟察觉到了。连着两日宿在了永华殿中。明月隐藏在厚重的铅云中，永华殿中的铜漏换成了沙漏，窸窸窣窣，在静夜中听起来那么响亮。聂无双想起聂明鹄黯然神伤离开的神情，又了无睡意。

她披衣起身，身后却被抱住。她颤了颤："皇上。"

"嗯，你睡不着么？"萧凤溟从身后搂住她，修长的手轻轻抚过她的纤细如柳的腰肢。

"臣妾吵醒了皇上么？"聂无双说着蜷缩在他的怀中。

"不，朕看你一整晚都神游天外，是不是这几天有什么为难的事？"萧凤溟扯过棉被，密密地把她包住。她总是对自己漫不经心，浑身冰冷都不曾察觉。

聂无双闻言沉默。

"是不是你大哥的事？"黑暗中，萧凤溟的眼睛映着殿外的微光，显得格外明亮。

聂无双无言地埋首在他的胸前，许久才闷闷地开口："臣妾当初听闻大哥没死的时候，曾经在心里发誓，今生今世一定要好好珍惜唯一的亲人，即使付出性命的代价亦在所不惜。可是这一次却是因为臣妾的缘故，大哥注定不能与云乐公主在一起。臣妾觉得愧对大哥。因为竟是我……伤害了大哥……"

萧凤溟沉默了一会儿："以大局为重，并不是你的错。云乐还小，她会渐渐明白有些事是不能强求。"

聂无双叹息一声："皇上也曾有过这样艰难的时候么？"

萧凤溟搂着她的手紧了紧，也许是夜深往事轻易浮现，令人想要倾诉。

"有。"他慢慢说道，"在朕五岁的时候，已经懂得自己的生母是那总是低着头不能靠近永熙宫的女人。有一次，朕在永熙宫外玩球，球掉入草丛，朕去捡，她忽然从隐藏的地方走过来，叫了朕的名字。朕当时看着她，虽然面目陌生，但是心中却觉得与她十分亲近，当时伺候的宫人都躲在阴影处聊天打盹，并无人注意这边的情景。"

他顿了顿，声音虽然平淡但是却掩不了沉重："她叫朕唤她一声母亲，目光殷切。朕看了她很久，捡起球就转身跑了。朕回头的时候，看到她满脸的失望伤心。那时候朕才知道，自己狠狠伤了她的心。"

他住了口。聂无双顿时觉得心中有一块地方在钝钝地痛。

"皇上当时年纪小，这并不能怪皇上。"她安慰道。

"不。"萧凤溟淡淡地道，"朕虽然年纪小，但是心智成熟很早，五岁的年纪，朕已经知道自己要在宫中生存下来就必须依附那总是傲慢铁腕的高皇后。她不愿意朕与自己的亲生母亲亲近，朕就不去亲近。即使……即使在那无人的时候，朕看了她那么久，还是忍住了自己想要喊母亲的愿望。因为朕怕被哪个宫人听到……"

聂无双顿时无语，只能紧紧抱住他。被中温暖他就在身边，可这个时候她依然觉得心中寒冷。权力的顶端是高处不胜寒，要多狠心才可以安然站在万人之上啊？她不敢想，也不愿去想。

"好了，安歇。"萧凤溟拍了拍她的背，在黑暗中微微一笑，"天家的亲情向来淡薄，所以朕还是很喜欢你和你大哥相依为命的感觉。他愿意为你牺牲，你应该觉得欣慰。"

聂无双怔怔地想，恐怕这样的欣慰中将永远带着愧疚。

她沉默了一会儿，忽地问道："皇上最后喊了她母亲了吗？"

萧凤溟一怔，许久才淡淡地道："问这些做什么。"

"可是臣妾想知道。"聂无双抬起头来，明知在黑暗中他看不清她的眼神，但是依然固执地说。

萧凤溟默默看了她一会，才说："最后朕喊了。但是那时候她已经病得神志昏聩，根本连朕都认不出来了。"

聂无双听了，心凉得如殿外一地霜雪。

第三十八章 梦碎：姻缘破

渐渐接近了年尾。大寒过后，宫中开始准备过年的事宜。云乐是过年后及笄，两样大事一起来办，皇后忙得几日都顾不上召见宫妃。永华殿中照常如昔，闲暇时，宫女和女官们会聚在聂无双身边，一起津津有味地谈论明年开春即将动工的引凤台。

聂无双歪在胡床上，看着女官们叽叽喳喳，纷纷说道哪个殿要做什么用途。宫女们也纷纷出主意，哪里的花园要种什么样的花，说得不亦乐乎。众人正说得高兴，有个人未经通传，铁青着脸走了进来。聂无双察觉到了那不善的视线，不由得抬起头来。

待看清来人，她不由得收了脸上的笑意，淡淡地道："原来是云乐公主。"

宫女与女官们一见云乐脸上的神色，纷纷识趣地退下。

云乐几日不见，已消瘦许多，往日一双圆滚滚的清澈眼眸变得更大，俏脸上怒气冲冲。她等宫女们退下，这才上前。聂无双迎上她的目光："云乐公主今日来，有什么要事么？"

云乐看了一眼桌上还未来得及收走的画卷，忽地冷笑了一声："你这个女人有什么好的，皇帝哥哥都偏爱你？"

聂无双淡淡垂下眼帘："好与不好，自然有皇上评价。"

她冷声指责："你没把那信给他看，对不对？！"

聂无双闻言沉默。

"你真的没把那封信给他？！"云乐见她的样子只觉得五雷轰顶，刚才她不过是揣测，现在看聂无双这个样子，自己分明是猜对了。

"云乐公主请回吧。"聂无双淡淡地说道。

云乐脸上忽青忽白，忽然她猛地抽出腰间的鞭子，狠狠抽上聂无双胡床上的矮几。"呼啦"一声，精美的画卷顿时被打得稀巴烂。

聂无双一动不动，看着云乐狂怒的脸平静地说："云乐公主现在已经不是天真无邪的少女，已经长大成人了，你应该知道你身为公主，婚事是不能由自己做主的。"

"我不信！"云乐叫道，眼中已含了委屈的泪水，"你都说了，母后会希望我幸福的，都是你害的，都是你！不然母后都同意了我和他的婚事，就是你从中作梗！我恨死你了！你这个妖女！"

聂无双清清冷冷地笑了笑："太后不甘退居深宫，一心招揽朝中的臣子，她当初默认你与我大哥的婚事，不过是觉得我大哥是个可造之才，如今她为你选驸马，追究其原因是因为知道本宫和大哥决心忠于皇上。阻扰你幸福的，并不是无双我，而是你的母亲！如果她不是那么醉心权势的话！"

一席话说得云乐哑口无言。她玲珑的胸脯随着剧烈的喘息而微微起伏。聂无双掩下眼中的黯淡，冷冷地道："云乐公主你走吧。就当本宫欠你的。"

"谁要你的亏欠！"云乐忽地笑起来，声音尖锐，充满了愤恨不甘，"我恨你！聂无双！你以前说的话都是骗我的！"

她说着狠狠一鞭子抽上聂无双，聂无双不躲不藏硬生生接了这一鞭，被打的地方火辣辣地疼，云乐惯常使的力道果然巨大。

殿外的宫人听见声响，连忙进来。一见之下惊得大呼起来。有宫女上前拖住云乐，夏兰急了去夺她手中的鞭子。云乐粗通拳脚又恨极了聂无双，把上前纠缠的宫人纷纷踢翻，夺过夏兰手中的鞭子，劈头盖脸就要抽聂无双。正当她鞭子高高扬起的时候，一双坚定的手把她制住。云乐一回头，满眼的愤怒顿时被一盆冷水浇灭了。

她怔怔由他握着，许久才颤抖着红唇："你……来了？"

聂明鹄拽下她手中的鞭子，走到聂无双身边，看着她手上的血痕，艰涩地问："你怎么样了？"

聂无双勉强笑了笑："我没事。大哥不要怪她，千万不要！"

聂明鹄默默点了点头，他慢慢走到云乐跟前，缓缓跪下："微臣的小妹身子虚弱不经打。公主要打，就打微臣吧。"

他说着脱下穿在外面的朝服，露出雪白的中衣。瘦而挺秀的身躯如标枪一般立在地上一动不动。

云乐怔怔地看着他的举动，半天才恍惚地问："你都知道了？"

聂明鹄沉重地点了点头："明鹄自问是一介逃臣，不是公主的良配，请公主不要再挂心明鹄了。"

云乐一听，眼中已经是溢满了泪水，她恨恨抹了一把："谁在乎你是什么逃臣、罪臣，你说你喜不喜欢我？我今天就来问你一句，你到底喜不喜欢我！"

整个内殿中寂静一片。宫女们面面相觑，素闻云乐大胆刁蛮，但是这当众吐露情意依

然令人觉得诧异。聂无双屏住呼吸，目光紧紧盯着聂明鹄的脸。

许久聂明鹄缓缓摇了摇头："不喜欢。微臣不曾喜欢过云乐公主，一切都是云乐公主的误会。"

云乐尖叫起来，她捂住耳朵，连连后退："不，你是骗我的！你为什么会不喜欢我？为什么？！"

聂明鹄低着头："因为我是聂家长子，聂家不会娶像公主这样娇贵，不通俗事的女子为当家主母。微臣的妻子一定要贤良婉淑，顾全大局，她永远不会闯祸，永远不会像个小孩天天玩闹……"

"够了！"云乐已经泪流满面，她一步步退后，像是未曾认识过眼前的男子一样，眼中充满了陌生感，"我恨你！我恨你们兄妹俩！我恨你！"

她说完哭着跑开。

聂无双看着地上跪着的聂明鹄，忍着疼痛，慢慢走到他跟前，目光复杂："大哥……"

聂明鹄穿上朝服，站起身来，勉强挤出一个笑容："这下她永远不会再来这里闹事了。"

聂无双眼中的泪陡然滚落，不由得扑在他的怀中："大哥，你都是为了我。都是为了我……"

"傻双儿，大哥不为你，还能为谁呢？你是我唯一的妹妹啊。"聂明鹄笑着把她搂在怀中，语气充满了愧疚，"你在宫中的艰难我都知道，大哥帮不上你，自然更不能为你添乱……"

他眸中掠过痛色，心底的仇恨慢慢浮出："你说得对，我们要在应国重振聂家，报仇雪恨！"

雪纷纷扬扬地下了起来，大地一片白茫茫。千里之外的齐国桐州城中，黑糊糊一片，雪花簌簌地下着，落在每一处，整个城池却像是死了一般，毫无生气。唯一亮着烛火的，就只有那有些破败的州县府衙，寒冬腊月，大门却是大开着，唯恐耽误了军情奏报。只是孤零零一扇斑驳的朱漆衙门，在雪夜中显得格外萧索。

"相国大人，夜深了休息吧。"小厮竹影上前劝道。

顾清鸿摇了摇头，面前是沙盘地形，他清朗的眉宇深深皱着，时不时停下脚步想着什么。

"相国大人，休息吧。明儿还有很多事要忙。"竹影苦口婆心。

顾清鸿疲惫地闭上眼，坐在椅上："去，把吴将军请来，我有话要问，那暖渠如今修得怎么样？会不会被雪堵住。"

正在说话间，府衙前面一阵喧哗，有人高声喝找着军医，又有人在哭。整个府衙像是被夜魅惊醒了一般，突然间骚动起来。

竹影刚回过神来，想冲出去看，身边青影一晃，顾清鸿已经掠了出去。竹影连忙追上，在满是积雪的庭院中，担架上躺着两个血人，就着四周明灭的火把的光，竹影认出其中一个人正是刚才顾清鸿要找的吴将军。心猛地被提了起来，吴将军浑身是血，天寒地冻，那血汩汩冒出，又被冻在了盔甲上，结成了一层血冰。

顾清鸿已经上前握住他的手，平日镇定自若的声调顿时变了："吴将军，吴将军，你醒一醒！"

他握住他的脉门，把自己的内力滔滔不绝地传向吴将军早就枯竭的身体。

吴将军睁开眼睛，吃力地说："相……相国大人，秦军有一支军队偷偷渡河突袭……十几个……兄弟都死了……"

顾清鸿心中猛地一提："他们居然渡河了？！怎么渡的河？"

吴将军重重喘息了几口气，这才艰难地道："应该是有一段上流的河水被……被冻住了……他们才能过河。"

他紧紧握住顾清鸿的手，双目圆睁流露绝望："相国……这天气……越来越冷了，暖渠已经不能……不能阻挡雪天封河了……而且一旦上游结冰，下游这边就会断流……"

四周的人顿时安静下来，匆匆赶来的军医披着棉袄，亦是听得愣在当场。四周寒冷的空气中弥漫着一种巨大的绝望。

"相国……大人……守不住了……"吴将军眼中的神采渐渐黯淡，接下来的话越来越轻，"桐州，守不住了……"

许久许久，天上的雪越下越大，众人抬头，铺天盖地的鹅毛大雪迎面而来，簌簌的响声像是老天的最犀利嘲讽。嘲讽他们在做无用功，嘲讽他们殚精竭虑，流血拼命依然保不住这片齐国最后的屏障。

顾清鸿慢慢合上了吴将军睁大的眼，慢慢走入了房中。不知是不是众人的错觉，他的脚步看起来十分虚浮。

"修书一封交给林大人。"不多时，他又走了出来，手中拿着一封墨迹未干的信，雪花打在他俊雅的面庞，却仿若打在了玉雕的面庞，未惊起半分波澜。

他声音冷冽："让他再跑一趟应国，务必务必请应国皇帝借兵三万，以助退敌。"

"是！"竹影接过，犹豫了一下，小声问道，"若是再借不到呢？"

许久，顾清鸿面上掠过决绝："那就只能靠我们自己，如果到了那一天，本相誓与桐州共存亡！"

静，还是安静，片刻之后，众人回过神来，怒吼声震天宇："誓与桐州共存亡！"

"拼了！"

"杀光秦贼！保我齐国！"

来仪宫中温暖如春，皇后依在胡床上，看着大皇子与几个内侍玩，内殿中温暖如春，上好的银炭不仅不会烟熏火燎，还会冒出淡淡的松木香气。王嬷嬷上前，把宫中各管事送来的采办册子递给皇后。

皇后看了几眼，扶了扶鬓边问道："怎么才这么些？太后宫中的过年事物呢？是哪个负责采办的？"

王嬷嬷小心翼翼地回答："今天太后那边传来话了，今年这次永熙宫的采办由永熙宫的总管负责，娘娘就不用操心了。太后娘娘还说，要娘娘批个条子，准许永熙宫的采办从后宫的银库中拿银子。"

皇后一听怒火中烧，又不好立时发作，冷着脸示意宫女把大皇子带下去，这才怒道："这是什么意思？难道她想要什么本宫就只能给她什么吗？"

她站起来，在殿中气得来回踱步："如今皇上厉行节俭，给后宫拨的银子本就不多，有什么理由她想要什么本宫就得给她什么？那其他各宫怎么办？如今眼看着就要过年了，这让本宫如何是好？难道就要裁了各宫的份例，由着她去花销她的什么选驸马？"

皇后平日端庄的面庞因生气而微微通红，王嬷嬷在一旁叹气："娘娘，奴婢知道您为难，但是太后娘娘一向跋扈惯了，若是娘娘这次不遂了她的心意，恐怕……"

皇后一听更气："当初皇上还只是太子的时候，她就一手遮天，现在皇上好不容易不受制于她了，她就来摆布本宫了？他们高氏贪了那么多土地银子，现在还有脸要更多，干脆连面子都不给本宫，就只管朝本宫伸手拿钱。这是什么道理！"

她还要再说，此时门外传来内侍的唱和声："皇上驾到——"

王嬷嬷示意了下，皇后这才勉强平静了心神，照了照镜子，带着笑意迎上前去。

萧凤溟走到门边，她已规规矩矩跪下："臣妾恭迎皇上，吾皇万岁万岁万万岁。"

萧凤溟脱下沾了雪粒的披风，这才笑着扶起皇后："梓童辛苦了。"

皇后看着面前这张风雅俊朗的面庞，面上一缓："皇上辛苦才是。"

萧凤溟握了她的手坐在胡床上，早有宫人上前为他褪去被雪沾湿的鞋袜，换上干净的。皇后亲自绞了温热的巾帕，为他拭去脸上的雪水。

萧凤溟按住她的手，微微一笑："朕自己来。"皇后看着他梳洗干净，这才奉上热茶，温声问道："皇上今日怎么过来了？"

萧凤溟笑着握了她的手道："这几日快近了年关，朕听说你辛苦了好几日，有什么难解的事么？跟朕说说。"

皇后心中涌起一股暖意，眼中不由得泛出水光："皇上……"

"梓童操心后宫，朕自然是放心的，但是朕也不希望你太累。朕说过节俭，但是今年恐怕节俭不了，因为云乐要及笄了，及笄后又要出嫁，恐怕你这边也为难，朕刚才与户部的说了，给你拟个条子，需要什么尽管去取就是，不要为难……"

他还未说完，皇后已经是默默哭了。帝后二人年少夫妻，十几年来相敬如宾。无论多大的事，他还从未见过皇后在他面前失态哭泣。

萧凤溟眸中掠过复杂的神色，挥退了众人，等皇后哭了一会儿，这才拿了绢帕为她拭泪："梓童哭什么呢？"

皇后依在他怀中，哽咽道："皇上……对臣妾太好了。"

萧凤溟微微苦笑："很好吗？朕一直以为梓童是在恨着朕的。"

"怎么会？"皇后诧异地抬头，"皇上难道一直以为臣妾对皇上不满吗？"

萧凤溟看着她的眼睛："难道不是么？朕从未对你用过心，朕要造明芙宫要造引凤台梓童难道不会不高兴？"

原来如此。皇后擦干眼泪，宽容地笑了笑："皇上是一国之君，喜欢哪个妃子臣妾不能阻拦，但是……"她抬头脉脉看着他，"但是皇上是臣妾的夫君，这一点不会改变。"

萧凤溟轻轻搂住她，长叹一声："是啊，不会改变，朕也希望不会改变……"

最后一句他说得很轻，皇后在激动中听不分明。如今她的难处解决，自然又喜笑颜开，与他说起了宫中过年的旧例。萧凤溟一边听，一边含笑点头。皇后说了一会儿，宫女嬷嬷领来大皇子。大皇子过了年就四岁整，正是个好动的年纪。见到萧凤溟规矩行了个礼，就扑了上去，腻在他身上。

皇后急了，训斥："不许如此无礼。"

萧凤溟笑道："由着他去吧，若是太拘了他的性子，以后也做不了大事。"

皇后一听，咀嚼着他言语中的含义，不由得大喜过望：这分明就是皇上有意要把重任给了自己的儿子。她心中激动难捺，但是又不能表露出来，只说大皇子如何用功，太傅如何夸他。萧凤溟看着怀中三分酷似自己的小脸庞，微微一笑："是，我儿一定是极聪明的。等明年开春，朕要亲自教导他弓箭骑射。梓童你说可好？"

皇后一听，更是连连说好。萧凤溟的骑射向来是不错的，想当初她初当太子妃的时候，就经常与他一起出去行猎，只是后来自己生了大皇子，又是一国之母，这技艺渐渐荒废了。

日子一天天过去，过年的气息越发浓厚了。各宫的妃子都忙着整饬自己的宫殿，聂无双的永华殿也在宫女的巧手下，打扮一新。外面的雪下得一日比一日紧，都说瑞雪兆丰年，如此看来应该又是好的兆头。一日聂无双正在自己的宫中看着宫女们扎五彩祈福袋子，正看得津津有味，杨直上前，在她耳边耳语了几句。

聂无双秀眉一挑："当真看清楚了？"

杨直说道:"是的,没错。奴婢看得很清楚。"

聂无双问道:"当真是齐国的使臣?不是说要这冬天过了才能借兵么?怎么会……"

杨直道:"如今外面的消息太多,传什么的都有,有的说是秦军粮草不济,想要提前攻入桐州,有的说是汉江即将封河,顾清鸿要退避到尤州……不论是说什么,总之就是齐国如今正危矣。"

聂无双木然听了,在殿中来回走动,许久才抬头问道:"皇上会不会借兵?以杨公公之见?"

杨直摇头:"此时快要过年了,起码要过年之后,这还有大半个月的时间呢……"

聂无双长吁一口气:"让皇上决断吧。这事不能插手。"

杨直看了她一眼,这才慢慢退下。

过了几日,聂无双果然看见萧凤溟时常在御书房中对着那挂在西面的地图久久出神。这幅地图据说是前朝一位堪舆家历经二十年,踏遍大江南北,秦齐应三国才绘制而成。

"皇上在看什么?"聂无双奉了热茶上前,笑着问道。顺着萧凤溟的目光,她盯在了那一点地方——桐州。

萧凤溟也不避讳她,揉了揉发酸的眼角,笑道:"也没有什么,只是在考虑齐国的战事。不知道顾清鸿是不是会熬过这个冬天。"

聂无双一笑,并不接口:"皇上心怀天下,这过年过节还替他们操心。"

萧凤溟看了她一眼,见她面上毫无异色,这才笑道:"当然,朕许诺过若他能撑过这个冬季,朕就会借兵。这事关三国局势,朕不敢不认真。"

萧凤溟微微一笑,喝了几口热茶,忽地开口:"若是真的要借兵,朕打算把你兄长派去。"

聂无双闻言,结结实实一怔,脱口而出:"不可!"

"有什么不可?"萧凤溟问道。

聂无双连忙跪下:"请皇上再另派他人,家兄不会去的!"寒冬腊月,她被这突然来的消息惊得汗流浃背。

"可是,你兄长虽然对齐国皇帝有仇,但是这个机会难得,他可以向朕证明,他是个顾全大局的将军。"萧凤溟的眸色沉静,慢慢地说道。

聂无双心中又是愤怒又是震惊,愤怒的是他已经做好了决定,震惊的是他要借这个机会考验自己的兄长,是不是够格把自己的私仇排除,为应国也为他萧凤溟打一场漂亮的仗!

"皇上三思啊!"聂无双不知道该怎么反驳他,只能抬头哀切地看着他。萧凤溟纯黑的眸中波澜不惊,她从未像这一刻那么恨他的沉稳和深谋远虑。

"双儿,朕以为你会明白朕的苦心的。"萧凤溟不为所动,淡淡地道。

"可是……"聂无双心中纠成一团,眼看齐国就要灭国的如此良机,万一又有了转机,那她和她大哥的复仇就遥遥无期了!

"没有什么可是。朕是皇帝,他是将军。撇开私人仇怨,他既然归顺应国就得服从应国的利益。此次借兵不是你想的那样,朕另有谋划。军国大事你不懂,你先且退下吧。"萧凤溟淡淡地说道。

空荡荡的殿中隐约回响着他略带冷峻的声音。聂无双一声不吭,她虽低着头,但是眸中隐隐闪着不甘。萧凤溟见聂无双沉默,忽地手一抬,猛地看见聂无双绝美的脸上那来不及隐藏的恨意。

他如黑曜石一般的眼中神色猛地一沉:"你在恨?你当初进宫之前,对朕说你不过是要寻求朕的庇护,这些难道是假的?"

聂无双心中掠过冰冷的恼意:他怎么会认为自己就活该像一根不会生气也不会恨的木头美人?难道自己进入后宫永远就只能做一位沉默恭顺的宫妃吗?

她第一次冷冷推开萧凤溟的手:"皇上怎么能认为臣妾不会恨呢?"

她笑得阴冷,美眸中现出深深的戾气:"臣妾的父亲,二哥,小哥……还有臣妾家的一百多口性命难道就这样没了么?"

萧凤溟黑沉沉的眸光盯在她的面上,隐约露出失望:"难道你一直伺机寻找报仇的机会?"

聂无双张了张口,她在他面前一向是乖巧柔顺,但是这件事彻底逼出了她潜藏在心底的本意,难怪他会觉得失望。她刚想解释,萧凤溟不等她说话,语气已经带了冷冽:"朕知道你心中还是有恨,朕也不会强求你不去想着报仇的事,但是这是军国大事,你不用费劲心思让你大哥不接下这事了。若是他不肯接,那朕留他又有何用?"

"一介心胸狭窄的将军,怎么能做旷古的绝世名将?"他冷冷丢下这一句话,拂袖而去。

聂无双看着他明黄色的龙袍在拐角处轻轻掠过,心中一灰,顿时跌坐在地上。

这是她和他第一次起了争执,为了一个执拗的问题,伤了对方的心。伤心?聂无双捂住心口,冷冷地笑,不!她怎么会觉得伤心?她怎么还有心?!

这几日后宫中都带着诡异的气息,哪怕最无关紧要的宫女内侍都纷纷敏感地察觉到了空气中的古怪气息。而归根结底,那古怪气息的根源便是帝王的心情:皇上最近心情不好,已经一连三日宿在了御书房中,哪个妃嫔都不见,连皇后前去禀报后宫用度也被拦在了外面。

林公公看着那皱眉看着奏章的萧凤溟,心中隐约叹息:萧凤溟的怒气向来隐忍而不发,但是终究是人不是神,即使他隐藏再好,也还是看得出来。皇后这两天已经拐着弯儿打听皇上见了什么人,做了什么事,言下之意:是谁得罪了这九五之尊的皇帝。

萧凤溟看了一会儿奏章，把手中的折子丢在一旁，揉起了额角。

林公公上前笑着问道："皇上是不是该歇歇，都看了一个多时辰的奏章了，可不要损了眼力。"

萧凤溟揉了揉额角："她如何了？"

林公公了然一笑："回皇上的话，莲嫔娘娘这几日听说有点着了风寒。"

萧凤溟一怔，不由得放下手中的奏章，想了想轻咳一声："那……去瞧瞧。"

永华殿中寂静无声，只有铜鼎中熏香的烟雾在袅袅上升。萧凤溟走了进来，宫人纷纷吃惊跪下，正要请安，萧凤溟已示意噤声。他挥了挥手，宫人们纷纷鱼贯退下。

林公公跟在他身后，心中笑道：皇帝还是放心不下莲嫔娘娘啊！

萧凤溟犹豫了一会儿，走了进去。聂无双正在沉睡，许是睡得沉了，两颊红通通的，看起来如春睡海棠，美得令人惊叹。他淡淡叹了一口气，为她掖好被子，起身准备离开。

聂无双沉在睡梦中迷迷糊糊，总是睡得不安稳。"啪嗒"一声轻响，她猛地惊醒，却见昏黄中，有一抹俊挺的身影立在烛台前，看着跳跃的烛光。烛光明灭不定，映出他俊雅的面容。

"皇上？"聂无双认出他来，不由得惊讶起了身，"皇上怎么来了？"

"你的病好些了么？"萧凤溟走到床边扶住她，问道。

聂无双看着烛火下的萧凤溟，心中升起一股很奇妙的感觉。连日来心中的郁结竟在看到他那一刻散了。她软软依在他的胸前："臣妾没事。"

两人一时间静默下来，他手一下一下轻轻抚着她的背，安静得像是从未发生过争执。聂无双心中渐渐柔软，心思一放松，闻着他身上清淡的龙涎香就忍不住昏昏欲睡，但是不知怎么的，她察觉到了他的不同以往。

"皇上还不歇息么？"她抬起头来，仔细地看着他的面容，忽地笑道，"皇上该不会是看看臣妾又要走了吧。"

萧凤溟微微一笑："好。朕这就睡。"他说着轻吻上她的脸颊，缠绵的吻，带着怜惜，像是羽毛一样轻轻撩过她的心间。聂无双不由得婉转相就，不知怎么的，她竟在这一刻隐约欢喜起来。也许是因为他的妥协，又或许是因为宠爱的失而复得。

这一夜，注定温柔缠绵。

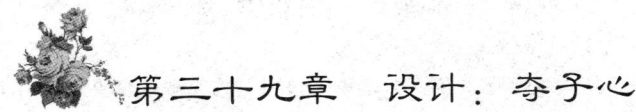

第三十九章　设计：夺子心

　　第二日，聂无双伺候萧凤溟更衣梳洗后上朝，这才去皇后处请安。几日不曾去皇后处问安，陡然觉得人多了许多，也热闹了许多。皇后照例是盛装打扮，也许是因为过年事多，精神显得有些倦怠，浓厚的胭脂亦是遮掩不了她眼底的黑影。

　　聂无双这才恍然想起皇后与萧凤溟年少夫妻，据说她是大了萧凤溟三岁，今年也应该有三十四岁了，任由她竭力想要挽留青春，亦是没有办法。聂无双又想起高太后，不过是六十岁不到，竟是满头华发，不知是这宫中岁月催人老，还是这后宫的风刀霜剑令人不得不老。

　　聂无双一回头，却看见云充媛嫉恨怨毒的眼睛。败军之将，何以言勇？云充媛这时候难道还想要再挑事？聂无双挑了挑秀眉，冷冷迎了上去。云充媛看到聂无双丝毫不回避，气得不停绞着手中的帕子。

　　请安结束，聂无双照例是慢慢回了永华宫，因路上还有积雪，宫人抬来了肩辇。她等在来仪宫的宫门边。正在这时，淑妃与云充媛说着话走了出来。淑妃看见聂无双还未走，杏眼中掠过微微的尴尬，但是随即她热络地笑道："原来莲嫔妹妹还未离开，早知道三人一起搭伴走吧。"

　　云充媛不冷不热地哼了一声："臣妾位份低微，恐不敢与莲嫔娘娘同乘肩辇。"

　　聂无双听了，竟点了点头："也是，这人常说的，识时务者为俊杰。云充媛修身养性了那么些日子果然有长进。"

　　她在暗暗讽刺她被萧凤溟禁足的丢脸之事。云充媛一听，气得眼泪在眼眶中打转。淑妃看着她们两人斗嘴，正要劝，聂无双已经冷冷转过身："淑妃娘娘，臣妾告辞了。云充媛与您才是同路人，臣妾不是，如此就不必勉强走一条道了。"

　　她说完，乘上肩辇，慢悠悠地回去了。走了一半，果然看见淑妃从身后追上来。聂无

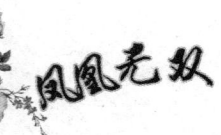

双坐在软而舒适的肩辇中,红唇边不由得溢出一丝冷笑。淑妃果然是识时务的。

淑妃命宫人追上聂无双,等与她并排而行的时候才笑道:"莲嫔妹妹是怎么了?一大清早吃了一肚子的火药?"

聂无双想起云充媛对她的谩骂侮辱,似笑非笑地道:"臣妾不敢。"

淑妃是何等聪明的人,抿了抿嘴一笑:"本宫以为莲嫔妹妹不会在意的。毕竟莲嫔妹妹那么聪明,怎么会猜不出本宫的用意?"

聂无双听了,咯咯一笑,倾城的面容上带着深深的讽刺笑容:"原来如此啊。臣妾还当淑妃娘娘当真与云充媛交好呢。"

永华殿到了,聂无双与淑妃进了内殿。聂无双挥退宫女,这才笑道:"淑妃娘娘可不要怪臣妾,若不是淑妃娘娘想要借刀杀人,臣妾也不会如此生气。难道在秋狩中的情谊,淑妃娘娘就真的忘得一干二净了吗?"

淑妃叹了一口气:"本宫哪里是忘记,只是……"她眼眸中掠过经年的怨恨,"只不过本宫不愿意看着她如此得意嚣张。"

一面与云充媛称姐妹,一面又反过来处处设计陷害,淑妃果然好城府啊!

聂无双闻言,漫不经心地笑道:"娘娘心急什么,有孕能不小产才半数,生产而不难产又是半数,这样算下来,她要平安生产恐怕希望极其渺茫,更何况她还有心疾,这一坎还不知道能不能过。"

淑妃嫣然一笑:"这道理本宫知道,只是还是不甘愿罢了。"

聂无双心中一哂,原来不过是因为女人的嫉恨。两人一时无语。淑妃忽地凑近,漂亮的杏眼中带着聂无双看不懂的亮光:"本宫已经让一位熟悉的太医看了,云充媛这一胎是男胎!"

"啪嗒"一声,聂无双手中的茶盏盖因拿不稳而落在了茶盏上。她不太相信地看着淑妃:"此事当真?"归根结底原来是因为这个。淑妃因为云充媛怀了男胎而对她起了夺子的念头。所以她才会教唆云充媛犯下错事。

"自然是真的!那太医厉害得紧,把把脉,看看脸色就知道怀的是男是女。"淑妃压低声音。

聂无双低下眼帘,装作不经意地问:"那雅婕妤的那一胎呢?"

淑妃摆了摆手:"是女胎!"她看见聂无双若有所思,顿时领会错了她的意思,笑道,"若是以莲嫔的恩宠,去向皇上请求恩旨,恐怕皇上也会让你教养公主。也许公主不如皇子,但是毕竟这样一来,皇上对你也会高看一些。"

聂无双心中冷笑:她说这话分明是把自己笃定当成云充媛那一胎的母妃了!自己把皇子夺走,留给她的是公主,果然是好大方!

淑妃正在兴奋中,自然没有察觉到聂无双的异常,她又说道:"如今本宫需要聂妹妹帮忙，只要此计成了，以后本宫绝对不会亏待妹妹！"

聂无双问道："是什么计策？"

淑妃忽地笑了笑："是让云充媛彻底无法翻身的计策！"

她说着附耳过去，如此这般说了说。

两人秘议了半天，淑妃这才告辞走了，看样子对聂无双十分信任。聂无双目送着她的身影离开，这才放任脸上的冷笑溢出："果然是好计策！淑妃啊淑妃，你太高看本宫了！与己无利的事，本宫怎么会去做？"

但是有些事不是你想逃避就可以逃避得了。聂无双一日出去散步，刚好在御花园中碰见前去赏梅的云充媛。她如今已是八个月的身孕，身材完全走样，脸上也微微浮肿，只是一双眼还是亮亮的，有些骇人。聂无双见她迎面而来，不由得皱了皱眉头，掉头就走。

"这不是莲嫔娘娘么？怎么见臣妾招呼都不打一声扭头就走了呢？"云充媛冷冷的声音传来。

聂无双顿住脚步，慢慢回过头来："云充媛难得出来散步，本宫自然当回避，不然的话，省得云充媛以不能与本宫同乘肩辇而羞愧。"

云充媛脸一红，刚想要反驳。聂无双已经又冷笑起来："再说，本宫也得为皇嗣留几分薄面吧。正所谓不看僧面看着佛面。"

云充媛越听心中越是恼火。聂无双分明在讽刺她不过是因为肚中的孩子而还带着盛宠。她刚想要反诘，身旁的一位宫女就怯怯地拉了拉她的胳膊："娘娘，我们还是走吧。嬷嬷说过……说过……碰见莲嫔娘娘还是得避开。"

聂无双闻言不由得看向这插嘴的宫女，只见她瘦瘦小小的，身量不高，容貌更是平凡，但是这样娇弱的身形赔着这样的话，令人无端觉得她说得楚楚可怜。果然是隐藏好深的一步棋子啊。聂无双还未想完，那一边云充媛的怒火不仅没有压回肚子，更有越烧越旺的趋势。

她抬起下巴，冷笑一声："为什么要避开？该让路的是这位魅惑君主的狐媚子！"

此话一出，聂无双脸上只是淡淡，而变色的却是她身边的女官们，夏兰更是气得跳脚："娘娘，这云充媛娘娘分明是以下犯上，应该大大地治罪。"

几位掌服、掌膳女官们亦是纷纷附和。她们伺候聂无双日久，聂无双待她们虽不冷不热，但是打赏起来确是十分丰厚。面对这样一位生性仁慈又被外面的人污蔑的女主人，她们心中早就憋了一口气想要替她正名声，如今见聂无双被一位地位宠爱都不及的妃子当面侮辱，更是义愤填膺。

聂无双静静站着，听着自己身后的女官们叽叽喳喳声讨云充媛，等她们说完了，这才淡淡道："回宫！"

她说罢转身要走，云充媛得意扬扬地一挺肚子："本宫就说了又怎么样？有本事自己

也怀一个！"

聂无双顿住脚步，冷冷回眸："你再说一遍？"

云充媛见她目光阴沉如晦夜，心下不由得缩了缩，但是想起自己心中的不甘，勉强硬着声音道："本宫就说了，你有种怀一个！"

聂无双侧耳听了，忽地笑道："好，好！好！"她一连说了三个好字。听得云充媛心中忍不住发寒。

"你你……想干什么？"她指着聂无双，有些惊恐地道。

聂无双抬头看着她身后那株老梅，淡淡地问身后的女官："以下犯上者，在宫中要怎么处罚？"

身后的女官见她终于肯出手整治这嚣张已久的云充媛——曾经盛宠一时的云妃，不由得争先恐后地说道：

"要杖责三十！以儆效尤！"

"要掌嘴三十！皇后娘娘说过了，恶言者，轻者掌嘴三十！"

聂无双听了，这才笑道："既然云充媛有孕在身，不好惩罚。"她看着云充媛不自觉得意地挺了挺肚子，话锋一转，声音森冷："那就让她身边的人代罚！来人，把云充媛的女官们一一押下，各掌嘴三十！"

一声令下，早就恨得牙痒痒的女官内侍们如狼似的冲上前，把云充媛身边的宫女嬷嬷通通捉了起来，一通噼里啪啦。云充媛身边哀叫声一片。云充媛吓得脸色苍白，直瞪瞪看着聂无双。聂无双垂眼看着自己护甲上明晃晃的红绿宝石，红唇边溢出冷笑。

打完，聂无双看了看气得脸色发白的云充媛，言语中意带双关："云充媛如今有孕就该好好在自己的宫中待着。好好参详下佛经、女诫，以待顺利生产。"说完转身就走，消了心头之气的女官们和内侍纷纷跟上。只留下云充媛失落的脸色和那一干被打蒙的宫人。

此事被云充媛一状告到了皇后跟前，皇后正在核准宫中过年时用度开销，正一头烦乱，一听气不打一处来，怒斥："这事照本宫看，分明是云充媛你挑衅在前，莲嫔责罚在后，而且她打的又不是你，是你身边不懂劝诫的女官、内侍！这事就是告到皇上跟前也是一样。"

她说完不客气地令她退下。云充媛在皇后跟前碰了个硬钉子，憋了一肚子的委屈想要去找皇上，正走到御书房跟前，林公公就笑着拦下她："皇上有旨，任何人不得前去打扰。"

云充媛悻悻回去，在路上看见聂无双的肩辇擦肩而过，那方向正是御书房……

冬雪一阵一阵地飘，此时已快接近年关。宫中照例举行了几次盛大的宫宴，宫宴上觥筹交错，歌姬翩翩起舞，一派盛世繁华。聂无双盛装出席，皇后与淑妃敬妃之下，她当之无愧坐在右手边第一个位置。她穿着应国传统的宫装，花团锦簇，美得犹如天女下凡。每个人都忍不住看她几眼，都说聂氏无双，相貌无双、才情无双，更是歌舞双绝，艳重天下，如今看来起码这相貌是当之无愧的第一人。

聂无双小口小口抿着果酒，忍受着各方的打量，嫉妒的、羡慕的、揣测的，还有各种复杂的目光，或者隐在角落，或者肆无忌惮。她冷笑着饮尽杯中的酒水，这才抬头。美眸对上对面那双邪魅的深眸——萧凤青的。

他微微一笑，大大方方举起杯中的酒水，一口饮下。那一仰头的风姿，看得众官员亦是心跳加速：他肤色极白，五官又阴柔俊魅，即使身为男儿身，亦是不经意就能夺去人的心魄，不论男女。

聂无双暗自一哂，悻悻地命宫女倒酒，回敬回去。他总是如此，行事出人意表，毫无顾忌。她饮完，一抬眸，只见帝后两人正在御座上对前来敬酒的宗亲说一些祝福的话语。聂无双喝完，只觉得这宫宴来来去去也不过如此而已，遂起身离席透透气。从殿中的侧门离开，一股寒气迎面扑来，刹那间一扫宫宴上的沉闷。夏兰为她披上披风，问道："娘娘可是要歇歇？"

聂无双看着重重宫殿笼罩在朦胧的月色下，雪花飞舞，轻灵可爱。不禁道："就在附近走走，等会儿再去暖阁歇歇。"

夏兰连忙吩咐宫女为她穿上木屐，再拿了个暖香炉，牢牢放在她手中。聂无双沿着殿外长长的廊走着，心中隐约涌起黯然，又是一年过了。往年的今日，她还是无知无觉的相国夫人……

往事不可追，多想无益。聂无双正要继续往前走，忽地听见有人在拐角处窃窃私语："汉江封河了，秦国正挥兵十万大举攻向桐州城呢！"

聂无双顿住脚步，侧耳凝神听着。那黑影中的两人似是宫宴中躲酒的朝臣，其中有一人呵呵一笑："如此不正好，秦国攻打齐国，我们坐视旁观岂不快哉？"

另一人嗤笑："你想得美！皇上好像真的要借兵了。这场战局，我们早晚也得被拉下水。"

"哦？听说齐国使节秘密来了，为的就是借兵一事吧。上次皇上说齐国若能挨得过冬天，就肯借兵。我以为是皇上的托辞，以你之见岂不是真的？"另一人半是惊讶半是疑惑。

"自然是真的。你不知道么？秦国已经在几日前开始攻打齐国了，顾清鸿果然不得了，他先是秘密命人截烧了秦军的粮草，又宣称一定要坚壁清野，不让秦军得到一颗粮食。这一举动可真的是命中秦军的死穴。据说秦国的皇帝都御驾亲征了……"

两人自顾自说着，聂无双却已经没有欣赏雪景的心情。一回头是歌舞升平，繁华盛世；一转头，却是齐地的哀鸿遍野，生灵涂炭。两相差距犹如九重天上与修罗地狱之差。

她知道什么是坚壁清野，那是杀敌三百自毁一千的做法。顾清鸿若真的坚壁清野，秦军能不能最后粮草不继，知难而退还尚不可知，但是齐国的百姓流民一定会生生饿死在这寒冷的冬天。

她的脚步隐约有些虚浮，走着走着，竟不知自己要走向哪里。走了一会儿，抬头一看，却见廊下精致的宫灯下立着一抹挺拔的身影。

她张了张口，最后颓然地唤了他一声："睿王殿下。"

萧凤青走上前，挥退她身边的宫女，执了她的手，问道："本王以为你走了。"

聂无双悄悄挣脱他的手，淡淡道："只是饮酒多了，上了头，出去散散。"

萧凤青对她的疏离微微皱起漂亮的眉，想了想，还是隐忍下来，斟酌一会才说道："皇上恐怕真的会借兵，本王想去启奏皇上，执这援军的帅印。"

聂无双吃惊，猛地捉住他的手："当真？"

"这自然是真的。"宫灯下，萧凤青的眉眼如墨画一般清晰，异色的眸中熠熠生辉，"你说好不好？"

聂无双心念百转千回，想说好又觉得这个答案也许很糟糕，但是若说不好，他又会不会真的改变心意？

她眸中掠过沉思，许久才道："睿王殿下真的要去么？"她看向他的眼睛，"毕竟秦军如狼似虎，万一……"

萧凤青眸中猛地一亮，哈哈一笑："本王不惧！"他执起她的手，轻轻落下一吻，"无双，你要等我回来。"

聂无双心中涌起愧疚，这是她对他平生以来为数不多的愧疚之一，她真正惶惶地道："你真的不要去了，让他们去……"

萧凤青意味深长地看着她，头顶的宫灯的光芒都掩盖不了他眼中的亮光。他猛地搂住她，一转身，两人已是躲在了廊柱后面。他和他贴得那么紧，近得可以闻见彼此唇间的酒香。聂无双抬头看着他，也许是酒意也许是今夜格外令人悲伤，她竟然不像从前那样抗拒他的怀抱。

一点湿热的吻落在她的唇间，聂无双忽然哽咽。

"别哭，我去又不是回不来了。"他在她耳边细细地说。聂无双听了眼泪落得越发急了，点点珠泪滴在他的衣襟上，润湿了一大片。他不停地吻着她的泪，笑道："哭什么？别哭了……"

聂无双索性紧紧抱着他，无声地哭泣。他的误解更令她觉得难过。她，分明不是为了他而哭。她是为了自己而哭。

"我是个坏女人……"她泪眼蒙眬地看着他，"殿下难道真的喜欢我这样的坏女人吗？"是她偷了齐国的边防图，是她不惜依附他，借以进入后宫，这场百年未见的战事也许她就是那祸水的源头。

"傻子，你在想什么呢。你若是坏女人，本王岂不是更坏的男人……"他边说边深深地吻住她颤抖的红唇，"无双，我们才是天造地设的那一对……"

"本王后悔了，后悔把你送给了皇兄……"

聂无双在他窒息的吻中渐渐平复了心情，但最后一句令她完全清醒。他不是后悔，再重来一次，他依然会把她送给萧凤溟。就如她再活一次，依然会踏上这条不归路……

宫宴结束，第二天从御书房那边传来一个消息：前来借兵的林大人于冰天雪地中在萧凤溟的御书房前长跪不起。林大人五十多岁高龄，恐怕在这冰天雪地跪下来，不死也会去了半条性命。彼时聂无双正在永华殿中让女官为她染了红艳艳的指甲，她听到杨直如此说道，不由得动了动。

"娘娘别动，还没好呢。"茗秋急得叫了起来。

"皇上怎么说？"聂无双问。

"皇上还未有决断，只是劝林大人不必如此。但是林大人今天恐怕不得到确切的消息是不会起来的。"杨直道。

聂无双皱起漂亮的凤眉，这顾清鸿选人选得极准，来借兵的都是耿直忠心的人，这林大人是齐国有名的大儒，名声在外，萧凤溟就算真的不借兵也不会对他有什么难堪。

她听了杨直的话，挥了挥手，命他退下。

到了晚间，杨直前来："皇上肯借兵三万，助齐国守住桐州。"

聂无双沉吟一会，挥退了他。萧凤溟迟迟不肯借兵是有原因的，她猜是萧凤溟想以齐国拖垮秦国，如今被林使节以死相逼，下旨借兵三万，这厉兵秣马需要时日，选帅点将更需要时日，等到真正出发，恐怕也要开春。而且还不知道顾清鸿这些日子守得住守不住桐州。

她幽幽叹了一口气，如今王牌都掌握在萧凤溟手中了，这天下恐怕又要一场大战了……

聂无双想罢看看时辰，命夏兰拿了炖好的甜汤，一路向御书房而去。才踏出永华殿，就觉得冷风扑面，她拢了拢狐裘，心中掠过惋惜，在呵气成冰的天气里，那林使节也不知道怎么样了。上了肩辇一路向御书房而去。到了御书房，忽地看见雪地上簇拥着一堆人，远了看不分明，近了才看清楚那雪地上跪着被雪覆得眉眼都结满了冰凌的人。那分明是林使节。

聂无双觉得奇怪，命宫人上前问明缘由，林公公急得满头大汗："娘娘来了？这林大人不知怎么的，跟皇上一言不合，又跑出来跪了。皇上也甚是生气，只令奴婢们不要出了人命，其余的由着他。"

聂无双看着浑身哆嗦的林使节，下了肩辇上前问道："林大人何苦如此？"

林大人正冻得迷迷糊糊，一抬头看见聂无双，神志仿佛突然清醒了一般，大骂："就是你这个妖女！你这个魅惑君主的妖女！要不是你教唆应国皇帝，他怎么可能见死不救？"

　　聂无双无缘无故挨了骂，冷了脸色："皇上不是答应借兵了吗？林大人还有什么不满意的？"

　　林大人一听，仰头狂笑："借兵？这派聂明鹄做带领借兵的将军可不是居心不良吗？"

　　聂无双一听原来是为了这个，嫣然一笑："林大人可不要以小人之心度君子之腹。皇上不是那种人。"她猛地靠近林大人冻得发紫的脸，冷冷地道，"本宫的大哥更不是那种人！要报仇还不用靠如此下三滥的伎俩。"

　　林大人被她狂妄的口气给怔了怔，回过神来见聂无双已经转身走向御书房，不由得站起身来怒道："苍天若有眼，一定会灭了你这个祸国的妖女！"

　　他转头对林公公道："去与你们皇帝说，若皇上不改变心意，今天我林楚就死在这里！"

　　他说罢不待林公公反应，一头冲向那御书房前的石狮子。"砰"的一声，聂无双心头跳了跳，一回头，林使节已经倒在雪地中，额上鲜血长流，眼见是不能活了。

　　"啊——"夏兰尖叫起来，聂无双捂住她的眼，叹息："别看。"

　　林公公与几位内侍纷纷上前，一阵查探之后，林公公懊丧着走来："娘娘，林大人没救了。"

　　聂无双定定看着雪地上林使节那至死不甘的眼神，许久才道："如此本宫就顺便告诉皇上这消息。林大人的临终遗愿，本宫也一起报上吧。"

　　她冷冷转身，身后拖曳的长裙如凤尾一般在雪地展开，林公公瞠目结舌：她竟然一点都不怕。

　　过了两日，萧凤溟下了旨意，命萧凤青为三万援军的主帅，聂明鹄为统领将军，开春出发。迟来的旨意传来，众人在惊讶之余议论纷纷，一位是风流不思进取的王爷，一位是从齐国逃来的逃臣，这驰援齐国真能有用么？

　　聂无双知道这旨意时，沉默了许久。皇上果然还是派了她的兄长去齐国。就是不知道自己的大哥聂明鹄是怎么想的。她求了旨意，让自己的大哥进宫一聚。聂明鹄依约而来。暖意融融的殿中，兄妹两人沉默无语。

　　聂无双打破沉默，斟了一杯酒，勉强笑道："这是好事，大哥建功立业的机会来了。"

　　聂明鹄清瘦许多，但一双俊眼越发沉稳如水，他接过聂无双的酒，释然一笑："小妹不必担心，我一定会平安回来的。"

聂无双看了他一眼，眼中掠过不舍："虽然知道大哥善战，但是……"

一想到开春聂明鹄就要出征，她心中犹如刀绞。如今这个世上只有大哥与她相依为命，她不能再失去了。

聂明鹄安慰道："放心，这不是还有睿王殿下么？他虽名声不好，但是大哥瞧着他还是有几分本事的。"

提起萧凤青，聂无双越发沉默，是啊，他也要出征了。待惯了锦绣窝、温柔乡的他是否真的能在冰天雪地中击退如狼似虎的秦军？她深深叹了一口气，看着窗外的冰天雪地，深深陷入了沉思中。

第四十章　芳逝：玉人泪

　　到了夜间，萧凤溟来永华殿，聂无双迎上前，笑着深深拜下："皇上。"她巧笑倩兮，早就没了早间的郁郁之色。

　　萧凤溟扶了她起身，眸中掠过赞赏："朕以为你会生气，没想到双儿也是个识大体的。"

　　聂无双眼前掠过林使节至死不甘的脸，淡淡道："臣妾还能怎么样呢。这军国大事，皇上高瞻远瞩，臣妾是永远不懂的。"

　　萧凤溟眸光微微一沉，正要说什么，忽地林公公疾步进殿，神色郑重："皇上，玉妃突发重病……"

　　聂无双心中一紧，萧凤溟已经失声问道："太医怎么说？"

　　林公公更低地低头："太医说，恐怕熬不过了……"

　　聂无双的一颗心陡然凉到了底，萧凤溟微微一震，怔怔站了一会儿，聂无双回过神来，拿起他的玄色大氅披风，恳切地说："皇上去看看吧。"

　　萧凤溟拿起披风，大步走了出去，一回头，看见聂无双也在穿木屐，眸中不由得一暖："你也去？"

　　"这是自然。"聂无双穿好木屐，由宫女帮忙披上披风，她上前握住他的手，目光坚定，"臣妾一定要去。"

　　紫薇宫中寂静无声，除了宫女小心走动发出细碎的声响，再也没有别的声音。萧凤溟与聂无双踏入这宫门的时候，只看见庭中那一株光秃秃的梧桐树，还有那四周暗而灰色的宫檐。四周充满了死气，沉沉的，压在人的心上。

　　萧凤溟由内侍领着步入正殿，"吱呀"一声，殿门又关上，聂无双看了几眼，便向偏殿走去。那边，还亮着微微的灯光。

聂无双推开侧殿的门，雅婕妤正坐在暖榻上抹着眼泪，身边有几位女官正在轻声安慰。她一抬头见聂无双来了，立刻迎上前，未语先流泪："聂姐姐……"

聂无双挥退女官，扶着她坐下："到底是怎么回事？不是之前说有好转么？"

雅婕妤摇了摇头："臣妾也不知道，但是今天早上还好好的，下午就开始……开始呕血了，太医来看，说是……不行了。呜呜……"

聂无双闻言顿时黯然，到底还是撑不过这个冬天……

两人沉默着，听着殿外时不时来来回回宫人的脚步声，细碎的，惶恐的，带着对死亡的敬畏与恐惧。

不知过了多久，侧殿的门被推开，风雪漫卷了进来，萧凤溟沉默地走了进来："她要见你。"

聂无双与雅婕妤不约而同地站了起来。

"皇上，玉妃娘娘怎么样了？"雅婕妤急急地问道。

萧凤溟走到聂无双跟前，又重复一遍："她要见你。"他的眸色沉黯，带着她所不曾见过的痛苦。聂无双看了他一会，点了点头，低着头疾步出了内殿。

紫薇宫的殿中充满了刺鼻的药味，无处不在，就好像经年累月积累下的，渗透在每一处的雕梁画栋中，每一处砖瓦中，挥之不去。

聂无双掀开重重的帷幕，这才看到躺在床上的玉妃。只一眼，她的泪便滚落下来。她的脸已经瘦得只剩下一层皮，曾经的娟秀淡雅，如今竟只剩下一具将死的皮囊。

"玉姐姐？"聂无双坐在她的床边，轻声地唤她。每唤一声，泪意便盈满了眼眶。玉妃无知无觉地躺着，就像是沉沉睡去再也不愿意醒来。

"玉姐姐？"聂无双耐心地唤着她，她握着她冰冷的手，像是要为她多传一点热气。

许久许久，玉妃才幽幽转醒，她睁开眼，用了许久才把涣散的目光聚拢在她身上。

"你来了？"嘶哑的声音，带着胸肺间呼啦啦的声音，听起来格外骇人。聂无双点了点头："我来了。"

她喉咙间发出咯咯的声音，像是在咳，又像是要说话，聂无双分辨了半天，才知道她竟是在笑。

玉妃努力笑了一会儿，才缓缓地道："刚才皇上也来了。今天可真是我的大日子。"

聂无双闻言掩下眼中的黯然，勉强笑着道："玉姐姐好好养病，一定会好起来的。玉姐姐不是说诗书不错么，怎么妹妹进宫来都未曾与玉姐姐好好切磋切磋？等开春……"

玉妃缓缓摇了摇头，打断了她的话："我不行了……真的不行了……"她说着又要咳起来，但是许是连咳的力气也没有，只能生生地压下。

她握紧聂无双的手，聂无双知道她有话要说，连忙贴近："玉姐姐有什么事要妹妹去办的么？"

玉妃定定看了她一会,浑浊的眼中流露出复杂的神色,这才叹息一声:"在宫中……人情冷暖变幻比翻书还快,只有你……还有雅妹妹自始至终都在我的身边,不离不弃。这份情谊,我就算是来世也不会忘记。"

聂无双心中黯然,若说到这份不离不弃,唯有雅婕妤而已。而她之前不过是寻找宫中的同盟而已。

"玉姐姐不要说了。"聂无双心中酸涩。

玉妃摇了摇头:"我要说,再不说,就没有机会了。"她费力地喘息一会继续说道,"我自视清高,求人的事……不屑做,也不会做……但是……但是在这时,我不得不求你两件事……"

"什么事?"聂无双看着她渐渐迷蒙的眼,问道。

玉妃看着她的眼睛:"第一件,替我……替我好好照顾雅妹妹……"

玉妃看出她的诧异,喘息地道:"她……她虽然不够漂亮,也不够……聪明,但是她不会威胁你……你……替我好好照顾她,不要让她在宫中被人欺负了去。我知道你会做到的。是不是?"

聂无双心下恻然:"我会的。"

玉妃松了一口气,喃喃地道:"我就知道你会答应。我们女人生来命苦,入了宫的女人更苦……她年纪那么小,心思也单纯,偏偏入了宫。我没办法帮她,又拖累了她。……你若是想,便拿了她的孩子吧。保她一命。只要不要让她被人……被人害了……"

她说着忍不住剧烈咳嗽起来,这阵咳嗽咳得她的心肺都要呕出来,聂无双连忙拿帕子给她,可等她咳完帕子上早是一片片血迹。

玉妃看了一眼帕子,凄然一笑:"大限已到,没什么可说的。"她揪住聂无双的衣袖,眼中流露出强烈复杂情绪,"还有一件事……我要你答应我。"

"玉姐姐请说。"聂无双看着她濒死的眼神,连忙别开眼,不忍再看。

"还有一件事……恐怕你会……会为难……"她自嘲一笑,"说起来……我这病都是自找的……爱之不能,求之不得。我……终究是被自己的心性害了。"

"玉姐姐……"聂无双不知该说什么。当初她千方百计令她振作,但是那一日被云妃大闹紫薇宫,她说出准备烂在心底的秘密,这才是真正击垮她自己的罪魁祸首。玉妃那么清高孤傲的一个人,却被逼迫到了如此地步,任她再坚强,也会觉得这世道不公,苍天无眼。

玉妃摆了摆手,继续说道:"我思前想后……其实什么都想明白了。我千不该,万不该,不该爱上……皇上。"

她盯着聂无双的眼,终于露出痛色:"我爱上了一个不能爱我的男人,我恨着他,但是又无法收回自己的心……我总以为他……他是因为云妃才这样对我,可是……我错了。

我忘了……他是皇帝。不管是不是云妃，他都不可能专情爱一个女人……"

她猛地握紧聂无双的手，声音嘶哑："聂妹妹，我要你答应我，不要爱上他。这样你才能……才能在宫中立于不败之地……你才能好好地……活下去。"

聂无双猛地一惊，她诧异地看着玉妃蜡黄的脸。她张了张口，不知道要说什么，玉妃已经脸色猛地灰暗，她眼中的光彩渐渐消逝，只有干枯的唇一开："不要爱上他……不要……"

所有的光影似在顷刻褪去，四周晦暗如夜。聂无双怔怔看着她毫无声息的面庞，轻轻地为她合上双眼。她慢慢起身，来时还来不及换下的艳丽宫装在这色调灰暗，死气沉沉的宫殿中显得如此诡异突兀。来到应国后宫之后，她喜欢所有艳丽的，奢华的，拖地的长裙，因为她早就厌倦了隐忍，牺牲，与各种不得不忍受的委屈。

她看着玉妃渐渐冰冷的身体，昔日才情横溢的玉嫔，今日有名无实的玉妃，她的爱情还未开始，就注定枯萎。而她的结局似在提醒着她：不要爱上万人之上的皇帝。

"玉姐姐，你放心吧。你的结局永远不会是我的结局……"

她慢慢向外走去，对着殿门守候的内侍淡淡说道："玉妃娘娘，殒。"

丧钟响起，长长的三声，响彻整个后宫。在这薄暮时分显得格外悠长。可是只有这三响，穿过重重宫阙，却传不出九重宫门外的一方清静世界。聂无双站在永华殿的高台上，沉默良久。

"娘娘……"身后传来夏兰的声音，聂无双回头，入目是雪白的孝服。她不由得皱了皱眉。

"娘娘，皇后下旨，后宫中只需戴孝三天，三天后立刻除孝，迎接新年。"夏兰说道。

聂无双闻言木然：玉妃是个不合时宜的人，不合时宜地进入后宫，不合时宜地爱上皇帝，最后连死的日子都这么不合时宜。

聂无双点了点头："雅婕妤呢？还住在紫薇宫么？"

夏兰微微一怔，不明白她为什么要在这个时候问起这个："雅婕妤娘娘还在紫薇宫中。"

聂无双缓缓步下高台，淡淡地道："去，派几个人把雅婕妤接到永华殿，就说本宫哀伤难自抑，要她过来做伴。"

她说完头也不回，回了殿中。

"娘娘，这孝服……"夏兰见她离开，连忙问。

"祭拜时再穿！"远远地传来她冷淡的声音，风一吹，便散了。

雅婕妤到永华殿的时候已经是夜间，她挺着大肚子艰难地从肩辇中下来，由宫女们小

343

心扶着上了台阶。一抬头，聂无双已经站在殿门迎着她，神色并不如宫女口中说的"悲泣难以自抑"，甚至，在她光洁的面容上看不到一点泪痕。

她就这样看着她一步步走来，面上喜怒难辨。

"聂姐姐……"雅婕妤看到她这个样子，心中更加难受，不由得踉踉跄跄地走到她面前，"玉姐姐她怎么就这样走了……"

聂无双看着她脸上的泪痕，别过脸去："把雅婕妤的东西收拾好。以后雅婕妤就住这里了。"

雅婕妤微微一怔："聂姐姐？这是……"

聂无双回头问道："紫薇宫已经死了人，你还要住那里吗？"

雅婕妤被她的话噎了下，只能由宫女带着自己的东西前去整理。这一夜，雅婕妤歇在了永华殿侧殿的暖阁中。暖阁精致小巧，比偌大的正殿来得更温暖些。

杨直上前，带着赞赏："娘娘这一次出手很快，以后雅婕妤生下孩子一定会给娘娘教养的。"

聂无双轻抚桌上雪白的孝服，淡淡地道："这个以后再说。皇上呢？"

"皇上在御书房中。"杨直回道，"皇后已经着令敬妃操办玉妃的丧葬事宜，这三天时间恐怕……"

"恐怕什么？"聂无双回过头问道。

"恐怕葬礼只会草草而过。"杨直说道。

聂无双看了他一眼，随后说道："备肩辇。本宫要去见皇上！"

杨直微微吃惊："这个时候？皇上说不定已经歇下了。"

"不会的。皇上一定没睡。"聂无双已经转入内殿，穿戴起来。杨直顾不上避讳也跟了进去，急急劝道，"娘娘三思啊，这时候皇上肯定想要一个人待着。"

聂无双猛地回头，冷笑道："一个人待着？一个人黯然神伤难道就能挽回玉妃的命吗？就能让她毫无遗憾地死去吗？"

她说完转入屏风后换了一件素色衣服，冷然出来。一路向御书房而去。一路上寂静无声，还来不及换下的大红宫灯高高挂着，红艳艳的，喜气洋洋，聂无双坐在肩辇中，心中涌动着自己也说不出的厌弃。

到了御书房，林公公闻讯从殿中走出来，面上满是惊异："娘娘怎么来了？这个时候……恐怕……"

聂无双微微施了一礼："请林公公帮忙通禀一声，就说臣妾有急事求见。"

林公公见她冒着严寒而来，想说什么，又泄气转身进去。不一会儿，林公公走了出来："皇上宣莲嫔娘娘觐见。"

聂无双松了一口气，走了进去。

御书房中燃着沉沉的龙涎香，淡淡地，如水似地浸润着殿中各个角落。矜贵的香气令聂无双想起紫薇宫中无所不在的药味。

萧凤溟正坐在御座上，旁边燃着大烛，明晃晃犹如白昼，只是他深沉的眉眼越发隐在阴影中。

他见她来，勉强一笑："你来了？"

聂无双看着他面容上多了几分倦色，上前道："臣妾深夜前来，请皇上恕罪。"

萧凤溟放下手中的奏章，揉了揉额角："有什么事么？"

聂无双看着他，淡淡地问："皇上打算赐玉妃娘娘什么样的谥号？"

萧凤溟一怔，聂无双不等他开口又问："丧葬出殡时埋在哪里？可是葬在皇陵？还是东郊？"

萧凤溟眼中陡然黯然："你到底要说什么？你是在责怪朕没有对她用心吗？"

聂无双跪下："臣妾请皇上给玉妃一个体面的葬礼。皇上生前既辜负了她，她身后事，臣妾不忍看着她就这样冷冷清清葬了。"

萧凤溟闻言沉默许久，他慢慢步下御阶，走到她面前，目光复杂地盯着她："你为什么要这样做？顶着冒犯天威你也要这样说吗？"

聂无双抬起头来，目光明澈无畏："皇上，在玉妃的心中，她从来没有把你当成皇上，她的心难道皇上到现在还看不清楚吗？"

萧凤溟沉静的面容渐渐裂开一丝感情的裂缝，像是在笑，又像是自嘲。他转过身，缓缓地说："她太傻。"

"皇上……"聂无双膝行几步，带着自己也不明白的执拗。

她的美眸中映着殿中明亮的烛光，闪着如暗夜星辰一般难解的光芒。萧凤溟修长的手指轻拂过她的眼，许久许久才淡淡道："跪安吧。天很晚了。"

聂无双看着他背过身，心中有一块地方陡然间似被冰雪倾覆，冷得她都忍不住打起寒战。

"……不要爱上他……"玉妃临死前悔恨的眼神在眼前不停地放大。

红颜成白骨，纵然自负多少才情无双，亦通通抵不过他的温柔如毒。

空荡荡的御书房，明烛高举，亮如白昼。不能再待下去了。再待一刻，她就多一刻的彻骨心凉。可她明明对着玉妃还未冷透的尸身说："你的结局永远不会是我的结局……"

其实她错了，玉妃的结局是所有爱上帝王女子的结局。不爱便无惧，不爱便无伤——这是需要付出多少血淋淋的代价才可以得到的真理。聂无双猛地转身，大步向御书房门口走去。

"她最喜欢的是京城外的十里长堤边的春日胜景。朕，打算把她葬在长堤边的一座小山上，建一座庵。这样她年年就能看见她最喜欢的景色。"身后突然传来他略带沙哑的声音。

聂无双脚步顿了顿,清冷一笑:"那臣妾替玉妃娘娘谢皇上隆恩。"她说完,头也不回地走出御书房,消失在寒风四起的黑夜里。

香消玉殒,双十青春年华最后只得到他这一句最后的仁慈。玉妃的心思,聪明的他一定早就知道。只是他不愿意说破,更不愿牵扯上这样的感情。只宠而不爱。这才是帝王的后宫之道。原来如此,也果然如此!

门外夜沉如墨,重重的宫阙楼阁像在黑夜中隐藏的怪兽,择人欲噬。萧凤溟转头刚好看见她那长长如凤尾的裙裾一闪而过,再也了无痕迹。

"无双……"

长长的叹息,也如这黑夜中的寒风,一吹,便散了。

三日后,玉妃发丧。整个后宫红绸变白布,雪白一片。萧凤溟下旨赐玉妃谥号为"贞",是为"贞玉贵妃",特旨葬于京城西边望坡上一块风水极佳的福地,旁边建了一座尼姑庵,日夜为她祈福。因京城西边的长堤为春游时青年男女相识之地,此地尼姑庵的香火一日日鼎盛起来,大多都是求姻缘,子嗣。不少人觉得十分灵验,经年之后,这尼姑庵成了京中有名胜地,人人都道,是"贞玉贵妃"生前为情所苦,死后不愿世间所有痴男怨女同样为其所苦,所以才会显灵……

玉妃去世对整个后宫并无多少影响,日升日落,整个后宫并不会为一位已经不受宠很久的妃子多添一分哀色。三日后,招魂白幡又换成了红绸,宫灯又红艳艳几乎要刺盲了所有人的眼。

雅婕妤就在永华殿中住下,起初的战战兢兢,到渐渐看到聂无双对她照顾有加,这才适应了。玉妃出殡的时候,聂无双不让她去,勒令她在宫中休养。起初雅婕妤心中犹有埋怨,但后来听杨直说起,玉妃的丧礼能在这么短时间隆重举行亦是聂无双冒死去求皇上的结果,不禁感叹:"娘娘面冷心热,臣妾实在是感佩。"

杨直笑道:"是啊,我家娘娘性子向来如此,别人若是误解倒也罢了,雅婕妤是娘娘的知己,娘娘心地善良,婕妤娘娘更是应该明白才是。"

雅婕妤闻言若有所思。杨直见自己的一番话起了效果,悄悄退了出来。才刚走出暖阁,就看见聂无双立在暖阁不远处,身边带着德顺,正冷冷看着他。

杨直被她眸中神色看得心中一缩,连忙低头上前:"娘娘有何吩咐?"

聂无双看着暖阁紧闭的门,冷冷地问:"你到底跟她说了什么?"

杨直知道自己在永华殿中的一举一动都逃不过她的眼睛,坦然道:"奴婢只不过是为雅婕妤说明娘娘为玉贵妃娘娘所做的一些事而已。并无其他。"

聂无双冷笑一声:"本宫做的事什么时候需要你来歌功颂德?"

杨直看了一眼她身后笑眯眯的德顺,低头道:"奴婢只不过是想为了娘娘以后所做的事更顺利而已。娘娘明鉴。"

聂无双看了他一眼，缓了口气："杨公公的苦心本宫明白，但是别让她有了这个心思，以后本宫与她见面也难了。"

她说完，转身离开。杨直看着她身后欲跟上的德顺，淡淡地道："德顺，咱家有些杂事要劳动你一下。"

德顺回头，迈着小碎步折了回来，笑眯眯地道："杨公公有什么事要吩咐？"

杨直看着他万事不变的笑脸，淡淡地道："做奴婢的要忠心无二才能富贵无忧，做奴婢的奴婢的，更是要如此。你听明白了么？"

德顺笑眯眯地连连点头："奴婢明白。杨公公别担心，这几日娘娘心情不好，刚好奴婢会插科打诨，所以娘娘就将奴婢带在身边，这宫中大事可还不是杨公公决断的么？"

杨直看了他弯着的腰，不再说什么，转身离开。

德顺直起身来，细长的笑眼中掠过冷色，等杨直离开，他才慢吞吞地离开。

日子一天天过去，转眼到了腊八节。前一日宫中的宫人就合夜未眠，就开始忙碌起来，将腊八粥的食材一一洗、泡、剥皮、去核、精拣。然后在半夜时分开始煮，再用微火炖，一直炖到第二天的清晨，腊八粥才算熬好了。各大寺庙更是举行盛大的浴佛会，向百姓施腊八粥，十分热闹。

聂无双一早起身，在宫女的打扮梳洗下，在额上点上辟邪的朱砂花样，与雅婕妤一起向皇上皇后请安。

到了皇后的来仪宫，皇上皇后已经是天不亮就祭拜过祖宗，俱穿着明黄大礼服，坐上首。先来的妃嫔已经见过帝后二人。聂无双上前，跪下祝祷一番，皇上接过宫人手中盛着腊八粥的金碗递到她面前。

聂无双看了他一眼，正好对上他乌沉沉的眼眸，垂下眼帘："谢皇上赐粥。"

萧凤溟淡淡地道："有赏。"宫人拿出准备好的金锞，皇上忽地道："莲嫔端慧贤淑，照看雅婕妤有功，再赏。"

皇后亦是笑道："皇上说得是。臣妾也正有此意。"

聂无双拿了两份赏赐下来，座上的妃嫔看向她的眼中，嫉妒有之，不屑有之，更多的是探究的眼神。

聂无双面色如常，等着雅婕妤领赏下来。这才开始小口吃着。正在这时，来仪宫门有内侍唱和："云充媛觐见。"

聂无双抬头看去，云充媛由宫女扶着小心翼翼走了进来，来到正殿中，她吃力跪下，亦是先祝祷一番。

皇上面色如常，皇后看着她肚大如箩，不由得心疼："赶紧起来吧。小心不要跪坏了

347

膝盖。"

云充媛吃力地起身，幽怨地看了一眼一旁的萧凤溟，这才低声道："臣妾谢皇后娘娘爱护。"

皇后笑问："这日子也快近了吧？"

云充媛闻言面上露出几许傲然："回皇后娘娘的话，太医说再过一个月不到孩子就能出世了。"

皇后点了点头："这真的不错，既然如此，那云充媛就要好好保重，来年初添个龙子。"皇后说罢吩咐宫人拿了备好的赏赐给她。

云充媛谢赏之后，看向萧凤溟，目光殷切。萧凤溟看了她一眼，淡淡地道："云充媛身怀龙嗣，凡事要戒骄戒躁。"他转头对一旁的林公公道，"依例同赏。"

云充媛脸上的殷切顿时化成了灰心，接过赏赐，黯然退下。

聂无双看着这一幕，冷冷垂下眼眸。雅婕妤坐在她身边，低声道："聂姐姐，云充媛这次可是彻底让皇上失望了。再也兴不起风浪了。"

聂无双拿了绢帕拭了唇边，并不接口。这后宫腊八节的赏赐向来有讲究：若是额外赏赐便预示这一年甚得帝后的欢心，若是只同例赏赐，那便只是平平而已。云充媛身怀龙种，自然是希望得到皇上的多加赏赐，若是不能得到，那她的孩子恐怕将来出世也不会得到皇帝的喜欢。

所谓见微知著，大概也就是这个意思。所以云充媛才会那么失望，而一向温柔的雅婕妤也忍不住幸灾乐祸起来。

一顿腊八粥吃完，后宫众妃子与帝后两人又说了些话，这才各自散去。帝后二人要出宫去参加城中的浴佛大会。除了敬淑二妃还有聂无双之外并无嫔妃一起同行，德妃称病告假在宫中，更是不露面。聂无双由八个内侍抬着赶到宫门口的时候，远远看见龙辇与凤辇都在原地。帝后两人不同辇，这倒是令她微微诧异，转念一想，皇后带着大皇子。大皇子年幼，恐怕也不便与皇上同辇而行。

龙辇厚重的车帘掀开，一股熟悉的龙涎香扑鼻而来。聂无双心中一窒，上了车，对上萧凤溟那一双沉静如水的眼眸。

"你来了？"萧凤溟伸出手去扶她。聂无双不动声色地避开他的手，跪坐在御座旁边，拜下："臣妾参见皇上。"

萧凤溟察觉到她的疏离，并不以为意，淡淡吩咐道："可以起驾了！"

龙辇缓缓启程，这次要去的目的地是明华寺，每一年皇帝参加浴佛会的寺庙都不同，为的是昭示天家皇恩公平。明华寺距京城较远，一路行过，听得人声鼎沸，聂无双从透明的鲛纱帘看去，街道两边挤满要一睹圣颜的百姓，龙辇碾过特地撒了黄沙的街道，平稳而缓慢。

聂无双看了一会儿,耳边忽地传来萧凤溟沉悦的声音:"你以后都要这样面对朕么?"

自那次以后,他不曾宣召她,她亦是不曾走入御书房与甘露殿。两人之间仿佛重新竖起一道墙,看得见,却再也跨不出那一步。

聂无双收回目光,直视他沉着的眼眸,忽地一笑:"臣妾不敢。"

"过来。"他向她伸出手去。聂无双看着他修洁的手,慢慢握上。两相交握,暖意依旧,但是那份心意,却已经是天上地下。

第四十一章　遇刺：浴佛节

明华寺到了，寺前人山人海，聂无双随着萧凤溟下了龙辇，早有住持率僧众前来迎驾。被重重御林军隔开的百姓终于能得见天颜，都纷纷跪下三呼万岁。山呼海啸一般的万岁声震如天，聂无双站在萧凤溟身后，忽地感觉人群中有一道犀利如冰的目光，她心中一寒，不由得向前靠了靠。身前的萧凤溟似感觉到她的惧意，以为她是惧怕出现在众人面前，回身握了她的手，慢慢由住持领了向寺中走去。

聂无双挣脱不得，还好此时皇后已经扶了高太后走在前面，不然的话她今天走在皇帝身边便是越矩。百姓们见皇帝牵着一位绝色美人，顿时瞪大眼睛，恨不得把她相貌看穿。有人认出她是聂无双，难以抑制心中激动，纷纷向身边的人说明。顿时聂氏无双被帝王宠爱，连浴佛时皇帝都不忍心令她离了左右的传言一传十，十传百。

明华寺因皇帝一行早就屏退了闲杂人等，寺中守卫重重，十步一岗戒备森严。聂无双见这阵仗暗自笑自己过于担忧：在皇帝身边还要惧怕什么危险不成？

到了下午，浴佛节开始。法事隆重，寺庙前香烟缭绕，百姓信徒们跪了一地，僧人们把金身佛像抬出来，用鲜花蘸着清水撒上，皇帝与皇后也一起动手。仪式简短，但是隆重异常。所有的僧人都席地而坐，念诵经文。沉静的梵文唱和声令人心中渐渐平静空灵。

聂无双跪在宫眷中看着僧人抬着佛祖的金身塑像，慢慢绕着信众走过，萧凤溟的眉眼渐渐在袅袅升起的香烟中忽隐忽现，她一时间有些恍惚。他总是这样，沉稳而充满了帝王之气。

也许对他来说，在他心中最重要的便是这无垠的江山，这面前虔诚的百姓。

聂无双幽幽叹了一口气，正要闭目念经。忽地异变陡然生起。只听见在念经声中，极其轻微的"笃"的一声，一道寒光越过众人从高处射向那一抹明黄。"扑"的一声，几乎是很轻的声音传来，聂无双一抬头，不由得睁大眼睛，只见萧凤溟慢慢倒下。

天地间仿佛陡然暗了下来，所有的人都惊呆了。聂无双只觉得浑身的血液陡然倒回到自己的心口，逼得心脏忽地停止跳动。皇后后知后觉地尖叫一声，扶住了萧凤溟。聂无双回过神来，从地上爬起跟跄扑上去。入目是萧凤溟隐忍痛楚的脸。在他的肩上斜斜插着一支劲箭！

"有刺客！有刺客！"禁卫军见皇帝受伤，连忙叫了起来，抽出刀来团团护驾。而皇帝身边的金刀侍卫更是紧张万分，纷纷挡在皇帝面前。而底下跪在地上的百姓纷纷尖叫四散逃跑。僧人们亦是惊慌失措。

聂无双与皇后扶住萧凤溟。萧凤溟沉声道："回寺中！"皇后已经吓得哭了起来，一旁的大皇子更是不知所措。

聂无双扶住萧凤溟，一扯皇后："快抱着大皇子进寺中。"皇后这才幡然醒悟连忙抱住大皇子，尖叫："护驾！快护驾！"

这时底下的百姓已经乱成一锅粥，他们拼命想挤出去，但是又纷纷被身后的人踩在脚下，禁卫军围在皇帝跟前，却抵不住一拨一拨因拥挤而冲撞来的人浪。

聂无双扶着萧凤溟往寺内走去，高太后那边自有侍卫护着向寺中退去。聂无双在惶惶中看到高太后沉稳如水的面容，心中微微诧异，但是她来不及多想，便只能跟着金刀侍卫向里撤去。

沉重的寺庙门被重重关上。只留下寺外依然惊慌的百姓与信众，还有一地的狼藉。

寺中的戒备更加严了。聂无双在为皇帝准备的宣室中走来走去。萧凤溟躺在软榻上，身上的龙袍已解开，露出满是血迹的胳膊。在他的肩胛骨处，一支很长的箭牢牢插着。随行的太医战战兢兢地用刀子割开他的内衫，露出被箭射入的伤口。

聂无双屏住呼吸，上前问道："太医，这箭上有没有毒？"

太医仔细看了一下，暂时松了一口气："没毒。但是再差那一点点……"他赶紧噤声，那射箭之人只要再精准一点，这箭射中的就是皇帝的脖子，到时候就算是大罗金仙也救不了。不上毒药，是因为射箭之人太过自负呢，自信能一击必中，还是因为行事光明磊落不愿涂毒？

聂无双不知道是哪一种，但是目前这无毒的消息的确是好消息。

萧凤溟脸色虽苍白，但是依然没有失了沉稳："太医，拔箭！"

太医听得吓得抖了抖："皇上……这万一伤了筋脉……这……"

萧凤溟眸色一沉："难道你要朕就这样血流尽而死？"

他的口气已然十分严厉，太医吓得一哆嗦："微臣不敢，微臣不敢！"

"那就拔箭！"萧凤溟道，纯黑的眸子流露着坚定，"不拔箭怎么治伤？"太医战战兢兢地拿了刀子在火上烧了烧，颤抖地道："皇上且忍一忍，需要割开旁边的肉，才能……"

萧凤溟沉着脸："朕养你们不是养一群废物的！废话不用多说！"

太医拿了刀慢慢割开箭伤边的肉,每一刀都涌出更多的血,聂无双跪坐在一旁用干净的绢布擦着,一旁的皇后看着忍不住"呕"的一声,再也受不了血腥味,冲了出去。

萧凤溟痛得冷汗淋漓,他看着一旁的聂无双,勉强笑问:"双儿你不怕?"

聂无双知道他与她说话不过是为了转移注意力,忍住自己不去看他那肩头被刀划开的血肉,摇了摇头:"臣妾不怕。"

萧凤溟握住她的手,此时太医已经割开旁边的肉,紧张地说道:"皇上,微臣要拔箭了。"

聂无双看了一眼,这一箭劲力极大,几乎已经穿透萧凤溟的肩胛,她再看看太医花白的头发,连忙道:"去叫一位侍卫来拔,太医你拔不动的。"

太医如释重负,连连点头:"是极!"

萧凤溟忽地一笑:"何必这么麻烦,朕自己拔!"他说完用未受伤的手扣着箭,猛地一拔,顿时一股血箭冲出,聂无双的心大大跳了起来,等看到他手中那半截带着血肉的箭镞的时候,这才恍然回神,连忙用干净的绢布堵住他汩汩流血的伤口。太医也连忙拿来上好的金创药洒了上去,一通忙乱,这才把萧凤溟的伤口包扎妥当。

等一切处理妥当,聂无双这才累得瘫软坐在一旁。惊恐这时才从心底蔓延上来:萧凤溟几乎要被这支从天而降的箭镞给杀了。

她抬眸,对上他乌沉沉的眼眸,不由得握住他的手:"皇上,你没事了。"

萧凤溟看着她依然苍白的面色,淡淡一笑:"是啊,没事了。"他执起她的手放在脸颊边,轻轻摩挲,聂无双心中涌起复杂的思绪,还不知自己在想什么时,已经被他搂在怀中。

聂无双不敢妄动,鼻间隐约有酸涩。他和她之间变了,若远若近。这样奇怪的感觉令她说不清楚要怎么来面对他。

"皇上……"宣室的门陡然被拉开,和着风雪闯进来的是萧凤青。他一身火红的便服,似从哪里匆匆而来。

当他看清宣室中的一幕时,不禁怔忪了下。聂无双连忙从萧凤溟的怀中挣脱,退到一边,掩饰道:"睿王殿下来了就好,皇上,臣妾告退。"

她匆匆退下,背后只觉得萧凤青那一双犀利的眼在紧紧盯着。

"看来皇上伤得并不严重,还能暖玉温香抱满怀呢……"身后传来萧凤青懒洋洋的调侃声。

聂无双脚步顿了顿,终是关上宣室的门,匆匆离开。

聂无双换了木屐正要回自己的禅房中歇息,走过一处拐角,忽地看见一身火红的萧凤青立在廊下等着她。四面都是神色戒备的侍卫,聂无双硬着头皮走上前。

萧凤青薄唇一勾:"娘娘,请借一步说话。"

聂无双无法，只能领着他到自己的禅房中。暖意扑来，卸去了两人身上带来的寒冷。夏兰与茗秋早就识趣地默默退下，偌大空荡的禅房只有两人。

"睿王殿下有什么事？"聂无双想要避开他犀利的眼眸，但是却依然被他轻易地捕捉住。

"没什么，看你有没有受伤。"萧凤青指了指她的裙摆，聂无双这才发现自己染了萧凤溟血迹的衣衫还未换掉。

她恹恹摆了摆手："等回宫再换。"

萧凤青看着她脸上的疲惫，忽地道："这次刺客是个高手，皇上能躲过也算是侥幸。"

聂无双闻言只作默默，她见过萧凤溟的伤处，那么远的距离，能这么精准，不是常人所为。想到只差一点点，萧凤溟就有可能死去，她的心猛地颤了颤。

她的神色落在萧凤青的眼中，他异色的眸中不由得一黯："你在担心他？"

"当然。"聂无双掩下眼中的些许惊乱，平静地说，"他是皇帝，我当然得担心他。"

萧凤青冷笑一声："聂无双，你承认吧。你是不是爱上了皇上。不然的话，刚才那一眼我绝不会看错。你在伤心后怕。"

聂无双沉默一会，亦是回他一个凉薄的笑意："无双不懂。"

"你怎么会不懂？"萧凤青一把拽起她的胳膊，逼近她的美眸。

聂无双冷冷挣开他的钳制："殿下觉得我会这么笨，一次被男人伤害还不够，还会重蹈覆辙么？"

"那你以后呢？"他不放开她的手，追问，"报了仇以后呢？"

聂无双盯着他的眸子，想笑又觉得心中萧索，许久才道："殿下不要为难无双。"

报仇？她忽然笑了笑："报仇是十年?还是二十年?还是永无期限？"

她看着萧凤青冷峻的俊脸，轻轻抚上，红唇如血："殿下，宫中朝堂，处处是危机。皇上的皇位都不安稳，无双真正怕的是，还未报仇自己就随着皇上死了。"

萧凤青的眸子猛地一眯："你的意思是？……"

聂无双看着萧凤青，一字一句地道："无双希望殿下暂时撇开那个念头，先帮皇上铲除高太后，只有这样，殿下才有真正的机会！"

萧凤青的眸子眯得更深了："你知道是高太后？"

聂无双摇了摇头："无双没有证据，但是知道一定是高太后！不为什么，就是知道是她。"

"为什么？"萧凤青问道。

聂无双冷冷一笑："睿王殿下现在可以去看看皇后与大皇子在哪里。就会明白无双所

说的是什么意思了。"

萧凤青见她指的是这个，了然笑道："太后自然是召皇后过去询问皇上的伤势如何。这又有什么不对？"

聂无双反驳："太后为何不亲自过来询问？而且一路上，太后把大皇子带在身边，你可见她以前有如此亲近大皇子么？"

聂无双道："在刺客射中皇上，大家都慌乱之时，只有太后不慌不忙，从容退回寺中。当时臣妾就觉得奇怪，若说太后是因为历经沧桑，但是异变突起，她也不可能这样从容，除非……"

"除非她早就知道了这一场行刺！"萧凤青接口。

聂无双点了点头，冷冷说道："如今皇上膝下子嗣单薄，只有大皇子一人，皇上一出事，皇后与大皇子，这对孤儿寡母不得不依仗的便是高太后！高太后完全可以立大皇子为帝，自己与皇后垂帘听政。这样一来，整个应国又是高太后的囊中之物。"

她美眸中闪着细碎的光："高太后已经对皇上渐渐失去了信心，皇上这一年来频频动作，铲除朝堂高氏余党，又打击高氏等豪门世族敛财搜刮百姓土地。御苑惊马那一次，如果无双猜得不错，她早就在秋狩之前就要皇上死！她最终目的就是要再培植一位新的，容易受控制的皇帝！到那时高太后一人独掌朝堂，殿下还有什么余地？别说是殿下的野心，就是殿下的性命恐怕也不保了。"

萧凤青深深地看着面前的聂无双，他明白她说的都对，还没有哪个女人能在他面前这般侃侃而谈，朝政人心在她心中条条分明。

她，还有什么是他所不知道的惊喜？

"好，姑且相信你。"萧凤青又恢复了往昔懒洋洋的样子，把玩着手中的玉戒，漫不经心地说道。

聂无双一笑，她知道自己已经说服了萧凤青。

"殿下才智绝世，自然知道无双说的是真的。"聂无双道。

"不过——"萧凤青忽地逼近，深眸眯起，看定聂无双的眼："如果你是为了他才这样说的话，你要知道后果是怎么样的！"

聂无双定定看着萧凤青，忽地嫣然一笑。

他走了。聂无双看着那未关上的禅房的门，这才瘫软一样跌坐在蒲团上。要说服萧凤青并不是一件简单的事，庆幸的是，她今天运气好得出奇，趁着这一场未成功的行刺，让萧凤青看清楚当下他和皇上唇齿相依，先把他那可怕的野心压下，以后再慢慢劝导，也许能成。

聂无双擦了把额上的冷汗，夏兰正好推开房门："娘娘，皇上有旨，起驾回宫！"

回到了永华殿，聂无双这才真正松了一口气。皇上遇刺的消息早就在进宫的时候传遍了整个后宫。所幸皇上并未受很严重的伤势——最起码表面上看起来并没有那么重。整个后宫在议论之余亦是觉得侥幸，如今齐秦两国正在交战，要是应国出事了，那也许这三国的局势就更加不稳了。

彼时已是天擦黑，聂无双看着浓厚的铅云，深深地叹了一口气。林公公匆匆而来："娘娘，皇上有旨，召娘娘就去甘露殿伺候。"

聂无双见他面色凝重，不由道得上前问："皇上……"

林公公避开她的询问，躬身道："娘娘还是赶紧过去吧。"

聂无双知道此时不是多问的时候，换了件衣裳随林公公而去。到了甘露殿，聂无双碰到正在里面与皇帝说话的聂明鹄。

聂明鹄一身甲胄分明，俊美的面容因铮铮的盔甲而显得十分英气勃发。聂无双见他是战时穿戴，心知此事已经是令整个朝堂神经紧张。

她默默站在一旁。御座之上，萧凤溟脸色依然苍白，但精神尚可，吩咐了聂明鹄几处禁卫军安排，又道："城外还有三个营，你替朕跑一趟吧，传下朕的旨意，要他们原地待命，无令符不可擅自调兵！"

聂明鹄跪下："是！"

萧凤溟看着他，目光沉沉："带上赵老将军。不然有些人你镇不住。"

聂明鹄一怔，又应了一声，这才退下。

甘露殿中，一时间寂静无声。萧凤溟看着聂明鹄离开，这才疲倦地扶着额角。眼前香风微动，一抬头，聂无双已无声站在他跟前。

"皇上，去歇息一会吧。"聂无双柔声道。

萧凤溟苦笑了下，正要站起身来，却晃了又跌回。聂无双手探上他的额头，吃了一惊："皇上你的额头好烫！"

萧凤溟点了点头："朕回来后就觉得不舒服。"

聂无双连忙扶起他来："皇上赶紧去歇一歇。"她扶着他到了床上，入手所触都是滚热。她不知道他发烧了多久，是在明华寺中就开始因为伤口烧起来，还是在路上着了风寒，但是此时这样的高热十分凶险。

聂无双连忙唤来林公公，沉声道："去叫太医来！"

林公公连忙退下。聂无双绞了帕子放在萧凤溟的额上，帕子很快就不凉，她换下，再绞一块，手一紧，他已经握住她的手。

"不用害怕。朕没事的。"萧凤溟开口，深眸中神色沉沉，看不分明。

聂无双无言地望着他。他现在高热成这样，往日俊雅白皙的面庞已经透出不正常的两抹嫣红，想说服自己他没事，但心中却有藏不住的惶惶。

温热袭来，她已扑在他的怀中，仿佛只有这样，才会抑制住心底无法排解的凄惶。

"没事的，朕以前跟先帝打仗受伤，或多或少都会在伤后发热，等明日自然会好起来。"他轻声说道。

"皇上一定会没事的。"聂无双听见自己的声音在空荡荡的甘露殿中回荡，像是安慰，又像是对自己的保证。

此时太医赶来，又开了方子，浓浓的草药煎熬下去，换成一碗碗苦药喝下去。浓重的药味充斥整个殿中，刺鼻欲呕。到了半夜，萧凤溟身上高热退了又反复，聂无双守在他身边，心也随着起起伏伏。到了天明时分，高热终于退了，萧凤溟的呼吸亦是平稳许多。林公公轻手轻脚地进来，聂无双摸了摸萧凤溟的额头，这才展颜对他一笑："皇上没事了。"

她的心渐渐迷蒙，往前一步已是无路，退后又千难万难。

她和他到底要怎么走才是对的。

萧凤溟放开她，这才发现她已满脸泪水，他的手抚上她的脸颊，问："你为什么而哭？"

聂无双美眸幽幽地看着他，心中的话涌上心头，却又生生忍下，别开眼："没什么，臣妾只是高兴皇上没事。臣妾这就去拿粥。"

她说罢匆匆离开。萧凤溟看着手心陡然失去的温暖，心中竟是深深的怅然。

萧凤溟的伤势好得很快，第二日就已能正常走动。第三日，萧凤溟的脸色已经恢复红润，可以上朝。朝堂中对这次行刺事件议论纷纷，刺客早就趁乱跑了，聂明鹄率领禁卫军，加上京兆尹率领的京城府兵挨家挨户地找，但是却找不到。

这一件行刺事件就慢慢成了无头公案。萧凤溟身边的郎卫多加了人手，出出进进，阵仗庞大，他虽不喜，但是架不住朝臣苦口婆心的劝诫：谁也不想在临近过年时皇上再出意外。

聂无双在淑妃辛夷宫中做客，淑妃聊起浴佛节的凶险亦是心有余悸。

"还好皇上有天神保佑，不然的话，这年都不好过了。"淑妃拍着心口说道。

聂无双抿了一口热茶，看了她一眼："是啊，皇后和大皇子是吓得够呛。"

淑妃秀眉一跳，忽地神神秘秘地冷笑一声："说句大逆不道的话，本宫瞧着皇后也脱不了干系，虽然这刺客抓不到。"

聂无双很少听到她如此武断的结论，一笑置之："娘娘说的是什么话呢，臣妾就当没听见。"

淑妃拉着她，杏眼中掠过一丝丝冷意："不是本宫危言耸听，本宫可是把聂妹妹当成亲妹妹这么说的，你说皇后有大皇子，这天塌下来，都动不到她一根毫毛。惨的就是你我这种没子嗣的妃子。哼……聂妹妹是不知道，皇后平日看起来温柔端庄，母仪天下，其实她的心黑着呢。"

聂无双不紧不慢地抿着茶水，许久才道："臣妾出了这宫，就当忘记了娘娘刚才说什么话。不过话说回来，还真是有那么一点点道理。"

淑妃见聂无双上了道，拿了帕子擦了擦眼角看不见的眼泪，言语诚挚："不是本宫心坏，实在是聂妹妹年纪还轻，不懂得这其中的蹊跷。你可知道皇上为什么子嗣这么单薄？"

聂无双摇了摇头。

淑妃叹了一口气："说起来聂妹妹一定不信，当初皇上还是太子的时候是招了几个良娣，顺人，可惜不是病的病，就是死的死……还有小产的小产……"

她似不忍回想，顿了顿，这才低声道："连当初敬妃还是良娣的时候，肚子第一胎孩子都莫名其妙地流了，足足五个月呢，一出来就是死胎，看得出是个男娃呢！"

聂无双听得毛骨悚然，难怪当时云妃要小产的时候，敬妃坐镇时脸色那么差，原来是有这样的缘由。

聂无双斟酌言语，这才道："娘娘提这些可是想说什么？"

淑妃眼中掠过恨色："本来本宫也想不通其中的关键，可是后来，敬妃说漏了嘴，本宫这才知道，原来皇后当时还未有孕，她肚子里没消息的时候，怎么能容其他的女人生下皇上的第一个大皇子？后来她终于生了大皇子，敬妃紧接着又有孕，又被太医断出是女娃，这才得以安然生产下来。"

聂无双顿时了然。淑妃见她信服了自己的话，连忙趁热打铁："你说说看，皇后这样善妒的女人，如今云妃有孕，雅婕妤又有孕，她自然不能让皇上挑挑拣拣在里面选一位储君了，自然是……"

她接下来的话没说，但是那意思聂无双听得明白。她沉吟一会，淡淡道："淑妃娘娘所言的确有几分道理，但是皇上如今春秋正盛，怎么可能考虑到储君的事？"

淑妃听了，精致的下巴一抬："所以她才要让皇上觉得这立储君很有必要了，这就是本宫说的，这场行刺，十之八九跟她有关系。"

聂无双看着淑妃殷切地看着自己的眼神，心中暗暗冷笑：恐怕淑妃爆给她这么个大秘密，不过也是让自己与她同一阵线，一同对付皇后而已。可惜自己可没这么蠢。皇后根本不是这场行刺的幕后主使。皇后再善妒，她也懂得大局为重。大皇子正年幼，虽然有皇后这个母后，但是羽翼未丰，根本没办法支撑朝堂。再说，又有哪一个妻子真正能对自己的丈夫下狠手呢？

淑妃见聂无双沉吟未决，心中明白聂无双不是那无头脑的蠢人，叹了一口气："如今我们就惨了，以后要是让皇后得了大权，恐怕我们将来的日子一定很是凄凉。"

聂无双见她面色忧愁，嫣然一笑，安慰道："娘娘不用担心，你我同为姐妹，再说，不是还有云充媛的孩子么……"

她美眸中笑意深深："这年一过，恐怕到时候臣妾要恭喜的是淑妃娘娘了。"

淑妃一笑，握紧了她的手："到时候还得聂妹妹在皇上面前多多美言几句。可千万不要让本宫最后功亏一篑才是。"

两人相视一笑，却是各有心思。

……

日子眨眼即过转眼已经到了年关，再过一两天要祭太庙，宫中忙得不可开交。聂无双虽不用动手，但是看着宫中女官们与内侍们来来往往，也饶有兴致地指点东西摆放。

正忙着，杨直匆匆而来，脸上带着一丝喜色："娘娘，睿王妃大喜了。生了个世子。"

聂无双一怔，许久才应道："哦？"

杨直身后跟着几位王府内侍模样的人，把礼盒放下。聂无双看着那一盒盒精致的喜糖糕点，半晌才道："按本宫的吩咐，备一份厚礼，杨直你亲自送到睿王府中去。就说……就说本宫恭贺睿王大喜。"

睿王妃邹氏在年前产下小世子，上报宗室府，宗室府遂记入族谱。萧凤溟闻之十分高兴，特赐睿王妃邹氏黄金百两，上好各色绸缎各十匹，又加封睿王妃为"瑞和睿王妃"。

那一日睿王萧凤青进宫谢恩，聂无双看到他一身雪貂大裘，身后跟着一众锦衣侍卫慢慢走来。等走到近前，他长舒一口气，眉眼带着暖暖笑意："拜见娘娘。"

聂无双上下打量了他一眼，淡淡笑道："恭喜睿王殿下，如今睿王也身为人父了。希望殿下以后做事多为小世子积积善德。"

萧凤青看了她一眼，从她身边走过，带起一股冷冷的风。聂无双看着他走入御书房，这才回头，淡淡道："回宫吧。"

应国过年的习俗与齐国差不多，吃年夜饭、放鞭炮、守夜，热热闹闹的。除夕这一天，皇上带着皇后与后妃、文武百官祭过了太庙，后宫中又围着吃了一次宴席，这才各自散了回宫中。

雅婕妤手巧，指挥着宫中的宫女们忙东忙西，整出了一桌色香味俱全的年夜饭。聂无双看着她挺着大肚子，来来回回地走，责怪道："这里有奴婢们去整就行了，你何必……"

雅婕妤笑了笑打断她的话："这是臣妾的一点心意，再说……"她脸上的笑容渐渐萧索："再说在宫中也就只有娘娘对臣妾那么好了，玉姐姐是再也吃不到臣妾做的饭菜了。"

聂无双心下恻然，不由得握了她的手。入夜两人围着桌子，虽身边有宫女内侍环绕，但是犹觉得冷清。聂无双临时起意，命夏兰与茗秋入座，又命伺候雅婕妤的几个尚衣、尚膳女官入座，这才觉得热闹了一点。

席上聂无双多饮了几杯酒，只觉得暖意入了肚，头也昏昏沉沉的甚是舒服。她支着头，看着眼前奢华的永华殿只是咯咯地笑。雅婕好也喝了一点果酒，脸蛋因殿中的暖意而烧得红通通的。杨直在一旁见聂无双喝多了，上前委婉地劝道："娘娘不可再喝了，等会儿守不了岁。"

聂无双斜着眼看了他一眼，咯咯一笑："守什么岁？本宫不守岁！本宫都没有家了，又为谁守岁？"

她自斟了一杯酒，一饮而尽，长长吐出一口气："散了，都散了……"

长袖一挥，她便踉踉跄跄转入内殿中，女官们见她走了，便扶了雅婕好回了暖阁。杨直放心不下，跟进内殿中，聂无双歪在美人榻上，打开窗子，看着漫天的雪花。看得竟痴了。

杨直连忙上前，把窗户关上："娘娘，外面天寒地冻，万一着凉了，岂不是遭罪。"

他以为聂无双会不甘休，毕竟酒醉之人容易固执，不料一回头，却见聂无双面上满是泪水。

"娘娘？！……"杨直吃惊。

聂无双掩了面，冷冷道："退下！"

杨直不敢再问，连忙退下。许久，聂无双才招来夏兰为她卸妆更衣。远远地，听到宫中燃起了爆竹"噼里啪啦"分外喜庆。她躺在暖意融融的被窝中，酒意上头，迷迷糊糊地睡了过去。

不知过了多久，她正睡得口渴，迷蒙中掀开被子，唤一声："夏兰，拿茶来！"

一双冰冷的手递了茶给她，聂无双闭着眼睛就着那双手喝了一口，嘟哝一声："夏兰，你怎么那么冷？"

那双手滞了滞，聂无双这才睁开眼，等看清楚萧凤溟放大的俊脸的时候，这才后知后觉地道："原来是皇上！"

萧凤溟一只手中还拿着茶水，深眸中含着笑意："还要喝茶么？"

聂无双摇了摇头，把头埋入被中，道："皇上怎么来了？"遵循旧例，皇上这一天是要与皇后一同守岁的。

萧凤溟淡淡地道："宜暄吃坏了肚子，皇后正照顾着。朕看无事便过来了。"

他又加了一句："皇后也是知道的。"

聂无双在被中缩了缩，一声不吭。许久，她听见窸窸窣窣的脱衣声，不由得探出头去，又急又窘："皇上要在这里？"

话说出口，她看见萧凤溟已脱去了龙袍，露出雪白的单衣。白衣胜雪，他挺秀的身形站在她面前。

萧凤溟看了她一眼，薄唇边微微一勾："爱妃不喜欢朕在这里？"

聂无双心中又是憋闷又是无奈，她干脆躲入了被中卷成了一团。萧凤溟靠了过来，推了推她："以后你就要这样面对朕么？"

聂无双一声不吭，半晌，从被中传来她冷淡的声音："臣妾不敢。"

萧凤溟又推了推，笑道："今天大年夜，朕过来你不高兴么？"

聂无双冷冷嘲讽："高兴，怎么敢不高兴，皇上喜欢怎么样便是怎么样。臣妾又算什么呢。"

她越说越觉得心中委屈，明明他的心锁在他那一边，却能这样沉稳自如，仿佛一切都没发生过一般，还来纠缠她。他是皇帝，她知道他是皇帝。可是……

越想心中越是纠结，她猛地回神：自己在想什么？难道自己真的如玉妃所说，爱上了他？！泪纷纷如雨下，她心中百味杂陈，明明已经不会再觉得心会因谁所动，明明的，自己说过，这一场血仇要用血来洗，不可动心，更不会动情……

头上的被子被他掀开，萧凤溟看着她在被中泪流满面，不由得抱起她来搂在怀中："是朕不好，那天玉妃死时，朕心情不好，所以说了一些胡话……"

聂无双在泪眼蒙眬中看着他清俊的面庞，他总是这样，温柔得令人恨不了。明明那么无情，却又偏偏这样多情的模样。她想着，一发狠狠咬上他的手臂。

萧凤溟轻轻"嘶"了一声，却并不挣开，聂无双咬了一会儿，这才发现自己做了什么。她"呀"的一声，放开萧凤溟，怯怯地看着他："皇上，这个……疼吗？"

刚才咬得那么狠，现在才来装可怜？！萧凤溟好气又好笑地看着她，俊脸一板，现出手臂的印子："这可是要诛九族的！"

聂无双怔怔看着他手臂上的鲜红的印子，淡淡道："臣妾，没有九族。"

萧凤溟眼中掠过疼惜，搂住她，叹道："好了，不说这些了。"聂无双埋入他的胸膛，心中的翻涌渐渐平静。一点温热吻在她的发上，她抬起头来，萧凤溟乌沉沉的眼中点燃一点亮光："无双，你叫朕该怎么对你呢？"

聂无双心中一悸，她还未回答，他已深深地吻住她的红唇，长长的缠绵的吻几乎夺走她的呼吸。金丝暖帐中，他与她纠缠在一起。气息缭乱，聂无双不知自己在做什么，只觉得紧紧贴着自己的身体的他，灼热难当。

萧凤溟眼中慢慢绽开笑意，带着无边的热切，重重加深了这个吻……

第四十二章　心计：夺皇子

　　第二天一早，萧凤溟早早就回了甘露殿与皇后一起向太后请安恭贺新禧。聂无双正要起身更衣，忽地雅婕妤身边的女官匆匆而来，带着惊慌："启禀娘娘，我家娘娘她……"

　　聂无双听得心头大跳，一把捏住她的胳膊："她到底怎么样？"

　　女官被她拧得胳膊生疼生疼，连忙叫道："好像是见了红！"

　　聂无双脸色一沉，放开了她："胡说八道！雅婕妤还不足十月，怎么来的见红？"

　　女官惊道："回娘娘的话，会不会是昨天忙得狠了，所以……"

　　聂无双心头又是一跳："早产？！"

　　女官战战兢兢："是……是啊，奴婢也这么想的。"

　　聂无双来不及更衣，披上狐裘匆匆赶到了雅婕妤的暖阁。雅婕妤正半躺在床上，脸色有些紧张，但看不出惊慌失措。

　　聂无双坐在她床边，握住她的手问道："现在觉得怎么样？"

　　雅婕妤勉强一笑："好像……有点肚子疼。"

　　聂无双看着她谨小慎微的样子，又是气又是好笑："来人！去叫太医来！什么都不要说，就说照例看诊请脉！"

　　宫女匆匆离开。雅婕妤看着聂无双，眼中终于流露惊慌："聂姐姐，我害怕。"

　　聂无双看着她，勉强笑道："怕什么，这是女人都必须经过的事。"

　　过了一会儿，太医匆匆赶来，晏太医诊脉过后一笑："娘娘不必担心。足月只不过是让孩子长得大一点，现在生产也不算太早。再说雅婕妤胎象稳定又精心呵护，不会有事的。"

　　聂无双终于放下心来，雅婕妤亦是松了一口气。晏太医叫来医女、稳婆，这才匆匆去禀报皇上与皇后。在应国宫中宫妇生产还需再挪到一处专门辟出的宫室进行生产。聂无双

吩咐宫女收拾雅婕妤的东西，又用肩辇将雅婕妤抬了过去。

圣旨与皇后是一起到达的。皇后身上礼服未除，面上紧张："竟然提早了。太医可说没事？"

聂无双答道："启禀皇后娘娘，太医说虽未足月但是亦可生产。"

皇后点了点头，淑敬二妃亦是同时赶到。

淑妃笑道："大喜呢，这过年第一天就有喜事，可真是大应朝今年的一件喜事。"

雅婕妤在产室中听得外面人声喧哗，在里面不由得叫道："聂姐姐，……"

聂无双进去，雅婕妤面色紧张，抓着她的手不放："聂姐姐，你陪着我，好不好？"

聂无双刚想要拒绝，但是看她面上神色，终是忍不住点了点头。皇后与敬淑二妃在外面等着，等了许久还不见雅婕妤阵痛，终是吩咐了几句就各自回宫。

等到夜间，雅婕妤开始觉得腹痛，她忍着痛握着聂无双的手，眼中蒙上雾气："聂姐姐，你说这孩子能不能让聂姐姐教养，我实在是不忍心……不忍心把他给了别人。"

她呜呜哭起来："聂姐姐，如果你教养了，我还能看几眼……"

聂无双见她情绪激动，忍不住道："别胡思乱想，孩子是皇上的，还能放到哪去？不论谁教养，终归还是能见到！"

雅婕妤听她如此说道，这才静下心来。雅婕妤年轻，平日身体又好，终于在夜间生下了一位小皇子。聂无双虽不用出力，但看着雅婕妤痛苦，也忍不住冒出了一身冷汗。

稳婆把孩子洗干净包好，放到她手中，恭喜道："娘娘，是一位小皇子呢！"

聂无双抱着这一团小小的软若无骨的孩子，心中既是惊讶又是欣喜。她手足无措地站在原地，床上雅婕妤伸出手来，眼中露出渴望："聂姐姐，能不能给臣妾看一眼？"

聂无双小心翼翼地放在她手中，眼泪不知不觉地夺眶而出："是皇子，雅妹妹，是皇子！"

雅婕妤怔怔看了一会儿，流下泪来："聂姐姐，要是女儿该有多好。"

襁褓中，小婴儿伸出手在空气中抓着，咿呀咿呀，仿佛不知自己出生的那一刻便是与自己的亲生母亲分离的时刻。雅婕妤看了许久，猛地把怀中的孩子放到她手中："聂姐姐走吧，去告诉皇上。"

聂无双看了她一眼，终是无言转身，那一边内侍已经放起了庆祝的爆竹，而rg 长长的唱和声传来："皇上，皇后驾到——"

她抱着小皇子匆匆离开了产室。身后传来雅婕妤压抑不住的抽泣声。

萧凤溟一身风雪与皇后一同赶来。

聂无双把怀中的襁褓递给萧凤溟，美眸中神色复杂："臣妾恭喜皇上喜得龙子，吾皇万岁，万岁，万万岁！"

底下宫女内侍亦是跪了一地。萧凤溟抱着孩子，清朗的眉眼露出笑容，他逗着还未睁眼的小皇子，笑道："传朕的旨意，雅婕妤孕育皇子有功，晋为充容。"

聂无双松了一口气，看样子萧凤溟甚是喜欢二皇子。

皇后亦是笑道："皇上大喜了，莲嫔也辛苦了，守了整整一天呢。"

萧凤溟看了一眼聂无双，转头问皇后："这二皇子可由谁来教养才好？梓童已经在教养宜暄了，敬妃亦有大公主，这……"

皇后看了一眼跪在地上的聂无双，笑道："要不就让莲嫔来教养吧。臣妾觉得莲嫔行为端方，又是十分贤良……"

她还未说完，淑妃的声音便急急从殿外传来："皇上，为何不让臣妾来教养呢？"

她闯了进来，跪下道："皇上皇后，臣妾一定会把二皇子视如己出，好好教养的！"

聂无双心中大惊，这淑妃不早不晚偏偏在这个时候闯进来要夺二皇子！她以为雅婕妤一定是生公主，没想到雅婕妤生下皇子，这下她根本不用费尽心思去夺云充媛的孩子了。这现成的可不是更容易些？！

聂无双张了张口，淑妃见聂无双想要说话，膝行几步抓住聂无双的袖子，哀哀地哭："聂妹妹，太医都说本宫无法生育，你还那么年轻，你一定会孕育皇上的子嗣的，你这一次就让给本宫吧……"

聂无双恨得一颗心都要拧起来。这淑妃最是会做戏，为了夺雅婕妤的孩子竟说自己不会生育。这下她是四妃之一又占了这一条，恐怕萧凤溟也不得不把孩子给她教养。

果然萧凤溟沉吟一会，淡淡道："那就给淑妃教养吧。只一条，不可轻慢了小皇子。"

淑妃大喜，连连磕头："谢谢皇上，谢谢皇后。"

皇后悻悻地道："如此的话，你就早些跪安吧，皇子受不得凉，你赶紧带回宫吧。"

如此一锤定音，聂无双呆呆看着皇上与皇后走了，淑妃也趾高气扬地走了，这才猛地回过神来。

杨直走过来，叹了一口气："娘娘，这淑妃势比人强，不得不输给了她。她可是四妃之一，按理这二皇子的确是要给她的。"

聂无双看着自己空荡荡的手，刚才褓褓的温暖犹在，她心中一痛，不由得扶着杨直。

杨直见她脸色极差，连忙问："娘娘怎么了？"

聂无双垂下眼，许久才叹了一口气："你说本宫如何去见雅婕妤？"她踉跄转入产室，雅婕妤听到声音连忙起身，眼中闪着希冀。她的目光落在聂无双空荡荡的怀中，这才陡然黯了下来："皇上……把我的孩子给了谁？"

聂无双吐出一句话："是淑妃。"

雅婕妤一怔，不一会儿传来她压抑的哭声。每一声都令聂无双心如刀绞。她默默坐在雅婕妤床边，许久才道："你放心，终有一天，本宫会把你的孩子还给你！"

应国武德元年的春节就这样过去了。雅充容产后依然住在永华殿中，聂无双朝夕伴着她，温言劝导，渐渐地她精神也好了许多。淑妃命人送来滋补的补品，聂无双笑着代为收下，但是等送礼来的宫人一走，她统统命宫人悄悄丢了。

雅充容见她这样做，苦笑了下："聂姐姐何苦如此？糟蹋了这么好的补品。"

聂无双冷笑："这梁子算是结下了！谁知道这东西里有没有毒？有本宫在的一天，休想她害你性命！"

雅充容恍若没听见她在说什么，只是怔怔看着自己亲手做的小衣服，一件件收好："终归是能看到孩子的。臣妾相信有这么一天的。"

聂无双最看不得她这样，心烦意乱地回了自己的殿中。杨直见她如此上前劝道："娘娘，雅充容虽可怜，但是娘娘留着她在宫中恐怕也不是长久之计。"

聂无双叹了一口气："那还能怎么办？本宫答应过玉妃要好好照顾她，现在孩子被淑妃夺去了，她若是再有个三长两短，本宫岂不是失信于人？"

杨直叹息："娘娘自己在宫中尚不能安然度过，何必管别人的事？"

聂无双知道他说的都对，但是让她弃雅充容不顾实在是做不出来。她想了想，忽地冷笑："雅充容都生了，那云充媛怎么一点动静都没有？"

杨直微微吃惊："娘娘的意思是？"

聂无双美眸中射出冷冷寒光："她淑妃既然要夺雅充容的孩子，本宫自然不能甘于人后！"

杨直急忙道："娘娘，这……"

聂无双冷笑："与淑妃抗衡，本宫已经失了先机，现在除非本宫立刻怀上孩子，要不就是拿别人的孩子。不然本宫如何提高在后宫的分量？"她许久才道："雅充容精神一直不好，也许有个孩子能让她开心一些。"

杨直看着她冷然拂袖的背影，终是长长叹了一口气。

在宫中，春节要一直热闹到了元宵才算是过完节，聂无双每日依然去向皇后请安。皇后的来仪宫每天都有宗室王妃等等前来走动。

聂无双每次都陪着皇后应酬各贵妇诰命夫人等，皇后见她乖巧，笑着惋惜道："可惜啊，那次雅充容本宫没有来得及向皇上请旨，不然的话……"

聂无双一笑："皇后娘娘言重了，再说臣妾还年轻，只不过就辛苦了淑妃娘娘。"

皇后听了，冷冷哼了一声："她想孩子想得快疯了，如今可算是得偿所愿了。"

聂无双见皇后的神情，正中下怀，忽地笑道："皇后娘娘，说起孩子，这云充媛怎么还没动静呢？"

皇后懒洋洋地道："谁知道呢，这种生孩子的事可说不准。要不本宫再派太医前去看看?"她说着,吩咐太医前去给云充媛请脉问诊。

聂无双笑道:"皇后娘娘体恤臣妾们,难怪皇上经常在臣妾面前盛赞皇后娘娘仁心呢。"

皇后微微一笑,看了她一眼:"皇上虽然嘴上赞着本宫,但是这心里喜欢的还是莲嫔呢。这点本宫心里可是十分明白的。"

不一会儿太医到了。聂无双笑道:"要不臣妾再替皇后娘娘跑一趟,去看看云充媛?"

皇后笑道:"好吧,那本宫就偷懒一回,你替本宫好好去看看云充媛吧。"

聂无双得了旨意,带着太医与医女浩浩荡荡向明芙宫而去。云充媛因有孕,脸上浮肿,脚上也浮肿得厉害。她正与自己刚进宫的母亲宁国夫人说话,见聂无双进来,不由得紧张道:"你来做什么?"

聂无双看着她敌视的眼睛,淡淡道:"也没什么,奉了皇后之命,来看云充媛身体究竟怎么样了。"

云充媛闻言冷哼一声:"黄鼠狼给鸡拜年,不安好心!"

聂无双对她的恶言恶语并不在意,笑道:"毕竟事关皇嗣,皇后娘娘不得不谨慎一点,就算云充媛再讨厌本宫也要先忍一忍。"

她说罢一挥手,太医上前请脉。云充媛再不喜欢也只能让太医请脉问诊。太医诊了许久,换一只手再诊。又诊了许久才郑重地向聂无双道:"云充媛的胎象有些奇怪,微臣请求几位太医一起会诊。"

云充媛一听,叫起来:"胡说八道!本宫的胎象怎么会奇怪!分明是你这个老古董听了她的唆使!"

聂无双美眸一横,冷笑:"云充媛说话可要有分寸,这旨意是皇后下的,太医是皇后请的,本宫不过是跑跑腿而已。本宫唆使太医又有什么好处?"

宁国夫人劝云充媛:"我儿,先听太医怎么说。"

太医沉吟一会:"微臣查了脉,觉得子脉微弱,云充媛娘娘这两日是不是觉得胎中孩儿动得少了?"

云充媛脸色一白:"是……是少了些。"她顿了顿,紧张地扶着肚子问:"这有什么关系吗?"

太医摇了摇头:"微臣还不知,不过总之是不太好,还是请别的太医一起来会诊吧,这事关皇嗣,微臣也不敢轻易断言。"

聂无双听得太医这样说,于是道:"如此就准太医所说,去请其他的太医们一起来吧。"

云充媛与宁国夫人两人惊疑不定。聂无双施施然坐在一旁,看着她们两人。云充媛被

365

她幽冷的美眸看得心中发寒,但是碍于皇后的懿旨再不敢发作。聂无双坐了一会儿,太医们鱼贯而来,又是一阵会诊。结论出来,太医们一致认为一定要催产,不然恐会胎死腹中。

云充媛一听,惊恐万分,握着宁国夫人的手哭道:"娘亲,我不信!怎么会这样?"她看向一旁的聂无双,恨恨地道:"娘亲,一定是这妖女给我下的咒!一定是她!"

聂无双也没有料到今日来明芙宫是这样的遭遇,冷笑一声:"本来是皇后觉得云充媛迟迟未产,所以担心请太医来看看,既然太医诊断已经出来,本宫不得不向皇上皇后禀报了。"

她转身要走,云充媛不顾自己大腹便便,踉跄几步追上她,一把拽住她的胳膊,神情紧张:"你要怎么说?"

聂无双甩开她的手,美眸中流露厌恶:"还能怎么说,当然是照实说。"

云充媛看了她许久,心有不甘愿,宁国夫人上前劝道:"我儿,这事关皇嗣,还是得告诉皇上与皇后。"

聂无双挣脱她的手,看了她一眼向来仪宫而去。等聂无双一五一十向皇后禀报的时候,皇后从美人榻上惊异地支起身来:"如此说来,今天还是恰好撞了大运,不然的话再迟两天可不是就……"

聂无双与皇后对视一眼,都看出对方眼中的怏怏不乐,但又不得不承认云充媛果然是个命好的,这事要是晚发现一两天恐怕就不好了。若真的胎死腹中云充媛可是要治罪的!在后宫允许宫妃不能生育、允许宫妃孕中小产。唯一忌讳的是生出来的是畸形、死胎!轻者要贬入永巷;重者可是欺君之罪,全家都要跟着遭殃。

皇后自然是不喜云充媛,她欲言又止。聂无双连忙跪下:"皇后娘娘,臣妾有几句话要与娘娘说。"

皇后挥退身边的宫人,似笑非笑地看着聂无双:"莲嫔有什么话要说?"

聂无双磕了一个头:"臣妾自知才德微薄,但是臣妾这一次恳请皇后娘娘,若云充媛生下孩子,能否交给臣妾教养?"

皇后挑了挑画得精致的凤眉,微微一笑,转过身曼声道:"本宫凭什么给莲嫔教养呢?这后宫有那么多妃子,你虽深受皇上宠爱,但是毕竟还是太年轻了……"

聂无双一笑,复又磕头:"给臣妾教养,这未出世的孩子才不会成为大皇子以后的敌人。皇后娘娘,臣妾一颗忠心都是为了皇后娘娘您呢……"

皇后回眸,凤眸中已是寒光冷冽:"你知道你在说什么吗?"

聂无双胸有成竹,迎上皇后的目光:"皇后娘娘,淑妃抢了二皇子为的是什么,这简直是司马昭之心,路人皆知。皇后娘娘难道看不出来吗?"

皇后一掌拍上案几,"砰"地一声,茶盏都跳了起来。她冷笑:"她敢?!"

聂无双更低地俯下头，红唇边却溢出丝丝冷色："皇后娘娘母仪天下，自然不是一般人可以比拟的，但是如今皇上春秋正盛，淑妃势大，有了二皇子就更有与皇后娘娘叫板的资格，臣妾窃为皇后娘娘计，若这云充媛生了三皇子，给臣妾教养起码会为娘娘分一分忧，臣妾孤苦，只求有子嗣可以伴身，若是还是给了云充媛教养，她恐怕不会体会娘娘的苦心。"

皇后闻言低头细细地想。聂无双伏跪在地上，许久，面前伸来皇后保养得十分柔嫩的手，根根如葱一般的手指上套着长而华贵的护甲，明晃晃贵气逼人。

"起来吧，莲嫔一片忠心，本宫姑且信了。"皇后似笑非笑地看着她绝美的面容，"若真的是皇子，本宫就做主给你了。以后可不要辜负本宫的心意才是。"

聂无双心中大大松了一口气，跪下道："臣妾谢皇后娘娘，娘娘恩德臣妾铭记于心。"

皇后笑着看着她："去传旨吧，就叫太医们开始催产吧。"

聂无双正要退下去，忽地问："催产一定是有风险的，若是产子中途……"

皇后漫不经心地摆了摆手："皇嗣为重，保子不保母。"

聂无双心中冷笑一声：她早就料到皇后会这样说，但面上越发恭敬："是，臣妾尊皇后娘娘懿旨。"

明芙宫中，太医们已进去大约半个时辰，药石针灸双管齐下，过了一会儿，从里面传来云充媛哀哀的叫声。太医们不敢懈怠，聚拢在一起又纷纷讨论如何给云充媛助产，一排的医女在一旁垂手恭立，等得太医的指示便进入产室助产。云充媛这一胎产得极慢，到了晚上才开了两指，而人已经痛得昏过去两次。

聂无双听着太医的汇报，秀眉深皱，如此看来云充媛是没有力气再继续生产下去。

太医道："娘娘这……这该怎么办？"

聂无双银牙一咬，美眸中冷色森森："皇后说了，皇嗣为重，保子不保母！"

太医倒吸一口冷气，急急地道："娘娘，云充媛娘娘素有心疾，恐不能再下重药，万一云充媛到明天力脱，到时候母子都不能保全……"

聂无双从未遇到这样的难题，眉头深皱："那太医去禀报皇上吧，本宫也做不了主。"

太医急得额上冷汗淋漓，正在踌躇间，忽地听见内侍唱和："皇上驾到——"

聂无双连忙上前迎驾，萧凤溟一身玄色绣金色蟠龙披风，快步走了过来。

他脸色并不好看，一进门便问："她如何了？"

聂无双把太医的话说了，萧凤溟顿了顿不吭一声。

"皇上既然来了，便由皇上决断吧。"聂无双低声道。

萧凤溟看着聂无双，再看向太医："有没有保全母子的法子？"

太医支支吾吾："若云充媛娘娘是个身强力健的女子，微臣就有把握，但是云充媛素有心疾，恐怕……得保一个弃一个。"

萧凤溟清朗的面色沉沉如天边的乌云，聂无双坐在一旁，心中滋味万千。许久，萧凤溟揉了揉额角："真的只能保一个么？"

萧凤溟沉默许久，里面云妃哀叫的声音越来越低，他终于重重挥手："用药吧！"

太医急忙下去熬药。萧凤溟闭上眼，坐在椅中，手臂上一暖，却是聂无双站在他的跟前，默默道："皇上做的决定是对的。"

萧凤溟挥了挥手："朕走了，你替朕好好看着。"

他一侧头，清俊的面容掠过一丝哀色，聂无双忽地觉得心中同情他。再无感情的人，三年盛宠，他必定是用心云充媛的——当年的云妃，清高骄傲的云妃，那个被他养在深宫中不谙人情世故的女子，他一定也是付出了真心爱着的。

"皇上……"聂无双不由得拉住他的袖子。

萧凤溟回头，面容上已是无波："朕累了。"

他披上披风，慢慢走入风雪中。此时，不知是云妃痛极还是听到了萧凤溟的声音，凄厉喊了一声："皇上——皇上——"

她看见萧凤溟脚步顿了顿，终究头也不回地走了。

天色微明的时候，云充媛终于生下一个皱巴巴的皇子。稳婆赶紧去报喜，医女把三皇子包好放到聂无双手中："娘娘，恭喜！是个皇子啊！"

聂无双看着怀中那因为生产许久而憋得皮肤都是紫色的孩子，下意识地想要丢，但终究是忍住了这个冲动，淡淡问："云充媛如何了？"

医女怯怯地摇了摇头："恐怕熬不过了。"

聂无双忽地推开她，抱着孩子走进产室。在产床上，云充媛已是陷入了昏迷中，额上脸上扎了几根明晃晃的银针，犹在颤抖。宁国夫人在外嚎哭，哭声一阵一阵。聂无双看着她一夜间陡然黯淡的脸色，慢慢地道："你放心吧。你的孩子本宫一定会把他好好养大，即使以后即不了皇帝位，本宫也会让他平安一世。"

"安心走吧！"淡淡的叹息随着话语丢下，她抱着襁褓中的孩子拂袖离开。

守在产室外的宁国夫人见她出来，疯了一般扑上去："你这个妖女，你放下孩子，这是我们慕容家的孩子……这是我儿的孩子……聂无双你这个妖女！……苍天啊……"

聂无双避开她的扑打，冷声喝道："来人，宁国夫人疯了，快拉她下去！"

内侍宫女连忙上前拉住宁国夫人。聂无双抱着怀中的孩子，冷冷笑了起来："这孩子是皇上的孩子！以后也会是本宫的孩子！"

她傲然一笑："本宫若是平步青云，这孩子以后自然也会荣华一世！"

她说完，披上披风，牢牢抱着三皇子，没入了蒙蒙方亮的前路中。

聂无双回到永华殿，披风还来不及除去，就匆匆进入雅充容的房中，把怀中的襁褓塞到她的怀中："给！"

雅充容怔了半天，这才打开襁褓，只见一团粉粉嫩嫩的小肉团睡得正酣。

"这……这是……"她擦了擦眼角，不敢置信地问。

聂无双勉强一笑："本宫不会养孩子，这三皇子给你先养着。"

雅充容因没了孩子一连几日神情恍惚，如今看到孩子，渐渐清醒过来，抱着这小肉团，喜极而泣："娘娘……娘娘……这……"

聂无双疲倦地一笑："放心吧，这孩子以后是你的了。本宫虽然还不能把你真正的孩子要回来，但是……"

"谢谢娘娘！谢谢娘娘！"雅充容从床上爬起，跪在床上连连磕头，她抬起眼来，眸中俱是光彩，"臣妾相信娘娘一定会帮臣妾把孩子要回来的！"

第四十三章　及笄：证尘远

雅充容因有了孩子，在坐月子中也分外有了精神，胃口也好了些。聂无双见她如此，心中亦是觉得欣慰。

杨直走来，叹道："世事难料。"

聂无双微微一笑："可不是么，如果淑妃不是那么心急火燎地来夺雅充容的孩子，她争储的心意皇后也不会察觉，现在皇后对她起了戒心，以后她在宫中可就寸步难行了。"

杨直听着雅充容暖阁中孩子的哭声，问道："娘娘当真不自己教养三皇子？毕竟这以后可是娘娘的依傍啊！"

聂无双幽冷一笑："皇帝的宠爱才是本宫的依靠，这小小的孩子怎么可能是本宫的依靠，更何况还不是亲生的！"

她说完转身就走。

杨直在她身后，忍不住扬声问道："娘娘难道不是因为害怕自己对这三皇子有了感情、有了牵绊，所以才不亲自教养吗？"

聂无双顿住脚步，纤美的双肩微微颤抖，声音越发冷漠："杨公公知道自己在说什么吗？"

杨直慢慢地道："奴婢知道自己在说什么，就是因为娘娘的心还是恨的，这一次并不是单单不教养三皇子而已，是因为娘娘根本没考虑过自己未来的日子！所以娘娘不需要有累赘！"

聂无双沉默了一会儿，清冷地道："怎么本宫心里充满恨，杨公公会觉得是一件值得惊讶的事吗？"

她顿了顿，继续往前走："杨公公放心，本宫知道自己在做什么。"

云充媛在生产完当天就香消玉殒了。曾经盛宠三年的云妃就在这热热闹闹的过年间陨落。萧凤溟追封其为云慧贵嫔,特旨葬于皇陵中。这个结局对她来说并不算太坏,起码她的名字从此将会随着帝王的名字被后世记住。

过年后,萧凤溟大整三军,从中挑出精锐三万,令萧凤青执掌帅印,聂明鹄等四员大将为左右,选吉日出发。

三军即将开拔,萧凤溟忙了许多,这初春雪还未融化,冬衣、春衣、粮草等等无一不要协调办妥。三万是精锐,自然是倾注了萧凤溟的更多心血。应国之前的军权握在高太后手中,如今萧凤溟好不容易执掌了更是励精图治,一定要建立一支更威武的利器。他在京畿营外又设了三个营,骁骑营、步军营和护军营,每个营精兵三万,武器辎重俱是新的。

他,早已磨刀霍霍准备要一展抱负了。

聂无双知道他忙于国事,便鲜少去御书房。一日夜间,萧凤溟忽地来了。他带着一身寒意,眉眼却是炯炯有神。聂无双见他精神好,知道他一定是得了什么喜讯,笑着迎上前为他脱去披风。

萧凤溟笑问:"你竟没睡?"

聂无双柔声道:"臣妾在绣几个繁复的花样,等等就要睡了。"

萧凤溟看向一旁放着的绣篮,里面有一件中衣,是男人式样,但是绣花的款式却并不是为他所做,问道:"是给你兄长的?"

聂无双点头:"如今这仗也不知要打到什么时候,臣妾想替大哥把春衣都准备了,大哥家中没有女眷……唉……"

她淡淡叹了一口气。萧凤溟忽地想起云乐一事,带着一丝惋惜:"等这次仗打完了,朕为你大哥再指一门亲事吧。到时候他有了功绩,名门世族想必也会对他另眼相看。"

聂无双手指轻抚过自己做的衣服,淡淡道:"是啊,终归是要成家立业。"终归是要在应国扎下根来,即使那么难……

萧凤溟想起一事,剑眉微皱:"再过三天就是云乐的及笄礼和选驸马,你大哥……"

聂无双一怔,半晌才道:"要不让大哥回避一下?皇上胡乱派他个什么差事就行。"

萧凤溟见她面色黯然,不由得搂住她,安慰道:"放心吧。一切都会好的。"

聂无双在他怀中,美眸中神色沉沉,会好吗?前路茫茫,她还不知道自己的命运即将走向哪里。

是夜,萧凤溟宿在了永华殿,到了半夜,忽地听见小孩哭声。起初并不在意,那哭声越来越大,而后又突然戛然而止。聂无双在迷迷糊糊中正要松一口气,忽地,有人闯了进来,声音凄惶:"娘娘,娘娘,小皇子,……您看看这是怎么回事?"

聂无双猛地惊醒,宫人举了烛火,萧凤溟亦是警觉起身:"到底发生了什么?"

雅充容推开宫女,头发披散,身上只披着一件外衣,怀中抱着孩子哭道:"娘娘,小皇子怎么会这样？皇上……你看看……之前还好好的，后来他大哭，臣妾就看见他成了这样……"

聂无双看向她怀中，只见小小的孩子脸色紫涨，眼白翻起，像是气力不继，不能呼吸。

她惊得抱起孩子，惊叫："快传太医！快传！"宫女内侍慌忙跑出去请太医。雅充容已经泣不成声，一个劲念着："怎么会是这样……"

萧凤溟看着聂无双怀中的孩子，又惊又怒："是不是被人下了毒！"

聂无双心中一凉，再看看怀中的三皇子，的确是手脚都变成了紫黑色，像是中毒的症状。她与萧凤溟面面相觑，俱在对方眼中看到了惧意。是谁那么狠心对那么小的孩子下了毒？！

太医匆匆而来，一番问诊之后，摇头道："奇怪！不是中毒？"

聂无双再看，小皇子已经渐渐恢复红润，双目眯着，像是又要睡着了。

"不是中毒怎么会是这样？"聂无双连忙问。雅充容也擦干泪水，在一旁紧张地听着。

"依微臣之见，好像是天生的心疾。"太医下了诊断，"三皇子恐怕……"

"不！——"雅充容瞪大眼睛，连连摇头，"不！怎么会是心疾？他才那么小！"

她脸上泪水涟涟，萧凤溟扶着额头："太医有话直说吧。"

太医战战兢兢："以微臣之见，恐怕三皇子活不过周岁，就算活过也恐怕智力不能健全……"

萧凤溟脸色一白，聂无双的心更是凉到了底。怎么会这样？

殿中一时间安静下来。聂无双呆呆看着怀中的孩子，雅充容更是惊得捂住了自己的嘴。

萧凤溟接过聂无双怀中的三皇子，纯黑的眸中涌动着她未曾见过的痛苦："太医尽量医治吧。需什么贵重的药，只要朕有的，都给他。"

太医默然退下。雅充容亦是被宫女搀扶退下。

萧凤溟默默抱了一会儿，递还给聂无双。聂无双忽地觉得手足无措。这是上天给她的惩罚吗？惩罚她夺了别人的孩子最终还是不能善终？

她看着怀中恢复安静的三皇子，红唇颤抖："皇上，请给三皇子赐名吧。"依宫中旧例，皇子未满月就没有正式的名字。但是今天她忽地想要他给这个孩子一个名字，起码如果有个万一，她还能留住这个孩子在这个世上唯一的凭据。

萧凤溟想了一会儿，声音沉郁："就叫宜风吧。朕希望他以后如风一般自由，不用受宫中规矩约束。"

聂无双心中恻然，跪下道："臣妾谢皇上赐名。"

在宫中保守一个秘密尚千难万难，更何况三皇子的病被有心人传扬出去，言语中便是更加不堪。有的说，这天生心疾，岂不是承袭了三皇子那短命的娘亲的毛病，果然是有其母必有其子。又有人道，这哪里是心疾，分明是聂氏做戏，下毒毒害三皇子，为的是报复曾经的云妃。

聂无双去向皇后请安之时，遇到淑妃。淑妃气色甚好，见聂无双来了，笑着上前："聂妹妹，这三皇子的事本宫也听说了，唉……怎么会这样？"

她眼底分明是幸灾乐祸。聂无双懒得与她多费口舌，只敷衍几句就走了。背后似还能感觉淑妃嘲弄的目光。

永华殿中，聂无双看着雅充容筋疲力尽地抱着三皇子，劝道："雅妹妹，你去歇一歇吧。这样总不是长久之计。"

如今三皇子只要一被惊醒，就会大哭不止，他一旦大哭，心疾又会发作，脸色手脚紫涨得吓人。雅充容不得不时时抱在怀中。她月子尚未坐完，又这样劳累，事事不假手与宫女，几乎要累昏过去。

雅充容眼中含泪："臣妾一想起太医的话就于心不忍。他还那么小……"

聂无双见她形容憔悴，狠了心："给本宫带两天，你去好好休息。这是本宫的懿旨！"

她说完把三皇子抱走，不再给雅充容看望。起初一天，三皇子离了雅充容，大哭不止，聂无双看着他手脚又因哭泣而紫涨起来，又急又惊，只能设法安慰他不哭。

一日晏太医来恰好看到三皇子在哭泣，他把了脉，忽地道："有一个法子，虽然粗俗，但是管用。就看三皇子能不能安然熬过。"

聂无双知道晏太医父亲是赤脚大夫，而他一身医术承袭自他父亲，向来有不少偏方，连忙问道："是什么法子？"

晏太医把三皇子抱在怀中，忽地把他从脚上倒拎起，奇迹一般，三皇子哭着哭着竟不会憋得满脸紫涨，渐渐地竟然安静下来，咿呀出声。

聂无双看得目瞪口呆，晏太医提了一会儿，这才包好，擦了把冷汗："若三皇子再哭得脸皮紫涨，就用这个法子，等过了周岁也许就会慢慢自己好起来了。只是微臣也不知道这法子原理如何。以前偶然听见家父说起，曾经见过一位农妇，她的孩子也是刚出生时哭起来浑身紫涨，呼吸不得。后来农妇惊慌之下，倒提了他，结果孩子居然症状消除了。娘娘可以试试。"

聂无双又惊又喜，重重赏了晏太医，这才命他退下。几天来的提心吊胆终于落到了实处，她看着襁褓中睁着一双天真无邪眼睛的三皇子，目光复杂："是上天让你来做本宫的孩子么？"

凤凰无双

　　云乐的及笄礼在正月二十五，那一日皇室宗亲纷纷进宫，整个永熙宫中人满为患。聂无双坐在下首，看着白发苍苍的诰命夫人为云乐梳理长发，然后盘起。

　　云乐娇俏的面上面色木然，犹如一具漂亮的人偶，随着礼官的唱和而动作。皇上皇后坐在上首，随着及笄礼的进行说一些应景的祝祷话。最后礼成，精心妆点过的云乐走了出来，面上再没有少女的天真烂漫，眉宇间带着些微的忧愁。

　　聂无双看了，低了头，心中喟然一叹：生在皇家的公主，注定要为权势牺牲……

　　应国武德元年元月的最后一天，大军即将开拔。聂无双在宫中见了自己的大哥聂明鹄。她送给他这一个月做的衣服鞋袜，美眸中含着点点泪光："大哥一定要平安归来。"

　　聂明鹄一笑："一定会的！"

　　两兄妹正在说话间，忽地夏兰前来禀报："娘娘，睿王与睿王妃进宫了，还有小世子呢。"

　　聂无双微微吃惊："怎么进宫了？"

　　夏兰笑道："娘娘忘记了？睿王小世子已经满月了，要不是睿王要出征，本来皇上还要为小世子办一场满月宴呢。"

　　聂无双掩下眼中的异样："睿王与睿王妃要来永华殿么？"

　　夏兰说道："这自然。"

　　聂明鹄见睿王要来，遂告辞出宫。聂无双命宫人准备好礼物，不一会儿，果然见萧凤青带着睿王妃与小世子慢慢而来。

　　聂无双迎了上去，许久不见，萧凤青眉眼依稀如昨，他身穿绛紫色朝服，因是冬装，朝服多加了一层夹棉，更显得人魁梧英挺，朝服在袖口领口又加了一圈紫貂毛，衬得他那张五官深邃的俊颜越发显得贵气而妖娆。

　　他含笑盯着聂无双，除下风帽，凤眼流波，犹如三月春风："好久不见。"

　　聂无双被他的笑意刺得心中一缩，看向他身后低眉顺眼的睿王妃邹氏，绕过他，笑着道："邹姐姐来了？"

　　睿王妃邹氏施礼："婢妾拜见莲嫔娘娘。"

　　聂无双免了她的礼，看向她怀中的襁褓，笑着道："让本宫看看。"

　　邹氏面上露出慈母的笑容，小心翼翼把孩子递给她："娘娘，这孩子还未取名呢。婢妾说今日让王爷取个名字。"

　　聂无双接过，不知怎么的心中竟涌起一股奇异的感觉。一抬头却见是萧凤青目光热烈而直接地看着她，聂无双不得不转过身，不看他。

　　怀中的小世子已熟睡，粉嫩白皙，眉眼依稀像极了萧凤青，聂无双看了一会儿，面上不由得露出笑容来。鼻间香气扑来，萧凤青修洁的手已经握住小世子的手，耳边传来他慵懒而悦耳的声音:"像不像本王?"

聂无双抬起头来,美眸中神色复杂:"像极了。"她把小世子交给邹氏,回头看着萧凤青:"殿下想要给世子取什么名字?"

萧凤青看定她,声音越发柔和:"娘娘取吧。娘娘说的名字一定是极好的。是不是?"最后一句却是问邹氏。

邹氏眼中掠过无奈,低了头:"是。"

聂无双想了想:"那就叫做岚吧。"

萧凤青想了想,俊魅的面容上露出遮掩不住的笑容:"好,就叫做萧亦岚。"

他逗着邹氏怀中的小世子:"岚儿,她说你叫岚儿。"

聂无双看着他明晰的侧脸轮廓,一时间竟不知要说什么。萧凤青看了她一眼,对邹氏道:"敬妃那边也要去拜见,你先过去。"

邹氏抱着小世子连忙退下。聂无双美眸幽冷地看着他,淡淡道:"殿下何必老是拿着邹姐姐来做幌子?邹姐姐不是木头人她也会伤心。"

萧凤青见殿中再无其他人,上前握了她的手,漫不经心道:"她伤不伤心与本王又有何干系?她得到了她想要的就需要付出她应有的代价。"

聂无双被他的手握着,听着他无情的话,掩下眼中的不以为然:"殿下明日要出征了,是有什么要吩咐无双的么?"

下颌微微一凉,他的手指抬起她的脸,异色的眸中掠过一丝热度:"明天要出征了,你可会来?"

聂无双微微诧异,摇了摇头:"宫妃不能出宫,恐怕无双不能送殿下了。"

他的眼中掠过失望,拉长声音:"哦——"随后又追问一句:"向皇上请旨也不行么?"

聂无双不忍再令他失望,转身从自己的妆盒中拿出一个小香囊,递给他:"这里面有平安符,殿下随身带着吧。"

香囊式样普通绣花也普通。这是她为兄长做衣服剪下的布料,她本不太擅女工,这匆忙做起来自然不太如意。萧凤青放在手心,看了几眼,嗤笑:"你做的东西真丑!"

聂无双脸一红,伸手要去抢,萧凤青已放入了自己胸前。他微微一笑:"我走了。"

他说罢,转身就走。聂无双看着他潇洒离去的背影,竟一时间无言。

第二日,三军开拔。萧凤溟一早就去玄武门送军出征。大军出征有讲究,一定要选吉时,先是礼官祝祷,然后是皇帝宣三军令。再钟鼓齐鸣开拔。

聂无双站在永华殿的高台之上,隐隐听着宫外的钟鼓声声,离得那么远,传来的时候已模糊不清。她仔细辨认着,等了许久听不到了,这才慢慢步下高台。

她一回头，看见高台之下一双愤恨的眼睛盯着自己。

聂无双微微吃惊："云乐公主？"

云乐圆圆的眼中含着隐约的泪光："这下你高兴了吧？他走了。再也不理我了！"

聂无双淡淡垂下眼眸，步下高台："是雄鹰就该高飞，而公主的良人一定会找到的。"

云乐看着她，目光由愤恨渐渐变成哀愁："我还想再见他一面。"

聂无双向前走了几步，回头看着云乐："大军从玄武门出发，后营变前营，大哥是将军自然要督军跟在后面，你现在去看还来得及。"

云乐睁大眼睛，欢呼一声，拖着裙裾向外御苑跑去——那边有的是皇上的千里良驹。

杨直在她身边看着云乐欢快离去的身影，忍不住摇头叹息："可惜了，云乐公主即使这样痴心依然是没有任何结果，太后心中已经有属意的驸马人选了。再过一个月，恐怕云乐公主就要完婚。"

聂无双收回目光："这一刻她还是快乐的，带着希冀的，这样就够了。"

她说完慢慢走回了永华殿，雪地上留下了她清晰的木屐印，一步一步，蜿蜒而行……

第四十四章　结亲：选兄嫂

　　武德元年的春季悄悄来临，三万大军驰援齐国，不到五日就传来消息，在三万大军还未过淙江之时，秦军就攻破了齐国坚守了近两个月的桐州。顾清鸿下令坚壁清野，在秦军攻破桐州城门的那一刻焚烧了桐州城中的所有粮草辎重，带着残兵一路溃退到了幽州的左凌县。他一路逃一路继续坚壁清野，坚决不给秦军留下一颗粮食。秦军气急败坏，一路烧杀抢掠长驱直入。

　　顾清鸿在幽州站稳脚跟之后，立刻反扑，切断战线过长的秦军。利用春寒料峭雨天路滑，以步兵对阵骑兵，下绊马索陷马坑等等，一点点夺回失去的土地。齐国多山多丘陵，秦军的骑兵不再有优势，反而被精于布局的顾清鸿步步紧逼，一点点蚕食，一直被逼退回到了桐州城。

　　听闻秦军皇帝耶律图见自己军队连日战败，损兵折将又粮草不济，大怒之下下令屠城三日，顿时桐州城中来不及逃出的老幼妇孺统统成了刀下亡魂。整个桐州城刹那间成了死城，听说连日春雨都洗不去城中地上的鲜血……

　　这份沉甸甸的战报就这样呈现在萧凤溟的龙案上。

　　萧凤溟看了一会儿，底下站着兵部尚书与几位兵部侍郎。他长叹一声："顾清鸿果然妙绝，坚壁清野，直击秦军的软肋。"

　　兵部尚书赵锦元上前笑道："皇上说得极是，秦军惯常就是靠骑兵的迅捷才得以威慑四国，如今他们在齐国无用武之地，自然只能眼睁睁被齐军一点点消灭。"

　　萧凤溟长舒一口气："如今朕三万精锐以助顾清鸿，可以趁机把耶律图的十万骑兵精锐扼杀在汉江之边。"

　　兵部侍郎孙奉却并不乐观："秦国皇帝耶律图如今大举进攻齐国，听说他生性凶狠，恐怕这一场仗并不容易打，我国三万精锐就怕陷入了这场耗时许久的战事中。"

萧凤溟微微一笑："不用担心，朕早有准备。"他的目光盯在地图上，在淙江一侧有一处特殊标记，在那里，他早就命聂明鹄秘密屯兵五万，这一次，他要的是秦国精锐全军覆没……

春雨淅淅沥沥地下着，这几日倒春寒倒得厉害，永华殿中炭盆不敢撤下。一撤下，就是寒意入骨。聂无双看着窗外雨水冲刷下那一株枝叶虬扎的老梅，出了神。

雅充容抱着三皇子进殿中来，笑着道："娘娘，明日就是三皇子的满月宴了。"

聂无双回过神来，有些恍惚："是啊，那么快。"

雅充容怀中的三皇子胖乎乎的，白皙可爱。一个月的好生将养，他已没刚出生的瘦弱，白白胖胖的。他看见聂无双，咯咯笑着伸出小手。

聂无双抱在怀中，神思却飘向远方。雅充容看出她心神不在，问道："娘娘可是担心聂将军？"

聂无双回神，勉强一笑："是啊。"

自从她听说秦军是由秦国皇帝率军御驾亲征，一颗心就吊在了半空中。雅充容刚想再安慰她，内侍唱和声传来："皇上驾到——"

聂无双与雅充容连忙上前接驾。萧凤溟似从御书房而来，身上龙袍未除，他墨发上还带着雨丝，一进殿中，就笑着道："双儿，有好消息！"

聂无双迎上前，问道："皇上有什么好消息？"

萧凤溟笑道："刚刚接到前线战报，朕的三万大军已经过了淙江与秦军短兵相接，小胜一场。"

聂无双绽开笑颜："如此臣妾一定要恭喜皇上了。"

萧凤溟看着雅充容怀中的三皇子，高兴起来，一把抱在怀中，逗着他，一边笑道："朕果然没有看错人，你兄长的确是一员善战的武将。朕准你给你兄长写信。"他回过头来，沉静的眸光中带着淡淡的怜惜，"省得你这几日茶饭不思。"

聂无双闻言脸微微红了红，这几日她担心大哥竟被他发现了。

这时皇上怀中的三皇子因不熟悉他，"哇"的一声大哭起来，雅充容连忙接过，哄了起来。

萧凤溟见三皇子宜凤竟不再哭得脸色紫涨背过气去，"咦"地一声，惊喜地问道："这是怎么回事？他竟好了。"

聂无双回过身来，这才看见三皇子竟然哭起来中气十足。

雅充容笑道："皇上不知，太医说，三皇子的心疾正慢慢好起来呢。以后长大也不会有什么事的。"

萧凤溟听了甚是欣慰，回过头来看着聂无双，脸色一正："传朕的旨意，聂氏无双养育皇子有功，特晋为莲贵嫔！"

聂无双一怔，雅充容连忙拉了拉她。聂无双这才回神下跪谢恩。满宫中的宫人喜笑颜开纷纷上前恭贺。聂无双一一赏了，这才屏退宫人。

"皇上，这封赏太过了。"聂无双看着萧凤溟道，"三皇子都是雅充容在照顾，臣妾惭愧……"

萧凤溟修长的手指轻拂过她鬓边的发，眼眸中流露温柔："朕知道。但是朕高兴的是，你将三儿视如己出。"

聂无双一怔，手已被他握住："朕很希望有一天，我们会有属于我们的孩子。"他的眼中溢出温柔，聂无双心中一颤，许久才慢慢把头埋在他的怀中，闭上眼睛："是……"

第二日，三皇子的满月宴在宫中办得十分热闹，连绵的细雨都不能阻挡这热热闹闹的氛围。聂无双抱着三皇子宜风接受皇帝与皇后的祝祷。淑妃的二皇子在几天前也办了满月宴，但是相比起来，却没有聂无双的风光。要知道皇上可是亲自晋了聂无双的位份，还称赞她养育皇子有功。

这对宫妃来说是天大的荣耀。往来宫妃皇室宗眷纷纷送礼，聂无双看着一张张或羡慕或谄媚的面孔在眼前一一掠过，心中不由得升起荒谬的感觉，他们都不知道，皇上喜欢三皇子萧宜风不过是因为他天生有心疾，早就排除在储君的候选人之外了。即使三皇子以后好了，但是他因为生母过世，还有她现在这个养母毫无权势亦不是储君的最好人选。

聂无双看着怀中犹自睡得天地无欺的三皇子，不由得在心中深深地叹了一口气。在皇宫中，有时候就是这样，表面看起来满眼锦绣，实则内里一地荒芜。

想着，她渐渐抱紧了怀中的孩子……

春雨下了几日，终于停了，雪完全融化了，只是这天依然十分寒冷。聂无双每日坚持去向皇后请安，皇后见她勤勉，笑着赞她："莲贵嫔果然是贤良淑德，难怪皇上总是向本宫夸你。"

聂无双抿嘴一笑，她自然知道皇后这样说不过是客气而已。萧凤溟从不会在一位宫妃面前提起另一个宫妃，这是女人的忌讳，他如此聪明怎么会在皇后面前提起她如何如何，徒增皇后心中的嫉恨与厌恶？

"皇后娘娘过奖了。"聂无双跟在皇后身边，奉上女官端上的茶水。皇后看了她一眼："听说你兄长立了功。"

聂无双心头微微一跳，皇后不会无缘无故地说这样的话。她更加谦卑地低头笑道："回皇后娘娘的话，这都是皇上妙策，不然家兄也不可能初试锋芒便有所斩获。"

皇后微微一笑，握着她的手慢慢向来仪宫的长廊而去，来仪宫的回廊建造得甚是精美，每一块木头都打磨雕刻得十分精致，统统用的是淮南的樟木做成，经年而颜色越发耐

看，风雨中亦是经年不腐。

皇后今日着了一件烟翠色的凤服，长长的裙摆拖曳在地上，美丽异常。凤服上的刺绣精美分外灼灼。聂无双在她身后不紧不慢地跟着。

皇后边走边欣赏初春的景色，回廊边种了不少桃树，樱木，还有棠棣，这几日天气渐渐回暖，在光秃秃的枝杈间隐约能看到冒出的一点点翠绿。皇后边走边问："说起莲贵嫔初入宫，好像也是这时节吧？"

聂无双一怔，是这时节么？

往事汹涌而来，她几乎站不住脚，深吸一口气，这才笑道："回皇后娘娘的话，臣妾是去年六月来的应国。"

皇后漫不经心地"哦"了一声："那也才大半年而已。唉……"她忽地轻叹，回头似笑非笑地看着聂无双："大半年时间，莲贵嫔就从小小的采女一跃而至现在这个位份。很是让本宫刮目相看。"

聂无双不慌不忙，低头答道："这都是皇上的厚爱，还有娘娘的教诲。"

皇后一笑，坐在回廊处设的一张精致木制圆凳上："说起来这后宫来来去去的美人不少，但是懂得惜福的女人却是不多。你很聪明。而且你并不贪心。"

聂无双抬眸看着皇后，她不明白皇后为什么突然与她说了这么一些话。但是这时候并不是发呆的时候，她趁机跪下："皇后娘娘的恩德，臣妾铭记于心。皇后娘娘若有差遣，臣妾一定尽心尽力。"

皇后掩了嘴一笑，上了上好胭脂的脸色越发温和："傻妹妹，本宫哪有那么多差遣？"她忽地问，"你家兄今年几岁了？可曾婚配了？"

聂无双心头不安越发明显，回答："家兄今年二十九了，未曾婚配。"

皇后一笑："可有中意的姑娘家？"

聂无双想起云乐含泪的俏脸，叹道："不曾。"但眸光一转，她换了笑颜看着皇后："怎么？皇后娘娘可是要做这个红娘？"

皇后轻拍了她的手一下，咯咯笑道："你这个精明的丫头。不是本宫乱点鸳鸯谱，实在是本宫的几个小表妹小侄女都长大了，他们都托本宫给招个好夫婿，唉……本宫可是愁死了。"

聂无双一听，笑道："可惜大哥还在前方打仗，要是让他知道有这么多贵媛等着嫁给他，他还不开心得发了昏了。"

皇后知她是答应了，笑吟吟地看着聂无双："明日本宫命人把画册和生辰八字给你瞧瞧，你若中意了，聂将军应该不会有什么意见。"

聂无双面上的笑都快僵硬了，又与皇后说了些话这才回了永华殿。一到自己宫中，聂无双便歪在了榻上，越想越是头疼，皇后这一招，分明就是要招揽她，然后对付淑妃。淑妃争储的心意才露出冰山一角，皇后已经如临大敌。唉……

杨直是随侍聂无双身边，见她愁眉不展，知道她一定是在皇后跟前听了什么，上前问道："娘娘？"

聂无双把皇后的意思慢慢说了。杨直亦是双眉紧皱："娘娘的兄长看样子只能娶皇后给的人选了。已经得罪了太后不能再得罪皇后了。"

聂无双叹了一口气，揉了揉额角："本宫知道，但是大哥那边……"

杨直一笑："聂将军是人中之龙凤，一定会找到自己喜欢的女子的。就算娶了妻子，也是无所谓的。"

聂无双幽幽一叹："但愿如此吧。"

第二日，皇后果然派人送来几幅画卷，里面美人亭亭玉立，旁边还附着生辰八字，又细细写了父母双亲官位诰命，聂无双一看，果然都是皇后的至亲。躲得过太后，却躲不过皇后。她看了几卷，不由得心烦。

杨直见她如此在一旁不慌不忙地道："这结姻亲也有很大的学问，或者娶嫡或者娶庶有很大的不同，奴婢知道娘娘是生怕以后卷入了皇后的麻烦之中，所以保持不远不近的距离才是最重要的。娘娘可以在皇后给的适龄女子中挑选一位庶出的女子，而且最好不要堂亲，要表亲，所谓一表三千里。这婚配聂将军的女子跟皇后没多大亲戚关系，又不至于说一点关系也没有。这既不会拂了皇后的面子，也会为以后留有余地。"

聂无双听得心中大是赞同，不由得连声道："杨公公果然高明！"

杨直微微一笑："而且庶出的女子在世族中通常备受正室的欺辱，心中对娘家恐怕不会太过眷顾，如果做了聂将军的正妻，且不说聂将军人品相貌是一等一的，就是以后的前途亦是看得见的，她自然是一心一意向着聂将军。娘娘只需再仔细观察品行就是了。"

聂无双心头的郁结被杨直这么一点拨，简直有拨云见日的感觉。她遂又重新拿起画册，果然看见皇后送来的画册中有几位是庶出之女。她看了下，心中有数，于是第三日带着画册亲自去面见皇后。

彼时天色刚刚放晴，皇后正坐在来仪宫后的亭子中喂食池中锦鲤，池水刚刚化开，又被宫人放了温泉水，沉寂了一冬的锦鲤开始在池中游来游去，争抢鱼食。满满一池塘热气袅袅上升，池中五彩锦鲤煞是好看。

皇后见她这么快有了决断，吃惊地问道："莲贵嫔看中的是哪家的女子？"

聂无双从中拿出早就挑好的画册递给皇后。皇后展开，细细看了看，这才合上笑着道："怎么都是庶出的？本宫怕聂将军会觉得委屈。"

聂无双早就想好了说辞，她恭敬地道："皇后娘娘言重了，其实是臣妾觉得家兄配不上这些贵媛们，毕竟皇后娘娘也知道家兄在应国根基俱无，又没有府邸实在是……"

她脸上的为难恰到好处，皇后释然一笑："怕什么，府邸等你大哥征战归来皇上肯定

会赐下的。这等小事你不必多虑。不过既然你已经选了这几位,等过几日春暖花开的时候,本宫再宣她们进来让你瞧瞧。"

聂无双终于松了一口气,嫣然一笑:"臣妾谢娘娘恩典。"

皇后笑着握了她的手,意味深长地说道:"谢什么,早晚是一家人。"

两人相视而笑,却是各怀心思。

春季雨水最是多,淙江一带发了大水,还好萧凤青率军过了河,又接连两次与几股秦军交战,旗开得胜。一路向东南方向的幽州而去。而顾清鸿在幽州的左凌县忙着建造工事,防止秦军再次进攻。

春季是播种的季节,而齐国与秦国两地开战,早就焦土千里,一片荒芜根本无法耕作。一股饥荒因顾清鸿实施的坚壁清野和春荒而蔓延开来。萧凤青发回的战报中提了一下,应国粮草在运送中被几股流民所劫,萧凤青治军苛刻,把失职的将领通通鞭笞五十,所有流民不分男女原地就戮。他的手段狠辣着实令军中的将军们侧目,但是也正因为这样,整个应国援军行动迅捷,越发像一把尖刀狠狠砍向秦军染指齐国的手。

前方战事瞬息万变,但应国后宫中却是井井有条,每一日都不会比前一日更加有趣味,不过随着这春季的一日日到来,沉寂了一冬的后宫渐渐舒泛起来。永熙宫这几日更是忙碌起来。

高太后下令要为自己的掌上明珠——云乐公主选驸马。云乐公主从小到大刁蛮任性,且不说琴棋书画,就是女工品行亦是糟糕透顶,后宫中都纷纷猜测谁才是那个幸运又倒霉的驸马。

一番忙乱之后,云乐公主最后选了异姓王——平南王世子薛璧为驸马。平南王手中有三万州兵,常年镇守西南,是诸位异姓王中家世渊源与皇家最为密切的王爷。高太后选择他的儿子,并不出人意料。

聂无双听着杨直的禀报,淡淡一笑:"高太后总算得偿所愿了。"

杨直摇了摇头:"依奴婢愚见,恐怕高太后这一招也并不好,把一匹野马套上漂亮的缰络并不能改变他的本性,平南王生性桀骜不驯,虽然年老了,但历经三朝一向对皇室忠心耿耿。如今就算与太后结了姻亲,恐怕也不会对高太后有什么助力。只会让皇上与太后之间嫌隙更深罢了。"

聂无双一哂:"随她去了。高太后想要做什么,谁也阻止不了。"

三月底,应国渐渐春暖花开,驰援齐国的援军也传来了好消息,秦国大军粮食短缺,而连绵春雨更是让远道而来的秦军生了疟疾,秦军战斗力大大下降。秦国皇帝不得不缩紧了战线。而萧凤青一路驰援已经到了衮州城,再向栖霞关而去就能到达幽州与顾清鸿会师，连日捷报令萧凤溟脸上春风满面。

他来到永华殿，难得有闲情逸致命聂无双弹琴。聂无双含笑应允，琴声悠然，如清澈的泉水淙淙，化去满身疲惫。聂无双轻捻琴弦，不经意抬头，却发现不知不觉中，萧凤溟竟在软榻上睡去。她慢慢走到他身边，见他睡中清俊的面容上眉宇微皱，眼睑下有两抹淡淡的阴影。她知道他这几日日理万机，又心忧三万援军，自然是睡不好。

聂无双看了一会儿，手轻抚上他的眉宇，抚平他紧皱的眉心，又拿了薄衾盖上。她正要转身离开，一只有力的手抓住了她的胳膊。

聂无双回过头去，微微一笑："原来皇上没有睡着。"

萧凤溟眼睛并不睁开，搂了她在怀中，慢慢道："朕刚才真的是睡着了。"

聂无双伏在他的胸前，莞尔一笑："皇上太累了。"

萧凤溟寻了个舒服的姿势把她抱在怀中，这才睁开眼，眼眸中带着笑意："刚才你在偷看朕睡觉么？"

他目光灼热地看定她，聂无双心中一悸，垂下眼帘："臣妾只是觉得皇上睡觉都皱着眉头，所以想替皇上抚平……"

她还未说完，他已经轻轻吻住了她的红唇。扑鼻的龙涎香，清淡悠长，聂无双被他禁锢在小小的软榻上，只觉得整个天地都陡然狭小。萧凤溟吻了一会儿这才放开她。

他把她抱在怀中，目光悠然："朕皱眉头是因为有许多难以决断的事。朕常想什么时候才可以无拘无束不用烦恼，哪怕一刻也是快活的。但是思来想去，好像都没有过这样的一刻。"

聂无双心中升起奇怪的怜惜：原来他身为九五至尊，却是一直不快活。

她忽地一笑："原来做皇帝也有皇帝的烦恼。"

萧凤溟轻抚她的墨发，呵呵一笑："朕如果没有烦恼了，那些朝官岂不是要开始惶惶不安了？还以为自己跟了一位昏君。"

聂无双看着殿外那一枝刚冒出头的柳枝，心生感慨："不知什么时候才能惬意地活着，或者泛舟湖上，在山水中徜徉；或者去大漠草原看看，领略风吹草低见牛羊的风景。皇上会不会觉得臣妾的想法很奇怪？"

萧凤溟看着她面上隐约的憧憬，笑道："朕虽不能答应你立刻就去，但是在朕有生之年，一定会带着你去看看。"

聂无双猛地抬头："真的？！"

"自然是真的。"萧凤溟含笑说道，如黑曜石一般的深眸中溢出柔情，"小桥流水，日升而出日落而息，不用再忧心朝堂和天下，而那样的日子你会喜欢么？"

聂无双心中一热，不由得紧紧依在他的怀中，美眸中却渐渐流露哀伤。

明明知道不是真的，在耳鬓厮磨中，两人说着不能兑现的承诺，坦陈着永远不能实现

的美梦。他有他的皇图霸业，她自有她的血海深仇。在图穷匕现的那一刻，往昔的恩爱缠绵顷刻间就会灰飞烟灭。可是这一切美得也许经年之后都无法忘怀。

过了一两日，皇后派了大宫女秋蒙前来。秋蒙含笑走进永华殿，上前拜下道："皇后娘娘说了，御花园中的花都开了。请莲贵嫔明日下午一起赏花。"

聂无双想起此事，笑道："替本宫谢谢皇后娘娘盛情，到时候本宫会依约前往的。"

秋蒙走后，聂无双不由得头疼地扶了额头。大哥在齐国还不知道怎么样了，这时候她却得振作精神为他挑一门好姻缘。第二天下午，聂无双梳妆打扮完，就慢慢向皇后的来仪宫而去。才刚进了殿中，就听见殿中莺声燕语笑语纷纷。她定睛一看，在皇后身边围着几位年轻美貌的少女。一个个面容姣好，清秀可人。

皇后见聂无双进来，笑着道："莲贵嫔来了，这几位都是本宫族中的表妹，侄女，今天天气晴好，所以都叫到宫中陪陪本宫。你们都去见过莲贵嫔吧。"最后一句是对几位少女说的。

聂无双美眸中含笑，一一扫过。几位少女或扭捏或落落大方，都纷纷上前来见。聂无双对皇后道："皇后娘娘，这几位小姐如花似玉，娘娘还需赏什么花呢，直接赏美人算了。"

皇后闻言笑得合不拢嘴。几位少女都纷纷脸红。聂无双坐在皇后下首，早有宫女奉上茶水糕点。皇后见天色尚早，于是与聂无双闲聊。聂无双一边与皇后交谈，一边暗中打量几位围着皇后的少女，画像上的画与现实中的差距自然是大的，她一一看过，依稀辨出其中几位。但是静观她们言行，或太过骄躁或太过扭捏，都不是很满意。

最后她把目光定在了皇后身后的一位翠衫少女身上，她面上笑容淡淡，姿态娴静，这几位中就她看起来沉静一些。皇后但凡有问她都回答得宜，显得家教良好。

聂无双暗自把她记下又与皇后说了一些话，就一起向御花园而去。

皇后与聂无双一前一后到了御花园，御花园中花才开了一半不到，其中有些还是不贵重的迎春花。水仙等等，算是亮眼的只有那几株海棠花，开得十分美丽。这一场所谓的赏花不过是借口，进宫来的几位名门贵媛都多多少少知道此行的目的，她们趁着这个时候，偷偷好奇地打量着聂无双。久居深闺，素闻聂无双如何如何媚惑皇帝，如何娇宠后宫，如何心狠手辣扳倒妃子，可如今看来，不过是一介娇柔绝美的女子罢了。

聂无双垂下美眸，慢慢品着茶，感受着各方投来的目光，心中微微嘲弄地一笑：自己的名声恐怕连这种深闺中的贵媛都听说了。不过也真是难为她们顶着她不雅的名声还要进宫来相亲。

聂无双美眸一抬，一一对视一道道好奇的目光。有的见被她撞破，不由得尴尬转头，唯独刚才那翠衫少女与她对视一笑。她的笑意温柔，落落大方，令人看得十分舒服。五位少女中，她相貌不是最美艳的，但是却是最得聂无双心意的。她心中有了计较，冲她微微一笑，以示满意。

那翠衫少女见她一笑灿若桃李，美绝如斯，不由得怔了怔。等回过神来，聂无双已经回头与皇后说着话。小小的宴会安排得十分用心，皇后安排几位少女或弹琴或作画，或者玩投壶，不亦乐乎。

等宴席告一段落，众人各自去休息，聂无双看了看那翠衫少女歇息的阁子，等众人都离开了，这才慢慢走了过去。阁前的侍女们见聂无双过来，连忙前去禀报。

不一会儿，翠衫少女匆匆打门，她正散了发要歇息，满头墨发披散在肩头，连忙迎上前来："展盈见过莲贵嫔娘娘。"

她是展家二小姐，正是聂无双挑中的人选之一。

聂无双扶起她，细细打量，笑着道："免礼。"

展盈见聂无双一双美眸盯着自己，脸上一红，知道了她来的意义。稍微局促之后便释然了。

"娘娘请坐。"展盈道。

聂无双坐下来，见她站着不由得笑道："展二小姐不必多礼，坐吧。"

展盈大方入座，她散着的长发还披在肩头，但神情已是自若。宫女奉上茶水便鱼贯退了下去。

聂无双微微一笑："今日展二小姐进宫之时，就知道今日进宫的目的了吧？"

展盈低头羞涩一笑："是。家父跟展盈说过了。"

"那你可愿意嫁给本宫的大哥聂明鹄？"聂无双盯着她含羞的眼睛问道。

展盈微不可察地点了点头，终究是未出阁的深闺少女，点头完又红了脸。聂无双一笑，忽地话锋一转："若是本宫的大哥需要镇守边疆，你怎么办？远离父母、京城，对你来说恐怕很难。"

展盈一怔，想了想小声而坚定地说："展盈不怕。娘娘离了齐国来到应国还不是一样……很艰难。"

这句话一出，聂无双倒是一怔，她没想到展盈竟能说出这番话来。她目光复杂地看着她，问道："你并不讨厌本宫？"

展盈摇了摇头："展盈知道娘娘是被许多人冤枉的。"

聂无双看着她，终是笑着握了她的手："谢谢。"

宴席结束，皇后笑着问聂无双："可有替聂将军相中哪家的千金？"

聂无双笑道："回皇后娘娘的话，是展家二小姐。"

皇后一怔，展家二小姐才情与相貌都不是五人中的佼佼者，这个结果令她有些意外。不过既然聂无双这样肯定，她也知道不好再劝改选其他人。

"这展家的主母是本宫的姨母，展二小姐的生母亦是家世清白的人家。莲贵嫔果然是好眼光。本宫也瞧着这孩子沉稳大方，很是不错。"皇后说道。

聂无双躬身拜下："臣妾与兄长谢皇后娘娘赐婚。"

皇后一笑，笑意却是勉强。本来聂无双挑选的这几个都不是她心中属意的人选，如今聂无双又挑了个不起眼的展盈更不是她所乐见的，但是转念一想聂氏兄妹在应国毫无根基，但是却得皇上宠信，以一个不起眼的庶出女子就可以招揽聂氏兄妹，算算也不亏。于是心中就平复了许多。

皇后想通了，自然喜笑颜开地与聂无双聊着，等晚膳时分这才让聂无双回宫。

聂无双回到了永华殿，松了一口气，大哥的婚事总算给皇后有个交代，但是大哥现在如何了？她心中依然惴惴不安，她在深宫中锦衣玉食，因得皇后拉拢，皇上宠爱，日子更是过得如花似锦，但是每每午夜梦回，她的心中越发不安。

第四十五章　忧心：被困栖霞关

过了两天，夜间，聂无双正要就寝，杨直走了进来，脸色并不好。他奉上一枚被拆封的小竹筒，递给聂无双："娘娘，这是密信。"

聂无双手一抖，连忙去看。才看了两行，手中的信就掉落地上。她晃了晃，不由得跌坐在榻上。她的不安果然成了真实的噩梦！

密信上第一行就写着：鹄率三千，中计被困栖霞关！

杨直见聂无双脸色惨白，不由得上前担忧地问："娘娘可要保重啊！这战事千变万化，睿王殿下这时候说不定就率军去救援聂将军了。"

聂无双半晌才回过神来，她急忙又拿起密信看了起来。可是密信短小，寥寥几行根本看不出什么来。她把密信捏在手中，在内殿中来回急急踱步。

"从皇上接获战报时到现在已经快十天了，当时肯定睿王与秦军交战失利，皇上隐而不发，现在睿王殿下又传来这密信……"聂无双唇色已经尽褪，她看着杨直，美眸中流露惊慌。

许久，她吐出一口气："那么说，大哥起码已经被困了三四天了！"

杨直皱着眉头："这战事实在是不好说，现在路途遥远，说不定中途有什么变化亦是不一定。娘娘且放宽心思。"

聂无双面露忧色，她看着沉沉的黑夜，终于狠狠咬了咬牙："去备肩辇，本宫要去见皇上！"

"娘娘！万万不可啊！"杨直急道，"后宫不得干政，娘娘这一去不但不能解除聂将军的困境，反而会让皇上厌烦啊！"

聂无双一声不吭，转入屏风后披上衣服匆匆走出去，杨直再也顾不得，扑上去拽住她的裙裾："娘娘且三思！三思啊！"

聂无双直直瞪着他,眼泪忽地滚落:"杨公公,本宫不能再失去亲人了!"泪零落如雨下:"我不能再眼睁睁看着亲人死去了,你知不知道?……"

她说着伏在床上痛哭失声,那一幕的血腥生生刻在她的骨髓中,印在灵魂深处,无法排解,更无法触摸。杨直看着床榻上哭得如秋风中落叶的聂无双,眼中流露不忍,他知道,她的苦从来就是闷在心里,哭出来就好啊……

接连几日,聂无双都郁郁寡欢,令杨直探听消息却是再也打听不到一星半点。想来萧凤青正忙着与秦军交战。聂无双看着永华殿后庭院中的几株海棠渐渐枝繁叶茂,心中却依然惶惶。

千里之外,栖霞关。

栖霞关,被誉为齐国第二险关,与云凌关同称为齐国的门户。秦军破了云凌关一路如入无人之境,一直横扫到了桐州城汉江边才被顾清鸿生生扼住前进的铁蹄。栖霞关就在桐州城后的怒河边,北面是滔滔怒河,黄浪浊浊,水流湍急,是天险,南面是齐国的淮南万里沃野,西面是连绵的群山峻岭,栖霞关就是这群山峻岭中的一条不大不小的狭长通道。

顾清鸿失了桐州城之后一路溃败,正要从栖霞关再抵抗秦军,但没想到秦军铁骑太快,抢先占了先机,所以他不得不带着残兵败将退回幽州左凌县。

正在这危急时刻,聂明鹄深谙栖霞关重要,带领三千兵力百里夜袭,突袭了秦军前锋主力,夺回了关口,正当他要再挺进幽州,耶律图突然率大军切断聂明鹄的退路,把聂明鹄三千精锐生生困在了关中。

直到这时,聂明鹄才发现自己中了耶律图的计策。从应国援军渡过淙江之后,耶律图就佯装败退,几次短兵相接不过是为了诱使援军主力孤军深入。再加上援军情报被耶律图误导,以为秦军不适齐国水土,生了疟疾,军中粮草不继等等,聂明鹄没料到秦军还有如此强的战斗力与士气。

被困栖霞关,这简直是耶律图耍的一招阴狠计策!

天阴得很,天空中灰蒙蒙的。聂明鹄手执银枪,勒马而立。眼前的战场一片狼烟滚滚,刺鼻的烧焦气味充斥着鼻腔,身下的马儿不安地打了个响鼻,不停地来回刨着湿软的土地。

"报——聂将军,秦军已经退了一里!"满身泥土的兵士上前跪着奏道。

聂明鹄点了点头,俊美的面容没有一丝表情。他,已经被困三天了。萧凤青早在一天前就开始对秦军进攻,但是耶律图这一次仿佛铁了心,竟集中三万骑兵精锐守住通往栖霞关的各个关口,不让萧凤青突围入关也不放栖霞关中的一兵一卒出关。

除了僵持还是僵持。三月底的天气依然是寒冷的,沉重的甲胄穿在身上,隐隐寒意入骨，可是聂明鹄额角却依然渗出汗水来。他带兵冒险挺进栖霞关是因为此关太过重要，一旦失去就再难夺回，对整个齐秦两国战局有着至关重要的作用，但是他没料到耶律图竟然以此为诱饵，诱使他三千精锐尽数被困于此。他的三千精锐虽人人百里挑一，但是为了这次突袭能成功，兵士都是轻装简行，身上带的不过五日粮食。

这，已经是第三天了。

他站在雄关关口，看着一里外开始安营扎寨的秦军，长长的剑眉深深皱了起来。这耶律图想要干什么？他不急于攻打，看样子反而想要拖延。

"报——聂将军，这是秦军射来的战书！"兵士又上前禀报道。

聂明鹄展开皱巴巴的战书，才看了两行字，顿时气得脸色发白，一把撕了战书，额上青筋暴跳："岂有此理！不杀耶律图，我聂明鹄有何面目去见地下的父亲兄弟！"

他说罢一拍坐骑，银枪一抖，对身后的士兵喊道："随本将军再去杀秦狗一个措手不及！"他说完纵马向前飞奔，他身后的士兵都是他亲自挑选出来的精锐，一看主将亲自出战，连忙跟上。

一里之外，秦军正在埋锅做饭，抬头看见一道滚滚烟尘轰隆隆而来，不由得呼喝着敲起战鼓，上马迎战。聂明鹄满胸都是滔滔怒火，他人若蛟，马如龙，冲入秦军之中，红缨长枪犹如破空银蛇，在乌压压的秦军中横扫四方。秦军擅战，却也经不起他这般狂怒的枪法，一个个纷纷哀叫着倒下马来。

不远处的金顶大营跟前，立着身穿金甲的耶律图，纯金打造的狼头面具下，是他深邃俊魅的面容。薄唇一勾，他翻身上马向前冲去。秦军纷纷让开一条道，耶律图不一会儿就纵马到了秦军阵前，他看着前方混战中的聂明鹄，哈哈长笑一声："聂将军别来无恙啊！"

聂明鹄长枪一震，震开了前面的几个秦军士兵，手中犹带血迹的银枪一指耶律图，怒道："耶律图，你辱我聂家太甚！今日我聂明鹄一定取你首级以消心头之恨！"

耶律图又是一笑："聂明鹄，如今你被困栖霞关，再过个几天兵困马乏，你就得乖乖投降，朕不过是给了你一个好建议。大丈夫能屈能伸，你若归降了，金银富贵朕皆可给你。你我一同挥兵南下，万里齐地就是我耶律图的囊中之物，到时候就是萧凤溟也不是朕的对手。"

他顿了顿，棕色的眸中射出如狼一般的光来："到时候，朕要你的妹妹聂无双做朕的爱妃，恐怕萧凤溟也不得不给。哈哈，听说你妹妹可是名重三国的美人呢……"

聂明鹄俊眸中射出冷冷杀气，他怒极反笑，一指天上："耶律图，这天还没黑呢，你就做起春秋大梦了，也不怕别人笑掉大牙！来，吃我一枪！"

他一手拍上马鞍，人与长枪合二为一冲向耶律图。耶律图冷笑一声，拔出金刀立马横劈，护卫耶律图的士兵纷纷长枪探出刺向半空中飞身而来的聂明鹄。

眼前的枪阵如林,聂明鹄眼瞳猛地一缩,半空中,长枪横扫,气势如钧地扫向护着耶律图的士兵。"铿铿"声中,火花四溅,聂明鹄面不改色,一脚踏在挡在耶律图跟前士兵的头上,再次借力跃起,刺向马上的耶律图。

耶律图见他犹如杀神降世,悍勇无匹,俊脸微微一变,金刀立刻挥向聂明鹄。

"聂明鹄!你不要敬酒不吃吃罚酒!"耶律图怒喝一声,"朕招降你不过是惜你是个人才!"

聂明鹄哈哈一笑,眸中已是血红:"我聂家蒙受不白之冤,满门含恨地下,我聂明鹄无用不能保我父亲兄弟已是大不孝,难道我还不能保我唯一的妹妹,拱手献敌让她再受一次屈辱吗?!你做你的春秋大梦吧!"

他眼中悍不畏死的神色令耶律图脸色一沉,他挥刀之后,后退几步看着聂明鹄与自己跟前的侍卫缠斗在一起。

聂明鹄杀红了眼,一挨着他手中的银枪非死即伤,如入无人之境。耶律图看得眉头大皱,手一挥,身后如潮水一般的秦军又蜂拥而上。

"聂将军,我们撤吧!不宜再战了!"聂明鹄身后的将士叫道。秦军太多了,再这样下去,他们这支突袭的队伍就会被绞杀殆尽。

聂明鹄恨恨看着人墙之后的耶律图,长枪一挥,刺翻了跟前的秦军:"耶律图你等着,今日之辱,将要你十倍偿还!"

他说完,挑开阻挡在自己跟前的秦军,飞身上了自己的坐骑,拍马而去。

所谓穷寇莫追,耶律图命人鸣金收兵。他看着聂明鹄拍马离去的身影,深眸中射出阴鸷的光……

聂无双在永华殿中,心忧前线战事,几次想要从萧凤溟口中探听前线战事,都探听不到。而随着战事的吃紧,杨直再也无法从萧凤青手中打听到任何消息,正当聂无双一筹莫展的时候,一封从秦国派人传来的国书彻底令应国的朝堂再次哗然。

秦国皇帝耶律图派人带来国书,国书上口气甚是嚣张。他先是利邀萧凤溟合力一起覆灭齐国,然后"划地各治",而后又说起自己已经把驰援齐国的三万精锐分开包围,聂明鹄更是被他重兵困在栖霞关。他口气洋洋自得,说若是要聂明鹄与三千将士性命,需拿一位"倾国佳人"来换,一是"可缔结邦交",二是以表两国"结盟情谊"。而这位"倾国佳人",他口气暧昧,暗指萧凤溟盛宠之下的聂氏无双。

此国书一在朝堂中宣读,顿时应国满朝文武哗然。萧凤溟当即震怒,令殿上的金甲武士把使节赶出京城,又立誓定要令秦军大败以消辱国之恨。

彼时聂无双正在永华殿中,对朝堂中之事毫不知情,直到正午,杨直脸色铁青,匆匆进殿中把早朝发生的事一一说了。聂无双脸色一白,浑身晃了几晃,陡然跌坐在美人榻上。

　　杨直见她如此神色，心中担忧："娘娘消消气，这秦国民风不开化，向来觉得女子如财物牲畜，想换就换，想要就要。他这不过是自以为是的说辞，皇上已经命人把那秦国的使节赶了出去。"

　　聂无双扶着心口，面色惨淡："本宫不是担心这个，本宫担心的是大哥啊！"

　　她一把抓住杨直的袖子，美眸瞪着他："几天了？大哥被困栖霞关几天了？！"

　　杨直低了头，艰难地道："算起来起码六天了……"

　　六天？！聂无双浑身冰冷，这六天只是杨直保守的估算，从她接到萧凤青的密信到现在起码六天了，那么说，大哥已经被困超过六天以上了。

　　她越想心里越难受。杨直上前，郑重劝道："如今的危机不是聂将军。"

　　聂无双美眸含泪："那是什么？"

　　"是娘娘您自己啊！"杨直说道，"如今秦国的国书已经给了整个应国羞辱，娘娘也被无辜牵扯在其中，只有再去东林寺，去佛家圣地中避难，才能消除整个应国和整个朝堂对娘娘的恶感！"

　　聂无双眼中的泪夺眶而出。为什么？为什么老天还要这样逼迫她和她的哥哥。一个身在战场生死危在旦夕，而她在步步惊心的宫中却无法帮助，只能屈辱地去避祸？！

　　"娘娘！留得青山在，不怕没柴烧啊！"杨直跪下。

　　聂无双看着他诚恳的眼眸，终于含泪点了点头。

　　第二天，聂无双上请罪表，言辞凄然，说自己是不祥之身，要求去东林寺念经为应国也为自己的兄长祈福。

　　萧凤溟看了她的奏表，皱眉问道："静修难道就只能去东林寺吗？"

　　聂无双抬头，眸中点点水光："可是秦国皇帝已经给皇上这么大的羞辱，臣妾罪责难逃，不去东林寺难以抵消臣妾的罪孽！更何况臣妾的大哥生死不明，让臣妾在宫中无异于深受酷刑。皇上……"

　　她哀哀地看着萧凤溟，眼中露出哀求："皇上就准了臣妾的请求吧。"

　　萧凤溟看着她面上的哀戚，停了许久，这才挥了挥手："好吧，朕准了。"

　　"谢皇上恩典！"聂无双含泪谢恩。

　　聂无双避祸东林寺的消息传到了皇后耳中，皇后点头道："莲贵嫔是个识大体的人，传本宫的话，让她去东林寺时带点香油钱去，让僧人多诵几遍经文。"

　　皇后又命人去传话："可否由展家二小姐陪同，一起为聂将军祈福？"

　　聂无双回复前来的宫人："替本宫谢谢皇后娘娘美意，皇后娘娘庇护臣妾的恩德，臣妾已无以为报，不敢再劳动展家小姐舟车劳顿。"

宫人回去回话，皇后也便不提。过了两日前线传来消息，萧凤青率两万精锐军驰援聂明鹄，已经到了栖霞关前，秦应两国正式的大战一触即发。

耶律图为了迷惑聂明鹄入套，分散了兵力，如今在栖霞关前，他满打满算也只有五万兵力，而且这五万兵力已经打了几个月的仗，人困马乏，耶律图亲自坐镇，粮草曾一度被顾清鸿派人截烧了几次，但是后来又竭力恢复，总算能保证这号称十万大军的吃喝。而萧凤青手中的两万兵力兵强马壮，虽然人数少于耶律图守在栖霞关的五万数量，但是战斗力看起来旗鼓相当。

栖霞关，这屈居云凌关的齐国第二大雄关，如今汇集了三国的兵力，三月的天本是万物复苏的季节，但是在大战前的阴影笼罩下，似乎早已没有了半分的生机。

幽州，左凌县。

在一处山头上，一道清瘦的身影迎风而立。山中的风呼呼地吹来，带来远方隐约的硝烟气息。他一动不动站了许久，犹如剪纸一般明晰的背影似极了神仙下凡，带着哀戚与沉重。

"相国大人，回去吧。"他身旁的青衫小厮轻声提醒，"天已经晚了。"

他慢慢转过身来，俊美的眉眼如朗月，温柔儒雅，但是这面容上却是带着三分病色，七分的倦然。原本乌黑的鬓发边隐隐竟有些灰白。

他刚想说什么，却忍不住咳嗽起来。他咳得那么重，似心肝都要咳出来。一旁的青衫小厮急忙上前扶住他："相国大人，您到底怎么样了？"

顾清鸿摇了摇头："不碍的……"他还没说完，又是一阵剧烈咳嗽。竹影几乎要哭了："相国大人，您为什么不向皇上要解药？这一天一颗的药丸根本镇不住您的病。"

顾清鸿苦笑了下："傻瓜，要不是如此，皇上怎么会放心让我指挥大军抗敌？向来兵权与政权不能合二为一，可如今我已经是兵政一体，往来粮草、兵力，齐国各州官员将领调派都由我一人说了算，皇上的身家性命都在……都在我身上，他若没有牵制我的法宝，他怎么会安心？如今整个齐国危在旦夕，我若有反意，皇上就再无可用之人，无可用之兵……"

"可是应国皇帝根本没有用那道圣旨啊！最后相国大人也借到了援军，皇上为何还不信相国大人？"竹影抹了抹眼角的泪，面上犹带不甘，"相国大人为这样的皇帝卖命，实在是太不值得了！"

顾清鸿面色一白，怒道："放肆！皇上如何是你能胡乱评说的？给本相跪下！"

他又要再说，却咳得更厉害。

竹影跪在地上，依然愤愤："小人没有说错！相国大人殚精竭虑，到底为的是什么？"

顾清鸿一怔，满腔的怒火顿时消失无形，他终是长叹一声："我为的是什么？为的是什么……"

"为的是这齐国百年的基业不落入秦国的手中，齐国的万里沃野可万万不能沦为秦国的牧场！"顾清鸿面色沉重，"你不懂，我既然身为一国之相，既然已经站出来了，就早没有了后退之路。这场仗之后，不论如何我都不能……"

他掩下眼底的绝望：这场仗之后，无论如何他都不能活了。功高震主，掌握了齐国的军政，齐国皇帝现在对他既忌讳又不得不依仗。若是战败了，他无颜见齐国百姓，若是战胜了，他亦是无法再被齐国皇帝容忍。

死，对他来说才是最后唯一的出路。

他往西北方向再看一眼："如今聂明鹄已经占领了栖霞关，应国的萧凤青也已经亲率两万精兵对阵耶律图，若是重新夺回栖霞关，解开了聂明鹄的困局，我们一定会反败为胜的！"

"传本相号令，三军即刻起开拔，向栖霞关而去！"顾清鸿忽地回头，清俊的眼眸中露出坚定，"不论如何，一定要拿下栖霞关！绝对不能让耶律图与萧凤青其中一人掌握了这最后一道关口！"

永华殿中，聂无双拢着一袭薄而暖的披风正看着宫女们奔走收拾。雅充容在一旁抱着三皇子苦口婆心地劝道："娘娘好自为之吧。"

第二天一早，天色还黑，聂无双起身正要唤来宫女，忽地斜地里伸出一双手撩起帐子。睡眼迷蒙中，她看清是萧凤溟，不由得怔松了下。

"皇上？你怎么来了？"她想要下床。萧凤溟已经扶住了她的手，昏暗的光线中，他的眸色沉沉，宛如黑琉璃。

"别动，天色还早得很。"萧凤溟坐在她床边，聂无双依言软软靠在他胸口，这几天他国事繁忙，并不留宿永华殿，但是他的关切她一向都明白。她靠在他的胸口，幽幽淡淡的龙涎香萦绕在她鼻间。忽地她的心酸酸涩涩地软了起来。

"皇上不用上早朝么？"她掩下心中黯然，轻快地问道。

"尚早。"萧凤溟淡淡地道，"朕过来看看你。"

"行囊都收拾好了？"他问。

"好了。"聂无双抬头一笑。

萧凤溟看着她的笑颜，定定看了许久，手忽地搂紧："是朕让你为难了。"

聂无双一怔，耳边传来他悦耳低沉的声音，在空荡荡偌大的殿中回荡："要不是朕执意让你的大哥出战，也不会是现在这样的情形。唉……不过这战事朕有把握的，你放心，你大哥不会有事的。"

聂无双心中暖意涌动，点了点头。

聂无双到了东林寺，东林寺住持亲自来迎。聂无双诧异："本宫有劳住持相迎，实在是愧不敢当！"

东林寺住持微微一笑："施主注定与东林寺有缘，老衲来迎也是应该的。不知施主可否方便借一步说话。"

聂无双嫣然一笑，手一挥，指向自己暂住的最顶端："上面有一处宣室，方丈禅师请！"

方丈一笑，缓步而上。聂无双住的洗心阁建在半山腰中，靠山面立，宣室正对着山间的碧波万顷，涛涛松林，一望过去犹如置身天上一般。

方丈打量了下，含笑道："住在这里，但愿聂施主的心中忧虑都能被这山间灵气洗尽。"

聂无双苦笑："但愿如此。不知住持方丈要与本宫说什么？"

老衲又宣了一声佛号，慈和的面容上带着一丝忧虑："聂施主兰心蕙质，果然猜到了老衲的确是别有所求。"

"是什么样的要求？只要本宫能做得到的，自然会为住持方丈做到。"聂无双微微诧异。这时候的她还有什么余力帮助别人？

"老衲门下有一位弟子，聂施主与他有过几面之缘。他法号清远。他是老衲在佛门中见过最有慧根的弟子，可惜啊……"住持方丈摇头惋惜。

"可惜他心思太纯净，又为人正直。恐怕心结难解。"聂无双想起清远的固执，释然一笑，接口道。

住持方丈宣了一声佛号，叹道："几个月前他忽然对老衲说，他要入尘世苦修，老衲见他意志坚定，恐怕有一去不复返的意味……唉！"

聂无双想起清远那一身清苦单薄的缁衣，不由得叹息："他心结太重，恐怕不容易开导。"

"聂施主说得极是，清远自小在寺中长大，一心向佛，从未见过俗世中的钩心斗角，在他心中，善恶分明，如今陡然让他经历这一些，他就开解不了。"住持方丈惋惜道。

聂无双闻言，顿时心中涌起愧疚，她还记得她责问他的那一句"佛门中犹有争斗……"说来说去，系铃之人恐怕还是她！

"住持方丈放心，本宫若是见到清远师父，一定会好好开导他。"聂无双诚恳地道。

住持方丈欣然笑道："老衲知道聂施主心存善念，不然也不会令聂将军帮忙护送清远小徒到齐国。今日老衲庇护聂施主，以后聂施主自然会承老衲的情庇护他，若是将来，聂施主有难，整个佛门都将庇护聂施主。因果循环，这才是善缘。善哉！善哉！"

聂无双看着面前垂垂老矣的住持方丈，苦笑道："希望如此吧。"

第四十六章　封妃：百日宴

日子一天天过去，终于传来消息，萧凤青狠狠破开秦军的封锁，一举解了聂明鹄之困，而这形势突变还是从那突然不知从哪里钻出来的应国军队开始。顾清鸿的齐军也随后赶到，但是不知是天意弄人还是怎么的，顾清鸿还是晚了一步。整个栖霞关皆落入了萧凤青的手中，也就是说，应国的军队掌握了齐国的关口！

聂无双听到这个消息之后又惊又喜，她在东林寺中歇了半个月，这才在萧凤溟的第二道旨意之下回了应京。聂无双的车驾在两日后的傍晚到了应京。巍峨的禁城落入眼帘的时候，即使生活在后宫已快一年，她依然为这宏伟的宫殿而感到震撼。也许这便是皇权给人的震慑：威严，不容亵渎。

鸾驾晃晃悠悠地向禁城而去，正在这时，宫门处飞奔而来一骑，他在马上呼喝："皇上驾到——"

聂无双心中一颤，不由得抬眼看向前方来处，明黄色的华盖，如云一般从那禁城处飘来。

"娘娘，您看皇上都亲自来接您了！"林公公笑道。

聂无双微微一笑："皇上有心了。"

不多时，皇帝的龙辇已到了跟前，聂无双率宫女内侍一众宫人拜下三呼万岁。聂无双今日穿着一件嫩柳绿长裙，盈盈翠色衬着她白腻的肌肤，更显得婀娜清冷，绝世妖娆。

聂无双低着头，不一会儿，面前明黄色的龙袍靠近，她抬起头来，嫣然笑道："臣妾惶恐，让皇上亲自出宫来接……"

萧凤溟把她扶起，仔细打量了下，眼中露出淡淡的怜爱："瘦了。"

聂无双一笑："在寺中吃的是斋菜，自然是瘦了。"她打量了一眼萧凤溟，眼帘微微一低，用很轻的声音道："臣妾很想念皇上……"

凤凰无双

萧凤溟握着她的手一紧,深眸中渐渐露出明亮的笑意。

两人相视一笑,萧凤溟握着她的手走上龙辇。龙辇宽大舒适,聂无双坐在他身边,听着侍卫开道,内侍长长的唱和声在御道上飘荡,朱红色的沉重宫门在前方缓缓次第打开,乍一看去竟一眼看不到尽头。

"回来就好,朕以后都不会让你离开朕太久了。"萧凤溟把她搂在怀中。

聂无双看着越来越近的巍峨宫阙,心中轻声一叹,依在了他的怀中。

前线大捷,萧凤溟龙心大悦,特颁下圣旨嘉奖前线的将士,又在后宫颁下圣旨,特封聂无双为贤妃。整个永华殿中不禁喜出望外,聂无双更是没想到自己就这样轻易地成为四妃之一。而这一次不知是萧凤溟怜惜她,还是因为她的兄长打了胜仗的缘故。

在这深宫之中,她忽然发现自己已经无法把意外得来的好处单纯理解了。这样想着她看着手中明黄的圣旨,不由得黯然叹了一口气。

第二日聂无双向皇后请安。皇后坐在花厅中的胡床之上与几位妃子正在聊天。今日她穿着烟紫色凤服,凤服上用金线绣了凤凰与祥云,依然贵气逼人。众人见聂无双来了,不由得安静下来。

聂无双上前拜见皇后。

"来人,赐座!"皇后笑着吩咐宫女设座。座位就放在皇后身边。

聂无双入座,花厅中的几位宫妃这才一一上前拜见她。聂无双含笑受了,她不动声色地打量,上前拜见的妃嫔中有的面带笑容,热络非常,有的嘴一撇,满是不屑。这些反应都在她意料之中自然也不会令她多惊讶。

皇后笑道:"如今得改口叫妹妹一声贤妃了,本宫就说,贤妃妹妹的前途不可限量,果然应验了。"

聂无双谦虚地道:"皇后娘娘言重了,这都是皇后娘娘教导的功劳。"

皇后赞赏地看了她一眼:"聂家果然是出人才的,你兄长有勇有谋,你又如此这般深得圣心,看来老天还是开眼的。"

聂无双连忙道:"一切还是承皇上与皇后娘娘的庇护之恩。"

皇后笑了笑:"不说这些了,总之后宫中若人人如你这般谦恭温顺,何愁宫中不太平?"

聂无双听得皇后意有所指不由得扫了眼下方,果然见几位宫妃面上带着不自然。她把一切收入眼底,笑道:"娘娘治下仁慈,自然是姐妹们都松懈了些。"

皇后抿嘴一笑,忽地道:"再过几日就是二皇子与三皇子的百日宴了,贤妃妹妹打算怎么办才热闹?"

聂无双被她一提起，这才想起风儿的确是快满百日了。

她细细想了下："臣妾怠懒得很，也就那样意思就行了。就不知淑妃娘娘要怎么办。"

皇后眸中神色微微掠过不悦："她？淑妃说要大办一场，所以本宫就问问你的意思。"

聂无双捕捉到皇后面上的不悦之色，低头道："臣妾不想张扬，就在宫中摆几桌，皇上与皇后到了还请宫中各位姐妹吃杯甜酒就行了。"

皇后听了笑了笑："也好，就依你的意思，这做百日嘛，俗礼拘泥太多也不见得好。重要的是皇子健健康康的，长命百岁，比什么都强。"

聂无双看着她面上笑着，红唇边却隐隐勾出一抹冷意，心中一寒，不由得抿唇不语。

出了来仪宫聂无双弃了肩辇，慢慢地往回走，聂无双忽地问："本宫不在宫中的时候，淑妃是不是做了什么让皇后娘娘不高兴的事？"

夏兰摇头，茗秋想了一会儿："要不奴婢悄悄去打听一下？"

聂无双点点头，修长的玉指拂过葱翠繁盛的路边草木："再去打听下二皇子的百日宴要怎么做。平白惹了皇后娘娘不高兴，不是没有缘由的。"

茗秋领命悄悄退了下去。夏兰见聂无双眉头深锁，疑惑地问道："娘娘在担心什么？如今皇后与淑妃之间要是真的有了嫌隙，那娘娘不是只要乐观其成就好了？"

聂无双秀眉一挑，似笑非笑："哪是那么容易的事呢？如今皇后与淑妃开始明争暗斗，殃及的就是池鱼。若要懂得趋利避害就要知己知彼。"

夏兰听得一头雾水，只能闭了嘴在一旁扶了她回到了永华殿。

才刚到永华殿刚喘口气，就有内侍在外面禀报："娘娘，辛夷宫派人来送请帖了，是三日后淑妃娘娘为二皇子办的百日宴。"

"哦？"聂无双抿了一口茶，淡淡一笑，"那便接了。"

宫人呈上帖子，聂无双接过一看，那帖上的字都是金粉和着香墨写成的，又拿红绸细细封好了，拿在手中分外有重量。只一个帖子就这般郑重其事，看来淑妃真的想要大办特办二皇子的百日宴了，难怪皇后娘娘不高兴。

正在这时，茗秋回来。她凑近聂无双跟前："娘娘，奴婢打听到了。咱不在宫中这半个月，淑妃娘娘借口照顾二皇子常常不向皇后娘娘请安。春季本就雨天多，几个妃子不知是学她的样子还是被她暗中拉拢了，借口雨水难行或是头疼脑热，都不怎么去来仪宫中请安了，皇后面上虽不说，但是心里肯定是极不高兴。"

聂无双静静听了，慢慢地转动玉指上红宝石戒指，微微一挑眉："这么说，淑妃已经开始不逢迎皇后娘娘了？"

难怪当时皇后见她来请安，会明里暗里地用话敲打其他几个妃子。

"那还有么？"聂无双又问。

"还有就是淑妃娘娘说百日宴了要让皇上亲自赐名，所以要办得热闹隆重。皇后说，如今边线战事激烈，宫中一切用度理应节俭。淑妃娘娘就说，既然宫中用度不够，她要拿自己的体己来贴补，自然不会让皇后娘娘为难。"

"皇后当时没说什么，但是后来风闻来仪宫传说皇后娘娘关起门来大大生了一场气。也不知是真是假。"

聂无双一听，红唇边溢出丝丝的冷笑，果然是两人有心结，说什么都说不到一块儿去，反而对对方猜忌越来越深。

聂无双听着茗秋打听来的话，又细细问了一遍，这才放她下去。

杨直去宫外办事，聂无双等他回来了这才召他进内殿，他一进来，聂无双便问道："如今宫中是怎么个情形，杨公公可有什么耳闻？"

杨直一笑："左右不过是皇后与淑妃娘娘的一些事，但是奴婢今日还打听到了一个极隐秘的消息。"

"哦？是什么？"聂无双连忙问道，"且说来听听。"

杨直四面瞧瞧，见左右无人，蘸了冷茶，在桌上写了几个字。聂无双一看，脸色微微一变："岂有此理，皇上要是知道的话，岂不是会大大地震怒？"

杨直拂袖抹去字迹，叹道："如今我们应国与秦国正在打仗，淑妃娘家那边有许多军中子弟也都纷纷上了战场，要是班师回朝免不得一番封赏嘉奖，到时候的淑妃恐怕势力更大，皇后娘娘的担心是正常的，如今大皇子已经六岁……"

聂无双挥手打断他的话："这种话不要轻易在宫中提起，看来皇后娘娘就要出手了，我们静观其变就好了。"

杨直摇头："如今后宫中皇上只盛宠娘娘一人，皇后娘娘若要成事，一定要朝堂与后宫都有在皇上面前说得上话的人。娘娘想要置身事外恐怕难了。"

聂无双闻言，秀眉紧锁，沉吟不定："那该怎么办？若是平常事还好些，顶多打打马虎眼就行了。但是这事实在是……"

杨直看了她一眼："为今之计，就只能看皇上怎么想的了。皇后再厉害，也大不过皇上去。"

聂无双顿时沉默下来，对于揣测圣意，她自认已是十分了解萧凤溟了，但是这种事上，她还真的不明白他到底怎么想的。

"娘娘放心吧，如今只是一些风闻而已，娘娘不必太过忧虑。"杨直安慰道。

聂无双扶了额，倦然半闭上眼："本宫明白。你退下吧。"

杨直见她劳累，静静退下，下去命宫女进内殿伺候。

三日后，到了二皇子的百日。聂无双一早打扮妥当，与雅充容一起带着礼物去了辛夷宫，到了那里只见往来宗亲老王妃，还有命妇贵媛，都早早带礼物过来。在宫门处，特多设了几个机灵的内侍迎了贵客进宫中去。

聂无双与雅充容一到宫门口，就有守门的内侍眼尖，上前迎进。

雅充容已是许久不见自己的儿子，快步走进了装饰一新的大殿之中。淑妃穿着一身明红色八幅宫装，宫装裙摆上用金丝银线细细绣了各色花朵，在胸前，还绣了一朵惟妙惟肖的花中之王牡丹，怒放的花朵，枝叶蔓藤伸展开来紧贴着她窈窕的身段，更显得极具媚惑雍容。

在她怀中抱着胖乎乎可爱的二皇子，他头上胎毛还未剃去，黑而细的胎毛衬着乌溜溜的大眼睛，显得分外机灵。他身上穿着用金丝绣了祥云和龙纹图案的锦服，胸前还戴着一个黄金长命百岁锁，外加一个羊脂玉雕成的项圈。手脚上都套着金手镯与金脚镯。可爱中又带着说不出的贵气。

雅充容只看了一眼，便上前紧走几步。淑妃抱着二皇子，面上虽是笑的，但看到雅充容时笑意微微一冷。雅充容碰到她的目光，不由得微微一缩，上前的脚步也停了下来。

聂无双上前扶了她的手，笑道："淑妃姐姐今日大喜了。"

雅充容上前默默拜了拜，便站在一旁，但是一双眼却不离二皇子身上。

淑妃假装没看见雅充容殷殷的眼神，笑着站起身来："贤妃妹妹来了，这刚好，皇上与皇后还没来呢，你来得真早。"

聂无双又扯开了别的话，淑妃面上这才渐渐露出笑容来。过了一会儿，有内侍匆匆进来禀报："皇上与皇后娘娘驾到——"

众人纷纷起身恭迎，淑妃抱着二皇子上前迎接。皇上与皇后身穿明黄色朝服，相携走了进来。

淑妃殷勤上前，笑着福了福："臣妾恭迎皇上皇后，皇上万岁，皇后娘娘千岁。"

萧凤溟上前含笑扶起她来，一双深眸看定她怀中的二皇子："晴儿辛苦了，二皇子养得十分好。"

淑妃面上得色一闪而过，口中却是谦虚地道："皇上谬赞了，这是臣妾应该的。"

皇后面上带着得体的端庄，对萧凤溟笑道："这二皇子，本宫也瞧着喜欢，这一脸的机灵劲，比当初宜暄也差不了多少。"

萧凤溟点头道："是极，当初宜暄百日的时候也是这般漂亮。"他说着，脸上掠过慈父的温柔。一旁的淑妃却听得脸色微微一沉。

原本精心打扮二皇子还有办这场百日宴就是要让皇上重视，可是皇后轻描淡写一句话就成功地让皇上想起了大皇子，这口气……

淑妃心中不悦，但她涵养功夫总算到家，笑意晏晏道："皇上皇后请——"

萧凤溟与皇后坐在主位上，此时有礼官上前，先是诵读了早就写好的祝祷之词，然后一位花白胡子的礼官上前为二皇子剃去头上的胎毛。再是皇上命内侍念了为二皇子赐名的圣旨。萧凤溟赐二皇子名讳为萧宜翰。翰有浩大之意，淑妃大喜，连忙拜谢不迭。等皇上的圣旨赐下，淑妃三拜代二皇子接旨之后，就是来宾送上各自的贺百日的礼物，淑妃抱着二皇子，面带笑容，接受众宗亲内眷以及宫妃们的贺礼。

百日宴开席，聂无双坐在皇后下首，皇后略略用了几口，吃得极少。萧凤溟有国事在身，也是略略吃了几口便匆匆离去。百日宴上没有皇上在，众宗亲宫妃便觉得轻松许多，开始说笑。淑妃八面玲珑，自然是下去招呼。皇后拨着碗中的珍珠丸子，看着淑妃穿花似的身影，唇边露出丝丝冷笑。

聂无双悄悄看了一眼，笑道："皇后娘娘，可是菜不合口味？"

皇后收回目光，淡淡看了她一眼："怎么会呢，贤妃妹妹不知吧，这一盘菜可是要满百两银子呢，顶得上一户殷实农户家中一年吃食呢。"

她说着拨了拨碗中的珍珠丸子，夹了一颗递到她眼前："贤妃妹妹猜猜这丸子用什么做的？"聂无双看去，这珍珠丸子不知用什么鱼肉做的，晶莹剔透，嚼劲十足，吃起来十分鲜美可口，方才她也忍不住吃了几颗。

"这可是南海的一种银鱼的鱼肉做的。"皇后说着把丸子丢回玉碗中，唇边蕴了冷笑，"这种鱼生在深海，渔民难以捕捉，就是一捉上来也要用海水养着，日日换水，南海到应京就是走水路也要十天半个月，这一路不用说运了，就是路上颠簸，这银鱼十条运到应京也要死掉九条。这一盘的珍珠丸子，还不知道要用几条新鲜的银鱼才能打成。"

皇后接过身后宫女递来的湿帕子，轻轻拭了拭嘴："这盘珍珠丸子还是这桌子上最普通的一道菜，贤妃妹妹，你瞧还有'龙虎斗'，还有'翡翠如意汤'，样样奇珍，但一想着这都是雪花花的银子，唉……皇上还天天让本宫节俭用度，本宫瞧着就是吃不下。"

皇后与聂无双坐在上首，离下面的众人较远，说话声又小自然不用担心有人听见。

皇后叹了一口气："想当年暄儿的百日宴可没这么热闹。"她说着抿了一口薄酒。

聂无双看着皇后面上的神色，低了眼，心中暗暗嘲讽一笑：难怪皇后吃不下去，原来不是心疼淑妃花了大把大把的银子，而是因为不平淑妃办得这般热闹隆重。大皇子与尚在襁褓中的二皇子还是懵懂稚子，而这两位做娘的已经开始互相暗自争斗了。

聂无双想着，慢条斯理地享用着这桌珍馐美味，她本来对吃食并不看重，如今被皇后一提起，倒是来了兴致，每一样都尝了尝，果然是鲜美无比，比御膳不知好了多少倍。这等的菜式，恐怕给皇后心中留下不少警醒。

皇后吃得少，自然就早早离席。敬妃一人无趣，干脆与聂无双坐在一起。

敬妃笑道："再过几日也是三皇子的百日宴了，贤妃妹妹打算怎么置办？"

聂无双笑道："男娃天生天养。本宫打算就随便办一办好了，反正之前是怕三皇子不好养，让皇上赐了名讳，所以现在也不着急。对了，大公主可是快六岁了？"

敬妃面上微微一黯："是啊，本宫的盈儿今年也快六岁了。还未有封号……"

聂无双握了她的手安慰道："敬妃姐姐放心吧，皇上不会亏待大公主的。皇上不是一个月都有几天一定是要去看望大公主的么？"

敬妃闻言这才露出笑靥："是啊，说起来皇上也是疼大公主，不然摊上本宫这般没用的娘亲……白白耽误了她的前途。"

两人说着话，忽地敬妃皱了皱秀眉："说起来，现在又是三年了，日子过得真快！"

聂无双疑惑问道："什么三年？"

敬妃看了她一眼："三年选秀呀。妹妹不知道么？哦，难怪你不知道，妹妹是去年进宫的。"她抚了抚鬓边的发簪，明晃晃的镶了红宝石的金簪映衬下，她的眼角微微有了细碎的纹路。

她叹道："年华易老，想想本宫也跟了皇上十年了，也算是人老珠黄了。皇上虽是明君，但是这后宫选秀他已经推了一次，这一次恐怕是不能再推了。"

聂无双闻言，放下筷子，满桌的珍馐美味忽地统统变了味道。三年了，萧凤溟亲政之后已经推迟过一次选秀，而她进宫来的时候刚好是最后一年未选秀的期限。

三年一次的选秀……

聂无双抿了红唇，只听着敬妃在一旁道："如今皇上亲政之后国泰民安，这世家闺秀如今都已经及笄的及笄，要出阁的急着要出阁，唉，那些娇艳似花朵的大家闺秀，本宫可真的是看着都眼花缭乱。"

聂无双静静听了半天，敬妃这才恍然大悟回头看着她歉然道："看本宫这张嘴，忘了妹妹在这边，胡说八道的。贤妃妹妹可别跟本宫一般见识才是。"

聂无双侧了头，嫣然一笑："敬妃姐姐说得没错，江山代有才人出，更何况美人呢，这后宫本就不缺美人。"

聂无双回到宫中，虽不说什么，但是面上沉沉。杨直见她闷闷不乐，上前问道："娘娘在烦恼什么？"

聂无双勉强一笑："没什么。"

杨直正要悄悄退下，聂无双忽地又开口问道："如今前面打仗的可有什么消息？"

杨直想了想，道："如今睿王殿下带着三万人马守着栖霞关，皇上在淙江边埋伏的五万人马乘胜追击，如今聂将军正带着皇上这五万人马与耶律图在桐江对阵呢，顾清鸿也率了三万人马一起，形成合围之势。如今就看耶律图能不能撑过去了。"

聂无双听了，幽幽一叹："这仗什么时候才能打完呢，本宫想念大哥了……"

"很快了。"杨直安慰道，"聂将军神勇，后来在桐州城与秦军交战过一次，大胜而归，娘娘难道忘记了么？"

聂无双苦笑："怎么会忘记呢，皇上因为这个，在本宫一回宫就封了本宫贤妃。这还不是沾了本宫大哥的功劳吗？"

杨直以为她是在意这个，笑道："娘娘何必妄自菲薄呢？皇上封娘娘贤妃也不全是因为聂将军，若是娘娘不得圣心，这位份也不会如此之高。"

聂无双回头一笑："还是杨公公会说话。"她虽笑着，但是心中的烦闷还未消散。

红颜易老，恩爱凉薄。对于温柔而无心的帝王，她真的能一直盛宠不衰吗？想着，聂无双眼中渐渐流露出沉沉的郁色，若是不能盛宠，她别说是将来的报仇了，就是在这后宫中也根本毫无立足之地！

一定，一定不能输！袖中，她渐渐捏紧了拳头。

第四十七章 选秀：风波起

这边聂无双郁结在心口，那边朝堂中果然渐渐有了不一样的波动，先是礼部尚书提醒皇上三年的选秀之议，在朝堂上，皇上听了并未置一词，皇上的沉默被朝臣们解读为默认，遂纷纷附和。如今皇上正当盛年，膝下也才刚刚有了三位皇子，这皇子人数比起上一朝先帝简直是太少了，所谓皇嗣兴旺才是国之兴盛之兆，有忧心国事的朝臣纷纷上表请皇上广纳后宫，家中有适龄女儿的朝官更是纷纷打起了自己的小算盘。

一时间，朝堂后宫，一石激起千层浪，纷纷奔走。来往于皇后来仪宫的更皆是宗亲命妇，忙得不可开交。

雅充容见聂无双镇定自若，笑着赞道："娘娘真沉得住气，臣妾听说皇后那边已塞了不下十几个妙龄少女的人选。淑妃与敬妃也都有人上门喝茶呢。"

彼时聂无双正坐在窗边懒懒看着书，她今日穿了一件藕荷色春衫，单薄又勾勒出她曼妙完美的身段，她听了雅充容的话，翻了一页书，红唇边一勾："总归他们是不敢找本宫说情的，谁会这般自找没趣。不过也好，本宫也不爱插手。"

她说着，又轻轻笑了笑："这后宫济济一堂，本宫才瞧得开心热闹。才天天有好戏可看呢。"

雅充容看了看四周，见宫女内侍都在外面候着，遂上前低声道："臣妾还听说太后娘娘很早就写了一份名册给皇上呢，这次选秀看来是势在必行了。"

聂无双入鬓的秀眉一挑："什么名册？"

"就是太后娘家那一边适龄的闺秀啊！"雅充容压低声音，"看来太后也十分重视这次选秀，很早就开始谋划了。"

聂无双放下手中的书册，皱眉道："太后看来还是不死心，拼了命也要插手后宫。"

雅充容充满担忧："太后若真的是要插手后宫，她一定会扶植她高氏的势力，到时候娘娘的境况堪忧啊。"

聂无双想了想，抿嘴一笑："你怕什么，本宫头上还有个淑妃，还有皇后，她们那才是正主儿。"

"但是娘娘盛宠在先，那些新进宫的秀女一定会针对娘娘的。"雅充容真心实意地替聂无双忧虑起来。

聂无双一笑，美眸中闪烁着妖冶细碎的光芒，像是带了毒的刺，看得雅充容心头一跳。

"所谓兵来将挡水来土掩，本宫就坐等她们来吧。"聂无双涂了嫣红蔻丹的纤纤玉手捏着帕子，冷冷地道，"在后宫，退一步不是海阔天空，而是死！这点本宫还是明白得很的。"

过了几日，皇上下了旨意，圣旨中说道，如今秦应两国正在交战，不宜大肆选拔秀女，但今年的春选亦是不再推迟，订于一个月之后，但是名额却是大大缩减了，以前各地秀女浩浩荡荡涌进京城的盛况恐怕再也无法看见。即使圣旨上如此指示，秀女的资格也一提再提，名额也一减再减，但是数量还是壮观得很。

皇后又上表道，可以适当把宫中老宫人放一批回家，这样宫中伺候的宫人面目便能常新，亦是减少了宫中用度支出。萧凤溟听了赞赏有加。于是，前朝一些老宫女与年纪大的内侍纷纷领了赏赐离京。这样有品级的女官离宫回家，新进宫的秀女即使落选亦是能填补这些空缺，也不用从低贱的宫女一步步熬出头，皆大欢喜。

选秀女之事有条不紊地进行着，朝堂与后宫纷纷各走各的门路，各显神通，最终的名册定了下来，一步步呈上给皇上与皇后过目。聂无双这几日早上去拜见皇后都听得宫妃在一旁窃窃私语，议论哪家的秀女才情如何，又议论哪家的千金相貌如何如何……这些话题总是最好最热烈的谈资。

这一日，她坐在敬妃的下首，淑妃今日也破天荒来来仪宫给皇后娘娘请安——有求于人总是殷勤一些好。四妃来了三位，德妃失宠已久，在自己的宫中形同软禁，自然不会来。底下的妃嫔时不时拿眼看着她们三位，猜测着这一次选秀的隐秘。

敬妃也许是意识到那些探询的注视目光，用扇子掩了半边脸，侧头对聂无双道："如今就看皇后怎么主持这一次选秀了，这一次名额少了许多，听说很多秀女相貌才情都不错，恐怕更加难以抉择。"

聂无双正低头喝茶，闻言用帕子拭了拭唇边的茶渍，低笑道："是呢，皇后娘娘恐怕也头疼。"

两人正窃窃私语，皇后由女官扶着走了出来，她今日穿一件大红色凤服，明晃晃的金凤凰在衣上振翅欲飞，显得格外雍容华贵。

她面上脂粉施的厚厚一层，白得有些过了，但这样惨白的颜色亦是遮不了她眼底的倦意。看来这几日她也是费了不少心思。

众妃连忙跪拜三呼千岁。皇后慢慢坐了下来，环视一周，笑道："今儿怎么人那么齐？今儿个本宫可没什么赏赐。"

这般打趣的话很少由皇后口中说出，众妃嫔都捂着嘴笑了起来。皇后亦是笑道："好了，本宫知道你们的心思，这一次的春选名册定了，等会儿本宫就命女官呈上给礼部，让礼部着力办妥。另外这一次依循旧例，由本宫主持选秀，淑妃敬妃二妃在一旁帮本宫定夺。"

皇后说着顿了顿，看向聂无双："贤妃也一起跟着商榷，德妃身体不适，就不参与秀女的甄选。三妃定夺过后，本宫与皇上再行封赐。"

皇后一语决断今年的选秀程序，除了聂无双之外，淑妃与敬妃都一副了然的样子，聂无双连忙上前跪在皇后面前恳辞："皇后娘娘抬爱，但是臣妾恐不能胜任。"

皇后微微一笑："如今你也是四妃之一，理当为本宫分担一些。"

她这般说便是不让她推辞，聂无双只能接下。皇后看了一眼底下的妃嫔，笑着道："新人进宫，你们都是做姐姐的了，可不许欺负新人知道么？"

众妃嫔面上各有各的神色，但是嘴上都恭谨地称领懿旨。

请安过后，聂无双正要走，皇后身边的大宫女秋蒙悄悄上前："贤妃娘娘，皇后娘娘有请。"

聂无双心中微微诧异，随后跟着秋蒙返回，来到皇后的寝殿之中。寝殿之中燃着进贡来的上好沉香，幽幽荡荡，沁人心脾。皇后靠在美人榻上，有宫女正为她卸去头上沉重的凤冠与发簪。

皇后闭着眼，任由宫女梳理长发，看样子像是睡着了。聂无双悄悄站在一旁，等着皇后醒来。

宫女手执象牙玉梳，慢慢梳理，动作轻柔缓慢，聂无双抬头看去，只见皇后的发色还算乌黑，但却不如平日所见那么浓密。既然她头发不多，怎么能梳成各式各样的凤髻？她的目光微微一闪，果然见妆台边放着一簇编好的假发。

原来如此，在应国贵妇中，也时兴用假发包在发髻中，令头发看上去浓密如云，更增加美观。看来皇后也是十分注重自己的仪容。

宫女梳好皇后的头发，恭谨道："皇后娘娘，梳好了。"她说着，手微微一动，一团随着梳子梳下的头发就被她迅速塞入自己的袖中。

皇后竟然头发掉得这般严重？！聂无双美眸不由得一闪，就见刚才那宫女低着头悄悄地退了出去。

皇后睁开眼，见聂无双来了，笑道："贤妃妹妹来了？坐吧。"

聂无双谢恩过后,这才坐下,她看着皇后的脸色,试探着问道:"这几日皇后娘娘脸色不好,是不是思虑过重?"

皇后摸了摸自己的脸颊,叹了一口气:"怎么不忧虑呢,一个选秀就几乎要折腾掉本宫半条命去了。"

聂无双看了一眼妆台边的假发,装作不经意问道:"娘娘可要保重啊,最近可是凤体有些不适?"

皇后见她如此关切,笑道:"也没有什么,就是最近夜里睡不安稳,头发也掉得厉害了些,太医说是肝火上升,阴虚肾衰所致,不过太医开了药,本宫用了以后也觉得似渐渐好了些。"

聂无双安慰道:"娘娘操心后宫之事,的确是太过操劳了。臣妾不才,不能为皇后娘娘分忧,实在是惭愧。"

皇后一笑,看定了聂无双的美眸,慢悠悠地道:"怎么会不能分忧呢?今日本宫都说了,你与淑敬二妃一起帮本宫主持选秀,这就是帮了本宫很大一个忙了。"

皇后拍了拍手,大宫女秋蒙低着头,呈上一份薄薄的册子给聂无双:"这是本宫拟的名册让贤妃妹妹参考一下,这选秀每一年都是如此,选的人家一般家世必定不会太低。既然家世都差不多,重要的是品行如何,要是选些太过张扬的人,这后宫恐怕是非更多。贤妃妹妹以为如何呢?"

聂无双看了几眼,在其中看到了几个姓许的名字,心中顿时了然。她合上册子放入自己的怀中,嫣然一笑:"皇后娘娘说得极是。"

皇后闻言,淡淡一笑:"罢了,如今后宫形势你也明白,淑妃自从得了二皇子之后果然事事跟本宫作对。总之这件事你说得也对,本宫倒是看出她那点点狼子野心了,不然之前那么多年本宫还一直被她蒙在鼓里,蒙得死死的。"

聂无双听着皇后冷森森的语气,心中微微发寒,遂与皇后撇开话题,又聊了一会儿。

到了最后,皇后问道:"你兄长可有消息什么时候回京?到时候一回京本宫就把聂将军的婚事办了,再过一两个月云乐公主的婚事也要办了,那时候刚好你大哥的婚事在她之后,也不算拂了太后娘娘的面子。"

聂无双想起云乐那张倔强的面容,心中一叹:"是,臣妾替大哥谢过皇后娘娘的恩典。"

"谢什么,以后就是真正一家人了。"皇后笑着按了按她的手,意味深长地道。

聂无双回到了永华殿打开皇后给的名册,一一看过,后面用蝇头细楷写了一行家世渊源。她叫来杨直。杨直接过去一看,面上微微动容:"娘娘这名册从何而来?"

聂无双把皇后如何给她名册如何暗示一一说了。杨直又仔细看了看,皱眉道:"这册子上固然皇后娘娘的堂亲姨亲不少,但是亦有不少亲后党一派的闺秀,皇后娘娘分明是要让娘娘在选秀上帮衬着提携这些闺秀，好让她们顺利入宫。"

聂无双想起皇后在来仪宫拿高太后警示她，又拿她兄长的婚事对她恩威并施，一时间觉得棘手万分。这选秀看似简单实则半分也马虎不得，里面的学问简直是深不可测。

"娘娘得想办法让皇后娘娘达成所愿。"杨直眉心不展，"皇后虽看着仁慈，实则牢牢把控了整个后宫，娘娘此时羽翼不丰千万不能得罪了皇后娘娘。"

聂无双只觉得越听越是前路茫茫，这样说来，她在后宫中的前途已经牢牢与皇后娘娘绑在了一条船上，这样什么时候才是尽头？想着，她深深地在心里叹了一口气，不管怎么样，先解决了眼前的事再说。

过了几日是三皇子萧宜风的百日宴，相比上次淑妃办的百日宴，这规模自然是小了许多，聂无双只请了皇上皇后，前来祝祷一番，然后设下几桌请了宫中的相熟的宫妃，请了云妃家中的人过来为三皇子"贺百日"。

一顿"百日宴"上的菜肴酒水都是宫中的御厨所制，精美可口，并不奢费。皇后赞道："还是贤妃妹妹懂事，这孩子还是要悄悄地养着，以后才会长得好。"

萧凤溟看着三皇子宜风亦是称赞聂无双教养得好。

他俊眼笑意深深，低头对聂无双耳边说道："但愿有一日你也能为朕生下一位这么可爱的皇子。"

聂无双迎上他温柔的目光，心中顿时百味杂陈。

选秀的日子还早，各宫又渐渐从当初的热闹恢复了平静。聂无双每日都去向皇后请安，但是不知是这春季人容易生病，还是皇后操心过甚，这一连几日竟然病倒了。

皇后生病，后宫的日常事务无人处理，萧凤溟便下旨由敬淑二妃一同操持。敬妃在宫中日久，熟知宫中规制，淑妃又是个办事极伶俐且面面俱到的人，一个老练，一个机灵，不到一两天，两人应付后宫事务已十分得心应手。

皇后也就安心在来仪宫中养病，皇后一生病，各宫不去请安，于是众妃嫔便常常各自走动，这春日晴好，各宫妃嫔便趁着这难得的好天气，相邀一起去上林苑赏花逗鱼，聂无双也带着三皇子风儿凑热闹去了几次，左右不过是众妃嫔坐下来闲聊，谈天说地，然后等日头偏西，这才各自尽兴回宫。

聂无双看着后宫中那一张张娇艳的面庞，再看看上林苑中春花繁盛的景色，心中忽地涌起说不出的萧索之意。这春花尚可来年再盛开，而女子的青春一辈子就只有一次，当年年复复花开之时，这后宫女子的容颜却是一年比一年衰败……

正当她心中唏嘘不已的时候，花丛中忽地有人在说话："这几日皇后的病也不知道怎么样了，听说好了些，又听说不见大好。到底是好了还是没好？"

另一位宫妃摇了摇手中的团扇，轻轻哼了一声："管这些做什么，反正都不干我们的事，上头还有淑妃与敬妃呢。那才是她们该操心的事。"

第一位宫妃忧心忡忡："皇后娘娘一向仁慈，要是……"

"嘘，你不要命了！"另一位宫妃一把捂住她的嘴，"找死啊你，这时候说这些，你不怕被人抓到个把柄？这可是要杀头的话啊……"

第一位宫妃连忙唯唯诺诺："还是姐姐提醒得好，我不说了。"

那位机灵一点的宫妃放下手，叹了一口气："不怪你这样说，最近宫中都在谣传皇后快那个……前些日子我去向皇后娘娘请安，也就隔着帘子请了安，刚巧大宫女秋蒙拿了药碗出来，帘子一掀，吓了我一跳。"

"到底是怎么了？"第一位出声的宫妃急忙问道，"姐姐看见了什么？"

"哎呀，我看见皇后的脸色黑黑的，就像……死人一样……"那宫妃拍着心口，"我以为是我瞧错了，揉了揉眼再看，皇后娘娘不但黑了，还瘦得可怕……那个样子……"

她说着打了个寒战，便噤声不说。第一位出声的宫妃也害怕："走吧走吧，姐姐，我们还是看花儿去，这种事听起来邪乎得很。"

她们两人边说边向远处走了。聂无双站在原地，秀眉微皱，皇后难道病成这样了？才几天的光景，听刚才那宫妃说的样子，竟像是病入了膏肓。她忽地想起之前面见皇后之时，她已是面有病色。难道说，皇后是一向忧思过重，所以小病积成大病在这时爆发出来？

她正在沉思。那边雅充容抱着风儿在前面招呼："娘娘，过来瞧瞧这边……"她笑着指着荷塘，"有好多鱼儿啊，风儿瞧得都在笑呢！"

聂无双面上堆了笑，摇着团扇袅袅婷婷地上前："来了，本宫瞧瞧……"

众妃正在赏花玩笑间，忽地看见不远处有一队人走了过来，当先有宫娥撑着宫扇华盖，底下正是敬妃与淑妃两人。敬妃照例中规中矩，淑妃却是打扮一新，簇新的深紫色宫装上绣了曼妙美丽的紫罗兰，同心结高高地束在纤腰上，外罩一件长长的同色鲛裙，纱裙上用金丝银线细细挑了祥云花纹，在天光下照起来明晃晃的，十分贵气逼人。

众妃上前参见，淑妃笑道："众位姐妹都在呢，本宫与敬妃好不容易得了个空才能出来，哎，可憋坏了。"

众妃知道她说的是这几日她与敬妃代为管理后宫，连忙一起上前七嘴八舌称赞恭维。聂无双远远看了，在众星捧月中，淑妃美艳的面容越发高傲中带着洋洋的得意之色。

回到了永华殿，聂无双心中还在惦念这件事。她唤来杨直："准备下礼物补品，明日去瞧瞧皇后的病到底怎么样了。"

杨直道："奴婢听闻皇后娘娘病得甚重，现在亦只能喝点汤羹了。"

聂无双一惊："你从哪里听到的？"

杨直垂下眼:"奴婢自有自己的眼线和消息渠道。"

聂无双闻言慢慢来回踱步,她猛地抬起头来,四面看了看,压低声音:"照你所见,皇后这次是真的病,还是有什么人……"

杨直闻言吃惊,他抬起头来,看见聂无双美眸中神色认真。他皱着眉头想了想:"这也说不好,皇后自从生完大皇子就大病小病,身子也不好。所以管理后宫也就随便草草,博了个仁慈的名声。但是这一次,会不会是因为操心选秀,与之前操劳过甚,这才导致的重病?"

他顿了顿:"毕竟太医院的太医挨个看了几轮都查不出什么毛病来,只说是什么阴虚肾亏之类的……"

聂无双连连嗤笑:"说不定还说是肝火旺盛,这世上的庸医大多如此,皇家的太医更不敢对皇后娘娘的病轻易下结论,总之明天去看看。"

"是!"杨直应道。

聂无双沉默一会,忽然又问道:"杨公公觉得要是皇后病倒了,这后宫谁最有能力入主中宫?"

杨直眼皮一跳,看定聂无双:"娘娘的意思是?……"

聂无双见他眼中露出紧张,微微一笑:"你放心,本宫还没有那个实力去谋中宫的凤位,只是问问,这后宫中的妃子谁才是皇后倒了的真正受益者。"

杨直想了一会儿,慢慢地道:"这也说不好,如今看来,淑妃更胜敬妃一筹,但是皇上向来是善于搞权衡制约,他恐怕会让敬妃执掌中宫。"

聂无双细细品味他的话,忽地又道:"那皇后与淑妃两人,如今看来谁对本宫最有利?"

"这自然是皇后娘娘。"杨直慢慢开口,提醒道,"娘娘忘了,聂将军要娶的可是展家的二小姐,皇后的母族亲戚。若是皇后娘娘倒了,淑妃恐怕会将娘娘视为眼中钉肉中刺,不除不快。皇后娘娘起码能暂时庇护娘娘。"

他说完慢慢退下。

殿中一时间又恢复安静,聂无双想起今日在花丛间听到的一席对话,心中的疑云越来越大。她扬声道:"来人,传德顺!"

不一会儿,德顺前来,聂无双看了他一眼,美眸幽幽:"本宫要你替本宫去查一个人……"

第二天,聂无双命人带了礼物,慢慢向来仪宫中而去。到了来仪宫,她命人前去通报。不一会儿,宫女秋蒙匆匆跟着门口禀报的小内侍而来。她面上带着为难之色:"奴婢参见贤妃娘娘,皇后娘娘刚刚服药歇下了,贤妃娘娘恐怕来得不是时候,要不奴婢等皇后娘娘起身了,再告诉皇后娘娘,今日贤妃娘娘过来看望了?"

聂无双笑道:"既然如此,本宫就不打扰皇后娘娘安歇了。只是这几日合计着皇后娘娘总该好一些了,所以特地冒昧过来请安。唉,没想到来得不是时候。"

秋蒙勉强一笑:"是啊,皇后娘娘这几日用了太医的药总是昏睡,恐怕还得有些时日才能见好。所谓病来如山倒嘛,这病还得慢慢调养。"

聂无双看了她一眼,秋蒙对上她犀利的美眸,忍不住感到一阵心虚,不由得低下了头。

"既然如此,那本宫的心意就麻烦秋蒙姑娘给皇后娘娘带去吧。本宫回去了。"聂无双一笑,吩咐宫人把东西放下,说罢转身乘了肩辇走了。

聂无双坐在肩辇中,才走了一会儿,就远远看见内侍引着两位太医服饰的人匆匆向来仪殿中而去。其中一人赫然是晏太医。

聂无双一见,心中有了计较。她回到了永华殿中,吩咐夏兰:"最近本宫总觉得心口闷闷的,你去太医院去请晏太医来给本宫诊诊脉。"

夏兰依言退下,过了好一会,她回来:"娘娘,晏太医正在给皇后娘娘看病,太医院说可以换一个太医来给娘娘看看。"

聂无双微微一顿:"哦?那本宫就等等晏太医吧,毕竟他知道本宫宿疾,这换了人就不方便了。"

夏兰又退下照办。过了许久,一直等到午膳过后,晏太医这才姗姗来迟。

"贤妃娘娘恕罪,实在是皇后娘娘那边脱不开身。"晏太医抱歉道。

聂无双笑道:"无妨,本宫知道晏太医忙得很,是本宫冒昧了。"

晏太医从药箱中拿出诊脉的小药枕,放在聂无双手下,问道:"娘娘这几日是有什么不适么?"

聂无双轻咳一声,夏兰便悄悄领着宫女与内侍退了出去。

晏太医微微想了想,收了小药枕道:"娘娘并未有病是么?"

聂无双悠悠一笑:"只不过是问晏太医几句话而已,晏太医不必惊慌。"

"请问娘娘是关于什么的?若是可以的话,微臣自然是知无不言言无不尽。可是若是别的什么,微臣恐怕要辜负娘娘的希望了。"晏太医慢慢地道。

聂无双一笑:"也不是什么重要的,就是最近皇后凤体违和,本宫心忧而已。所以只能出此下策来问问晏太医,皇后娘娘到底得了什么病?"

晏太医想了想,叹了一口气:"皇后娘娘病症复杂,微臣也说不出什么来。几位老太医不过是召微臣前去会诊而已。"

"那会诊有什么结果?"聂无双问道。

晏太医看了她一眼,低了头:"这个微臣不好说,事关皇后娘娘凤体,况且皇后娘娘再三叮嘱不可泄露半句,违者就……"

他不敢再说，转身提了药箱匆匆离开。

聂无双看着他匆忙的背影，不由得陷入了沉思中。去亲自拜访也不能见皇后，如今想办法找来晏太医亦是问不出有用的话来，这样看来皇后的病在遮遮掩掩中越发令人觉得神秘。难道说真的是不可治愈的大病？

可是在这选秀即将开始时，皇后的病会不会太巧了点？聂无双想着，秀眉紧拧。

第四十八章　中毒：揪元凶

　　皇后生病，皇上自是天天前去看望，但是每次探望完眉头就皱得更深一点。聂无双正前去伺候皇上笔墨。萧凤溟对着一份奏章看得入神，聂无双不敢打扰，轻手轻脚地站在御座之下，等着他看到她。可等了许久，都不见皇上传唤，她一抬头却见萧凤溟虽然看着奏章，人却已经出了神，那奏章半天都不翻一页。

　　"皇上？"聂无双忍不住上前唤道。

　　萧凤溟回过神来放下奏章，揉了揉额角，笑道："原来你来了。正好朕精神有些不济，你替朕念念奏章吧。"

　　聂无双看着他眼睑下覆有一层阴影，知道他这几日疲倦，遂上前拿起奏章挑着念给他听。念了几本，萧凤溟却已手支着额角睡了过去。聂无双叹了一口气，拿了一件外衣替他披上。

　　他微微一动，忽地握住她的手："梓童……"

　　聂无双心中一叹，悄悄把手挣开。睡觉中的萧凤溟剑眉紧皱，似有不可开解的烦恼。她在一旁静心等待。过了大约半个时辰，萧凤溟这才醒来。他揉了揉额角，一抬眼却见聂无双含笑站在一旁。

　　他不由得面上动容，把她拥在怀中，下颌轻轻蹭着她的额头，叹道："为难了你，等着朕醒来。"

　　聂无双伏在他胸前，听着他沉缓而有力的心跳，幽幽地问："皇上梦中呼唤了一个人……"

　　萧凤溟微微诧异，抬起她的下颌问道："是谁？"

　　"是皇后——"聂无双看着他的眼睛慢慢说道。

　　萧凤溟纯黑的眸中一沉，慢慢放开她的手，半晌才问道："朕当真叫了皇后？"聂无双点了点头。

他揉了揉眼角:"朕还说了什么?"

"皇上只是叫了一声梓童……"聂无双仔细盯着他的面色,"皇上,是不是最近心忧皇后,所以才日有所思夜有所梦?"

萧凤溟眸中神色复杂,他看了她一眼,答非所问:"朕梦中叫了皇后,双儿你不生气?"

聂无双微微一笑,摇了摇头:"不会,皇上与皇后结发夫妻那么多年,如今皇后有病在身,皇上忧心是理所应当的。"

萧凤溟看着她幽深潋滟的美眸,许久才叹一口气:"皇后她最近病得很重,朕方才梦见她……"

他摆了摆手:"罢了不提这个。你继续为朕念奏章,若是累了就歇歇,今夜你就陪着朕宿在甘露殿中吧。"

聂无双看着他淡然从容的面上那一隐忧并未褪去,按下心中的千百个疑惑,拿起奏章慢慢地念了起来。当夜她便宿在了甘露殿中,不知是萧凤溟有心事,还是他精神不济,不像往日那般缠绵。聂无双伏在他胸前,看着他的眼眸,问道:"皇上可有心事?"

萧凤溟把她搂住,轻吻她的脸颊,淡淡地道:"没有。"

"皇上分明有心事。"她避开他的亲吻,拉开两人的距离,固执地问,"皇上是在担心皇后吗?"

内殿的微光中,萧凤溟眸色一如既往的沉郁,他看了她许久,才坐起身来:"朕担心的是朝政。"

"朝政?!"聂无双心中忽地涌起一股说不清道不明的恼意,她猛地坐起身来,薄衾拥住胸前,绝美的脸上挂着冷笑道,"皇上明明担心的是皇后!这并不可耻,但是皇上一定要这样敷衍臣妾吗?"

"皇后就是朝政!"萧凤溟并不动气,清冷悦耳的声音在空荡荡的殿中回响,"朕没有骗你。朕不想说的话从不会拿假话来骗你。"

这一句话像是一盆冷水把聂无双从恼怒中浇醒,她怔怔看着龙帐中的萧凤溟,重复地喃喃道:"皇后就是……朝政?"

昏暗中,她除了他那一双熠熠的眼眸,根本看不清他面上的表情。四周的黑暗犹如沉沉黑暗的海面,两人在黑暗中对视,却不知要说什么。

殿中的微光中,萧凤溟下了龙榻。长长的束发披散在肩头,他身上只着一条薄薄的外衫,根本遮掩不住结实的胸膛,他的面容俊美如神祇,却带着肃然:"皇后若是病情再不好,朝堂中亲后一党就会逼着朕立储君,而朝堂中反对后党的不在少数,到时候势必再起纷争。好不容易平静的朝政又会因为立储而大掀波澜。而现在三国形势又那么微妙,一个

413

不好就会牵动全局。"

"这正是朕担心的事。"萧凤溟慢慢地道。

聂无双看定他，问道："皇后真的病得很重吗？"

萧凤溟沉默一会才道："只能说病得蹊跷。"

聂无双心头一紧："皇上怀疑是有人要毒害皇后吗？"

"这种事自古在后宫屡见不鲜，但是朕招了太医来问诊，都不知皇后到底是中毒还是病重，根本查不出什么来。"萧凤溟说道。

聂无双心头涌上说不出的寒意，自古下毒是暗中消灭敌人最有效的办法，可是究竟是什么样的毒竟看不出半分端倪来，一点点蚕食皇后原本就不是很强健的身体。如今皇后病重对外只说皇后凤体违和，众宫妃都不知道皇后已到这般地步了。

"皇上有没有查皇后身边的宫人？"聂无双问道。

"你想到的，朕通通都想到了。"萧凤溟坐在床榻边，语气带着沮丧。他好不容易维护的后宫朝堂平衡眼看着就要被打破，而这时正是应国对秦国用兵之时。

聂无双握了他的手，声音带着自己也察觉不到的紧张："如果……万一……"

萧凤溟猛地挣开她的手，许久他长叹一口气，目光深邃地看着黑暗中素白的倾世容颜："你真大胆。你是想知道朕会怎么做吗？"

"皇上不是说过，不想说的话不会拿假话欺骗臣妾的吗？"聂无双幽幽一笑，"皇上也可以选择不回答臣妾。"

萧凤溟手轻抚过她的脸颊："告诉你也无妨，如果皇后真的……不好了。那朕只能另立皇后，朕就不得不提拔淑妃的王家，以压住后党，但是为了不让淑妃坐大，朕得立大皇子为太子，但是这个办法治标不治本，后患无穷……"

聂无双闻言，心仿佛沉到了绝壁深渊中。淑妃？！他最终还是要立一位可以替他震慑后宫让朝堂表面上信服的皇后，淑妃就是皇后最好的替身，可以替他平衡世族大家中的势力争夺。而敬妃娘家不盛，性子平庸，根本不适合。

他的江山社稷是保住了。那整个后宫就是淑妃的天下，曾经逢迎皇后与皇后结成姻亲的她聂无双该如何自处？恐怕到那个时候，萧凤溟也无法在后宫保全她，只能由着淑妃肆无忌惮。她见识过淑妃的手段，狠、快而且不露声色。现在的她仅凭帝王的宠爱怎么是淑妃的对手呢？

聂无双低下头，凝神沉思，千百个念头闪过，却一时间找不到任何办法。萧凤溟轻抚她的肩头："睡吧，事情还不到那么坏的地步。这一切只是最坏的打算。"

聂无双猛地一把抓住萧凤溟的手，声音急促："皇上，您是不是要让皇后继续执掌中宫？"

"这当然，这是目前最为安稳的办法。"萧凤溟回答，"在朕想出别的办法之前，维持现状是最明智的做法。"

"那就让臣妾帮皇上吧！"聂无双抬起头来，恳切地说道，"就让臣妾揪出这幕后之人，只要找出是谁下毒，皇后就可以有一丝活命的希望。"

萧凤溟目光复杂地看着她："你真的有把握？"

聂无双眼中掠过一丝狠色，她低下头："臣妾尽量一试，即使不成，也不会有什么。"

"好吧。明日朕就让你进来仪宫查一查。"萧凤溟把她温柔搂在怀中，"朕很欣慰，在后宫还有你可以帮助朕。"

"皇上……"聂无双心头极复杂的思绪涌过，一句话哽在喉间，不吐不快。她忽地抬起头来，美眸闪烁着自己也不明白的探寻，"皇上，臣妾……是不是您的朝政？"

萧凤溟哑然失笑，更紧地拥她在怀中："傻子，你是朕的无双，朕的举世无双！"

她忽然放下心来，展颜一笑，那一笑的容光似夜间昙花盛开，美得惊心动魄。萧凤溟面上动容，不禁深深地吻住她的唇……

第二日，聂无双一早起身，早有宫女奉上干净的衣裳，手捧梳洗的用具。聂无双扫了一眼，淡淡地道："去本宫的宫中拿那一件绛紫色宫装，还有一应首饰。"

宫女不敢怠慢，连忙退了下去。聂无双起身梳洗，长长的墨发盘成自己最喜欢的流云髻，如今她已是贤妃，两边各插两支单凤衔珠金步摇，发髻上缀了细小的珍珠，在发间隐约可见。今日她光洁的额上戴了一条青玉莲花额饰，皎皎的玉色把她的面容映得越发玉质温润。凤眼上淡淡染了烟霞色的凤眼妆，更显得人高贵神秘。

所有的发梳得整整齐齐，绛紫色的宫装穿在身上，勾勒出她窈窕的身段，裙上用金丝银线勾出淡淡的纹路，简洁而大方。聂无双看着镜中装饰一新的自己，抿了抿红唇。

"娘娘，您今日太美了。"夏兰惊叹道。

聂无双拿了团扇，看着手指尖利的护甲，为了镇住来仪宫一干习惯高高在上的奴才，她不得不如此打扮。

她幽冷一笑："起轿来仪宫！"

聂无双带着宫人浩浩荡荡向来仪宫而去，林公公得了皇上的口谕，随同前往。有了林公公的带领，聂无双很顺利地进入了来仪宫。她站在花厅之中，打量四周，花厅下的宫女内侍都拿眼偷偷看她。聂无双凤眸冷冷扫过，上位者的威严令他们一个个噤若寒蝉低下了头。不一会儿，林公公领着一位年老的嬷嬷匆匆而来。

"贤妃娘娘，皇后娘娘醒了可以见您了。"老嬷嬷说道。

聂无双看了她一眼，林公公见她眸中有疑惑，连忙道："这位是王嬷嬷，是皇后娘娘以前的乳娘，进宫后就一直跟着皇后。"

聂无双点了点头，便随着王嬷嬷走进了皇后的寝殿之中。才刚掀开第一道帘子，一股浓重的药味就飘到了聂无双的鼻间。她微微皱了皱眉,由王嬷嬷引着慢慢向里面走去。重重的帷幕隔断了寝殿外明媚的春光,把皇后的整个寝殿遮得犹如黑夜。

聂无双走到皇后凤榻前,两旁的宫女掀开帘子,皇后的面容露了出来。

聂无双才看了一眼就几乎下意识地倒退一步。才短短几天,皇后的面上枯瘦如柴,几乎只剩下一张薄薄的面皮,而且浑身又黑又瘦,简直像是突然被抽干了身上的血肉与水分的干尸。

皇后听到声响,慢慢睁开眼睛,看到聂无双来了,长长吐出了一口气:"你来了?是皇上叫你来的?"

聂无双点了点头,坐在皇后榻边,握了她瘦得可怜的手:"皇上十分担心皇后,叫臣妾来帮皇后查出是谁毒害了皇后娘娘。"她的声音很轻,但是不大不小却也让两旁静立的宫女听得一清二楚。她们一听,浑身不由得自主地颤了颤。

皇后听了呵呵笑了起来,因瘦而显得越发大的眼中露出怨毒:"好!你替本宫……查一查,要是查出是哪个狗奴才敢下毒毒害本宫,本宫就要扒他的皮,抽他的血……咳咳……"

她恨恨地说着,边说边不住咳嗽。聂无双轻拍她的后背,替她顺了顺气,道:"皇后娘娘别气了,让臣妾审吧,总之尽力审出谁是下毒之人。给皇后娘娘一个交代。"

皇后看着她,一把抓住她的胳膊,她尚在病中,力气却大得出奇:"你有把握?"

聂无双慢慢摇了摇头:"把握不大,但是皇后娘娘要相信臣妾。臣妾与皇后一荣俱荣,一损俱损……"

皇后笑了,缓缓闭上眼:"你想怎么审就怎么审吧。王嬷嬷会在一旁帮衬。"

聂无双得了皇后的保证,转头对王嬷嬷淡淡道:"王嬷嬷也听见皇后娘娘说的话了?"

"是,贤妃娘娘有吩咐,奴婢一定照办。"王嬷嬷年老的面容上一丝表情也无。

聂无双点了点头,绝美的面上忽地冷冷一笑:"那就好。本宫下令!宫门紧闭!所有来仪宫的每一个内侍、宫女都要到殿前集合!记住!是每一个人!"

"是!"王嬷嬷虽诧异,但是亦是应道。

聂无双看着凤榻上气息不稳的皇后,终于转身快步走了出去。

来仪宫沉重的朱漆宫门缓缓关上,随着那一声宫门落锁的声音"咔嚓"传来,在殿前聚集的宫人们也不由得心头跟着"咯噔"一声惊跳了起来。在聂无双来之前,来仪宫已经搜了一遍,人人虽不知道在找什么,但是敏感的宫人已经意识到皇后的病蹊跷,恐怕要找的就是那胆大包天毒害皇后的真凶。聂无双站在高高的玉阶之上,看着底下低头垂首的宫人,宫门的钥匙奉上,她命夏兰端在一旁。

她并不急着说话,而是在玉阶之上慢慢来回踱步,往昔尊贵奢华的来仪宫中弥漫着一种令人窒息的气息。时间一分一刻地过去，春日并不炎热，但是底下的宫人都纷纷冒出了豆大的汗珠，有的忍不住抬头看，却看见玉阶上的美得妖冶的聂无双面容冷若冰霜，一双凤眸中毫无神情，冰冷入骨地扫来。

"今日本宫是奉皇上的旨意，来来仪宫查清楚到底是谁，下毒谋害了皇后娘娘！"冰冷的声音在空荡荡的庭前飘荡着。有的宫人微微一颤，面上惊恐不安，有的却低头面露不屑……各种各样的表情一一都落入了聂无双的眼中。

她冷冷一笑："宫门已关，今日不会放过任何一个落网之鱼。皇上圣旨在上，皇后娘娘懿旨在前。你们自求多福吧！"

"内侍与宫女分开、粗使宫人与殿中伺候的二三等宫女分开。"聂无双吩咐道，她每说一句，她带来的宫女内侍就下去传，不一会儿已经分开了四队人。

聂无双招来杨直与德顺两人，纷纷耳语一番。两人各自领旨下去。

不一会儿，内侍各领一队下去。聂无双看着王嬷嬷道："宫女这一批还望王嬷嬷在一旁帮忙询问。"

"是！"王嬷嬷连忙应道，领着她到了偏殿之中。偌大的偏殿中早就被聂无双带来的宫人把摆设纷纷拿开，又在旁边一字排开宫中的刑具。

聂无双命人一旁拿着名册，念到名字的宫女一个审完接着一个鱼贯进入，若有支吾不清，或意欲有隐瞒的宫女，一律拖到一旁杖责行刑。不多时，就有宫女触了霉头，因说不清自己前几日行踪而被按在地上杖责三十。王嬷嬷听着宫女的惨叫，饶是她在宫中日久见过不少风浪，也从未见过这般堂皇之在皇后宫殿中肆意刑杖宫人。她看着聂无双绝美的面容上波澜不惊，不由得犹豫道："贤妃娘娘这般难道不怕惊扰了皇后娘娘？"

聂无双看着底下的宫人把宫女打得浑身是血地拖了下去，这才拿了帕子轻轻拭了拭鼻翼边粉，似笑非笑道："如今皇后娘娘危在旦夕，早一刻捉住真凶，皇后娘娘才能获救。难道王嬷嬷是心疼这些不肯说实话的奴婢吗？"

王嬷嬷赶紧道："不是……"

"不是就好，若是王嬷嬷心疼，本宫也不得不请王嬷嬷担待一点，毕竟审不出个所以然来的话，本宫不但白来一趟，白担了恶名，皇后娘娘恐怕也逃不过这一劫。王嬷嬷是个聪明人，应该知道树倒猢狲散的道理。"聂无双木然地开口。

王嬷嬷心中一惊，连忙噤声。她真正是糊涂了，皇后若有个三长两短，她还能活么？恐怕她的下场比这些普通的宫女更加凄惨。自己的性命尚危在旦夕了，她还能再去怜悯别人吗？

聂无双一个个仔细问过去，从一大清早一直到了午膳过后，中间只草草吃了点东西，便又继续审问。每个宫女都被翻来覆去地询问，说过的话，聂无双又倒着问了一遍，不厌其烦，确信此人并无隐瞒这才放过。若有只言片语隐瞒，便是不容分说刑具加身，整个偏

殿中血气弥漫，中人欲呕。

聂无双看着名册上的名字一个个划去，心中不免开始焦虑，若是今日问不出什么，明日等到宫人有了警戒心更是问不出了。一直问到了殿中伺候的宫女，她这才稍微提了提精神。皇后是否被毒害，这些人嫌疑最大。

聂无双想了想，吩咐传来伺候皇后的尚服女官、尚寝女官，还有典仪御侍、典膳御侍、典寝御侍、典饰御侍也都一一招来。事无巨细，她们伺候皇后的御用之物也都纷纷拿出来查验。一排排精致用具，看不出半分不妥。聂无双一个个看着。王嬷嬷上前道："贤妃娘娘，这些已经都查验过了，并无不妥。"

聂无双放下手中的东西，秀眉紧皱，她当然知道这些皇后肯定都命人仔细查看过，但是若不是这些人，这毒又是从何而下？她犀利的眉眼掠过底下一个个宫女的面上，忽地，她把目光钉在了一个较小的宫女身上。

"你，出列。"聂无双美眸中寒芒一闪，冷声道。

那宫女唯唯诺诺地上前："奴婢……奴婢参见贤妃娘娘。"

聂无双回头问王嬷嬷："这是伺候皇后娘娘什么的？"

"回贤妃娘娘的话，她是伺候皇后娘娘梳头的，平日十分乖巧，皇后亦是十分喜欢。"王嬷嬷回答。

聂无双"哦——"地一声拉成声调，似笑非笑地看着那宫女，慢慢踱步走到她身边。那宫女只觉得一股幽冷的香气扑来，不禁抬头看去。她一抬头，对上聂无双冷艳妖媚的眼眸不由得心头一缩，连忙跪下道："贤妃娘娘，奴婢没有！奴婢真的没有！"

聂无双扶了她起来，似笑非笑地道："你没有什么？"

"奴婢没有害皇后娘娘……"那宫女吓得眼中泪水滚落，巴掌大的小脸上神色凄楚。

"贤妃娘娘……她……不会吧。"王嬷嬷犹豫道，"她可是皇后从娘家带进宫的。忠心自然是无虞的。"

聂无双看了她一眼，脸色一冷："其余的人都退下吧，本宫有几句话要与她说。"

王嬷嬷见她发怒，不敢吭声，连忙带着宫人退下。顿时殿中的人退得一干二净，整个殿中寂静无声。那宫女跪在地上，抽泣不止。

聂无双很耐心地等着她哭完，哭累了，这才开口："你叫什么名字？"

"奴婢……奴婢叫佟夏莲。"那宫女回答。

"佟夏莲？你与皇后母族中是什么关系？"聂无双问道。

"奴婢的母亲是皇后娘娘娘家的管事的夫人。"佟夏莲见聂无双问的不过是普通的问话，胆子也似大了点，开始对答如流。

"哦——"聂无双了然一笑，她摇着手中的团扇，漫不经心地笑道，"那这么说，你就是皇后娘娘家中的家生子了？"

"是。"佟夏莲连忙回话,"奴婢怎么敢害皇后娘娘?贤妃娘娘明鉴!"

聂无双幽幽一笑:"这本宫可说不准。"她冷冷盯着她的面上,忽地喝道:"你还不从实招来!上次本宫见皇后之时,你把什么藏在了袖中?"

佟夏莲一惊,等回过神来,才哭道:"冤枉啊,贤妃娘娘,奴婢只不过是看皇后娘娘掉头发掉得厉害,害怕皇后娘娘责罚,所以才把皇后娘娘掉落的头发藏在袖中。奴婢……奴婢……"

聂无双冷笑:"可是本宫瞧你的手法可是熟练得紧,当时皇后娘娘才刚病了几日,你就起了这样的心思?你难道不是一开始就蓄意掩盖皇后娘娘的病情吗?"

"奴婢……奴婢万万不敢!贤妃娘娘……"佟夏莲满面惊恐,说话都说不清楚。

聂无双皱起眉头,正要再问,这时殿外杨直与德顺都审完了,前来复命。殿门打开,聂无双看了德顺一眼:"你来得正好,这佟夏莲本宫也命你查过,你知道的通通报上来。"

"是,奴婢查了,这佟夏莲本是皇后娘娘娘家的二管事的女儿,她有个青梅竹马的表哥,两家从小订了亲,后来皇后娘娘回家省亲的时候,看中了她梳发的技艺,就命她进宫伺候。"德顺回答道。

佟夏莲浑身颤抖,她睁大眼睛看着高高在上的聂无双,颤声问道:"贤妃娘娘……很早就在怀疑奴婢?"

聂无双摇了摇头:"自从本宫见你偷偷藏起皇后的头发时就开始怀疑你,但是当时本宫也不知道皇后被人毒害,只不过觉得你形迹可疑。现在皇后病重,这病,是真的病,还是被人害得病了,你好好给本宫说说,本宫也许会给你一个痛快!"

佟夏莲伏在地上,冷汗、泪水……纷纷而下,她一声不吭。

聂无双慢慢踱到她的身边,冷笑:"你不说也可以。本宫就看你撑到什么时候!"

她抬头问杨直与德顺:"你们可有查到可疑之人?"

杨直摇头,德顺嘻嘻一笑:"启禀娘娘,奴婢倒是找到一个,但是却问不出他哪里可疑,就是觉得不对劲。"

"怎么不对劲?"聂无双问道。

"太过沉稳,回答有条理。不像大多数人会害怕和惊慌。"德顺说道,他顿了顿,"而且,奴婢对他行刑之时,发现他十分能忍。"

"拖上来给本宫看看。"聂无双冷冷地道。

"是。"德顺应道,吩咐宫人把那人拖上来。等那人拖上来,聂无双看去,不由得惊退一步。只见那人浑身是血,四肢软绵绵地垂着,看样子竟是被打断了。

德顺的胖脸上流露惭愧:"奴婢该死,奴婢下手是重了点。"

聂无双扶了抚心口:"罢了,把他拖下去,用冷水泼醒了,再问。千万别弄死了!"

"是!"德顺见聂无双不责怪,得意扬扬地退了下去。

殿中还留着刺鼻的血腥味，聂无双看着跪在地上的佟夏莲，淡淡地问："刚才那个内侍叫什么？"

"叫……叫……奴婢不知道……"佟夏莲吓得脸色发白，刚才那一幕把她吓坏了。

"他是来仪宫的人，你就算不知道他叫什么，也应该知道他做的是什么差事。告诉本宫，他是做什么的？叫什么名字？"聂无双耐心地问。

她抬起佟夏莲的下颌，长长的黄金护甲衬着她雪一般的面色，格外熠熠生辉。聂无双美眸中流露惋惜："真可惜，你若是不进宫，和你那个表哥和和美美过一辈子不是很好么？"

佟夏莲眼中流露怨毒，不由得抓紧了自己的裙摆。

"你给本宫老老实实地招出你所知道的！本宫知道你不怕死。但是这个世上多的是让你生不如死的法子，如果从现在开始，你不说，或者说一句假话，本宫就把你的表哥抓来，一根一根地打断他的骨头，直到像刚才那个人一样。"聂无双幽冷地开口。

"不！——"佟夏莲忽地尖叫起来，积聚的恐惧突然爆发，她猛地扯住聂无双的裙摆，尖叫道，"你不能这样做，我表哥跟我没有关系！没有关系！"

两旁的宫女连忙上前把她扯开，聂无双看着她被宫女按着拼命挣扎，整了整方才被她抓乱的裙裾，冷笑一声："有没有关系，不是你说了算，本宫认为有关系就是有关系。来人！把佟夏莲的父母表哥还有什么姐妹都抓进宫里来！"

佟夏莲一听，死命挣扎："不！不！你抓我的父母做什么？为什么要抓他们？"

聂无双看着她狂乱的面容，红唇微启："本宫要确保你说的是实话。万一你能挺到你表哥被打死了，本宫就拿你的父母……"

"聂无双！你这个毒妇！难怪宫中都说你是天大的妖孽！你这个恶毒的女人！……"佟夏莲尖声骂道。但是领命的宫人已匆匆退下。

聂无双任由她骂着。那边，德顺已派人搜了那小内侍住的地方，几乎是挖地三尺地搜，才找到一瓶不起眼的药粉。

聂无双看到德顺呈上的药粉，终于大大松了一口气："是怎么找到的？"

德顺微微一笑："奴婢知道这种人一定是十分谨慎，决计不会藏在自己睡的地方，于是奴婢就专在他房外找，终于在门外的房梁顶上找到了这瓶药粉。"

聂无双赞赏地看了他一眼："德顺公公果然聪明。这事了了以后，皇上与皇后一定会大大赏赐你。"

"他是如何下毒的？"聂无双问道。

德顺摇了摇头："他还是不肯说一个字。已经昏死过几次了，奴婢怕他死了，不敢再行刑。"

"没事，本宫会问出来的。"聂无双把药粉递给德顺，"送去太医院，让太医对症配解药。"

她回头看着那被宫女押着喘息不止的佟夏莲，一步步走近她，嫣然一笑："也许她能告诉本宫事情的真相。"

她的笑容那么美，可是看在佟夏莲眼中却如地狱来的修罗一般可怕。

佟夏莲终于崩溃哭泣，她跌在地上，只是哭："我恨！我恨皇后！要不是她，我本来早就嫁给了我的表哥！"

聂无双冷眼看着她哭，木然地问道："所以你心怀怨恨，想要害死皇后是不是？"

"富喜有一天看见我在哭，他告诉我，只要皇后娘娘死了，我们这些宫人就可能出宫了。那时候我不信，他向我保证，只要我做成了那件事，就会把我弄出宫去……"佟夏莲伏在地上哭道。

"富喜是谁？"聂无双问。

"就是刚才那个内侍，是掌管皇后用食碗筷的。"王嬷嬷脸色铁青地走进来，她走到佟夏莲跟前，狠狠一巴掌甩上她的脸，"贱婢！皇后娘娘让你进宫是为了抬举你，还有你们佟家！你不知恩图报，还居然敢陷害娘娘！"

她还要再打，聂无双一把拉住她："好了，再打她也是那样。让她说清楚到底是怎么一回事！"

佟夏莲抬起头来，半边脸被打得肿得老高，她呵呵冷笑一声："抬举？！谁要你们的抬举？！反正我的这一辈子也被你们毁了，我还怕什么？"

她站起身来，鬓发已凌乱不堪，她瞪着王嬷嬷："你想知道我怎么下毒的吗？哈哈……我就把富喜给我的药粉放在了娘娘用的泡花水中，每次梳头，这毒就会透过娘娘的头皮渗进去，不过这个法子慢得很。富喜就把药粉抹在娘娘用的碗筷上，反正这药粉厉害得紧，银筷子也查不出来。哈哈……任你们查半天都查不出来！一有风吹草动，我们就不用毒。哈哈……"

她双目刺红，神情已是癫狂了。一旁的王嬷嬷气得浑身发抖。

聂无双垂下眼帘，淡淡道："来人，把她押下去，看好了，不许让她自尽！这一切很明了了，是那个富喜指使的。"

宫人把佟夏莲押下去，退下的时候，还听到她愤怒的骂声，谁也没料到平日唯唯诺诺的小宫女竟有这样天大的胆子。

王嬷嬷长吁一口气，回过头来对聂无双道："这一次多亏了贤妃娘娘，不然的话，皇后娘娘性命可就堪忧了。"

聂无双淡淡一笑："说这些客气话做什么？一切真相大白，希望不会太迟。"

王嬷嬷连连称是，聂无双想了想，回头淡淡一笑："宫门可以打开了，但是希望王嬷嬷能够把这一切先整理干净，再者本宫手段是狠了一点，还望王嬷嬷命宫中的人不要胡乱嚼舌头。"

王嬷嬷对上她流光潋滟的美眸，心中不禁一寒，连忙低头："这个是自然。"

聂无双见她承诺，于是翩翩然向皇后的寝殿而去。皇后正在起身吃药，也许是知道聂无双已经揪出了藏在她宫中的下毒之人，她心情明显高兴许多，即使身体还是虚弱，但是依然笑道："坐吧。"

"谢皇后娘娘。"聂无双施了一礼，坐了下来。

皇后一双眼看着她面上的倦色，握了她的手："还是贤妃妹妹忠于本宫，在危难之中，如此已是难能可贵了。"

她的手那么冰冷，聂无双忍着心头的不适，笑道："皇后娘娘说哪里话，这都是娘娘洪福齐天。"

皇后咳嗽一声，宫女连忙把她背后的靠枕垫高。皇后坐起身来，冷笑一声："什么洪福齐天，不死就算是有福气了……咳咳……本宫死了没关系，但是本宫还有暄儿……"

聂无双静静听着她断断续续地说。末了，聂无双抬起头来问道："皇后娘娘打算怎么处置那个富喜和佟夏莲？"

皇后眼中掠过狠毒："当然是要拷问出他们背后之人！这个你放心好了，就算是没线索，本宫也会问出来的！"

聂无双见她神色坚定，低了头："那臣妾就先告退了，臣妾还要回去复旨。皇后娘娘好生歇息才是。"

她说罢施礼转身，就要退下，手腕一紧发现皇后已经抓住她的手。

"贤妃妹妹，你说，这宫中谁才是那真正的主谋？"她问道。

聂无双一笑："臣妾不知，皇后娘娘还是去拷问那下毒之人。这毒厉害，恐怕不是普通人能够制出来的。"

"跟本宫想的一样。"皇后放开她的手，幽冷地说，"本宫想到了一个人，不知贤妃妹妹是不是也觉得是那个人？"

她在聂无双手心画出一个字来，聂无双秀眉一挑："皇后娘娘觉得是她吗？"

"除了她还会有谁？"皇后冷笑道，"只有她有这个能力在本宫的宫中安插自己的人。"

聂无双按了按皇后的手："皇后娘娘可要保重啊，整个后宫还需要皇后娘娘治理呢。"

她说完，告辞出了来仪宫。出了宫门天色已经昏暗，天边烧着红通通的晚霞，聂无双看着那颜色，心头忍不住一阵烦心，刚才她已见过了太多的血。

"娘娘，怎么了？"夏兰见她脸色苍白，连忙上前去扶。

"没事。"聂无双摆了摆手。夕阳的余晖把她的身影拖得很长很长，她看着眼前朱红色的宫墙，似绵延没有尽头，她深吸一口气，慢慢地向前走去……

第四十九章 主谋：水落石出

更漏滴答，永华殿中一片寂静。聂无双躺在床榻上睡得正熟，忽地一阵风吹来，一道黑影慢慢地靠近。层层的帷帐在她面前掀开，聂无双翻了个身，隐约看见黑影靠近，她猛地坐起身来，喝道："是谁！是谁在那儿！"

那个黑影就在帷幕外，影影憧憧看不分明。

"你是谁？"聂无双掏出放在枕下的匕首，拔出来冷声怒问，"你到底是人还是鬼？"

那黑影只是不说话，忽地他咯咯笑起来："是……鬼……"

聂无双闻言冷笑："鬼本宫更不怕！你活着都害不了本宫，死后本宫还要怕你不成！"

"为什么……为什么要为难我们……"那黑影忽地一分为二，声音飘忽，分辨不清他到底是在哪。

整个殿中阴风四起，撩起帷帐，那个黑影就在帷帐中穿梭不定。聂无双紧紧捏着匕首，仔细看着他的所在，一阵风吹过，他的面目猛地在她眼前掀开。

赫然是来仪宫中的富喜！

聂无双倒吸一口冷气，后退一步："你……你死了！"

"我当然死了……难道落入皇后手中……我还能活么……"他双目流着血，狰狞着一步步靠近，"是你害了我！……"

聂无双被他逼得步步后退，她振作精神，冷笑："不是本宫害你，是你害人在先，为了本宫自己，本宫不得不把你揪出来交给皇后……"

"嘤嘤……那我呢？"一个凄楚的声音在她身后响起，"那我呢？你好毒啊，妖妇！聂无双，我要杀了你！……"

聂无双猛地回头，满身是血的佟夏莲就站在她身后。

聂无双惊起一身冷汗，她强自镇定自己，手中匕首寒光似水，映着她的美眸竟有一种毁天灭地的戾气："冤有头，债有主，不是本宫害的你们，不是！"

"不是，不是！……"她猛地惊醒。

"双儿你怎么了？"身旁，萧凤溟连忙抱着她。聂无双茫然地看着黑夜，萧凤溟用薄衾包住她，"你到底怎么了？"

聂无双看着那重重帷帐，忽然叫道："来人，把帘子掀开！"她叫了两声没人应，竟一把挣开萧凤溟，赤脚下床，撩开帷帐。

"双儿！你到底怎么了？！"萧凤溟下了床，看着她神色凌乱，胡乱地抓着帷帐，不由得一把抱起她，拍打着她的脸，"你怎么了？双儿！"

聂无双怔怔回过神来，看了许久这才认出萧凤溟来："皇上……"她长吁一口气，软软地趴在他的怀中。

此时宫人已听见声音，为内殿中举了烛。昏黄的烛光中，聂无双额上俱是冷汗，绝美的面容苍白如雪。萧凤溟拿起绢帕为她拭去额上冷汗，搂紧她："做噩梦了？"

"嗯……"聂无双缩在他的怀中，轻轻应了一声，疲倦得像是飞越了千山万水的白鸟，终于可以找到一处可以安稳而栖的地方。

"要不天亮朕传太医来为你看看，开几帖安神的药？"萧凤溟的手轻抚过她的背，令她方才紧绷的神经慢慢放松，睡意又渐渐升起。

"不用，臣妾没事。"聂无双抬起头来冲他嫣然一笑，闭上眼，安稳地靠在他宽阔的胸前，"臣妾只要皇上抱着就好了。不是说皇上是真龙降世么？只要皇上抱着，什么鬼魅都要统统退避三舍。"

"你呀……"萧凤溟眼中流露宠溺，一抬手，已把她放在床榻上，薄衾覆来，两人同罩在被下，密密的犹如整个世界只剩他们两人。

聂无双寻了个舒适的姿势窝在他的怀中，睡意朦胧间道："皇后已经没事了？"

"嗯……"萧凤溟淡淡地应道。

"臣妾也放心了……"她呢喃着慢慢睡去。

烛光下，她的倾世睡颜美好得犹如一张唯美的工笔画，萧凤溟的手指轻抚上她的脸颊，眼中渐渐流露痛惜，今天白天的来仪宫宫门紧闭，谁也不知道里面发生了什么，唯一可以知道的是在宫门外路过的机敏宫人听到了一声声凄厉的呼喊声。

他心中长长叹了一口气，她做了什么，已经不再重要。重要的是，这一次皇后最终保全了性命，而他所忧虑的朝堂风波悄然地泯灭于无形之中，可她的手中最终因为他、因为这个后宫沾染上了血腥……

第二天聂无双起身的时候，天已经大亮。睡了一夜，昨夜的疲惫一扫而空。宫人鱼贯上前为她梳妆打扮。正在夏兰为她梳头的时候,杨直匆匆进入内殿,低声道:"富喜死了。"

聂无双看着铜镜中的自己,怔了怔,半晌才淡淡地道:"本宫知道了。"

杨直诧异于她的镇定,正想再说。聂无双忽地屏退宫女,转头问道:"查清楚谁是幕后之人了吗?"

杨直摇头:"恐怕很难。富喜进宫之时声称自己是孤儿,走投无路才入宫做了内侍。如今宫正司正在查他的来历,发现他的名字与籍贯都是假的。昨夜听说皇后娘娘十分震怒,已经命令宫正司严查到底。"

聂无双沉吟一会:"那佟夏莲,皇后是怎么处置的?"

杨直低了头:"皇后已经把佟家全部捉拿打入天牢,恐怕……恐怕也是难逃抄家灭族的罪。"

聂无双拨着桌上的象牙玉梳,半晌才道:"富喜才是知情人,佟夏莲根本什么都不知道,皇后此举恐怕还是在泄愤。"

"是,娘娘圣明。"杨直惋惜道,"佟夏莲糊涂就糊涂在妄想害了皇后娘娘之后还能安然出宫。"

聂无双幽幽叹了一口气:"她左右还是想搏一把,不搏,出宫之日遥遥无期,眼睁睁地就看着自己的未婚夫另娶他人,她怎么可能甘心?"她说着,猛地一抬头:"出宫!本宫怎么没想到?"

"娘娘?……"杨直诧异问道。

聂无双站起身来,美眸中闪着光:"本宫怎么忘了?佟夏莲想要的是出宫,那富喜向她承诺只要给皇后娘娘下药,他就能把她弄出宫去?富喜又是什么样的身份?他怎么可能让佟夏莲相信他能帮她出宫!所以这幕后之人一定是在后宫中有一定权势可以肆意决定宫人是否留在宫中的人!"

杨直恍然大悟:"这样一来,这富喜虽然死了,但是凭着这条线索,如此就很容易猜出谁是那要毒害皇后娘娘的幕后真凶。"

聂无双长吁一口气,拿了象牙梳一下一下梳理自己的长发:"你下去查吧。这宫中能肆意决定宫人出路的人不会超过十五个。"

"是!"杨直应道,转身要走,忽地他停住脚步,犹豫地说道,"有一句话奴婢不得不说,德顺此人面和心狠,恐怕以后会成为奸邪之人。娘娘可千万小心。"

聂无双看了他一眼,慢慢地道:"德顺就是一把刀,用得好,可杀敌无数,用得不好,会自毁其身,这一点本宫还是很明白的。"

"这一次他刑罚是重了点,但是若不是他看出富喜的不妥,找出那瓶毒药,恐怕本宫还是功亏一篑。这一次,他是立了大功。"

"是，娘娘心里明白就好。"杨直低头道。

聂无双正色地看着他："你与德顺就是本宫的左膀右臂，有些地方他远远不如你，有些地方，你却不及他。本宫要用你，也要用像他这等小人，你明白了吗？"

杨直浑身一震，低了头："是，微臣明白。"

"明白就好，退下吧。"聂无双淡淡地道，"本宫梳洗好，还得去看望皇后娘娘。"

她看着镜子中的自己，红唇一勾："这一次，皇后娘娘恐怕要大开杀戒了。"

皇后这一次中毒特地隐瞒了消息，整个后宫都不知晓真正的情形，但皇后病初愈，便开始秘密彻查下毒之人，牵连之广，令后宫中就算是最迟钝的洒扫宫女都嗅到了空气中不一样的意味，于是各种猜测的流言在宫中横行，眼看着宫正司一批批把人抓入阴森的牢狱中，人人心头都惶恐不安。

宫正司是什么地方？宫正司就是吃人不吐骨头的地方。每一个无论有罪没罪的人进去，都能从嘴里掏出不一样的东西。宫正司的每一个行刑的内侍，每一个看守监牢的看守都冷酷无情，比地底的阎王鬼差还要可怕。

一道看不见的浓厚阴影开始覆盖在整个后宫中，所过之处，血雨腥风……

聂无双只冷眼看着，每日依然都去看望皇后。皇后服了药，一日日渐好，聂无双每次到来仪宫中，所过之处，宫女内侍们两股颤颤，如风吹草折一般跪地不起，大气都不敢出。

他们都无法忘记那一日，这绝色妖娆的女子旖旎而来，脸上画着妖冶的妆容，浑身珠光宝气，明晃晃的金步摇，镶了珠宝玉石的金簪……她那一双美目一挑，眸中冰冰冷冷的光令人无形中觉得自己卑贱如尘埃。她一句话一挥手，等待着他们的就是痛不可当的酷刑。他们从未在后宫见过这样美得如仙的女子，也从未见过这样骨子里飞扬跋扈如魔的女子。

长长的裙裾旖旎拖过来仪宫中明净的青石玉阶，她走过时，伏地的宫人只闻见幽幽暗暗的香气拂过鼻尖，恍惚中，他们心中不约而同涌起一个念头：她不像是嫔妃，而是这来仪宫中未来的女主人……

来仪殿中，皇后正在用药，殿中无人敢吭声，显得十分寂静。

"贤妃妹妹怎么看这事？"皇后放下玉碗，聂无双适时递上绢帕，皇后冲她一笑，苍白的脸上黑气尽褪隐约有了血色。

"皇后娘娘若真要问，臣妾只能说皇后娘娘动作好像大了点，臣妾听见宫中都在议论纷纷。"聂无双笑着道。

皇后轻咳两声，伸出手去，聂无双又适时扶她起身。皇后起了身，眸中寒气掠过："就是本宫之前太仁慈了，他们都当本宫好欺负！"她说着脸颊泛起红潮，怒意显而易见:"这一次本宫要让他们看看本宫也不是那般好欺负的!"

"那皇后娘娘查到了什么?"聂无双扶着皇后慢慢走出寝殿,在廊下看着满眼悠悠的春光,不知不觉已是近了春深季节,草木葳蕤,欣欣向荣。她侧头看着皇后仿佛一夕苍老了的容颜,心中只是唏嘘。

"查到的也不多,只是知道富喜是由一位年迈的都监引荐入宫,那都监已老死了,富喜又在几个管事手下做过,还查到有人见他与一位宫女过往甚密,也许这就是……"皇后还未说完,就看见一位内侍匆匆而来,跪下道:"皇后娘娘,敬妃娘娘与淑妃娘娘前来看望娘娘。"

皇后抿紧苍白的唇,想了想才道:"令她们二人去漱玉阁等着,本宫稍后就去。"

"是!"内侍退下。

皇后回头看着聂无双:"今日你帮本宫整妆。"

"是。"聂无双恭谨低头道。

皇后长吁一口气,握紧了她的手:"这几日本宫病了,她们两人求见本宫都未曾见,今日不能不见了。再不见整个后宫还不知道会传成什么样……"她顿了顿,"如今整个后宫,本宫就只相信你一人了。"

聂无双抬起头来,目光复杂,半晌才道:"是,臣妾一定会把皇后娘娘整妆整得看不出半分不妥。"

调脂弄粉,铮亮的铜镜中,胭脂填上了皇后苍白的脸,三分妩媚七分端庄,因病弱,眉眼间带着恹恹之色,但是这并不能减少原本的容色,反而多添了几分皇后难得一见的楚楚之色。

妆成,聂无双为皇后挑了一件素色凤服,清清淡淡的颜色,衬托得妆容无形中反而艳丽了几分。皇后平日一贯浓妆重服,如今这一改变令人眼前一亮。

皇后看着铜镜中的自己,脸上不禁露出这近半个月来第一抹真心笑容。

她看着一旁的聂无双,不禁赞道:"贤妃妹妹果然心灵手巧。本宫还真舍不得你离开本宫半步。"

聂无双微微一笑:"皇后娘娘谬赞了,敬妃与淑妃姐姐恐怕等久了。"

皇后面上的笑容倏然隐没,冷笑一声:"怕什么?她们不过是来看本宫死了没有。"

她说完,自然而然地伸出手去搭在聂无双手上,笑道:"后宫中要是多几个如贤妃妹妹这样的人,本宫又何须再愁?"

聂无双一笑,扶了她向漱玉阁而去。敬淑二妃已等了许久,心中早就不耐,但是面上却不敢流露半点。

皇后进了漱玉阁中,淑妃一见聂无双跟在皇后身后,面色微微一沉,但很快敛去。她殷勤上前,扶着皇后:"皇后娘娘最近凤体怎么样?"

皇后不动声色地看了她一眼，挣开她搀扶的手，笑道："也没什么，就是之前积劳成疾，病了一场，太医说已经没事了。"

敬妃上前，把手中的账册呈上："臣妾与淑妃这些日子处理的宫中用度都在这里面，皇后娘娘若是真的不碍了，再看不迟。若是皇后娘娘还要休养一段日子，臣妾与淑妃妹妹一定会再效犬马之劳。"

皇后推了一下："本宫身体还未好全，你们再管几日吧。也让本宫偷偷懒。"

敬淑二妃一听这才笑了起来。皇后抿了嘴，脸上虽在笑，但是聂无双从侧面看去，她眼中的笑意却不达眼底，看着竟像是在冷笑。

从来仪宫中走出来，聂无双在前面慢慢走着，身后传来淑妃的声音："贤妃妹妹，等等本宫。"

聂无双回过头去，看见淑妃跟上前来，她微微一笑："淑妃姐姐做什么这般急？"

淑妃走到她身边，摇了摇手中的团扇，顿时她身上一股香风扑面而来，聂无双闻出这是新进宫的水合香，看来她这几日暂领后宫，的确是获益良多，连皇后宫中的香都未换过新的，她竟有了。

"这不是几日都未见贤妃妹妹么？难道不许本宫过来与贤妃妹妹说说话？"淑妃美艳的脸上笑意深深。

聂无双悠然一笑："这几日不是淑妃与敬妃姐姐忙于后宫么？本宫怎么敢打扰淑妃姐姐呢？"

淑妃杏眼一转，换了怨叹的口气："这么说贤妃妹妹是在怪本宫么？唉，说实话，这暂领后宫可是个烫手的山芋，做得好是应该的，做不好就是自己的错，若是弄个不好，还会被人说……有窥视之心。"

她最后一句话说得极轻，聂无双的脚步微微一顿，回过头来，似笑非笑地看着淑妃："姐姐言重了，怎么会有人有这样杀千刀的想法？"

淑妃见她神色未动半分，心中暗恨，面上却是笑道："这说不好的，要是有心人要造谣，肯定什么都造得出来。"

聂无双抿嘴一笑，不置可否。

淑妃见她口风紧得很，忽地幽幽地道："贤妃妹妹自然是不怕了，如今妹妹深得皇后娘娘信任，皇上又宠爱得紧……唉……"

聂无双只笑不语，等她说完，这才忽地问道："淑妃姐姐到底想要说什么？"

淑妃看看身边的宫女已经走在两人身后，这才拉着聂无双的手，问道："不是本宫太好奇，实在是这心里怦怦地跳，这前几日皇后娘娘到底是生了什么病啊？怎么本宫听宫人们传得离谱，还有宫正司怎么抓了宫里那么多人？……"

她每问一句，就仔细看聂无双的脸上神色。聂无双神色波澜不惊，等她说完，这才慢悠悠地道:"这本宫也不知道啊。要不淑妃姐姐去问问皇后娘娘?"

她说完,看永华殿已经在眼前了,回头对淑妃歉然一笑:"淑妃姐姐,本宫先回去了,有空一定去姐姐宫中坐一坐。"

她说罢,慢慢地走了。

淑妃站在原地看着她窈窕的身影慢慢消失在宫墙的尽头,漂亮的杏眼中渐渐流露出怨毒:"好你个聂无双!如今你飞上枝头了就以为你是凤凰了?!贤妃?我呸!还不是皇后的鹰爪走狗!等她用不着你的时候,你就知道你是多么愚蠢了!"

她说完,愤愤地转身离开。

聂无双在前面走,一旁的夏兰不住回头。

聂无双笑道:"你瞧什么?"

夏兰吐了吐舌头:"奴婢怎么就觉得淑妃娘娘在心里骂着娘娘呢?"

聂无双微微一笑:"她就是在心里骂着本宫的,边骂还要边求着本宫,可笑可叹。"

夜,静悄悄的。一位美貌的宫妃在明晃晃的殿中来回急急踱步。她面上焦急不安,裙裾带着的风晃得烛火也跟着摇曳不定。过了好一会,有个宫女匆匆进殿中来,连忙跪下:"娘娘,不好了,奴婢去晚了一步,明兰已经……"

"已经什么?!"那宫妃大惊失色,一把抓住她的领子,"跟本宫说清楚,她到底怎么样了?"

"已经被宫正司的抓进去,皇后娘娘正前去要亲自审问呢!"宫女连忙说道。

"什么?!"那宫妃浑身一颤,不由得踉跄几步后退。

"娘娘,怎么办?"宫女急切地问道,"要是明兰撑不住酷刑,娘娘,该怎么办啊?"

那宫妃眼中掠过寒光:"还能怎么办?只能有一条路走了!"

她说着披上斗篷,从袖中拿出一个黑色瓷瓶,递给宫女:"这事就交给你办了,要是事情不成,你知道该怎么办,对吗?"

宫女闻言,脸上死灰一片,她颤抖着手接过瓷瓶,咬了咬唇拜下道:"娘娘,奴婢去了。"

那宫妃拢了拢斗篷,美艳的脸庞隐在重重阴影之下:"本宫去一个地方,若事成了,本宫就送你出宫,永永远远地不要再回宫中。"

"是,永永远远地……不要再回宫……"宫女呢喃着重复,她伏在地上,等她再抬头,那宫妃已经消失了身影。

她紧了紧手中的瓷瓶,转身踉跄消失在无尽的黑暗中……

黑幽幽的漫长的宫道上,有个黑影在黑夜中顺着宫墙埋头疾走,春夜的风融融,撩起她黑色的斗篷，犹如蝙蝠的双翼，暗而不祥。

她熟练地拐过一道道宫门拐角，避开宫中侍卫的耳目，向着前方遥遥矗立在黑暗中的宫阁而去。

当她看见那宫阁的一角，明亮的宫灯燃着，心中陡然松了一口气。

她紧了紧披风，正要再走，忽地，有一道纤细绝美的身影站在月下，月色如水，倾泻在她的身上，在她脚下投下清清淡淡的阴影，她长长的发未梳髻，只随意披散着，看着绝美的剪影竟似地底冒出的凄艳的女鬼。她慢慢转过头来，就在她不远处幽幽一叹："夜这么深了，淑妃姐姐还出来散心么？"

黑影猛地一惊，连连后退几步，惊疑不定地看着月光下的女人。

"你……你……"她指着她，说不出话来。

聂无双微微一笑，一步步向她走近："淑妃姐姐，你是要去哪呢？这么深更半夜的不怕走夜路碰见鬼吗？"

黑影一颤，过了许久，她终于把风帽退下，露出一张美艳的面容，她冷笑："聂无双，看来你是在这里专门等着本宫了？"

聂无双红唇边含着幽幽的笑，看得淑妃心头发寒："是啊，本宫奉皇上之命去查是谁下毒害皇后娘娘，这真凶没有捉到本宫怎么会轻易收手呢？"

"你你……不是已经找到了么？"淑妃底气不足地问道。

聂无双一步步靠近："捉到一个不会开口的内侍，一个傻傻的宫女，淑妃姐姐，你当本宫是傻子不成？还是当皇后好糊弄？"

淑妃干笑一声："这本宫怎么知道？"

"淑妃姐姐怎么会不知道呢？"聂无双走近她，看着她心虚的脸，慢慢地说道，"不就是淑妃姐姐指使那个叫富喜的内侍向皇后娘娘下毒吗？"

淑妃猛地一惊，眼睛紧紧盯着聂无双，一丝杀气已经悄悄流露。

"你没有证据！"淑妃冷笑起来，"你凭什么说是本宫指使下毒的？说不定这一切都是你聂无双自编的故事！"

聂无双一笑，轻轻地开口："本宫有没有胡说，今夜过后自然会揭晓。你派去灭口的宫女这个时候恐怕已经被皇后捉住了。"

淑妃又是一惊，失声道："你怎么知道？"

聂无双叹了一口气："说来说去，还是淑妃姐姐太过失算了。你算错了皇后，又算错了本宫，自从查出这富喜，本宫就派人日夜看着辛夷宫，淑妃姐姐自认为隐秘的事，其实本宫早就了如指掌。"

淑妃倒吸一口冷气，她看着月下的聂无双，一时间心凉如水，她怔忪半晌才问道："你究竟想要干什么？如果你要揭发本宫，大可在皇上面前揭发，如果你不是，你说说你到底想要干什么？"

聂无双眼中流露赞赏："淑妃姐姐果然聪明，到了这个地步，居然不会自乱阵脚。"

淑妃哈哈一笑："我王晴宁是谁？是王家的嫡女，我的父兄、族兄都在军中，如今皇上在对秦国用兵，轻易不敢动本宫，就算皇后也要忌惮我三分，她就算抓到我的把柄又能怎么样？"

"那这么说，淑妃娘娘是不怕了？"聂无双慢慢说道，"难道说今夜本宫来就是什么也得不到了？"

"哼，本宫就知道你有目的。说吧。"淑妃松了一口气，问道，"你要什么，只要我王晴宁给得起的，金山银山，只要你开口，我都可以给你。"

"本宫只要淑妃姐姐的一个秘密！"聂无双看着天上的月亮，淡淡开口："你只要告诉本宫，是谁给了姐姐那种毒药，本宫就当今夜没有见过淑妃姐姐。"

她看向黑夜中那一盏在风中摇曳的大红宫灯，唇角溢出冷笑："就算你不说，本宫也猜到了五六分，今夜一问不过是确定一下，本宫猜得对不对而已。"

淑妃杏眼中射出怨毒："你怎么知道？"

聂无双微微一笑："本宫怎么不知道？"

淑妃松了一口气："好吧，我说！毒药是高太后给的。她给本宫出主意，毒死皇后，到时候皇后一死，本宫就是皇后，然后她会逼皇上立大皇子为太子，就算皇上为了悼念皇后而答应立大皇子为太子，哼哼，本宫也没有损失……"

聂无双听了，沉默半天："淑妃姐姐就这么放心与高太后合谋吗？难道淑妃姐姐不怕最后功亏一篑，高太后既不让你做皇后，还会杀人灭口么？"

淑妃脸色一白，定了定神，哼了一声："所谓富贵险中求，不搏一把怎么知道？高太后需要的是在后宫中对她言听计从的皇后。如今的皇后明显忠心已经不如以前了。她立本宫为皇后，自然不怕本宫不听她的话。"

聂无双幽幽一笑："而且淑妃姐姐还想着，大皇子失去了母后，以后是生是死还不是姐姐手心里攥着的，一举两得。不是么？"

淑妃脸上顿时尴尬万分，她从未像此刻那样恨极了聂无双的玲珑心思。简直就像是见了鬼一般，她洞悉了自己的所有底牌。这样的感觉一点都不好，事事都落在了下风。

她气息不稳地干笑："好了，现在你什么都知道了，可否让本宫离开？"

"可以。"聂无双看了永熙宫一眼，回头笑道，"只不过看在淑妃姐姐是二皇子名义上的母妃的分上，想提醒姐姐一声，不管今夜过后，皇后抓住淑妃姐姐什么把柄，你都不能把高太后拉出来当挡箭牌。"

"为什么？"淑妃疑惑地看着她，"为什么不能？让皇后与高太后两个人狗咬狗不是瞧着有趣么？"

聂无双笑叹一声："淑妃姐姐聪明一世糊涂一时，你既然都得罪了皇后，怎么又愚蠢地要去得罪太后呢？"

她说完转身慢慢离开，消失在融融的月色中。

淑妃看着她的身影消失，这才大大地松了一口气。她擦了把额头的冷汗，转身顺着来路，一路踉跄地回了自己的宫中。

宫正司中。

皇后看着地上已经气绝多时的女尸，回头怒道："这宫女是哪个宫中的？"

一旁的内侍回答："看样子好像是辛夷宫的，她对明兰用毒，被我们抓住了，没想到她口中早就含着毒药，我们一时不察，她就服毒自尽了。皇后娘娘恕罪！"

皇后扶着胸口，气得咳嗽连连："简直是一群蠢材……本宫就知道是那个贱人！果然不出所料！"

王嬷嬷连忙上前："皇后娘娘不要生气了，如今人证物证俱在，淑妃一定大难临头了！"

皇后边咳边冷笑："什么人证？什么物证？两个死了的狗奴才，一瓶药，到时候本宫去抓她，她还能狡辩呢！本宫最后还能拿她怎么办？"

"那皇后娘娘想要怎么做？"王嬷嬷为难地问道。

"来人，把这两个丢出宫外，丢在乱葬岗，连草席都不用给！"皇后眼中流露寒光，"本宫要她们死无葬身之地！"

"那淑妃呢？"王嬷嬷问道。

皇后看着内侍奉上的黑色瓶子，冷笑："本宫既然知道是她，以后给本宫走着瞧！本宫不要她死得那么快，本宫要一点一点夺去她最珍贵的东西，哈哈……"

她的笑冰冷而疯狂，那脸上的神色连一旁的王嬷嬷都禁不住心头发寒，可到底什么才是淑妃最珍贵的东西？……

聂无双回到了永华殿中，灯火通明，她长吁一口气，转入殿中正要叫来杨直，忽地看见林公公含笑站在内殿侧。

"娘娘，您可回来了。"林公公笑着道。

聂无双脸上的神情倏然冻结，半晌她才恢复自如，笑道："皇上来了么？"

"是的，皇上已经等了娘娘许久。娘娘还是快些进去吧。"林公公撩起帷帐，回答道。

聂无双心中"怦怦"跳了两下，慢慢走了进去。内殿中，萧凤溟正在看书，跳跃的烛光映着他的侧面轮廓，清隽从容。他翻了一页书，似感觉到她的到来，含笑回头："你回来了？"

聂无双被他一双深眸看着，忽然有一种无所遁形的感觉。她勉强上前笑了笑："皇上不是说今夜不过来了么？"

萧凤溟的手轻抚过她的长发，握了她的手，微微一皱眉："怎么手那么凉，出去为什么不多穿一件？"

聂无双微微一叹，伏下身贴在他的胸前："皇上你不想知道臣妾去哪了吗？"他的手温热，熨帖着她冰冰凉凉的脸，格外舒服。他修洁的手上带着淡淡的墨香，似刚批阅完奏章才回，浑身上下透着舒散的暖意。

萧凤溟一笑，轻抚她的长发："你想说的时候自然会告诉朕。"

聂无双心中涌起极复杂的感觉，是他太过沉稳，还是她的道行不够，为什么在他面前，自己的一点点心思都逃不了他的眼睛？

她抬起头来，美眸幽幽地看着他："皇上是不是像从前那样，不愿意为臣妾花费半分心思？"

"不是。"萧凤溟的目光沉静得犹如夜间的深海，看不明，也看不透，"朕跟以前不一样了。自从那一次被行刺之后……人总是要经历一些事才能看清楚自己的真正心意。"

他在她手心落下一吻，搂了她放在怀中："朕说过，愿意跟你长长久久的，这是真的。"

聂无双心头一暖，不由得追问道："那皇上还相信臣妾吗？"

"相信。不管怎么样，朕相信的东西一般都是值得相信的。朕相信你不会离开朕，也不会背叛朕……这就够了，不是么？"他的笑容在她面前缓缓展开，温柔美好，一双纯黑的深眸映着她的影子，仿佛天地中他的心中就只有她一人。

聂无双眼眶微微一热，美眸搜寻着他脸上的每一分表情，理智告诉她不能信，但是不知怎么的，一颗心忽地热了起来。

"傻子，干吗要哭呢？"不知什么时候，他伸手拂过她脸颊，聂无双这才惊觉自己流泪了。点点滴滴的泪水滚落，她忽然有些迷茫，这一切是真的吗？还是一如从前，温柔只是更毒的毒药，是不是这一切背后隐藏着她更不知晓的阴谋。

可是，他是皇帝，她不过是他众多的嫔妃之一。甚至将来的某一天，她也许不得不在他面前露出自己最可怕最狰狞的那一面。到时候两人又该如何自处？

她乱了……明明知道不可以，明明知道不可以靠近，在自己的心抗拒过自己那么多次以后，还是情难自禁。从她看见他的第一眼开始，也许那颗冰冷的心就不可抑制地趋近他。

他是她的温暖，在颠沛流离孤苦无依中的一方安稳天地。这个意识迟缓地进入她的脑海中，她忽然哽咽："皇上不可以骗臣妾……不可以……"

萧凤溟叹息一声，下一刻，她便被他打横抱起，放入重重帷帐围绕的床榻上，他耐心地看着她哭泣的容颜，笑叹道："朕还没怪你半夜三更擅自外出，你反而哭得这般厉害又是做什么？"

聂无双看了他一眼，抱紧他，泪灼热滚下："皇上明明知道臣妾在说什么。"

萧凤溟忽地顿住，目光复杂地看着她，他慢慢地开口："朕不是顾清鸿，你也再没有满门可以让朕抄斩，你还有什么可担心的？还是你……根本忘不了他？"

聂无双停住哭泣，怔怔看了他许久，忽地吻上他的薄唇，气息交融间，她开口："臣妾相信……"红唇印上他的唇，他清清淡淡的唇间有好闻的松柏气息，气息交缠中，他喟叹一声，紧紧拥住她："无双……"

千言万语只在这一叹息声中。帝王路，孤单寂寞。他不愿意做孤家寡人，有她同行的话，偶尔在案牍劳累间想起来总能会心一笑。原来心有所钟是这般美好的事，即使知道两人心在天涯，却宁愿相信终有一日她愿意靠近他，长长久久与他一处高处不胜寒。说他自私也好，说他冷心也罢，这一辈子，坐拥天下，也要她在身侧。

头顶帐影凌乱，红烛摇曳，帐中的她眼中还挂着泪滴，他轻轻拂去她的泪，轻哄："不哭了……没什么可哭的……"

聂无双破涕为笑，他的口气犹如在哄着小孩，可是他分明对几个皇子都不曾这般。想着，心头涌起甜蜜，亲吻蜿蜒而下。即使统统都是假，谁又会这般认真计较，这一刻他愿意宠着她愿意相信她，这便够了。

萧凤溟见她展颜笑了，心头竟浮起千金买倾城一笑之感，他笑道："你可不是妖精么，朕都被你折腾得没脾气了。"

长夜漫漫，这一夜，似宫中每一个枯夜一般平凡得毫不起眼，可谁也不知，这漫漫的夜，这重重宫阙中，已经有些开始不一样了，只有他和她在这个暮春的夜晚中，心与身贴近无间……

聂无双睡了一会儿，忽地醒来，一转身是他沉沉的睡颜，她想起那一角的宫檐上那一盏火红的宫灯，心中的不安却挥之不去。暮春的夜已没有了寒气，但是她却越来越没有任何睡意。她缩在他的怀中，听着他安稳的呼吸声，心绪复杂。

"怎么睡不着？"萧凤溟醒来，闭着眼，把她更紧搂在怀中，慢慢道，"安稳睡吧，不要多想。"

聂无双依在他怀中，忽地问道："皇上知道是谁要害皇后么？"

"是淑妃？"萧凤溟依然不睁开眼，带着朦胧的睡意，漫不经心地道，"朕算来算去，就只有她有这个能耐。……不过后宫朕一向不想管，倒是养成了她这般嚣张的性子。"

"不是。"聂无双想了一会儿，一字一顿地道，"是太后。"

萧凤溟终于睁开眼，黑暗中，他沉静地看着她，没有惊讶也没有任何疑问，翻了个身，他看着帐顶，不发一语。

"皇上不要对太后轻易丧失警惕。"黑暗中，聂无双看着他的侧脸道。

"朕从未轻视过太后。"萧凤溟淡淡地道，"只是她这一招未免太狠。竟要的是皇后的命来换一个太子之位，她以为她还是当初的高皇后，朕一死，她就可千秋万代把持朝政。"

"皇上相信臣妾说的？"聂无双忽地问道。

萧凤溟转头，黑暗中看不清他面上神色，只能看见他唇角的一抹苦笑："朕只不过相信太后做得出来这等事。"

"她要逼皇上立储。"聂无双埋入他的怀中，"可怜皇后还被蒙在鼓里，以为这一切都是淑妃做的。"

萧凤溟苦笑："梓童她太傻，若她相信朕而不是依靠太后，一开始朕和她就不会成了现在这样……"

聂无双心中一动，不由得看着他。他的话她听在心里却品出不一样的意味，如果她刚开始是遇见他而不是萧凤青的话，是不是现在就不一样了……

她还未喟叹，忽地萧凤溟抚着她的背，说道："睡吧，别想了，这等事不是一时半刻就能想好对策的。睡吧。"

聂无双点了点头，萧凤溟翻了身，背对着她又道："对了，朕今天收到前方的战报，秦国耶律图有意和解，你兄长可能过一两个月就会随着秦国的谈判使节入京，你就可以见到你大哥了。"

聂无双闻言惊喜："真的？"

"自然是真的。"萧凤溟闭上眼，淡淡地笑道，"凤青也会回京。朕倒是很想看看经历过大阵仗的他可否如往昔一般……"

他说着，渐渐安稳睡去。聂无双却被他后半句惊得无法回神。

萧凤青……眼前忽地掠过他的身影。她环顾四周，可是沉沉的夜给不出她要的答案，更漏滴答。一转头，一回首，他的影音无处不在。

耳边还响起他狠绝霸道的声音："聂无双，你别以为本王放你走就是给你自由，我要让你知道，你生是我的人，死是我的鬼……"

第五十章　选秀：千千色

后宫又恢复平静，平静得犹如一切尚未发生过。来仪宫皇后换了一批宫人，又挑了一些宫人入宫伺候。这宫中永远不缺的便是这些奴婢。他们低贱如蚁，却时不时因为他们而使宫中掀起或大或小的波澜。

皇后已经病愈，脸上又展现出一国之母的端庄大方。每日聂无双都前去请安，她都亲热地拉着她说话。淑妃亦是乖顺了许多，收敛了往日的玲珑张扬，皇后每日与她说话，脸上神色一如往昔。这等功力连聂无双都要打心眼里佩服。

她知道的并不多，但是宫正司那一夜死了两个宫女的消息她却是知道的，她不明白皇后为何要按捺下来，明明这是一个重创淑妃的绝好机会。淑妃谈笑自如，更是半分都没有什么不妥。聂无双在一旁冷眼旁观，看着这一张张相同的面具，心中掠过一个感慨的念头：这宫中的每一个人心思都复杂难测。

萧凤溟所说的议和消息从朝堂隐隐传到了后宫。听说耶律图困守桐城，与萧凤青率领的大军和顾清鸿的大军几次大战，各有伤亡。这边耶律图被齐应两国的军队拖着，那一边，萧凤溟举倾国之力一路向西挥师而去，攻打秦国云川一十二州，秦国再凶悍也受不了两线作战的消耗，更何况他们的皇帝还不在秦京之中，云川一十二州一破，应国军队就能长驱直入，直逼秦京。

秦京一陷落，秦国就完了。

如果说耶律图是一匹驰骋荒野的饿狼，萧凤溟就是翱翔天际的大鹏鸟，他稳稳地坐镇朝堂看着他四处奔逃，最后才一举而下给他致命一击。

耶律图虽看起来还没败，实则他已经败了，败得一塌涂地……

聂无双听着杨直的禀报，摇着绣有精美鸳鸯戏水图案的团扇，红唇边勾起一抹弧度：

"这么说来，秦国败局已定。为何皇上还要接受耶律图的议和？"

杨直想了想："皇上的心思向来难猜，奴婢也看不透。"

聂无双看了他一眼，眼中流露惋惜："杨公公心有谋略，实在不该困在宫中这一方天地中。"

杨直微微一震，连忙跪下道："奴婢不敢。"

"在本宫心中，你从不是奴婢。杨公公应该明白的。"聂无双扶起他来。

"可是……"杨直面上惭愧，"奴婢就是奴婢，这一点娘娘也是无法改变的。"

"但是杨公公可以改变自己。"聂无双走到书案边，拿来一本《四国历鉴》递给他，"这本书本宫看了觉得受益匪浅，你拿回去好好看看。本宫懂得也不多，即使以后杨公公用不上也可以闲时与本宫畅谈古今。"

她看着他的眼睛："本宫有今日，杨公公功不可没，但是人这一辈子不是单单与阴谋诡计为伍，放眼天下才不会浪费了杨公公本来的才华。"

杨直颤着手收下放入贴身怀中。这一番见解他从未听人对他提起过，甚至对他有知遇之恩的萧凤青亦是从没有跟他说起。聂无双的话就像是在他眼前忽然翻开了新的一页，预示着，杨直，你不仅是一个阉人，你还是一个有用的人。

他定了定神，问道："那依娘娘之见，皇上为何要与秦国议和？"

聂无双坐回殿中的胡床上，依着锦团，美眸幽幽："他恐怕还是担心逼得耶律图太狠了，耶律图会玉石俱焚。议和议和，只议不和。他要用战争拖垮耶律图，也要拖垮疲弱不堪的齐国。你记住在谋略上，永远不要与皇上为敌。他的心思缜密，永远见人所不能见，想人所未想……唉……"

杨直一惊，他看着聂无双面容上的淡淡神色，从未像此刻这般迫不及待想要看看他未曾看过的一样神秘东西，那就是天下权谋。

无论朝堂怎么看待这次议和，但是对百姓来说不打仗就是一种庆幸，意味着远征的良人就要回来，那千里的关山水月中，狼烟滚滚，谁愿意埋骨他乡，魂魄千里都回不来的地方？

一时间应京中百姓奔走庆祝，都纷纷议论着即将要看到的凯旋。而朝堂中，众朝臣亦是纷纷称赞皇帝圣明，大应王朝千秋万代……阿谀之声从不缺乏，萧凤溟端坐朝堂，玉立修身，看着底下山呼海啸一般的万岁声，玉冕之后，薄唇轻勾，露出天威难测的缥缈笑容来。

五月十五，吉，百事宜行。

一大清早，皇城之外车轮滚滚，一律的乌黑青色马车一字排开，一排排，一眼看去望不到尽头，马儿打着响鼻，最后站在各自的位置，停在沉重的朱红色巍峨的宫门外。

凤凰无双

天还未亮，薄薄的雾气笼罩在众人头顶，似山一般压在人的心底。这是最接近天子脚下的地方，朱红的宫墙，琉璃瓦，还有那一眼望不到头的延绵宫阙重楼俱掩在了薄雾中，乍一看去犹如身在九重天阙。

秀女们下了马车，大气也不敢出。

终于天边一缕金黄色的阳光破开晨曦，众秀女们纷纷抬头，注视着那缕晨曦慢慢移动到朱红色的宫门，过了一会儿，长长的钟鼓声传来，沉重的钟声破开沉寂的空气，宫门"吱呀"一声，轰隆隆打开。两队侍卫从里面鱼贯跑出，分立两侧，刀鞘的寒光映着晨曦，竟有一种说不出的肃杀。

不一会儿，从里面走出一位宦官，他手持圣旨，大声道："众秀女接旨——"

"呼啦啦"，所有的秀女用最谦卑的姿态跪下接旨。

"奉天承运，皇帝诏曰……"长长的圣旨读完，天边的朝阳已经升起，众秀女在内侍的带领下，踏着金灿灿的晨曦走上平整的宫道，她们睁着犹带稚气的双眸，看着眼前宫门为了她们次第打开，一眼都望不到尽头的重重宫门后是她们即将要过的生活，她们走在宫路上，犹如踏上她们做梦都没见过的富贵之路……

秀女一选，二选，终于到了那一日最终选。

仪德宫秀女垂首恭立，先到的是皇后的凤辇，车轮滚滚，明黄的华盖下皇后穿了明黄色的凤服端坐如仪，秀女们纷纷跪拜，不一会儿，是敬妃与淑妃同时驾到。

当内侍高声唱和"贤妃娘娘驾到——"的时候，所有的目光纷纷看向那肩辇的来处，一阵香风飘过众秀女的鼻间，只见一席肩辇从远处如云一般飘来，肩辇上的雪白纱帘随风摇曳，如梦似幻，里面端坐着一位极美的宫妃，虽还太远看不清她的面容，但是只远远看着，便被她一身风华所倾倒。

随着肩辇的渐渐走近，秀女中一改方才的肃穆，纷纷议论起来。

"这就是皇上最宠爱的妃子啊……"

"是啊，听说是聂氏，她的兄长可是聂将军……"

"听说长得很美很美……唉，皇上见惯了美人怎么会看上我呢……"

秀女议论纷纷，忽听跪在队伍前列的一个美貌的秀女冷哼一声："不过是再嫁之身，又有什么可值得担心害怕的？"

众秀女看去，那说话的秀女面如春花般娇艳，虽与众秀女穿的是同样的宫女服饰，但是那气质高傲，手上沉甸甸的翡翠玉镯一看就不是凡品，众秀女不禁在心中嘀咕。

"说什么呢！都肃静！"内侍轻喝一声，众秀女都连忙噤声，只有那刚才说话的秀女冷哼一声，充满了不屑。

肩辇慢慢从秀女跟前走过，风撩起纱帘，隐约露出她的面容，聂无双从纱帘的间隙看去，秀女们俯首低头，只有当中一人头高高抬起目光直视着她，里面充满了不屑与傲慢。

她娇艳的面容一掠而过，聂无双也来不及细看，只是她眼中的神色令她印象深刻，到底是哪来的秀女这般大胆？她还未想定，肩辇就在仪德殿前停下，她由夏兰扶着向里面走去。

秀女选拔开始，这便是最终选，中选后就可以留在宫中，不中的自然回家自行嫁娶。几家欢乐几家愁。

敬淑贤三妃把第一关，审家世观相貌，查品行女工或者考校琴棋书画，选优剔差，三人时而都同意，时而各执一词，互不相让，但总的来说，总算是选出了皆大欢喜的结果。

通过三妃把关过后的秀女明日再让皇上皇后选与赐封位份。聂无双忙了一整天，只觉得头晕眼花，口干舌燥。进宫后，算是这一日最疲惫，眼前一批批如花似玉的秀女在眼前晃过，又要对着她们写上评语，简直不是考校她们，而是在考校三妃的识人功底。不过这一日也并不是没有收获，起码她知道了那位总是昂着头看着她的秀女叫什么名字，什么来头。

她就是今年秀女中的佼佼者——高玉姬。是高太后的亲侄孙女，与当初的睿王妃高氏是同族的堂妹。据说她六岁能文，擅长作画，琴棋女工也都精通，是应京中难以多得的才貌双全的名门闺秀，也是这一批秀女中出众的美女。

其他的秀女美则美矣，但是大都温柔羞怯，唯独没有这般高傲的心气。

聂无双半靠着软榻由着宫女卸去头上沉重的发饰，小口喝着燕窝粥。夏兰好奇地打听："娘娘，这一次的秀女漂亮吗？"

聂无双看了她一眼，含笑道："漂亮，美得跟花骨朵似的。"

"美得过娘娘吗？奴婢看着没有一个比得上娘娘的。"老实的茗秋也在一旁问道。

聂无双垂下眼帘，并不接口。是，她们都比不上自己的美貌，可是，她们才是正儿八经的应国世族，一个个身后代表的可是世族的利益。萧凤溟就算不为了别的，但看在世族大家的面上也会给她们应有的位份。

一张张鲜活的容颜在眼前掠过，她长长出了一口气，看着天边渐渐隐没的落日，一天又过了……

来仪宫中，皇后看着手中的名册，一张脸越来越阴沉。

王嬷嬷捧着一杯茶小心翼翼地上前。皇后冷笑一声，把手中的册子一丢："王嬷嬷你瞧瞧看，这什么人都塞进宫里！当宫里是什么地方？！"

王嬷嬷看了一眼，眼花缭乱的名字她一时间也看不分明，但是皇后的面色一看就是借题发挥，作为皇后曾经的乳母，她太了解她了。端庄大方那不过是她的表象，内里，她与其他普通的女人没有两样，谁愿意为自己的夫君选一大堆如花似玉的小妾来威胁自己的地位？

"皇后娘娘且放宽心，皇上不是那等见异思迁的人，再说了，这宫中唯一的女主人还不是您吗？"王嬷嬷安慰道。

皇后听着她的劝慰，气息顺了顺，但还是难以平静："可是高太后这是什么意思？把她族中最漂亮的那个玉姬都送进宫来了，怎么着？她还想要再造一个高皇后不成？还想着她高家千秋万代把持着这后宫，她当本宫是死人不成？"

"还有淑妃那边娘家威公侯也送来了好几个，藏着掖着，今日终于让本宫见着了真面目，一个个粉嫩得像是面粉团捏的，这又是什么样的心思！"

皇后拍着桌子，越说眼中不由得泛起了泪水。王嬷嬷心疼地看着她，连忙道："皇后娘娘放宽心思，这还没真正进宫赐封呢，皇后娘娘可千万不要自乱阵脚。该乱该慌的可是其他的妃子，可不是一国之母的您啊，皇后娘娘！"

皇后冷笑："敬妃现在是万事不愁了。淑妃又野心勃勃，至于贤妃，本宫瞧着她的面色竟是一点也不紧张。也难怪她，皇上如今宠她都要上天了，要不是群臣拦着，还有这战事拦着引凤台都要为她建了，当初的云妃都不如她的风头日盛！"

王嬷嬷知道她是气糊涂了，笑道："皇后娘娘怕什么，奴婢瞧贤妃也是个识时务的，要不然这一次她大可不管皇后娘娘这事，袖手旁观就行。所以奴婢看，她也是忠心的。"

皇后听了消了气："你说得也对。唉，本宫果真是气糊涂了。"

"再说了，就算新人进宫，能上位的又有几人呢？皇上眼光高，一般庸脂俗粉他是看不上的。有贤妃在前，其他的人当真是一个都比不上的。"王嬷嬷笑得意味深长，"所以娘娘您放心吧，新人进宫后，最先针对的一定是贤妃。她既做了皇后娘娘一回鹰犬爪牙，皇后娘娘何不让她再做一回？"

"再做一回鹰犬爪牙？……"皇后倏然回眸，看着王嬷嬷眼中的深意，不由得恍然大悟。

"哈哈……"

来仪宫中，皇后抑制不住的冷笑穿破黑夜，似阴冷的风拂过，令人遍体生寒……

第二日，秀女最终赐封开始了。经过昨日密集的筛选之后，剩下的都是才貌俱佳的秀女。也许是知道了自己前途遥遥在望，今日殿中的秀女们一个个脸上既是高兴又是紧张。高兴的是自己能入宫了，以后家族的光耀门楣都要靠一人身上，紧张的是不知皇上会不会喜欢自己，仅凭一面之缘，不知能否赐封给自己一个应有的份位。

聂无双端坐在御阶上首，手中轻摇苏绣双面图扇。此时殿中气氛凝重肃穆。放眼过去，后妃之中只有她如此漫不经心，可偏偏无人敢非议她。皓白如雪的手腕握着象牙扇柄，看上去赏心悦目，更是生不了任何恶感。她绝美的面上挂着一丝似笑非笑；美眸微微一扫,底下的秀女们一个个都垂首恭立着,大气也不敢出。宽敞的仪德殿中因众多的秀女而显得拥挤几分。

敬妃坐在皇后左下首,眼观鼻,鼻观心,不知在想什么。淑妃却饶有兴致地打量一个个秀女们的面容,神色似妒又似惋惜。只有皇后身着明黄朝服,头戴凤冠坐在御座右侧,面色肃然。而那左侧空荡荡的地方,是九五至尊的帝王的位置。

太阳渐渐升起,聂无双估摸着皇上要下朝了,收起扇子。正在这时,终于内侍长长的唱和声传来:"皇上驾到——"

像是风吹过草地一般,殿中的众秀女纷纷敛容低头。皇后面上露出笑容,步履端庄地步下御阶,三妃跟在她身后迎驾而去。在朝日初升的金光中,一抹明黄身影慢慢而来。

皇后恭谨跪下,身后所有的人纷纷跪下。众秀女只看见皇帝隐约的面容隐在了玉冕之下,看不清楚,可是他是皇帝,龙袍上的盘龙绣图彰显了他帝王的身份,勾勒出他风雅挺秀的身材。只一眼,过人的风姿不知不觉就掠去了多少芳心。

殿中静得针落可闻,众秀女只闻到一股幽幽的龙涎香飘入鼻间,沁人心脾。眼前的红毯上,明黄的袍角似水波荡漾,徐徐而来。有大胆的秀女偷偷抬起头看,只见玉冕明珠帘之后,他的面目清俊雅致,五官明晰如上好悠远的山水画。他的双眸纯黑如琉璃,带着温柔的笑意,似三月春风令人不知不觉中陷落。

聂无双在皇后身后,含笑看着萧凤溟走来。皇后道:"吾皇万岁,万万岁!"

众秀女们不敢怠慢,纷纷跟着三呼万岁。

萧凤溟亲手扶起皇后,含笑道:"梓童辛苦了。"这一搀扶间的亲密无间令秀女们都忍不住嫉妒。

皇后面上微微一红:"臣妾应该的。"

萧凤溟一笑,携着她的手走上御座。这时秀女们才起身。

皇后笑道:"臣妾已与敬淑贤三妃甄选了最终的秀女,还要皇上最后定夺才是。"

萧凤溟扫了底下一眼,众秀女们只觉得面上被一道温柔的目光扫过,不由得羞红了脸低头,只有一人依然毫不胆怯地抬头回视。

萧凤溟的目光在那秀女面上顿了顿,又若无其事地转开,这才笑道:"梓童定也是可以的。"

皇后谦虚道:"这是皇上的分内事,臣妾不敢越了规矩。再说,皇上可不能这般偷懒。臣妾可是与三位妹妹忙了好几天了。"

萧凤溟一笑,目光不由得转向右手边的聂无双。聂无双似笑非笑地看着他:"是啊,皇上可不要辜负臣妾们一番心意,底下站着的可是倾国倾城的佳人。皇上看着喜欢就赐封吧。"

玉冕之后看不清他面上的真正表情,聂无双只觉得他眼中笑意更加深了,不知怎么的，自己的话明明没有什么特别的含义，可被他这般一看，竟隐隐心虚起来。

萧凤溟回头看着皇后与淑妃殷切的目光，淡淡一笑："林公公，念！"

伺立御座一旁的林公公站出来拿出早就拟好的圣旨念了起来。圣旨中早就拟好了中选秀女的位份，从位份最高的开始念起，婕妤一人，美人三人，才人八人，其余的贵人，宝林，御女，采女等等各是不一而足。

萧凤溟这样做并不令人意外，毕竟由皇上亲自赐封秀女的位份是后宫的常例，但是令聂无双意外的是，那秀女中最心高气傲，也是这一次秀女中家世与面容均为佼佼者的高玉姬并不是秀女中位份最高的那一人，反而是一位名不见经传，龙渊阁林学士之女林婉瑶一枝独秀，不但被赐封为婕妤，更是赐封号"梅"，而高玉姬则被赐封为不太起眼的贵人，连才人都不算。

这一结果令早就对高玉姬心怀嫉恨的秀女们大是意外，心中又忍不住暗自幸灾乐祸。聂无双坐在御阶之上，不动声色地看着底下秀女们脸上的表情。

林婉瑶含羞低头，接过萧凤溟手中的玉如意，深深拜下。而高玉姬则是眼中含了泪花，看着一步之遥的萧凤溟，他的深眸中笑意温柔，却不是为她而绽放……

第五十一章　争宠：各显其能

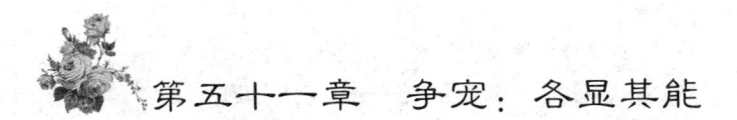

聂无双垂下眼帘，掩住眼中的讥讽：果然如她所料，萧凤溟根本不会轻易让高氏的女子再一次有机会入主后宫。高太后的如意算盘打错了，不单单赔上了如花似玉的美人，更是让皇上对她多了几分警惕。而且就算高玉姬不姓高，以萧凤溟的个性，他也不会喜欢这样高傲张扬的女子，反而是林婉瑶更容易令他觉得温婉。

赐封完，林公公又拿出一份准备好的圣旨，念起冗长的训诫。一直到日上三竿这一场选秀赐封才告结束。

皇后正要领着三妃与众秀女退下，萧凤溟忽地开口："梓童先回宫，双儿与朕一道去上林苑散散心吧。"

皇后一怔，随即善解人意地笑了起来："是，这几日皇上日理万机，还是去散散心才好。"

她说着识趣地退下。萧凤溟握着聂无双的手，玉冕之后他的面上带着一丝促狭，轻声问道："刚才你可是吃醋了？"

聂无双的手被他握在掌心中挣脱不得，左右一看，殿中一干人早就退得干干净净，不由得脸一红，美眸流转，横了他一眼，似笑非笑道："臣妾不敢。"

"怎么会不敢？"萧凤溟拉了她的手坐在御座之上，空荡荡的殿堂只有他与她在，林公公站在御阶之下，面朝外似并未听到帝妃的打趣声。

聂无双坐在御座上，身下似还带着皇后方才的温度，心中忽地涌起一股说不清也道不分明的感触，她幽幽一叹："从来只见新人笑，哪闻旧人哭？"

萧凤溟握着她的手微微一紧，珠玉相撞之声传来，他已褪下头上沉重的十二梳玉冕，露出清俊的面容来。玉冕撤去，他面上竟隐约有惆怅，许久，他淡淡地道："朕的母亲，从来没有被先帝赐封过。"

聂无双心头一颤,她看着他的眉眼,母亲于他总像是心中的一道跨不过的心结,也只有提起他那身份卑贱且懦弱的生母,她才能恍然发觉萧凤溟总是微笑的面容下寂寥愧疚的心。

"皇上……"她不由得握了他的手,萧凤溟回头一笑,"不知怎么的,朕一日日站得越高,成就越大,总是越会想起母亲。"

"不提这个,走吧。外面春光甚好,你陪着朕走走散散心吧。"他岔开话题,面上又恢复笑容。

他说着握着她的手向外走去。步出大殿,太阳已升了老高,聂无双撇开心中杂念,含笑依在他身边与他携手走出仪德殿。刚步出殿外,聂无双忽地眼角瞥到一道身影,她正要再看时,那身影却已不见。

萧凤溟握着她的手,慢慢一路向上林苑走去。仪德殿离上林苑并不近,但两人一路说一路走,却也并不觉得路远。

上林苑到了,聂无双走得一身香汗淋漓,萧凤溟见她面颊嫣红,额上碎发被香汗打湿,不由得停下脚步,微微一笑:"许久不曾去那亭子看看了,今日刚好有空,要不去那边喝一盏茶,下一局棋?"

聂无双忽地想起以前她刚入宫时两人见面时的亭子,脸更红了。她正要说话,忽地身后有一侍卫怒喝:"是谁!鬼鬼祟祟跟着皇上!"

他的声音很大,跟在皇上身后的侍卫一听纷纷"刷"地一声抽出腰间金刀,顿时聂无双只觉得眼前刀光凌乱,晃得眼睛刺痛。萧凤溟下意识搂着她,看向声音来处,那出声的侍卫已经把跟踪之人从草丛之后揪出,重重抛到地上。

那人"哎哟"一声跌在地上,痛得眼中带泪。聂无双定睛看去,不由得诧异。那跟踪胆大之人不就是刚刚被赐封贵人的高玉姬吗?她来做什么?

萧凤溟也认出了她,俊脸微微一沉:"把她带上来。"

他说着向上林苑那处亭子走去。

聂无双扫了一眼跪在地上的高玉姬,似笑非笑地道:"果然有趣。"说着随着萧凤溟而去。高玉姬狠狠地瞪着她倾城曼妙的背影,这才被侍卫拖着跟跄跟上。

到了亭中,萧凤溟坐下,高玉姬跪在地上,娇美的面上已是梨花带雨,无声淌着泪水。聂无双坐在一旁,熟视无睹,奉上宫人端上的香茗笑道:"皇上,臣妾需要回避一下么?看样子贵人似有话要对皇上说。"

高玉姬闻言抬头,眼中果然有委屈之色,欲言又止。

萧凤溟看了她一眼,淡淡道:"不必了。"聂无双抿唇一笑:"皇上虽是如此体恤臣妾,但是臣妾还是觉得外面春光烂漫,臣妾先去采几朵花再回来。"

萧凤溟见她离开之意坚决,想了想,笑道:"也罢,你替朕看看,今年那一池的青莲可否开了？"

聂无双一听，含笑回眸看了他一眼，这才翩翩离去。

亭中只剩下萧凤溟与高玉姬，萧凤溟抿了一口茶，这才抬眸看着地上跪着的高玉姬，淡淡问道："你说吧，甘犯谋逆之罪跟踪朕，你到底有什么话要对朕说？"

聂无双慢悠悠地出了亭子，林公公扶着她的手，赔着小心笑道："娘娘可千万不要放心里去，皇上是不会喜欢那个不知天高地厚的贵人的。"

聂无双踩着小径铺着的鹅卵石，看着四周草木葳蕤，微微一笑："林公公自是不用担心，本宫并没有往心里去。"

林公公看了她一眼，干笑一声："是啊，再说她才刚赐封就敢做出如此出格的举动，皇上更是不会喜欢她了。"

聂无双掐了一朵生在阴凉处的茶花，含笑摇头："可不一定呢。与其在宫中默默等着皇上宠幸，突然出格的举动也许能让皇上心中留有一份印象，不得不说，这个贵人十分胆大，而且算得准皇上不会轻易治罪于她，毕竟，她身份不同常人呢。"

林公公一听，轻轻嗤笑："不是奴婢多嘴，这等微末伎俩，娘娘觉得皇上会轻易中了她的圈套吗？连奴婢这等愚钝的人都看得出来，她又有几分胜算？皇上不治她的罪，不过是看在她高氏的面子上。"

聂无双拿着茶花，在一旁含笑听着，等他说完，这才随意把手中的茶花一抛："算了，本宫还是看看那一池青莲开了没有。"

"是极，毕竟青莲才是皇上心中所钟爱的，闲杂野花野草，自然不能入天子眼中。"林公公一语双关地笑道。

聂无双抿嘴一笑："林公公果然很会说话。"

她说着，慢慢向青莲玉池走去。这上林苑中的青莲十分珍贵，听说是萧凤溟亲自从昆仑山巅的天池处挖来，后来经宫中花木匠精心培育终于在御池中盛开，一年比一年更加旺盛。

青莲玉池不同于别的莲花池，用上好白玉阑干砌成，池水皆引来山泉之水，清洌非常，听说只有纯净的山泉水才够清洌，才能让青莲盛开。

青莲盛开的时候如碗口大，莲花呈翠色晶莹剔透，莲蕊却是墨色，莲香清幽扑鼻，的确是难得的花中圣品。

聂无双走到莲池边看了一眼，满池的青莲只露出花苞，并无盛放迹象。她坐在玉阑干边，看着池中游来游去的青鱼，不由得百无聊赖地命宫人拿来鱼食投了下去。

正在这时，有内侍匆匆而来，禀报道："贤妃娘娘，有一位宫女说要见娘娘。"

聂无双看了一眼，果然见一位宫女被内侍堵在玉池边的拱桥边。她仔细看了一眼，回头对林公公笑道:"林公公,你瞧,所谓八仙过海各显神通,竟也有人找到本宫。"

林公公眯着眼睛看了一眼,含笑躬身道:"那奴婢退下了,这等话奴婢恐怕不该听。"

聂无双丢了一把鱼食,看着一尾尾青鱼争先恐后地抢夺食物,这才似笑非笑道:"是呢,鱼食就有一点,池中的鱼却是太多了。"

她拍了拍手,命道:"让她上前吧。"

内侍把那宫女带上来。聂无双依在玉阑干边看着她恭谨拜下,也命她起身,笑道:"梅婕妤好兴致,今日也来上林苑中赏花吗?"

那宫女抬头,面容秀丽温婉,气质出尘,正是方才在仪德殿中被册封梅婕妤的林婉瑶。

林婉瑶面不改色,一丝不苟地跪在地上:"臣妾方才是跟着玉姬妹妹的,臣妾担心她在宫中迷了路,万一找不到回云秀宫的路就麻烦了,没想到在路上无意间捡到了贤妃娘娘的东西,所以冒昧而来,还望贤妃娘娘恕罪。"

聂无双轻轻地"哦"了一声,漫不经心地问道:"本宫丢了什么东西吗?怎么本宫不知道呢?"

林婉瑶从怀中掏出一件精巧的事物递过头顶,奉上道:"这是贤妃娘娘的扇子,娘娘请收好。"

聂无双接过,展开一看,果然是自己常放在袖中的团扇。她展开轻轻摇了两下,笑道:"这么说,本宫还得谢谢你了?"

林婉瑶连忙道:"臣妾不敢。臣妾羡慕娘娘的风姿,这才甘冒了唐突之罪,与娘娘亲近说话。"

聂无双咯咯笑了笑,倾城妖娆的面目掩在了团扇之后,她笑得讽刺:"这可奇了,满宫中不屑本宫的大有人在,就是你们这一批千金秀女恐怕在闺中也曾听过本宫的流言。你又何来亲近本宫一说?难道你不怕你也跟本宫一样被流言所攻击?"

林婉瑶抬起头来,目光平静:"臣妾听过娘娘的流言,但是流言越盛,娘娘的恩宠越高,这让臣妾想起,有才华的人必是不惧流言蜚语,娘娘的光华怎是些微流言就能掩盖得了的呢?臣妾钦佩娘娘,更是钦佩娘娘在流言中从容自若的坚毅。"

好听的话说起来自然令人心旷神怡。聂无双摇着团扇,看着跪在地上的林婉瑶,美眸含笑看着她那双平静的眼睛。她今日的勇气可比得上高玉姬的,可是高玉姬的心机却远远不如她。

什么叫做出奇制胜,林婉瑶这一招才叫做出奇制胜。她才刚入宫就知道了她唯一可以出头的机会不是引起皇上注意,而是要化解这后宫第一宠妃心中的戒心。

她已在皇上跟前得了欣赏,宠幸是早晚的事,她现在唯一要试探的就是聂无双的心思，是嫉恨敌视，还是别的什么……"

"你起来吧。"聂无双含笑道，由宫女扶着向不远处的亭子走去，边走边慢悠悠地道，"你的钦佩本宫收下了，但是有一点你错了。"

"臣妾什么地方错了？"林婉瑶跟在聂无双身后，问道。

聂无双回头嫣然一笑，笑得欢畅："相信本宫的话吧，如果有一天你如本宫这般被流言攻击，你不会觉得这是一件很值得高兴的事。"

林婉瑶只得跟上，早有宫女在亭中摆好精致的茶点和茶水。聂无双抿了一口香茶，看着恭立在一旁的林婉瑶，微微一笑："你方才说是跟着高玉姬一路而来的，你究竟想要说什么？"

林婉瑶咬了咬下唇，低声道："方才臣妾瞧着高玉姬被赐封之后，神情不甘，眼中犹有不忿，臣妾又看她一路尾随皇上与娘娘，恐怕她对皇上不利……所以臣妾才大胆一路跟着。"

聂无双轻摇团扇，笑道："她现在可在皇上跟前。"

林婉瑶一惊，失声道："为什么……"她自觉失言，连忙跪下："臣妾失仪了，贤妃娘娘恕罪。"

聂无双指了指一旁的座位："坐吧。在本宫面前你不必如此拘谨。"她似笑非笑地说，"你不是说要与本宫多多亲近么？这般拘谨怎么亲近呢？"

她说得漫不经心，林婉瑶看着她绝美面上的慵懒之色，一时间不知她是在说真话还是假话，身虽坐在椅上心中却难以安定。

聂无双看着日头，笑道："这个时候皇上应该与她说完话了，这高玉姬是什么样的人，相信你比本宫更明白，你与她是同一批秀女，如今你已比她更出挑，这以后的事……你好自为之哦！"

她说完站起身来，转身要走，林婉瑶连忙站起身来，跪在她面前，眼中含了水雾："贤妃娘娘千万要帮臣妾啊，不然的话，高玉姬她……"

聂无双低头看着她拖着自己长长的裙裾，不由得咯咯一笑："梅婕妤这话说得不对，在宫中，谁能真心帮着谁呢？"

"贤妃娘娘庇护了雅充容，让她在后宫有一席之地，还有之前的玉妃娘娘，还有云妃生的三皇子……贤妃娘娘自是不屑别人感恩戴德的，但是臣妾未入宫之时听到娘娘的事，觉得娘娘其实是个好人。所以今日臣妾冒昧，求求娘娘帮帮臣妾，指引臣妾……臣妾一定会忠心跟随娘娘……"林婉瑶急急地说道。

聂无双忽地俯下身，雪白的手指上套着明晃晃的镶各色红绿宝石的护甲轻轻拂过林婉瑶细嫩的脸，微微一笑："在宫中，本宫只帮对本宫有用的人，你若想让本宫庇护你，拿出你的实力与诚意。本宫自然会考虑考虑。"

她说完，一边笑一边走出了亭子。林婉瑶看着她妖娆倾城的背影渐渐消失在眼前，听着她清冷的笑声，不由得怔怔出神许久。

聂无双回到了萧凤溟之处，高玉姬已不见了，只有他在悠然地品茗看书。她倚在门边，含笑道："皇上好兴致。"

萧凤溟见她回来，温柔一笑："你做什么去了那么久？"

聂无双走到他身旁坐下，促狭一笑："不去得久，万一早回来岂不是自讨没趣？"

萧凤溟轻轻捏了她的手一把，眼中含着宠溺："你啊。"

聂无双看着他温柔俊雅的侧脸，心中忽地一阵恍惚，高玉姬，林婉瑶……一张张或者美艳，或者娇柔的面容在眼前掠过，心中忽地涌起酸涩：身边的这个男人永远也不会只属于自己一个人。想着，面上就掠过萧索，她软软依在他胸前，一声不吭。

萧凤溟似觉察到了她心中的凄然，不由得抱着她，轻抚她的美背，许久才忽地问道："青莲花开了没？"

"没有……但是臣妾在青莲玉池边又见了另一株青莲。"聂无双自嘲一笑，"今年的这一株青莲花，也许比去年皇上赠与臣妾的青莲更加美丽。"

萧凤溟看着怀中的她，手一动已经抬起了她的下颌，含笑道："可是朕是念旧的人。当年那一株青莲，风姿无双，满园的春色都不及她在风中那一摇曳的倾城绝色。"

聂无双展颜一笑，投入了他的怀中。

窗外，蝉声阵阵，枝头的花蕾随风飘落，而那葱翠的绿色越发翠绿了，武德元年的夏天，就随着选秀的结束而悄然而至……

热热闹闹的选秀已结束，但是萧凤溟迟迟没有宠幸新人，不知是因为他国事繁忙，还是他心思并不在这之上，贤德的皇后亦是一反常态并未进言。高玉姬那一次贸然惊闯御驾的事已经在宫中悄然传开，这一批的秀女对此事议论纷纷，心中自是对她这求宠心切的行径大是不屑，有的甚至传言，皇上就是因此而不愿宠幸新人。

这一来，高玉姬在云秀宫中被新人孤立起来，处境甚是凄惨。

高太后听闻这事，发下懿旨斥责高玉姬年轻不懂事，不守宫规与妇德，罚她到佛堂中，日日抄女诫、佛经，佛堂离云秀宫甚远，高玉姬不得不搬离了云秀宫前去佛堂日日诵经，抄经文。

她这一离开整个元秀宫中的秀女们纷纷抚额称好，说连太后都看不惯高玉姬的嚣张跋扈，这下高玉姬总算是得了教训。

聂无双听闻这事，冷冷笑道："这算什么？高玉姬虽表面上被太后斥责，可是只有有用之人才会让人训斥，太后娘娘这样明贬，暗地里却是把她保护起来。看来太后还是对她期望极大。"

杨直在一旁笑道："娘娘说得极是，这佛堂离太后的永熙宫甚近，听说她每日都去向太后娘娘请安，这下，宫中针对她的是非也渐渐少了。太后这一招果然极高明。"

聂无双想起太后的所作所为，美眸中掠过幽冷的光："不知她下一步要怎么做。高太后此人实在是令人难以猜测。"

永熙宫中，高玉姬正跪坐在高太后的下首，为她捏脚。高太后身着暗红凤服，闭目养神，殿中寂静，更漏水声滴答，显得更加安静。

高太后缓缓睁开眼睛，看着勤勤恳恳帮着她捏腿的高玉姬，轻叹一声："歇歇吧。捏了这么久，手可是酸了？"

高玉姬擦了把额上的香汗，笑道："不累，姑母可觉得好些了？要不侄女再帮您揉揉？"

高太后一笑，看着她娇艳青春的面容，缓缓地道："你要学的可不是这等伺候人的活计，还是有了空多揣摩揣摩怎么才能让皇上喜欢你才是。"

提起皇上，高玉姬面上明显一黯，她踌躇地站在一旁，半天才道："姑母，皇上的心思……侄女不懂。"

高太后站起身来，闻言回头"哦"了一声，问道："就是不懂才要揣摩，若是懂了，你也不会这么鲁莽地跑到他跟前去。平白为自己招风树敌，又让皇帝对你有了看法。唉……你这丫头，这个性子还不如你那个大姐……"

她提起已故的睿王妃，高玉姬想起自己被太后所放弃的结果——那睿王妃高氏不就是被面前这个至亲的太后姑母所放弃的吗？她不由得心中一阵发寒，连忙跪下道："姑母，侄女错了，可是侄女以为皇上会因为臣妾的大胆而赞赏……谁知道皇上他根本无动于衷，甚至……"

她泫然欲泣。高太后看着她年轻的侧脸，叹道："你以为皇帝是整天追着你的那些没头脑的世家子弟们吗？他若是如此容易就能被你轻易捕获，他还是皇帝吗？哀家也会这般在后宫中狼狈不堪吗？！"

高玉姬愧疚抬头："姑母……侄女错了……你就告诉侄女现在该怎么做好吗？"

高太后头疼地摇头："现在皇帝不同以前了，他将军权与朝堂一点点从哀家手中夺了去，他忌惮哀家，自然不会对你假以辞色……不过还好他看在你是高家人还能对你留有几分薄面，没有治罪于你已经不错了，这种事要慢慢来……"

高玉姬看着高太后满是皱纹的脸，心中升起一股希望。她相信纵横后宫，把持朝政多年的太后姑母一定会为她想到一个极好的办法。想着她的心也轻松几分。特别是想到那日在上林苑的亭子中，她跪在地上，面前的皇帝褪下玉冕露出真容，竟是这般英俊如神祇……

那一日，她跪在萧凤溟的面前，哭得楚楚动人。

"你说吧,甘犯谋逆之罪跟踪朕,你到底有什么话要对朕说?"萧凤溟问道。

高玉姬抬起头来,泪光涟涟:"皇上,皇上……臣妾……不甘愿。"

"不甘愿?!你不甘愿什么?是位份吗?"萧凤溟气得反而笑了起来,"你知道你在说什么吗?这是欺君藐视圣上!"

高玉姬膝行几步,上前抓住他的龙袍下摆,凄楚地道:"皇上,难道就因为臣妾姓高就赐封给臣妾贵人吗?这不公平!"

她素白的纤纤玉手紧紧拽住龙袍,萧凤溟低头看了一眼,眼中忽地想起那一夜:那倾城素白的女子闯到了他的跟前,带着孤注一掷,相似的场景。可他心如明镜,知道她是真的走投无路,而如今面前这个女子有着比春花还娇艳的容颜,鲜嫩得犹如露珠,可是她的心却是这样贪婪……

"你觉得朕给的位份不公平吗?"萧凤溟收了面上的冷色,淡淡地问。

"臣妾……臣妾今日来是抱着必死的决心,皇上……臣妾进宫是因为倾慕皇上,难道皇上不能给臣妾一次机会,就这样无视臣妾吗?皇上是臣妾的夫君,臣妾心中有委屈,难道就不能向皇上倾诉吗?"高玉姬泣不成声。

萧凤溟看着她哀求的面容,心中掠过一股自己也说不清楚的厌恶与冰冷,但是他心中如此想,面上却越发温柔。

高玉姬只觉得面上有什么东西拂过,却是萧凤溟拿了一块素白的绢帕递给她,浅笑中带着似是而非的怜惜:"擦一擦吧,朕记得高家的子女一向是骄傲而自持身份,你这般若是被太后看见少不得训斥。"

高玉姬又惊又喜,她接过绢帕,激动地道:"皇上……臣妾不怕,臣妾是真的忠于皇上的……"

"是吗?"萧凤溟一笑,伸手虚扶了她一把,"但是朕的一番苦心你也要体会。你是太后的侄女,若是朕封了你太高的位份,恐其他秀女不服。"

"臣妾其实不是在乎位份,只要臣妾能永远在皇上身边,臣妾什么都不要……"高玉姬娇声道。

"是吗?"萧凤溟微微一笑,"好吧,朕姑且相信你。但是你以后所做的一切也要让朕值得相信。"

"退下吧。今日朕就不降罪于你了,以后不可再犯。"他淡淡地挥手,示意她退下。

高玉姬心中涌过失落还要再说,但是萧凤溟已站起来背过身,看着窗外景色。他挺秀的背影犹如上好的工笔画,带着君临天下的威严。

不知怎么的,看着他的背影,高玉姬心中涌起一股自惭形秽,她低了头,悄悄退下……

第五十二章 凯旋：和谈始

武德元年的夏天还有一件比刚刚结束的选秀更加令人振奋的消息，再过几日，秦国议和的使团就要入京，睿王萧凤青与齐国的相国顾清鸿也一同进京，商讨秦国休战退兵的条件。

应国朝堂上有一种声音悄然兴起，就是要秦国割云川一十二州入应国，齐国亦是要把淙江南边的灵州一带归入应国，以答谢应国挽救齐于水火之中。可云川向来是秦国的富饶之地，应国要是真的占了云川，那秦国就如同一匹狼被砍了一只爪牙，国力大大削弱，再也无法来犯应国。而齐国若是真的把淙江以南的灵州一带划归应国，那也就打破了齐应两国势均力敌的版图，恐怕齐国也不会答应。

不管朝堂上各种建言纷纷呈给萧凤溟，争论声不绝于耳。萧凤溟冷眼看着底下的朝臣们未开战时畏缩懦弱，分享胜利果实时，又不切实又贪婪妄想，最终冷笑拂袖离开朝堂，只剩下一群朝臣张口结舌，面面相觑。

朝堂如何争论，后宫中却是一番歌舞升平，祥和融融。云乐公主与驸马薛璧在这个月要完婚。皇后的病刚愈不久不宜操劳，因有敬妃与淑妃暂代管理后宫先例在前，这一次，皇后也把这项差事交代下去，让二妃代为操办。

高太后派人前来与皇后说大婚如何置办，最后吴公公笑道："太后娘娘的心意就是这样，一切还要皇后娘娘多多操劳。"

皇后接过吴公公呈上的礼单，交给一旁的女官，笑道："也麻烦吴公公知会太后娘娘一声，本宫一定会尽力而为，不会让太后娘娘失望。"

吴公公躬身笑道："如此甚好，咱家也可以去复命了。还有一事，太后娘娘说，皇后娘娘若是有空也该提点下皇上，这一批秀女已入宫了，皇上是不是该……"

他话说了半截，皇后心中冷笑，面上却是依然谦恭："这是自然，只不过最近吴公公也知道，国事繁忙，而且这秦国的使团就要入京了，皇上无心后宫，这也是自然……"

吴公公皱了皱稀疏的眉，正要说，皇后已经不咸不淡地开口："不过本宫也会去提点皇上的，只不过皇上喜欢哪个就是哪个，本宫也不好插手呢。"

吴公公抬起头来，接收到皇后眼中的漫不经心，不好再说连忙退下。

皇后看着他离开，这才冷笑一声："老不死的妖怪，皇上要宠幸谁，还要她来插手，当本宫不知道她要把她那侄女扶上来？！"

一旁的王嬷嬷提醒道："皇后娘娘可不要掉以轻心，这高玉姬的确是有在宫中一争高下的资本。"

皇后眼中掠过不屑："那也要皇上肯啊，皇上不肯，本宫总不能强按牛喝水，这一点浅显的道理，难道太后都不明白吗？"

"太后老了，这个后宫的天下不再是她的了……"皇后眼中掠过狠意，"本宫就要让她明白这一点！"

云乐公主要完婚，高太后舍不得女儿，隐约的意思是要云乐婚后与驸马住在宫中，但是哪有出嫁的女儿再住娘家的道理，太后又想要单独为云乐与驸马在皇城边建一座行宫。这样她看望女儿亦是近得多。此意一出，朝堂俱是纷纷反对。驸马薛璧的父亲，平南王更是当堂发作，几乎要违抗圣意不与天家结亲。萧凤溟好言劝慰，又拨下不少银两让平南王世子薛璧亲自在京城中选址再建府邸。

皇后就乘这个时候向皇上请求，为聂明鹄将军在京中开府建邸。萧凤溟想起聂明鹄在驰援齐国时的英勇与累累战功，欣然应允。聂无双亦是拿出了这一年体己，于是就在同一年同一月，薛府与聂府同时破土动工，这一举动隐约有赌气的意味，整个京城中津津乐道，议论纷纷，名门世族更是在一旁看热闹看好戏，唯独气煞了高太后，但是偏偏无可奈何。

武德元年，六月中旬，云乐公主与平南王世子薛璧完婚。婚礼盛大隆重，亦是奢华。聂无双站在众人身后看着那被打扮得犹如美丽人偶的云乐，心中隐约恻然。

她身旁牵着红绸那一端的是翩翩郎君，可是她的眼眸中再也没有灵动与期望，甚至再也没有了少女的天真无邪。聂无双黯然转身离开，身后鼓乐喧天，天之骄女下嫁异姓王世子，天作之合，佳偶天成，可她怎么会觉得这一片喜气洋洋中，带着她不忍触目的悲伤……

六月静静流过，流火的七月缓缓而来，秦国的使节团终于在这时入了京城。萧凤溟亲自出城三里去迎睿王萧凤青。那一日，整个应京沸腾，人人蜂拥着出城一睹凯旋而来的军队。

萧凤溟透过帘子看着百姓热诚的脸，不由得微微一笑。从即位开始的稚嫩无措，到现在游刃有余，初现盛世之兆，只有天才知道他花费了多少心血。

"皇上在想五弟么？"一旁盛装的皇后笑道。

萧凤溟回过神，亦是含笑："是啊，大半年没见，不知征战在外的五弟是不是变了一个样子。"

"在先帝的诸多兄弟中，皇上还是最心疼五弟啊。记得当初皇上还是太子之时，他就天天跟在皇上左右，臣妾还记得，他当初不过是俊俏如姑娘家的少年，如今竟能驰骋沙场为皇上分忧了。世易时移，臣妾也只能感叹日子过得太快了。"皇后感叹道。

车驾微微摇晃，萧凤溟眼前的十二梳玉冕也随之摇晃，在隐约的珠光中，他的面容闪现柔和："是啊，五弟是个很特别很有才华的人。这一次不负朕所托竟能大败耶律图，也不枉朕对他的一番苦心。"

御驾一到城外三里处的亭子处，就有一骑传令兵绝尘而来："启禀皇上，睿王殿下已经距御驾一里不到！"

他正在说话，忽地迎接的人群中有人轻呼。萧凤溟下了龙辇，只见宽阔的道路尽头有一骑雪白的马儿撒开四蹄，如云一般飞来，马上的人贴着马背，张扬的披风在身后猎猎展开犹如鹰的羽翼，他身披银甲，在天光下熠熠生辉。

萧凤溟不由得哈哈一笑："他来了！"

身后的朝臣纷纷凝目看去，只见那白马跑得飞快，转眼间已经快到近前。终于，一阵烟尘扬起，萧凤青在离龙辇三丈前生生勒住马头，飞身下马，上前几步，单膝跪下，哽咽道："皇兄，臣弟不负所托，凯旋回来了！"

萧凤溟紧走几步，上前扶起他来，看了一眼，忽地两兄弟紧紧相拥，他眼中含了泪："回来就好！"

身后的朝臣纷纷跪下："臣等恭迎睿王殿下凯旋回京，天佑大应，千秋万代……"

"恭迎睿王殿下凯旋回京！……"

"吾皇万岁！万岁！万万岁！"

山呼海啸一般的声音似海浪一般传来，萧凤溟当胸轻捶了萧凤青一下，眼中俱是欣慰："回来就好，你也壮实了许多。"

萧凤青咧嘴笑了笑，一路风尘染了他魔魅的俊颜，掩去了他过分白皙的面容，更添威严，顾盼间隐隐有杀伐之气，不复往日的慵懒风流。萧凤溟拉了他的手，一同步上龙辇，皇后早就善解人意地走了下来："睿王辛苦了。"

萧凤青上前拜见，笑道："臣弟为皇嫂猎了几只花斑大虫，扒了皮毛给皇嫂做冬衣正好。"

皇后心中欢喜，抿嘴一笑横了他一眼："就你会讨人喜欢。坐吧，跟皇上好好聊聊。皇上这些日子可念你念得紧了。"

她说罢径直上了后面的凤辇。萧凤溟哈哈一笑，握了萧凤青的手一同进了宽敞的龙辇。身后，锦旗飘飘，盛大的迎接队伍延绵几里……

这一次睿王萧凤青凯旋进京，身后还跟着齐国与秦国使团，整个应京中沸沸扬扬，人人都道睿王如何神勇威武，如何将败局已定的齐国战局凭空扭转，如何用兵如神。这溢美之词连赫赫有名的齐国第一相顾清鸿都比不上。

是夜，萧凤溟在宫中举办庆功宴席，一来为睿王萧凤青洗尘，二是为了宴请远道而来的齐国与秦国使节们。歌舞升平，笙歌不绝。在宫中最大最宽敞的庆德殿中，美艳的歌姬唱起清亮欢快的《长平欢》，身着薄如蝉翼的霓裳羽衣的舞姬们翩翩起舞，一派热闹纷纷……

御座边，萧凤青洗尽一身征尘，着一身滚金边大红蟒袍，玉立修身，眉眼如描画，俊魅非常，顾盼间又有征战杀伐的果断之气，那一身风姿更加令人侧目。聂无双坐在皇后下首，低了眉睫看着杯中的清酒，似看得痴了。耳边听得萧凤青与萧凤溟畅谈，兄弟两人似有谈不完的话题，滔滔不绝。她自嘲一笑，一口饮尽。

"臣弟还未恭喜贤妃娘娘晋升四妃，略略一杯水酒，就当本王敬贤妃娘娘。"一双修白的手伸来，盈盈的水酒稳稳端在他的手中。

聂无双抬起头来，方才咽下的水酒还在喉中，她美眸略略扫过一旁，萧凤溟正含笑看着，她心中一哂，看定眼前近在咫尺的魔魅的一双琥珀色的眼眸，嫣然一笑："本宫惭愧。"

她举起酒杯，又是一口饮下，喝得急，酒气涌上喉间。她的长袖掩下半面，再抬头时已是若无其事。

萧凤青似笑非笑地看着她波光粼粼的美眸，慢慢地道："贤妃娘娘喝慢一点。"

聂无双只当没听见。萧凤青敬过她，径直下去与朝臣畅饮交谈。众朝臣本就想要灌他酒水，只是碍于他在皇帝身侧，如今见他下来，自然是蜂拥上前去。

萧凤青来者不拒，酒到杯干，干脆利落。朝臣们纷纷叫好，这宴席才刚开，就已掀起了高潮，萧凤溟坐在御座之上看着他，眼中欣慰非常："这才是五弟的风采！"

皇后笑道："是啊，总算不会再有人说五弟只是纨绔子弟。"

聂无双闻言，心中暗暗冷笑：蛰伏多年，他，总算是得偿所愿。

正在此时，宫殿外内侍唱和道："齐国相国顾相国大人驾到——秦国使节驾到——"

聂无双手中酒杯微微一顿，些许的酒水洒出，她浑身僵硬，许久这才转头看向宫殿的门口。

似一阵初夏的风拂过殿堂，带来草木清冷的气息，一袭雪白缓缓步来，方才吵闹敬酒的朝臣们纷纷停下手中的动作，看着那一人缓缓走来。

聂无双端坐在御阶之上，耳边所有声音退去，她看着顾清鸿一步步近，素白的手倏地在袖中捏紧。大半年未见，他两鬓已是灰白，面容上也带了些许风霜之色，可清朗的眉眼却一如往昔，风雅斯文，皎皎明月都不如他清澈眼眸中的光彩。他身着雪白的儒士服，头带纶巾，犹如从画中而出。

"齐国使节顾清鸿拜见应国皇帝陛下，皇上万岁，万岁，万万岁！"顾清鸿拜下，殿上的朝臣们这才恍然回神。

萧凤溟含笑道："顾相国大人平身。若不是顾相国鼎力相助，朕的大军也不能击退秦国虎狼之师。"

顾清鸿闻言不卑不亢地道："皇上谬赞了。这是齐国的土地，清鸿自然是要竭尽所能赶走侵略者。"

萧凤溟一笑，举起酒杯先干为敬。顾清鸿再拜接过礼官的酒水，一口饮尽，这才起身。当他抬头的那一刹那，忽地对上御座边那一抹倾城绝色，不由得心口一窒。

刚咽下的酒水顺着喉咙而下，明明是淡淡的清冽酒水，却似刀一般割着心口，一下一下，竟似挖心地痛。他看着她竟一时痴了。

高高的御阶之上，她身着八幅宫装长裙，长长的裙摆在身后铺展开来，她就坐在这一片流光溢彩的彩锦之中。她头梳流云髻，髻上插着金灿灿的金步摇，微微一动，耀眼无比，眉间一点红梅花钿，妖娆无双。她眉眼清冷，顾盼间又带着无尽的妖冶之色，美得令人欲罢不能。才半年不见，她又更进一步，成了应国皇帝的四妃之一。

聂无双看着顾清鸿，忽地一笑，举起酒杯微微示意，一口饮下。顾清鸿眸中有什么一缩，默不作声地坐在一旁。

歌舞继续，笙歌重新响起，满殿的光彩流影，纷纷化在了喧闹之中，聂无双一杯一杯喝着杯中的酒，谁来敬酒谁说着万世无疆的颂词，她都听不清，只是杯中的酒水一杯杯尽了，又一杯杯满了。高高的御阶之上，高处不胜寒，酒水带来的些微暖意，风一吹就散了。她心中一声声地冷笑，满殿的庆功声听起来这般刺耳，御座之旁，萧凤青与萧凤溟高声谈笑声流过她的耳边，却进不了她的心中。

她怜悯地看着下首的顾清鸿，她多想步下御阶对他说："无用的，顾清鸿，你效忠的齐国注定败了，你又来应京做什么？你明明知道来这里是自取其辱，你为什么还要来？你为什么要效忠那齐国的皇帝？为什么……"

她摇摇晃晃站起身来，正就要顺从心底的声音走下台阶，身后的杨直适时扶着她，低声道："娘娘，您喝多了。"

聂无双恍然回头，看到杨直眼中的怜悯之色，恍然回神，咯咯一笑："是，本宫喝多了，散了……"

杨直扶着她退下。喧哗声渐渐远去，她踉踉跄跄靠在杨直的身边，一路走一路笑，步

下庆德殿的台阶，她终于跟跄跌在地上。

"娘娘！"杨直大惊，连忙扶起她。殿外的明灭的宫灯照着她半面的侧面，他这才惊觉她已是满面泪水。聂无双俯在地上，冰冷平整的石头熨帖着她的面，退去了她脸上的灼热，却平息不了她心中翻滚的滚烫。

"娘娘，摔着了没？"杨直扶她起身。

聂无双怔怔看着他身后矗立在黑暗中的宫殿，那边歌舞不绝，喧哗震天，终夜不歇，这一番繁华盛世却是满目疮痍，这是一场有预谋的战争，以他的智谋早就猜中了一半，可他为什么能坐得住？在这异国宫廷中，他的齐国根本无法分得一点胜利果实。可他依然这样孤身而来，愚蠢地为齐国那昏庸的皇帝效忠，为什么他还不醒悟？

聂无双摆了摆手，忽地冷笑："扶本宫回宫，回宫……"

杨直一叹："奴婢去叫肩辇过来，娘娘稍等片刻。"他将她扶在一旁的回廊旁坐好，吩咐一旁的宫女几声这才匆匆离开。

聂无双靠在廊柱边，像是黑暗中收敛双翅的脆弱蝴蝶，酒气在心头翻涌，往事呼啸而过，痛得她无法出声，可偏偏她似被魔魇了一般，动弹不了。黑暗拥挤而来，她的泪更急地落下来，回廊中风吹过，犹如那一夜，她褪尽所有的天真一夜成魔，在风雨中，将所有的灵魂统统交付黑暗之中。

可为什么她还是不快活，明明看着他一步步狼狈不堪，一步步陷入局中，满面风尘，两鬓斑白，她知他已是殚精竭虑，疲惫不堪，她本该幸灾乐祸，畅快无比，可是为什么她还是一点也不快活。

"你……"身边是谁扶起了她，那声音犹豫痛心。

聂无双惶然抬头，泪光模糊中，她看见一张皎皎如月的面庞。顿时所有的黑暗仿佛统统褪去，在神思恍惚中，她犹如看见三月桃花树下，他含笑走来。那是她这一辈子见过最美最温柔的画面。

"顾……郎……"她喃喃地伸手。

熟悉的呼唤，面前的俊颜忽地怆然泪下，他握住她的手，按在单薄的心口："无双……"

他的手握住她的冰冷的手，聂无双怔怔看着眼前流泪的顾清鸿，手颤抖抚上他的鬓角："你怎么这般……老了？"

"无双……"他的泪落在她的手上，灼热滚烫。她怔怔看着他，犹疑自己在梦中。

"娘娘……"不远的宫女犹豫出声提醒。

她恍然回神，她猛地收回手，可那手却被他牢牢定在他的心口，死死不放。

她的泪滚落，与他的汇在一起，她狠狠一咬牙，怒道："你滚！顾清鸿，你给我滚！滚啊！滚出皇宫，滚出应京！滚回你的齐国！"

她疯了一般推开他，哭着道："你给本宫滚！你给本宫滚……"

她的力道太猛，一个踉跄跌在地上，痛楚从脚踝迅速蔓延而上，酒气再一次涌上，她哭得声嘶力竭："你滚啊！我恨你！顾清鸿！我恨你！……"

顾清鸿站在黑暗之中，看着跌在地上痛哭的她，泪如雨下。他知道他不该来，他知道这一场谈判根本没有齐国半分余地，可是他来了，他着了魔地想要再来应国的宫廷中，哪怕再见她一次也好。

征战杀伐，每每午夜梦回，他都再也看不见那一张倾城笑靥对他绽放真心笑容。饿了渴了，一伸手再也没有她。直到那一刻，他才知道自己错在了哪里，仇恨蒙蔽了他的所有温情，他举起了复仇的刀剑，砍下的却是自己一辈子最温暖的一切。

他一遍遍说服自己没有错，没有错……可是每一次看到她仇恨的眼，他都仓皇无措，那十几年坚定的信仰在她的眼神中分崩离析，溃不成军。

她伏在地上，一声声痛哭，凄厉的哭声令宫女们不敢上前。身边风声忽动，有一双结实坚定的臂膀把她抱起。熟悉的杜若香气袭来，聂无双抬头，看到黑暗中那一张魔魅的俊颜，他眼中带着怜惜，他把她按在怀中，抬头看着不远处那单薄的身影："顾相国大人，堂上的大人们还等着你去畅饮一番呢。"

顾清鸿只盯着他怀中呜咽的聂无双，许久，才声音嘶哑地问："你要送她去哪里？"

萧凤青薄唇一勾："这就不劳您费心了，她已和你再无关系。"

顾清鸿浑身一震，忽地清清冷冷一笑："她也和睿王殿下再无关系了。"他说罢长袖一震，绝尘而去。

萧凤青袖中的拳头紧捏着，怀中聂无双已哭得累极，只剩断断续续的哽咽。他拂过她紧闭的双眸，泪水再一次从她眼中滚落，萧凤青铁青着脸把披风褪下，将她包得严严实实，慢慢走入黑暗之中。

脚下的路这般漫长，她不知他要带她去向何方，酒意在脑中肆虐，许多片段闪电一般划过浑噩的脑中，许久，他放下她，掀开披风，露出她嫣红的面容。

"看看这里。"萧凤青轻拍着她的面颊，令她清醒。

聂无双睁开眼睛，这才发现自己坐在宫中的望天台上。凛冽的风从脚底呼啸吹过，清凉的风吹去了脑中残留的酒意，她拢了拢披风，怔怔看着眼前巍峨的宫阙重楼。哭太久，现在的她累得一个字都不愿意再说。

"从前，当我还是小孩的时候，每次不开心就会来到这里，看着星辰，看看底下的皇宫，心里就会慢慢高兴起来。"他慢慢开口，风吹起他的墨发，他立在望天台的阑干上，似一不小心就会摔下。这般危险的境地，他面上却是说不出的轻松惬意。

聂无双沉默地看着他的背影，许久才开口："无双还未恭喜睿王殿下，如今得偿所愿，既得了皇上的信任，又手中拥有了重兵实权。可喜可贺！"

她冷冷看着宫殿那一边飘来歌舞喧哗的庆德殿，笑得肆意："不知睿王殿下最最亲爱的皇兄,您的三哥,您的皇上,要是知道了您的狼子野心之后,是不是会如今天这般兄亲弟恭?!"

风早就吹干了她面上的泪水。她看着萧凤青霍然转头的面容,依然笑得放肆,只是那笑意令人看了就寒浸浸的,说不出的不舒服:"你们都在演戏,我看着你们一个个设下圈套,一步步引着秦国入套,引得齐国入局,我就觉得恶心!说不出的恶心!"

"特别是你!萧凤青!"

萧凤青走到她面前,俊颜上波澜未动,他看定她的眼眸,忽地问道:"恶心?!你是真的觉得恶心,还是心疼你的齐国?还是心疼你的顾郎?"

"那一声顾郎叫得真的是情深意切,连本王听了都动容。啧啧……聂无双,你失去了一切,还这般不清醒吗?"

聂无双眼眸猛地缩紧,冷冷看着他,一声不吭。

萧凤青冷笑:"你就为了一个不相干的齐国,还有一个不相干的顾清鸿,当看到他那么凄惨,你那藏着的良心又冒出头来了?还有设秦国入套,引齐国入局,这一招可不是本王想出来的,这可是你的好皇上想出来的。你凭什么来指责本王?"

他与聂无双平视。在她美眸中,他看见她犹自愤愤不甘的神色,他一把捏着她的下颌,冷笑:"聂无双,难道你现在还不明白吗?你要报仇就要把你的怜悯,你的愧疚统统丢掉。尸横遍野算什么?三国混战又算什么?只有这样的乱世,本王才能得到自己想要的,你也才能得到自己想要的!"

聂无双只觉得下颌被他捏得很痛,她想要挣开,他忽地一把搂她入怀中,狠狠吻住她的唇,他的气息霸道地进入她的口中。

聂无双呜咽一声,想要推开他却被他死死箍在怀中。他的舌撬开她的唇,在她的口中强横地汲取她口中的甘甜。聂无双心中涌起屈辱,不知哪来的力气,猛地推开他,狠狠一巴掌扇上他的脸。

"啪!"地一声,两人都愣住了。

萧凤青看着她,许久之后才摸着自己的脸颊,哈哈一笑:"好,够味道。聂无双你知道本王最喜欢你什么吗?"

他猛地靠近,异色的眸中闪烁着冷冷的寒光:"就喜欢你的愚蠢和不识抬举!你今天晚上打本王一巴掌,你有种!以后你和我路归路桥归桥!"

他轻笑着看看她的眼睛:"希望你不要后悔!"

他说罢转身没入了黑暗之中。

第五十三章　赐婚：尘埃定

庆功宴过后，齐国与秦国的使节们就开始与应国谈判，谈判是艰难的，萧凤溟听了几次使节们之间谈判的辩论，往往脸色不善地回来。聂无双看着他到永华殿中心情不好，便知道在谈判中毫无成果。

萧凤溟冷笑道："秦国自恃兵强马壮，不将我应国军队放在眼中。齐国不知好歹想要分一杯羹，两国相互不相让，可笑之极！"

这是军国大事，聂无双自然不能多加评论，她笑道："皇上就看着他们争来争去，其实也是蛮有趣的。"

萧凤溟微微一转念，拊掌笑道："是极！朕就随他们去了。"

自此以后，他便不再参加使节们的辩论。如此一来，两国使节们争论半天，见萧凤溟不插手，又纷纷忐忑不安：谁也猜不透如今三国中最有胜算的皇帝心中在想什么。朝堂为秦国的议和争执不休，后宫中却是依然井然有序。除了萧凤溟借口国事，不再临幸秀女，使得这一批秀女人心惶惶，各自忐忑之外，并无甚大事。

聂无双每日去向皇后请安，却看见新封的梅婕妤林婉瑶面色从容，大方镇定。皇后每每有问答，她都回复得体。只有那在佛堂中"悔过"后的高玉姬，借口生病，只在宫中闭门不出。两人这样一来高下立判。

聂府在造，少不得皇后与聂无双两人时时在一起商讨。

皇后笑道："聂将军这次回京，贤妃可有见过？"

聂无双苦笑："回皇后娘娘的话，家兄如今是个大忙人，臣妾都没办法跟他说一句囫囵话呢。"

皇后摇头一笑："这怎么成呢？皇上也不能这般不通情达理。你放心，本宫自会去安排。"

聂无双含笑谢道:"如此臣妾就谢过皇后娘娘恩典了。"

皇后扶起她来,含笑道:"对了,展家的小姐,你看看是不是选个时候,让聂将军见一见?"

聂无双心头涌起无奈,面上却不得不笑道:"这是自然。"

聂无双回到了永华殿中,不由得凝神苦思。杨直悄悄上前问道:"娘娘又为了什么事烦心?"

聂无双叹道:"如今皇后的意思是要我大哥早日与展家二小姐成亲,你看看这事……会不会适得其反?"

杨直闻言安慰道:"聂将军是个明理的人,他一定会明白娘娘的苦心的。"

聂无双叹了一口气,挥了挥手:"好吧,你去安排吧,告知展家二小姐,就说这几日本宫想要她多多进宫做陪。"

杨直退下。得了聂无双的意思,展家二小姐便每日打扮妥当,进宫陪聂无双聊天。她有心讨好聂无双,性格又十分温顺,聂无双自知对自己的兄长有所愧疚,对展家二小姐就无形中好言好语相待。两人相处自然甚欢。

一日展盈拿了时新的绣花样正与聂无双聊得起劲,忽地杨直含笑上前道:"娘娘,聂将军来了。"

聂无双抬起头来,抿嘴一笑:"皇上终于肯放人了,吩咐下去午膳多备一双碗筷,本宫要和大哥还有展家小姐一起用膳。"

杨直连忙应下。展盈仓皇起身,脸上早就飞起红霞:"娘娘……娘娘……展盈还是告辞回去了……"

聂无双一把抓住她的手,笑着阻止道:"怕什么,刚好凑巧就见见。你是本宫的嫂子了,早就是一家人了。"

展盈羞得满脸通红,正要说话,那边杨直已经领着聂明鹄走了进来。聂明鹄依例要上前拜见聂无双,正要跪下,忽地看见一旁立着一位亭亭玉立的女子。他疑惑地问道:"不知这位小姐是……"

聂无双把展盈拉到他的跟前:"大哥,这就是我给你提过的展家二小姐。"

聂明鹄一怔,等回过神来不由得闹了个红脸。他面色本就白皙,这一红更是鲜明可见。

聂无双看着他们两人,一个扭着衣角,一个尴尬背过身去。不由得心中又是无奈又是好笑。

她轻咳一声,打破殿中三人的尴尬:"来吧,都坐着吧,等大哥在这里用完午膳再走。"

聂明鹄脸一黑,正要出声推辞,一抬头,却见展盈偷偷抬头看着他。温婉美丽的眉眼中俱是仰慕。到嘴边的推辞生生咽下，他闷声道："好吧。"

展盈闻言，情不自禁低头笑了笑。

一顿饭吃得三人各是滋味。聂明鹄终究是挂心聂无双，撇开尴尬，连连问她最近情况，一听得萧凤溟极是宠爱她，不由得放心不少。聂无双有心让他与展盈多多亲近，暗中挑起两人的话头。但是聂明鹄似打定了主意并不接口，每每令展盈十分尴尬坐立不安。

聂无双看着聂明鹄如此，知道他心中还忘不了云乐公主，心中黯然。末了，聂无双勉强笑道："大哥，你替我好生送展家二小姐出宫，好吗？"

聂明鹄下意识要拒绝，可看到聂无双眼中的殷切恳求，不由得软下心来："好吧。"

他说着对展盈勉强笑道："展二小姐，请——"

展盈含羞谢过，匆匆离开了永华殿。聂无双看着他们两人离开，这才叹了一口气颓丧坐下。这情爱一事，她也安排不了啊。

杨直安慰道："娘娘放心吧，奴婢方才看着，聂将军也不是对展二小姐没有好感的，只是碍于之前的心结。"

聂无双扶了额，头疼道："那怎么样才能让大哥真心接受展家二小姐呢？"

杨直道："娘娘放心吧，交由奴婢去办。"

聂无双看了他一眼，叹了一口气："好吧，退下吧。"她欲再吩咐，但想起杨直做事甚有分寸，想想也就由他去了。

出了宫门，聂明鹄望了一眼那朱红色的宫门，抱拳对上了轿子的展盈道："展小姐，路上多多小心，聂某就送到此地了。"

展盈面露失望，低头轻声道："谢谢聂将军相送，还望聂将军征战沙场之时要多多保重。"她说罢放下轿帘，吩咐："回府！"

聂明鹄目送她的轿子离开，不由得舒了一口气，正要转身叫人牵马，忽地看见一位锦衣内侍含笑走来。他认出那是在聂无双身边伺候的大总管——杨直，整了整面色上前问道："杨公公可是要出宫？"

杨直一笑："是啊，娘娘甚是关切聂府的建造，每日都要咱家前去亲自看看。"

聂明鹄一怔，这才想起皇上已然赐下的聂府，他至今一眼都未去看过。

杨直笑意吟吟地看着聂明鹄："聂将军今日既然有空，可否随咱家一起前去看看，毕竟这可是皇上与娘娘为聂将军的一片苦心。"

聂明鹄想了想推辞不过，遂点头答应。杨直也不催促，两人一路走一路聊，相谈甚欢。过了半炷香的工夫，两人终于来到应京的玄武大街，聂明鹄看去，果然在两旁林立的高门大宅中看见一处正在修建的府邸，匠人搬石头的搬木头，扛砖的扛砖，好不热闹。

杨直一指这里，笑道："聂将军看着可还满意？"

聂明鹄看了几眼，顿觉有说不出的熟悉感，他又看了几眼，忽地浑身一震，眼中流露

出不敢相信:"这……这……"

杨直点头道:"是啊,这是娘娘按照聂府在齐国的府邸规制,一笔一画亲自画下的,然后命匠人按照图纸所画,一砖一瓦建好的。娘娘对聂将军说过,她一定会与聂将军在应国站稳脚跟,重振聂家声威,看来娘娘当初的诺言已经实现一半了。"

聂明鹄手抚上那建造了一半大门的基石,不由得潸然泪下:"小妹她……太苦了!都是我做大哥的无用!"

杨直看着他流泪,喟叹道:"聂将军此言差矣,聂将军如今立下军功,站稳朝堂,娘娘虽在深宫,却也获益良多,向来朝堂后宫密不可分,聂将军与娘娘兄妹两人,一定会相辅相成,从此在应国重振聂家声威的。"

聂明鹄听了,擦干眼泪,点头道:"谢谢杨公公教导。"

杨直微微一笑:"不,聂将军还未听懂咱家的意思。"

聂明鹄疑惑抬起头来,杨直已含笑不语,手一指前面:"聂将军请随咱家到前面看看。"

聂明鹄心中不解,但杨直已走到前面去。聂明鹄不得不跟上,走了又大约一炷香工夫,这才来到一处破土兴建的府邸面前。

"这是……"聂明鹄不由得疑惑问道。

"这是云乐公主与驸马薛璧的驸马府,如今云乐公主已和驸马成婚,婚后自然要住在宫外。"杨直笑道。

聂明鹄身子微微一晃,扭头便走。杨直追上前去,拦住他的去路,肃然道:"难道聂将军还未忘记云乐公主吗?"

聂明鹄脸色一沉,叱责道:"没有!杨公公不要逼人太甚了!"

"是咱家逼了聂将军吗?还是聂将军在逼娘娘?"杨直反问道。

"我没有!"聂明鹄脸色铁青,要不是看在杨直是聂无双的近身内侍,早就一拳挥去。

"那聂将军为何不接受娘娘的安排,迎娶展家二小姐?"杨直问道。

"我……"聂明鹄一腔心事被陡然揭开,不由得恼火非常,他硬声道,"这不劳杨公公费心。"

"聂将军若是心疼娘娘就应该接受娘娘的安排,好好去展家提亲。而不是这般推三阻四,让娘娘难过,在宫中难以安稳。"杨直肃然道,"聂将军可知这一门亲事可是皇后亲自指下的,若是聂将军不肯,娘娘又该怎么办?"

聂明鹄面上的神色陡然颓丧。杨直上前,指着驸马府:"如今云乐公主已经完婚,聂将军还在犹豫什么呢?"

聂明鹄许久才长叹一声:"好吧,今日杨公公所说,聂某记在心中了。"

他说罢拂袖而去。杨直看着他决然的身影，这才轻轻摇头松了一口气。

果然第二天，聂明鹄备上重礼，亲自上展家拜访展家家主。展门本就有心结交聂家，只不过碍于面子无法跨出那一步，如今见聂明鹄居然亲自上门，自然是欢喜不尽。

聂明鹄去了展家提亲。皇后闻讯大是欣慰，聂无双亦是欢喜不胜，本以为极难的一件事，没想到这般轻易就迎刃而解。皇上亦是高兴颁下圣旨赐婚。顿时整个应京议论纷纷。谁能想到当初的逃臣如今不但在皇上跟前获得信任，更获得皇上亲自赐婚的恩宠。

聂无双请求皇上恩旨，亲自出宫拜访展家，商定两家联姻的细节，皇上恩准。消息一出，展家顿时一阵紧张，匆忙之间连夜打扫府邸，处处张灯结彩，谁不知道聂无双如今已是皇上后宫中的宠妃。这宠妃出宫，可是万万不能出任何差错。

展府上下，几乎彻夜未眠，就等着贤妃聂无双大驾光临。

那日出宫，聂无双一早打扮停当，乘了鸾驾出宫而去，一路行仗逶迤，宫娥内侍还有前面的侍卫开道，端的风光无比。聂无双坐在鸾驾之中，心中感慨良多，当时在齐国之时，大哥尚年轻，没有娶亲的打算，如今在齐国是家破人亡，两兄妹竟然在异国他乡扎下根来。

杨直在一旁候着，见聂无双面上激动，不由得恭喜道："娘娘如今也算是放下心中一半大石了，等聂将军与展家小姐成亲之后，就能开枝散叶了。"

聂无双微微一笑："是极。若是爹爹上天有知……"她眼中不由得泛出泪花。

杨直又温言宽慰了一番，聂无双这才展颜开怀。

到了展家，早有恭候一旁的门房看到鸾驾过来，急忙进去禀报展家家主家母，聂无双鸾驾停下，展家人黑压压地跪下恭迎。

聂无双连忙上前扶起展家家主家母，笑道："这不是折杀本宫吗？以后展大人与展夫人就是本宫的上辈了。哪有上辈人给晚辈行礼的？"

展氏夫妇都听闻聂无双如何魅主承宠，各种流言纷纷都说她如何毒辣，如今一看却是楚楚可怜又懂礼的女子，顿时心中的担心消了一半。当下连忙迎了她进大门。

聂无双观展家不愧是名门大阀，府邸也是有些年头，陈旧中带着一种莫名的贵气。装饰更是十分精心独到。一家入座，聂无双美眸往座上的众人一扫，忽地问道："谁是展二小姐的生母，如今这婚姻大事，也该让她进来定夺才是。"

展氏夫妇微微一怔，面面相觑，聂无双脸上笑意吟吟，看不出半分恼意来。一旁站着的展盈连忙道："尊娘娘的意旨，这就去请奴婢的母亲。"

不一会儿，来了一位锦衣妇人，聂无双打量了下，见她面容祥和，展盈的温婉有几分承自她身上。聂无双问了她几句，对答亦是十分清楚大方。聂无双心中的担心慢慢消散了，只要展盈母亲性子温和，为人正派，对聂家来说，就无所谓展盈是嫡女还是庶女。

一席交谈，宾主尽欢。两家人敲定了大喜的日子与彩礼聘礼。末了，聂无双对展盈道:"等你与大哥成亲之后,把你母亲也接到聂府中养老,一来与你做伴,二来也是本宫一点私心,可以多多照顾你们小夫妻两人。"

展盈一听激动得几乎要跪下谢恩,聂无双连忙扶起她来笑道:"只要你好好与大哥过日子,这以后的日子会越来越好的。"

聂无双在展家坐了一会儿,等到聂明鹄过来接,已是将近用午膳时候,展家夫妇又竭力挽留两人用完膳再走。聂无双便与聂明鹄留下用过,这才出了展家的大门。

聂无双舒了一口气,对聂明鹄笑道:"大哥也是要成家立业的人了,小妹真替大哥高兴。"

聂明鹄手轻抚过她的鬓发,笑了笑:"大哥安家了,你就安心了。可是你要知道大哥最愿意看见的是你的幸福。"

聂无双心中一颤,幸福?……幸福已经离她很远了吧。她抑制住眼中的泪,笑着抬头:"大哥放心,我已经很幸福了。"

她说完,匆匆进了鸾驾。聂明鹄看着她仓皇离开的背影,心中不由得升起一股酸涩。但是他又能如何,看着她孤身一人在深宫之中,小心翼翼地承宠,如履薄冰,关于她的流言蜚语向来不绝,他也耳闻过,可是他又怎么能指责她呢?

在这异国他乡,要站稳脚跟,就如她所说,要摒弃一切……

第五十四章　比试：一箭定江山（上）

一行人打道回宫，到了一半的路中，忽地鸾驾微微一顿，停了下来。聂无双心中奇怪，问道："是怎么回事？"

有内侍匆匆过来，禀报道："启禀娘娘，是云乐公主与驸马拜见完太后出宫了，车驾正好到了跟前。"

聂无双一怔，这御街说宽挺宽，说窄也挺窄的，若是碰上两队宫中的行仗就只能让出一方来，不然无法同时通行。她想了想："那就让云乐公主的车驾先行通过吧。本宫可以等。"

内侍得了令下去传旨，聂无双便坐在车驾里面等着，等了半天，却不见云乐公主的车驾经过，她不由得命人撩起车帘，这才发现在队伍前面，聂明鹄与一位玉面贵公子在马上说着什么，那贵公子似竭力邀他做什么，而聂明鹄面带不豫，正在婉拒。

聂无双看了一会儿，问道："那位公子是谁？"

杨直仔细看了下："回娘娘的话，那是驸马薛璧。"

聂无双顿时了然。听说驸马薛璧面如冠玉，俊美非常，文治武功都不错，是年轻一代藩王世子中的佼佼者，若不是他如此优秀，想来太后也不会把云乐公主下嫁与他。

她想着由杨直扶了下了车驾上前，笑问道："薛驸马这是要到哪去呢？"

薛璧见一位宫装美人走来，知道她是皇上跟前的宠妃，连忙下马笑道："拜见贤妃娘娘，小王正要带公主出去打猎散心，正好碰见聂将军，想要相邀一同出游。"

聂无双一听，不由得了他一眼，薛璧正是意气风发的年纪，面如冠玉，唇色如朱，说笑起来，神情坦然自若，风姿俊美风流，的确是一位年少才俊。

她看了一旁脸色不自然的聂明鹄，笑道："公主与驸马新婚燕尔，一起出游便是了，何苦拉上我们兄妹二人？岂不是大煞风景？"

薛璧哈哈一笑:"无妨,小王心中十分钦佩聂将军,今日见了,一定是不能放过了。再说公主也喜欢人多热闹,娘娘也一起啊!"

驸马薛璧在一旁热情相邀,聂明鹄脸色不豫,聂无双悄悄观察驸马薛璧的神色,看样子竟不似作伪。她心中奇怪,也不知年少气盛的薛驸马是如何想的,竟要邀他们同游!

聂明鹄在一旁推辞,驸马薛璧又是苦口婆心地相邀。聂无双看两人相持不下,明眸一转,笑道:"好吧,既然薛驸马如此盛情,大哥我们就一起去吧。"

聂明鹄一听,不由得怔了怔:"可是你得回宫啊。"

聂无双漫不经心地笑道:"无妨,派人呈告皇上一声便是了,再说皇上若是知道本宫是与公主驸马一起出游,也会放心的。毕竟,都是一家人了,不是吗?"

驸马薛璧一听她话中有话,不由得含笑看了她一眼:"是极,说起来小王还得叫贤妃娘娘一声小嫂嫂呢。"

聂无双嫣然一笑:"废话不多说了,驸马带路吧。"

薛璧见她答应,遂在前面领路。聂无双看着他那一队的行仗中,云乐公主的车驾帘子迅速放了下来,她垂下眼帘,在心中叹了一口气。

一队人很快到了京郊,骑马行猎向来是皇室中人的拿手好戏。薛璧自小在京中长大,自然是熟门熟路。底下训练有素的人很快在京郊一处开阔的草地上搭好简易的凉亭帐篷,可供主人休憩。聂无双坐在凉亭中,看着夏日草场一派生机勃勃,暂时撇开了心头的郁结之气。驸马薛璧很快与聂明鹄在草场上飞鹰逐兔,两人身姿矫健,俱是马上好手,争抢起来各有所获。聂无双看着他们越跑越远,不由得含笑注视。

忽地,她的眼角瞥见几个宫娥正陪伴着一位少妇走了过来。她定睛一看,原来是许久不见的云乐公主。如今她头梳妇人发髻,面上施了淡淡的胭脂,褪去少女的天真无邪,倒是多了几分少妇的风韵。

聂无双站起身来,看着她慢慢走近,两人相视,竟是一时间无话可说。

云乐公主由宫女伺候着坐下,远远看着草场上的两人,不发一言。沉默凝滞的气氛令聂无双只觉得心头不适,过了一会儿,她打破沉默:"云乐公主不下去玩一会?"

云乐回过头来,冷冷看了她一眼:"不了。"

聂无双看着她冷淡的侧脸,心中叹了一口气,又问:"驸马对公主可好?"

云乐公主更是头也不回,淡淡地道:"很好。"

果然是话不投机半句多,聂无双索性不再问,只坐在一旁看着聂明鹄与薛璧两人带着侍卫打猎。

过了一会儿,耳边忽地传来云乐公主冷冷的声音:"事到如今,竟也不见你愧疚于心。聂无双你果然是铁石心肠!"

聂无双手中轻摇团扇,淡淡一笑:"本宫有什么好愧疚的?如今公主有了有才有貌、家世不错的驸马,佳偶天成,天作之合。家兄也觅得娇妻美眷,大家各得其所,不是皆大欢喜吗?"

"哗啦"一声,云乐公主一挥手,把桌上的茶盏怒而掀翻。一旁候着的宫女纷纷惊叫起来。

"你们滚下去!"云乐公主呵止了她们。

聂无双亦是挥退了想要上前的杨直:"都退下吧,本宫与公主说几句话。"

宫女们不敢违背,纷纷退下。凉亭中无人,聂无双美眸幽幽看定云乐公主,冷笑道:"事已至此但是本宫还是那一句话,毁了公主姻缘的,不是本宫,而是你那不甘退居深宫的太后娘娘!要不是她还妄想手握权柄,那今日你早就能下嫁如意郎君,而不是被当成筹码嫁给平南王世子!太后司马昭之心,路人皆知!本宫狠心断了你与大哥的姻缘不过是为了自保!"

云乐狠狠瞪着聂无双,玲珑的胸口起伏不平,眼中愤恨难当。她看着聂无双,冷笑两声:"聂无双你别狡辩!天下间所有无耻的女人加起来都不够你的卑鄙无耻!我早就该知道,在五哥别院中看到你的时候,你就包藏着狼子野心!你跟了我五哥,又去跟了皇帝哥哥,你这样有心机的女人,利用尽了你身边一切男人,连你的大哥你都不放过!你叫明鹄骗我!等你觉得不对了,你又叫明鹄离开我!现在你为了和皇后攀上关系,你又叫他娶了皇后的表妹展盈!你!……你!你做尽这一切坏事,你就不怕天打雷劈吗?"

聂无双一动不动,任由她骂着。等云乐骂完,她才冷笑一声:"天?天在哪里?天道在哪里?若是苍天有道,这世间还会有伸张不了的冤屈,平不了的恨?!如果有天道,我聂家的一百多口性命,现在就该好好活着,而不是沉冤不白!"

她冷漠转身:"说我无耻也好,卑鄙也好。我要活着还要报仇,就要走这样一条路。公主生长在天家,天家人伦,骨肉相争,哪一样比我干净?"

"乌鸦不必说猪黑,你的母后何尝不是满手鲜血,一步一计地走来?你去问问她,她夜半梦回,可有安心的时刻?云乐公主若是看不开,那只能怪你这十几年来太过幸福!"

云乐公主看着她曼妙的身影,心中血气涌上:"聂无双,你就不怕最后皇帝哥哥知道了你的真面目!到那时,就是你的死期!你就不怕我告诉他,你你……你还跟五哥哥……"

聂无双猛地转身,美眸冰冷,一步步靠近她。云乐被她脸上的杀气吓得连连后退几步:"你你……你想干什么?"

聂无双一把拽住她的手,她的手冰冷如铁箍,被钳制着的云乐痛得几乎要叫出声来。

"公主想要告诉皇上什么话呢?是本宫做过睿王殿下的侧妃还是别的什么呢?"聂无双笑得冰冷。

"你……放开我。你你……你大胆!母后都告诉我了,你不但做过五哥哥的侧妃,你现在……现在还跟五哥哥纠缠不休,上次……上次庆功宴,有人看见五哥哥和你……"云乐结结巴巴地开口。

聂无双一听笑得更冷："庆功宴之后本宫还跟顾清鸿在一起呢。你信不信，现在你去皇上面前说，看他是信你还是信本宫？"

云乐不敢置信地看着她的眼睛："你……你竟然一点都不怕！"

"怕？什么是怕？本宫还真的不懂呢！"聂无双"咯咯"一笑，金灿灿的护甲轻抚过云乐公主尚带稚嫩的面庞，惋惜地叹道，"公主还太嫩了点，所谓捉贼拿赃，捉奸成双。若是你母后有真凭实据，她还能由着本宫在后宫逍遥快活？就凭几句捕风捉影的话，公主就想吓唬本宫吗？在后宫，黑白早就颠倒，是非早就不分。皇上，他从来只相信自己所看见的东西！本宫又需要怕什么？"

云乐公主被她眼中的魔媚一般的神采吓得连连后退，聂无双冷笑看着她，此时身后传来驸马薛璧愉快的声音："你们在聊什么？"

聂无双换了笑颜回头柔声道："也没什么，就是女儿家的悄悄话，怎么驸马想听吗？"

驸马薛璧连连摆手："不了！猎了半天，还是与聂将军不分上下，等会儿聂将军一定要与小王比比射箭！小王对聂将军的射箭技艺十分仰慕呢。"

他说着下去连声吩咐侍卫去摆好箭靶，一派兴致勃勃。聂无双看了一旁呆立的云乐公主一眼，淡淡道："公主既已出嫁，自当好自为之。这等后宫的事不是你该插手的！"聂无双说罢，冷冷走出凉亭。

云乐公主看着她冷漠的背影，再看一旁沉默不语的聂明鹄，怒道："你就由着她这般摆布？！她说东就是东，她要你去死你就去死？她……她叫你娶一个你不爱的女人，你就这般听她的话？"

聂明鹄抬头，俊颜上毫无表情："她是明鹄的妹妹，她做的一切都是为了明鹄好。做大哥不能保护她已经是惭愧，如今她不过是要我成家立业，难道我还要她难过为难？"

他从云乐身边走过，丢下一句冰冷的话："你不懂，她走到今天这一步，她多么难。"

云乐看着聂明鹄决然的背影，呆愣过后不由得失声痛哭。

聂无双听着身后隐约传来的哭声，面上木然。驸马薛璧在前面指挥侍卫如何摆箭靶，见到她来，笑着道："娘娘担待一点，云乐她什么都不懂。"

聂无双眯着眼睛看着他意气风发的年轻面庞，似笑非笑："今日驸马请家兄来打猎，不会只是让家兄与云乐公主互解心结吧？"

驸马薛璧"嘻嘻"一笑，年轻的眼眸中有什么掠过，他爽快地回答："娘娘好聪明。不过是前些日子京中有些不三不四的流言，中伤了聂将军与家父的名誉，所以想趁这个时候坦诚互见。"

聂无双手搭凉棚极目远眺，眼见一片草场有半人多高，鲜翠可人，果然是盛夏时节的草地，茂盛无比。她慢慢向前走去，驸马薛璧跟上，追问道："娘娘怎么看？"

聂无双回头，看着薛璧锦衣修立，明明说的是言不由得衷的话，但是端的一身风姿令人无法生厌。她微微一笑："本宫久居深宫，这等流言自然是没听过的。不知驸马所言从何说起？"

薛璧一听她如此说道，懊丧地开口："娘娘何必跟小王打哑谜呢。回去家父肯定要责怪小王嘴上没毛办事不牢了。"

聂无双见他说得风趣，方才的郁结也散了，她嫣然一笑，回头看向来处，果然看见一队明黄的锦旗远远而来，她一指那队来处，对驸马薛璧笑道："去吧，这才是薛驸马真正等候的人。"

薛璧眯了眼看了看那队明黄的侍卫，咧嘴一笑："可是若没有娘娘的信任，恐怕皇上也不会相信家父的一片忠心。"

聂无双转过了身："信与不信，薛驸马总是要跨出那一步，若是固守自己的一方天地，没有付出诚意恐怕谁也不会信的。"

薛璧品味着聂无双的话，等她走了老远，这才笑着追上前一同迎接圣驾。

萧凤溟身穿一身银白色劲装，英姿飒爽，风姿翩翩，他下了马见聂无双走来，不由得上前扶了她的手，眼中含笑："你怎么好好的想要出宫来打猎了？"

聂无双微微一笑，回头笑道："打猎的自然有好手，臣妾不过是在一旁看热闹罢了。"

萧凤溟顺着她的目光看向她身后，驸马薛璧走上前，跪下道："参见陛下！今日臣看天气晴好，路上遇到聂将军，于是相邀出城打猎。"

萧凤溟含笑看着他，满意地点了点头："当年你父王镇守西南之时，一副铁杆银枪可是震慑八州，不知你如今可有继承你父王的衣钵？"

薛璧一听，苦了脸："皇上今日要考校臣的武艺吗？臣可是怕死了！父王天天在臣的耳边骂臣不争气，以后不是栋梁之才，不能为皇上沙场杀敌，臣可是听得耳朵都起了茧子了……"

萧凤溟一听，不由得哈哈笑了起来。聂无双含笑看着跪在地上的薛璧，心中不由得佩服，半是恭维半是效忠的话竟也说得这般自然顺溜，看来这驸马薛璧也不是普通人。

"平身吧。朕有空还真得去看看你父王，跟他喝喝茶。聊聊当年的战事。"萧凤溟笑道。

驸马薛璧起身，笑嘻嘻地道："那臣就先替父王谢谢皇上恩典。他也总说要跟皇上好好喝两杯呢。"

萧凤溟看了他一眼，眸中含笑："去吧，让朕看看你的武功。"

驸马薛璧高兴地呼喝一声，叫来侍卫去准备弓箭。萧凤溟看着他欢快离去的身影，握了聂无双的手："薛璧是个很有意思的人。"

他的手温暖而干燥，把她的手覆在其中，妥帖地握住，聂无双抬头看了他一眼，天光下，他的眉眼俊秀非常，比身着龙袍更年轻几岁。

她一笑："是啊，薛驸马是个很机灵的人。"

萧凤溟抬起她的手放在唇边，轻吻一下，眉眼间俱是笑意："不说这个了，难得出宫一趟，朕带你去走走。"

他说着招来侍卫备马。侍卫牵来他的坐骑，萧凤溟抱她上马，正翻身要上去，忽地有侍卫匆匆而来禀报道："皇上，齐国与秦国使节求见皇上！"

萧凤溟皱了皱剑眉："怎么都来了？"

正说话间，远远两队人马向这边而来。萧凤溟无奈道："宣吧。"

聂无双看着他隐约有些不高兴的面庞，忍着笑打趣："一定是皇上放他们鸽子放得狠了，所以他们才不得不赶到这里堵着皇上。"

萧凤溟想了想也笑了起来，看了她一眼："你倒是明白朕。"

聂无双见他承认，不由得"咯咯"笑了起来，萧凤溟看着她畅快的笑靥，不禁也跟着笑了起来。正在说笑间，两骑到了近前，他们两人下马，缓步走来。聂无双看到来人，渐渐停了笑，唇边含了丝丝冷意。

当前一人宽袍缓带，着一件月牙白儒士服，面容朗朗俊逸，只是瘦削得厉害，宽大的袍子套着他清瘦的身子，越发显得人出尘如仙。另一人虎背熊腰，五官深邃，一看就是秦国人。

萧凤溟看着两人上前拜见，面上恢复帝王的威严，淡淡道："顾相国与耶律使者平身吧。"

顾清鸿起身，目光忍不住看了一眼马背上的聂无双，聂无双面上似笑非笑，只是幽幽看着远处的草场仿佛没听见他们之间的对话。

他上前道："耶律使节听说皇上来京郊狩猎，就约了顾某一起，还望陛下不要介意我们打扰了陛下的兴致。"

萧凤溟利落地上了马，笑道："不会，既然来了，顾相国与耶律使者就一展身手吧。朝堂的辩论太过繁杂，今日只谈狩猎，不谈国事。"

他说罢一拍马儿，带着聂无双纵马飞快向前。聂无双身上的长裙随风飘荡，犹如一条彩虹。王孙公子，天人之姿，两人共乘一骑恰似神仙眷侣。

顾清鸿看着，长袖中，手不由得曲成拳，面色冷然。

肩上被人一拍，他回头，耶律使者的面孔闯入他的眼帘："哈哈……别看了，用我们秦国的话来说，美酒与美女向来属于强者。与应国皇帝相比，美人当然选择皇帝而不是老弟你啊！"

他还要再说，顾清鸿袖中一动，手已经牢牢扣住他的手腕，他的手犹如铁钳一般，夹得耶律使者的手腕犹如被铁箍一般。耶律使者痛得大叫起来："放开！放开！……"

"谁是强者，谁是弱者，耶律使节恐怕认错了吧？"顾清鸿冷冷丢下一句话，拂袖而去。

耶律使节看着自己红肿的手，对着顾清鸿背影恨恨吐了一口唾沫。

纵马扬鞭向来是最惬意的事情，萧凤溟带着聂无双在草场上驰骋了一会儿，这才任由马儿缓缓而行。聂无双看着大草场，触目所见俱是苍翠，草木的芳香扑入鼻间，不由得长长舒了一口气。

萧凤溟握了她的手下马而行："这几日总算是得了空。不然诸事繁多，朕也没空出来透透气。"

聂无双回眸笑道："皇上以国事为重，这才是百姓的福祉。"

萧凤溟看着她，眸中显出意味不明的神色，聂无双被他的眸光看得心中隐隐不安，勉强笑道："皇上看臣妾做什么？是臣妾脸上有东西不成？"

萧凤溟一笑，缓缓道："不，朕想看透你的心。"

聂无双一颗不安的心在他沉静的目光中渐渐沉了下去，她耳边忽地想起云乐公主的声音"……上次……上次庆功宴，有人看见五哥哥和你……"

她的心猛地一缩，眼睫飞快地颤抖两下，垂了下去："皇上想说什么？"

萧凤溟轻叹一声，托起她的下颌，在他的深眸中映着她倾世雪白的容颜："朕想知道你的心到底有没有在朕这一边。"

聂无双定定看了他一会，忽地轻笑："皇上觉得臣妾的心在哪呢？"

她慢慢依在他的胸前，躲开了他的直视："还是皇上不愿相信臣妾？"她依在他温暖的胸前，听着他有力的心跳，一声一声，仿佛这样就能让自己心安。可明明，心里那么空那么虚。

萧凤溟并没有犹豫很久，笑了笑，搂紧了她："朕相信你。"

聂无双埋首在他的怀中，嗅着熟悉的龙涎香，唇角渐渐扩出冷笑的弧度，两人相拥看着眼前一片草地，她看着萧凤溟俊朗的侧脸，他总是如此，充满了帝王的自信与笃定。也许就是他这样，才能让人心生向往，跟随着他。一批批怀疑他能力的人，一批批太后的拥护者才能调转方向，跟随最值得跟随的人。

忽地身后驸马薛璧的声音愉快招呼："皇上，要比武射箭了。"

萧凤溟回头，含笑看着驸马薛璧跑来。他牵着聂无双走上前，聂无双穿裙子裙裾太长，在草间行走不便，他索性一把抱起她向前走去。

驸马薛璧看着帝妃恩爱，不由得羡慕："皇上对小嫂嫂真好。"

聂无双不由得红了脸，俯首在萧凤溟的肩上。萧凤溟哈哈一笑："你如今也成家立业了，也可以与云乐两人同心，尽享夫妻恩爱。"

驸马薛璧眼中些许落寞闪过，但很快他爽朗一笑："是啊，皇上说得极是。"

萧凤溟抱着聂无双不放，一直到了靶场这才放她下来，聂无双早就羞红了脸，他却依然泰然自若。聂无双拿出袖中的团扇扇着，借以掩盖脸上的羞红，冷不丁身后似有人盯着她。

她不由得回头看去，却对上的是顾清鸿含义不明的眼眸。她心中复杂的心绪涌过，转了头佯装不见。

驸马薛璧兴致勃勃，拿了各种弓箭请教聂明鹄。请教完以后，又要拉着他比试高下。聂明鹄射箭之术本是中上而已，推辞不过，只能与他一起比试。箭靶上有四环，射中中心者为满分四环。一局为三场：

第一局，驸马薛璧为九环，而聂明鹄为十环。第一局为聂明鹄侥幸胜利。

第二局，驸马薛璧为十一环，而聂明鹄只为九环，两人堪堪打成平手。

第三局开始，驸马薛璧雄心勃勃，扬声笑道："聂将军千万不要让小王，战场杀敌小王不如你，这一次可要在射箭上见真章。"他说罢一出手，三支羽箭每一支俱是正中靶心，竟是满分十二环。

聂明鹄看了一眼放下手中的弓箭，淡淡地道："末将输了。"他说罢退下，竟是不想再比。驸马薛璧见他的样子立在箭场中微微有些尴尬。

聂无双心中一叹，聂明鹄还是不愿意让云乐公主难堪，毕竟传扬出去，若是驸马薛璧射箭不如聂明鹄，还不知京中会传成什么样子。

萧凤溟见状，一笑，挽弓上前："让朕一试身手吧。好久没有练习骑射，不知技艺有没有荒废。"

驸马薛璧高兴起来，跑到萧凤溟跟前为他挑选箭羽，忽地一旁顾清鸿上前："顾某愿意陪陛下一展身手，耶律使臣恐也愿意。"

他一挑眉看向一旁早就百无聊赖的耶律使臣。耶律使臣一听，正苦于自己无事可干，遂爽快答应："好啊，咱们就来赛一场。"

萧凤溟见状笑道："好吧，两位大人请挑选弓箭吧。"

顾清鸿摇头："臣有称手的弓箭。"他说着命人拿来自己的"映日弓"，萧凤溟一看，眼中露出诧异："没想到顾相国的拿手武艺竟是射箭？"

聂无双看到顾清鸿手中的弓箭，心中却是连连冷笑：何止萧凤溟诧异，就连她与他夫妻三年，她都不曾见过他如此善射，特别是当初那对着她心口的当胸一箭……

顾清鸿笑道："射箭可百步制敌，兵器中弓箭深合顾某心意。"

萧凤溟一笑："兵器中弓箭可百步制敌是不错，但是善战的将军，运筹帷幄就能决胜千里，若是上位者决策英明，就是端坐朝堂也能平定天下。顾相国以为朕说得对不对？"

顾清鸿看着他从容自若的神情，不由得心中涌起怀疑，他所说的话似乎别有深意，但是又不知他到底在指什么，难道说当今这三国局势，他已经胸有成竹不成？

顾清鸿再看的时候，萧凤溟已经在一旁与驸马薛璧比画起来。

射箭比武开始，萧凤溟先射箭，三根羽箭一支支正中靶心。俱是满分十二分。

驸马薛璧笑道："皇上可真是一点都不让臣呢。"

聂无双也在一旁含笑看着，她自然是知道萧凤溟的射箭功夫精湛，当初与他第一次行猎，他就百发百中。

萧凤溟看了百步之外的箭靶，笑道："这只是玩乐罢了，沙场上哪有呆立不动的敌人可以任由你射？"

顾清鸿挽弓上前，嗖嗖三箭，亦是又准又快射中箭靶。技艺一看纯熟老练。驸马薛璧惊呼："果然真人不露相啊。顾相国竟如此厉害！"

一旁耶律使者不服，上前拿起弓箭："在秦国，射箭是每个人跟吃饭喝水一样的技艺，我也来试试！"

他说着拿起两支箭，嗖地一声，两支羽箭正中箭靶。一旁的侍卫都看得目不转睛，眼中露出不甘愿的钦佩。没想到这耶律使者看起来不起眼，射箭竟这样厉害。

萧凤溟抬起手来，不轻不重地拍了两下："耶律大人果然神勇。"

耶律使者哈哈一笑："这比赛没有彩头太没有意思了，要不我们定个彩头，使得游戏更加有趣。"

萧凤溟一抬眼，微微一笑问道："那耶律大人想要什么彩头？"

"云川一十二州！"耶律使者信心满满，"怎么样？皇帝陛下可要一试？比在堂上跟一帮迂腐的文人争来争去，还争不出什么结果好受多了。"

第五十五章 比试：一箭定江山（中）

萧凤溟不置可否，问道："耶律使者的意思是，谁最强，土地尽归谁是吧？"

耶律使者傲然道："那是自然，我们秦国人最佩服的就是强者，若是皇帝陛下赢了，这云川一十二州就归皇帝陛下所有，我们秦国退兵。"

萧凤溟笑了笑，却不点破耶律使者的小伎俩。一旁的聂无双亦是在心中不屑，耶律使者话虽说得漂亮，若是真的应国赢了，秦国答应退兵，但是万一他们休整恢复元气卷土重来怎么办？

云川一十二州的归属更是空口无凭，耶律使者一旦输了，耶律图随便拿个罪名把他砍了，就说他擅自决定不是秦国的真正意愿，又能拿他怎么办？这些彩头恐怕不过是耶律使者拿出来糊弄的噱头。

萧凤溟看着一旁沉思的顾清鸿，问道："顾相国大人觉得意下如何？既然这一场谈判事关三国，那这一场射箭比赛怎么能少得了齐国呢？"

顾清鸿一笑："那齐国可没有什么好彩头可以拿出来的。"

"怎的没有？"耶律使者叫道，"他们说淙江以南的灵州……"

他还未说完，顾清鸿就冷冷打断他的话："顾某身负皇命在身，怎么可能擅自决定？更何况淙江以南本来就是齐国的土地，顾某可不能背负百世骂名，只为了逞一时意气！"

耶律使者一听，不由得脸上青红交加。顾清鸿的意思分明是骂他擅自决定秦国的土地归属，是不臣之举。

萧凤溟适时哈哈一笑："既然顾相国没有什么好彩头，朕就替他出了，若是齐国夺魁，这云川一十二州就一半分与齐国，若是秦国胜了，朕就做主，把淙江北面的燕州都给秦国外加退兵，怎么样？"

耶律使者一听，不由得双眼放光，淙江北面燕州是齐应两国的商贸交往之地，商贾众多，又是两国的咽喉，一旦秦国得了燕州，那岂不是想要长驱直入齐应两地都易如反掌了吗？"

"好！一言为定！"耶律使者连忙答应，不过他说到一半，看到萧凤溟面上神色自若，又犹豫起来，支支吾吾道，"不过，今天天色已晚，要不皇帝陛下选一日，我们再比试，如何？"

"也好。"萧凤溟开口笑道，"耶律使者也可以修书回去跟你们皇帝说说，免得耶律老弟说朕仗势欺人。"

他说罢，看了看天色，淡淡道："回宫吧。"

他抱起聂无双上马，扬鞭疾驰而去。顾清鸿站在原地，看着那一抹明霞一般艳丽的身影渐渐消失在眼前，不由得怔怔出神许久。

驸马薛璧上前笑道："顾相国大人，皇上对小嫂嫂可好了，还要为她建一座'引凤台'，啧啧，这真的是羡煞人了。"

顾清鸿俊脸一沉，回过头去，看到驸马薛璧眼中的嘲弄，顿时明白他不过是要让自己不舒服，遂冷冷看了他一眼，拂袖离开。

驸马薛璧也不恼火，笑嘻嘻耸耸肩，转身离开。

聂无双回到了宫中，梳洗妥当，这才拜见萧凤溟，萧凤溟换上常服，正在龙案上看各地的奏章。聂无双想起今日的赌约，心中隐隐有些不安，上前担忧地问道："皇上，这赌约可有把握？"

萧凤溟从奏章中抬起头来，向她伸出手："过来。"

聂无双柔顺地走上前，坐在他的身侧。萧凤溟这才笑道："你放心吧。耶律图对这一次谈判本来就没有任何诚意。他不过是为了拖延时间，好让他的大军休整。"

"那皇上明知他没有诚意，还要眼睁睁看着他耍伎俩再一次开战吗？"聂无双问道。

萧凤溟摇了摇头："不会，朕也没有闲着。他的一举一动都在朕的眼中。这一次打赌朕有八九成把握，若是秦国真的败了，云川一十二州耶律图根本不舍得给朕，到时候应国就更有借口提前开战。你明白吗？"

聂无双想起他的射箭技艺，心中放下一半。她深知他不会做没有把握的事，但是……

聂无双犹豫许久，这才开口："但是顾清鸿……他的射箭技艺也十分了得。"她说完不由得一怔，什么时候，她的心也向着萧凤溟了。

萧凤溟微微一笑，握紧了她的手："你放心，听过田忌赛马吗？顾清鸿再厉害，他也只能对一局而已，到时候朕一定会安排好的。"

聂无双不由得叹服："皇上圣明。"

聂无双回到永华殿中已经是天擦黑。奔波了一天，经过了那么多事，身子早就累极，她由宫女伺候着躺在床上，却翻来覆去睡不着。她只觉得心中有一件事没办妥，想了半天,终于猛地起身唤来守在殿外的夏兰。

"去,叫来杨公公!"她说道。

夏兰睡眼朦胧:"杨公公不当值呢,娘娘有什么吩咐吗?"

"去叫他来便是!"聂无双道。

夏兰只好下去,不一会儿杨直匆匆而来,问道:"娘娘有什么吩咐?"聂无双起了身,随意披了一件外衣,秀眉不展。

杨直在一旁耐心地等着,许久,聂无双问道:"最近皇上御前有什么人嚼舌根么?"

杨直一怔:"应该没有,奴婢都看顾得好好的。"

聂无双皱眉:"那为何今日皇上会说这样的话……"

她不由得打了寒战,若是萧凤溟相信了她与睿王殿下有私,那他还能对她这般温柔体贴吗?

杨直闻言面色一肃:"那容奴婢去查查,这事非同小可,若是有别人在皇上面前说三道四的话,恐怕皇上天长日久也会将信将疑。"

聂无双叹了一口气:"他向来是不信这个的,怎么这一次会一反常态……"

杨直也是无言,忽地他低声笑道:"娘娘放心吧,皇上问娘娘,只不过是因为他越来越在乎娘娘了,这才是娘娘值得高兴的地方啊。"

聂无双抬眸看着他,眼中却又陡然黯然:"先不说这个了,你去好好查查,是谁要置本宫于死地!"

"是!"杨直肃然回答,悄悄退了下去。

聂无双看着窗外的一轮明月,一身疲惫却是了无睡意。……

第二天,聂无双前去向皇后娘娘请安,这才发现满后宫的妃嫔都知道了昨天耶律使者提议的射箭赌约。女人向来不关心国事,但是这一场赌约的趣味却值得她们津津乐道。

聂无双刚坐下,旁边就有不少妃嫔七嘴八舌地问到昨天的情形。聂无双拣重要的说了,她们听了纷纷惊呼:"皇上真的要拿燕州做赌注吗?"

"皇上有必胜的把握吗?"

"万一……"

聂无双在一旁含笑听着众妃的议论,忽地底下有一人冷冷笑道:"说实在的,还是皇上有魄力,齐国的顾相国可就差远了,畏畏缩缩的,这样的男人实在是……"

聂无双听得心中一阵恼火,顾清鸿与萧凤溟可怎么比?一个臣一个君,萧凤溟一言能决断的事,顾清鸿如何能轻易决断?更令她恼火的是,提出这话头的人分明是针对她。谁都知道顾清鸿曾经是她的夫君,把前任夫君与现在的夫君拿到大庭广众之下对比,其心可诛!

聂无双美眸冷冷扫过那发话之人,果然看见一位面若春花的娇俏宫妃,正是已经"悔过"的高玉姬!

花厅中一时间安静下来,皇后皱了皱眉头:"贵人此言差矣,皇上是天子,怎么能拿来与凡夫俗子相比!"

高玉姬面上掠过不服气,但却不得不低了头:"臣妾罪该万死!"

皇后见她服软,这才缓和了面色,回头对聂无双笑道:"贤妃妹妹还未跟本宫说说昨日去展侯家是怎么个情况呢,本宫都等不及要听听了……"

聂无双一笑:"是,臣妾昨日去展家商议定亲日子……"

萧凤溟批阅完奏折,林公公上前问道:"皇上要不去走走,也不宜长时间案牍劳形啊。"

萧凤溟点头,舒了一口气:"也好,出去走走,对了,秦国的使节与齐国的使节们都盯紧了吗?"

林公公低头笑道:"皇上放心,都派人悄悄看着呢,耶律大人已经修书回去问秦国皇帝了,看来这一场赌约他们很是心动。"

萧凤溟步出御书房,看着眼前明媚的天光,心情甚好:"当然动心了,燕州可是一块宝地,要假戏真做就得抛出让敌手心动的诱饵。"

林公公赞叹道:"皇上圣明。"

萧凤溟看了他一眼,笑着反问:"你怎么不担心朕会失败?"

林公公笑道:"皇上从来不做没把握的事,这一点奴婢十分放心。"

萧凤溟忽地想起昨天聂无双担忧的面容,心头一暖。她的确是担心自己的。

林公公听得萧凤溟忽地不吭声,不由得疑惑抬头,却见萧凤溟已经神游天外,他心中不由得感叹,更低躬身:"皇上,贤妃娘娘说到底还是心地善良之人,绝不是外面传言的那般不堪。"

"是啊。"萧凤溟回过神来,清俊的面容流露温柔,"她总是如此,不争不辩,我行我素。知道她这脾性,朕是不应该去怀疑她的。"

他说罢朝外走去。从御书房后面抄一条小径就可以直达御花园。此时正值盛夏,绿树浓荫,两旁花木俱盛开,芳香扑鼻。

萧凤溟走了一半,忽地隐隐约约听到有人在哭。他不由得顿住脚步,林公公亦是面上疑惑。这一条小径平时因为靠近御书房而闲杂人等不敢靠近,到底是谁大白天的在这里哭泣?

萧凤溟想要离开,想了想,还是示意林公公前去查看。林公公四周环顾了一会儿,终于分辨清楚是哪里传来的声音。他轻手轻脚地走近,终于在花丛深处看到了一位哭泣的娇俏宫妃。

萧凤溟看到那宫妃的面容，有些诧异："竟是你。"那宫妃竟是高玉姬。

高玉姬慌慌张张抬起头来，见是皇帝，连忙跪下："臣妾……"

林公公面上掠过不悦，上前问道："贵人到底有什么委屈，大白天的要在这里哭泣？"

高玉姬见林公公隐约有斥责之意，连忙擦干眼泪道："没有！臣妾这就走！"

她说罢提起裙摆匆匆从山石上起身，也许是坐太久了腿脚发麻，她一不小心"哎哟"一声跌在地上。

萧凤溟看着她狼狈扑在地上，对林公公使了个眼色，林公公不得不上前扶起了她，口中说道："贵人千万小心。"

萧凤溟撩起龙袍下摆，坐在一旁平整的山石上，温和问道："你且说说，为何躲在这里哭泣？是宫中有人欺负了你吗？"

高玉姬看着近在咫尺的皇帝，面上不由得泛起了红晕，半晌，她才支支吾吾地开口："宫中的人……没有欺负臣妾。"

林公公皱起眉头，这样的话谁会相信呢？萧凤溟不以为意，继续耐心问道："那是你想家了？"

高玉姬微微怔忪了下，想了想，委屈地开口："也有……也有一点。"

"那既然你想家了，朕就恩准你出宫回家吧。"萧凤溟温和地笑道，说罢他站起身来，转身便走。

"皇上！"高玉姬大惊失色，连忙扑到他的脚边，紧紧拽住他龙袍下摆，"皇上万万不可！皇上……"

萧凤溟转过身来，看着龙袍下面惶急的高玉姬，口气依然温柔："怎么不可？你不是说你想家了吗？"

"我……臣妾……"高玉姬满腹的心思被他的话一堵，顿时不知该怎么说才好。一旁的林公公已沉下脸来斥责，"还不赶紧放开皇上！你这是惊扰圣驾！"

高玉姬连忙放手，不由得伏地哭道："皇上千万不要让臣妾回去，臣妾不愿意回家，臣妾只是……"

"只是什么？"萧凤溟依然未动怒，淡淡地问道。

"臣妾只是今日被皇后娘娘斥责了一句，有些想不明白而已。"高玉姬连忙说道。

"哦？皇后斥责你？"萧凤溟剑眉微皱，转头对林公公道，"要不传朕的旨意，让皇后对新进的宫人不要太过严苛，毕竟她们年轻不懂事。"

林公公踌躇了下，高玉姬顿时回过神来，脸色涨得通红："不！……皇上，这不怪皇后娘娘，是臣妾说错话了，皇上……"

萧凤溟看着她这样狼狈，不动声色退开一步："既然如此，你且别哭了。朕还有事，先行一步。"

　　他说罢转身离开，林公公看了看跪在地上的高玉姬，这才似笑非笑地跟着离开。萧凤溟走了老远，一回头还隐约看见高玉姬站在花间，不由得横了一眼一旁的林公公："是谁把她带到那边的？"

　　林公公接收到皇帝眼中的责备连忙跪下："皇上圣明啊，奴婢是万万不敢如此做的。"

　　萧凤溟命他起身，看他脸上的神色知道这事并不是他做的，遂皱眉道："以后不要让她轻易出现在朕的面前。太后若是知道朕对她不假辞色，还不知道会闹出什么事来。"

　　林公公擦了把冷汗连声道："是是……"他犹豫了一会儿，又问道，"那皇上不打算宠幸新进的秀女吗？这恐怕于理不合啊……"

　　萧凤溟皱了皱剑眉，眼中掠过烦恼："这事朕自有分寸。"他说罢，拂袖向前走去。

　　林公公在心中无奈地叹了一口气，看皇帝的样子，这一批秀女想要出头太难了……

　　过了几天，秦国的使者得到了耶律图的回信，遂信心满满地呈上给萧凤溟，这样一来，三国之间的和谈最后竟是要在射箭场上见分晓，朝臣们纷纷反对，但是皇上金口早就应允了秦国使节，自然无从更改。

　　礼官便定下日子，在十日后的射箭场上比武。

　　应国民风尚武，虽不如秦国这般彪悍，国中却也有不少好手。一时间听了这个消息，纷纷上表请求皇帝选能人前去一会秦国的好手。萧凤溟龙心大悦，遂在皇城外设了擂台，让民间能者上前一展身手，出类拔萃者就有机会与秦国好手一较高下，同时还有重金奖赏。一时间，各地射箭好手纷纷蜂拥到京城一试自己的运气。

　　那一边皇城之外天天热闹，宫中却是一如往昔。杨直的查探很快有了结果，一日，他匆匆而来。聂无双见他神色凝重，知道他有话要说，遂屏退宫女，问道："是什么事？"

　　杨直看了看四周，道："回娘娘的话，奴婢已经查到了在皇上面前进谗言的那个人了。"

　　"是谁？"聂无双放下手中的珠钗，回头问道。

　　"是御前伺候茶水的一名小内侍。"杨直脸色并不好看，他也是御前伺候的人，后来拨到了聂无双这边，照理说御前的内侍他都熟悉，一切都打点得十分妥当，但是怎么会被人钻了空子安插进这样一个人来。

　　聂无双站起身来，在内殿中踱步。杨直看着她秀眉微皱，不由得开口道："娘娘若是肯，就让奴婢派人去……"

　　他手中做了个切的动作，清秀的面容带着一丝杀气。聂无双看了他一眼，摇了摇头："不可，他是御前的人，他一有事，皇上不就怀疑么？更何况皇上一怀疑，万一查到了你，那岂不是不打自招？"

"但是娘娘，可不能让这种人在皇上跟前，万一他又说出什么不该说的话……"杨直面上俱是忧心重重。

聂无双来回紧走几步，长长的裙裾拖曳在光滑似水的宫砖上，仿佛是她难以决断的心情。她走了几步，忽地顿住脚步，清冷一笑："他要说就让他去说吧。从今日起，你有意无意在他身边放出消息，就说……"

她附在杨直耳边如此这般说了。杨直听完大惊："娘娘不可！这不是把把柄送到他跟前了吗？"

聂无双微微一笑："无凭无据，就不是把柄，更何况他说得越耸人听闻，皇上越是不信，他自以为是的消息，最后在皇上跟前就只是流言而已。最后皇上会连之前他对本宫的中伤都不相信了。"

杨直顿时了然，赞道："娘娘圣明。"

聂无双长吁一口气，美眸中幽幽冷光闪过："不过还有一点，透露给他的消息不能太离谱，最好是有鼻子有眼，但是又查无实证，天长日久，皇上自然会厌恶他。"

杨直连连点头，他转身欲退下，忽地回头问道："娘娘不想知道这内侍背后之人是谁吗？要不奴婢去查一查？"

聂无双依在了美人榻上，恹恹摇了摇头："不了，知道又能如何？总之，不是他死，就是我活。"

杨直无言退下，殿中又恢复安静。聂无双看着窗外明媚的夏日景色，幽幽叹了一口气。窗外，知了在卖力地叫着"知了——知了——"，她失神一笑，在后宫有时候知道太多反而徒增心烦而已。反正她早已掩了双目双耳，一路上遇神杀神，遇佛杀佛，谁要害她，她便除去谁！……

永熙宫。

殿中铜鼎中香烟缭绕，高太后身着重紫色祥云凤服，眉头紧皱在殿中来回走动。不一会儿，宫女领着云乐公主进殿中来。

"母后。"云乐冷冷淡淡施礼请安。高太后看着如今已经是妇人打扮的云乐，眼中渐渐缓和："免礼。最近几日驸马对你可好？"

云乐在一旁坐了下来，依然冷淡地回答："很好。"

高太后见她并不热络，眉头皱了皱，坐在她的身边，温和问道："哀家就知道薛驸马是个好孩子，一定会对你不错的。"

云乐嘴角撇了撇，似笑非笑："儿臣还未谢谢母后为儿臣找了这么一个如意郎君。"

高太后一时没听出她话中的嘲讽，以为她真的感激自己，遂舒心笑道："薛璧的家世、人品还有样貌哪一样都是世家子弟中出众的，云乐你跟了他，以后会过得很好的。"

云乐冷笑一声："恐怕母后看中的不过是平南王的家世罢了。何必说这么一堆冠冕堂皇的话呢？母后以为儿臣是傻子不成？"

高太后面上一沉，想要开口训斥，但终究知道云乐心结未解于是咽下冲口而出的话，辩解道："但是薛璧的样貌人品哪一样配不上你？云乐你说这些话是让母后伤心啊！"

云乐闻言，猛地回头直瞪瞪看着自己的母亲，眼中泛起水雾来："儿臣让母后伤心了吗？！"她讽刺道："难道儿臣的心就没有被母后伤过吗？这一场大婚，最难过最痛苦的是我！"

她终于忍耐不住站起身来："母后今天找来儿臣是想要问什么就不必拐弯抹角了，要问便问，不问的话，若是母后没事儿臣要回去了！"

高太后想起自己今日找她的目的，忍着心头的火气，问道："哀家今日是想问问，那一日皇上怎么会跟驸马一起去京郊行猎，是事先安排好的，还是偶然遇上的？他们谈了什么？"

"当然是偶然遇上的，母后难道害怕薛驸马还与皇上有什么牵扯吗？母后放心！他们谈的是射箭比试的事，可不是什么阴谋诡计。"云乐冷冷回应，说完就要离开。

高太后脸上一阵青一阵白，她何时被这般当面驳斥，她眼看着云乐要走，怒道："放肆！你给哀家站住！"

云乐顿住脚步，却依然背着头不愿意看自己的母亲一眼。高太后看着自己唯一亲生的女儿对自己这般冷漠，心中的愤懑再也忍不住，她走到云乐面前，怒问："哀家哪一点对不起你，你要这样跟哀家说话？！整个大应国里，所有女子都不如你尊贵！所有女子费尽心机想要得到的荣华富贵还有地位，你一出生便有了！你还有什么不满意？难道哀家为你选的薛璧，你还觉得不如那个聂明鹄吗？"

云乐抬起头来看着自己的母亲，怒吼："是，他比不上他，一百个薛璧都比不上聂大哥的一根指头！"

高太后怒从心头起，手一挥狠狠给了云乐一巴掌。

云乐被打得踉跄一步，她捂着脸眼中含泪，恨恨地看着自己的母亲："他不是聂大哥，所以他就是再好一千倍一万倍我也觉得不快活！他们说得对，母后你野心勃勃，不甘退居深宫。在你的眼中，权势比女儿的幸福更加重要。母后你扪心自问，你为女儿选平南王世子难道就仅仅因为他好吗？如果他是贩夫走卒，你恐怕连看一眼都懒得看！现在又要假惺惺问女儿过得好吗？其实你根本最在意的就是平南王有没有背着你跟皇帝哥哥联合在一起！"

她擦去眼中的泪，一字一顿地道："母后，我恨你！"

她说完后，转身毅然离开了永熙宫，这个曾经给了她十几年幸福生活，却又一手毁了她后半生幸福的宫殿。

高太后怔怔看着她离开，这才缓缓坐下，心口有一个地方似陡然空了一般，那么难受。她做错了吗？她看着自己犹自疼痛的右手，不由得颤抖起来。

猛地，她的左手一把抓住自己的右手，冷冷地站起身来。

不，她没有错！她做的一切都是为了高家还有云乐！她没有错！没有错……

第五十六章　比试：一箭定江山（下）

　　终于到了萧凤溟与秦齐两国使节约定的射箭比试的日子。秦国那边派来了射箭好手，萧凤溟亦是挑选了精英中的精英，至于齐国，不论这次射箭比赛输赢，他们都没有什么损失，于是顾清鸿便随意许多，派了两名从国中带来的射箭好手，连同自己三人一起参加。

　　那一日应京中几乎倾巢而出，人人都想一睹这以胜负决定三国战局的射箭比赛到底是怎么样的一个结果。

　　比赛分三场，一场三局，一共九局。三场哪一家胜了两场就是赢了。看起来简单，但是实际上对战起来并不简单。聂无双坐在搭起的高台上，摇着团扇看着草场中士兵跑来跑去，忙着丈量地形，校正靶子，做着最后的准备。而一旁的三国好手早就穿了各色的劲装，正在一旁各自检查自己的弓箭。

　　聂无双点了点场中的人数，微微犹豫，回头问一旁的杨直："本宫瞧着不对，秦国的三个人选早就在场下，为何我们应国只有两位？"

　　杨直微微一笑，凑近她的耳边低声道："娘娘有所不知，这一次皇上要亲自上阵！"

　　"啊！"聂无双手中的团扇几乎要掉到地上，她向高台上首的御座看去，果然其间隐隐约约的帘后，只有皇后一人独坐一侧，而本该皇上坐的那一侧是空的。

　　聂无双回过神来，面上是禁不住的惊讶。

　　"是啊，娘娘不知，皇上也是射箭好手呢。"杨直低声道，这事本是极机密的事，但是他一向在御前安插有人，所以这消息在这开始比赛时也终于得以提前知道。

　　聂无双见旁边几位嫔妃听到她方才的惊呼侧头看过来，连忙扇了几下扇子掩饰面上的惊诧，追问杨直："此事非同小可，皇上怎么能亲自下场？"

　　"正因为此事非同小可，所以皇上才会决定亲自下场比试，娘娘且放心吧，皇上的身手也不错呢。"杨直并不担心，从容地回答。

凤凰无双

聂无双还要再说，忽地目光被远远而来的一队人吸引。当先一人紫衣金冠，面色白皙，五官俊魅，正是多日未见的萧凤青。他身后跟着怀抱半岁左右婴孩的睿王妃。聂无双长长的眼睫一颤，不由得转了头。萧凤青环视了一圈，目光盯在了高台处聂无双那边。他笑了笑，回头低声对睿王妃说了几句。睿王妃看了聂无双那处一眼，低着头慢慢走上前去。

睿王妃亲自驾到，自然有宫人为她加了座位。萧凤青摇着手中的折扇，慢慢跟了过来。他一脸笑意与众嫔妃打招呼，一边笑着走到聂无双身边，诧异道："本王竟不知娘娘在此，失礼失礼！"

聂无双看了他一眼，心中哼了一声，笑道："是啊，殿下今日竟也来了。"

有宫人为萧凤青添置椅子，萧凤青大大方方坐下，刚好与聂无双挨着。他俊颜上笑意深深，似心情极好："整个京城的人都来看了呢？本王自然是要过来的。"

他说的声音不大不小，刚好让周围前后的人都听见，众人见他与聂无双在光天化日之下聊天，忽地想起两人之间暧昧的流言，不由得心中鄙视。聂无双坐在椅上，感觉到众人鄙夷的目光，不由得趁人不备狠狠瞪了一眼一旁的萧凤青。

萧凤青看到她恼火的神色，异色的眸中越发笑得深邃。他忽地凑近聂无双："你越瞪本王，本王觉得你越是好看。"

聂无双一听，气得脸色一阵红一阵白。他竟然恬不知耻地在睿王妃的眼皮子底下调戏她！聂无双想着，看向一旁的睿王妃，却见她眼观鼻，鼻观心，只顾逗着怀中的小世子。

"殿下——自重！"聂无双咬牙切齿地对他轻声说道。想了想，命宫人把椅子搬到睿王妃一侧，笑道："邹姐姐也来了，让本宫瞧瞧世子，许久不见竟然长得这般可爱了。"

她逗弄着小世子，身边风声微动，萧凤青又跟了过来，问道："岚儿长得很像本王吧？"

聂无双抱着小世子，看了他脸上的自得，点了点头："是很像。但是也像邹姐姐。"

邹弄芳一听，高兴起来："是呢，人人都说像王爷像得不得了，这鼻子眼睛简直像一个模子印出来的，但是也有人说像婢妾呢，说是嘴巴像……"

聂无双含笑听着，一回头却见萧凤青面上已冷了下来，扭头便坐回了位置之上。他的恼怒来得莫名其妙，聂无双心中嘀咕一声，便不再理会他。

她坐在邹弄芳的身边，趁别人不注意，这才轻声道："委屈邹姐姐了。"

邹弄芳侧头看了看离这边不远的萧凤青，苦笑了下："婢妾也不期望能得到什么。殿下给婢妾的一切，婢妾也满足了。"

聂无双看到她眉宇间的黯然，还有那一丝丝说不出的释怀，一时间竟不知道该如何接口。她心中神思不定，那边射箭场上却早有一批人欢快地呼叫起来。聂无双定了定神看去，只见远远有一队明黄服色的护卫护着一位身穿玄色劲装的男人策马奔驰而来。他身上穿着与应国射箭好手一样的玄色劲装,上面用金线绣着五彩蟠龙,龙身盘绕在他挺拔的躯干上,威武中带着天生俱来的贵气。他长长的如墨的发用金冠整齐扎起,面容清俊淡雅,五官犹如上好的水墨画勾勒而成,意蕴悠长。

他是萧凤溟。整个场上的众人纷纷跪下,山呼海啸一般的声音中带着平日不曾有的激动:"吾皇万岁,万岁,万万岁……"

萧凤溟下了马,把缰绳交给一旁的侍卫,走到耶律使者面前:"朕今日也一试身手,场上胜负由天定,朕出了全力,你们皇帝总不会赖账吧?"

耶律使者跪在地上,闻言抬头,他惊疑不定地看着面前焕然一新的萧凤溟,半天不知该说什么。听闻萧凤溟懂武艺,年少时曾跟随应国的先帝东征西讨过,也算是文武双全,可是武艺好到什么程度他确是不知。如今萧凤溟敢下场比试,这到底是他真的有把握拔得头筹,还是想用皇帝的威势逼得其余两国选手心中有压力不敢全力以赴?

他心中思虑不定,萧凤溟一笑,剑眉微微一挑:"耶律使者觉得朕没有这个资格上场吗?"

耶律使者心中一惊,连忙道:"不是,不是!"

"不是就好。"萧凤溟淡淡说完,转身就进了场中。

比试开始了,应国这一方着玄色劲服,齐国着白色,秦国着红色。三场第一局是比站立射箭,看谁能射得最远最准。应国上场的是一位面容普通的少年,他身量修长神色冷淡,看上去其貌不扬,起码比起秦国的好手相差太多。秦国派上一位肌肉虬张的汉子,双目犹如铜铃,双臂更是壮实无比,一看就是臂力不错的样子。而齐国的则是一位年过五旬的老汉,面上满是风霜,面容黝黑,像是常上山打猎的猎人。看来顾清鸿也是费尽心思找来好手。

聂无双在高台上看得有些担心,对一旁的睿王妃道:"这一局恐不好。"

睿王妃并没有多大的见地,倒是身后的杨直知道消息,他道:"娘娘与王妃娘娘放心,这少年名叫欧阳宁,是武林间的神箭圣手欧阳烨的爱子,这一次听说皇上要在民间选神箭手与秦国比试,神箭圣手打破不与朝廷有牵扯的江湖惯例,亲自送了自己的儿子来京城。这欧阳宁可是一路打败了各地来的好手,这才得以入选。皇上也甚是欣赏他呢。"

聂无双看着场中相貌平平的欧阳宁,点了点头:"既然是这样的来历,恐怕第一场还是有些看头的。"

她正说话间,场下开始了比试。第一局第一场,一人三支箭,射中百步之外的靶子为一分,射中二百步外的为五分,射中五百步外的为十分。百步之外的箭靶很轻易地就让三位选手射中,很快,两百步外的箭靶又是很容易地就被射中,现在到了最关键五百步外的箭靶,若谁射中了,第一局第一场便是胜了。

场上所有的目光齐齐盯在三人的面上,只见欧阳宁低了头,不知在想什么,抬起头来

时，面上已是沉静若水。场边的人鸦雀无声，只听见风呼呼地从众人耳边掠过。

欧阳宁瞄准那几乎是已经看不见的箭靶，手中的弓已拉至满月状，终于他松了手，众人只听见嗖地一声，金刃破空的声音，传令兵连忙打马过去看，一会，他挥动手做了个手势。场上的众人纷纷欢呼起来：射中了！而且还是正中靶心！

果然是"神箭圣手"的后人，竟能射中五百步外的箭靶！一旁的秦国与齐国使臣们一看脸色不由得冷了下来，谁也不曾想过这样瘦弱普通的少年竟身怀绝技。再看一旁观战的萧凤溟面上若有若无的笑意，他们都在心底升起了一种莫名的压力。这一次的比试赌约，看样子应国皇帝比谁都不认为它是一场儿戏。

秦国耶律使节眼角跳了跳，面黑如锅底，果然秦国派上的选手很快败下阵来，在欧阳宁先胜的巨大压力下，再加上这五百步远的距离太难，他根本无法射中箭靶。

欧阳宁站着，身旁传来一声沙哑的声音："果然后生可畏。"

他回头，发话的却是准备射箭的齐国那位像是大山里钻出来的干瘪老头。

"前辈承让了！"他抱了拳，面上依然毫无表情。

那老头看了他一眼，搭了弓上前举弓射箭，姿势行云流水，传令兵连忙去查看结果，一会，他挥手做了手势。场中的众人不由得惊呼：竟也是中了靶心！

这个结果令人大出意外，齐国观战的使臣们纷纷看向顾清鸿。顾清鸿目光却看向天际，面上掠过一丝释然。他这一次请的这一位干瘪的老头，不是别人正是他射箭师承师傅的师弟，在齐国人称"无影鬼手"的林平师叔。

高台上聂无双不由得看向台下端坐的顾清鸿，心绪复杂，他总是如此，事事总能筹划妥当，出人意料，这一次的射箭比试恐怕萧凤溟的胜算又因他减弱了几分。

萧凤溟亦是看了一眼顾清鸿，眼中三分惊讶七分佩服。照理说如今三国之中齐国最弱，却是有不少如他这般精英人物全力支撑，力战强秦，当真是百足之虫死而不僵，半分也不能低估。

场上欧阳宁毫无波澜的面容看到结果也陡然裂开了一丝表情裂缝。他想了想，扬声道："换弓！五百五十步！"

他说罢，从场下的一位花白头发老人手中接过一张颜色乌黑的重弓。礼官征询地看了一眼萧凤溟，萧凤溟点头。那干瘪老头也不以为意："换弓吧。我老头子也换自己称手的弓箭。"

耶律使者早就败下阵来，自然无话可说。欧阳宁拉了拉弓，"崩"地一声，只轻轻一弹弓弦，顿时声震射箭场。那干瘪老头闻声不由得回头："小子，这弓可是射日弓？你竟要拿这弓一赌胜负？"

"这不是赌。这场比试，欧阳家一定会为我大应赢得应有的战果！哪怕是我欧阳宁血溅当场也在所不惜！"欧阳宁大声地说道，年轻平凡的面容竟焕发出不一样的神采来。而场边他的父亲眼中含泪，竟也是一副欣慰又悲壮的神色。

聂无双心中正疑惑，萧凤青冷冷淡淡地哼了一声："这射日弓是重弓。听说有千石的力道，光是拉满就要十足的力气。更何况还要瞄准，一个不好，射箭之人力道稍微一岔，弓箭脱手，就会被弓反弹的力道所伤，后果不堪设想。"

听到萧凤青的解释，高台上聂无双左右几个胆小的妃嫔纷纷惊呼，聂无双一叹："何苦呢？这一场若是平手，第一局还有两场，万一欧阳宁伤了自己，第一局剩下两场不就无人可比了吗？"

"但是文无第一，武无第二。平手就是输了，这一场又是第一场，欧阳宁就算是拼尽全力也要第一，这对接下来的比试我们这一队的士气可是至关重要。"萧凤青回答道。

聂无双心中感慨。果然见欧阳宁说完，众人心中热血沸腾，纷纷呐喊欢呼，士气高涨。欧阳宁运了运气，猛地暴喝一声，拉满了弓，"嗖"地一声，像是一道流星从众人眼前划过，远远地，传令兵上前查看，猛地回头欢呼：射中了！

射中了！欧阳宁竟射中了五百五十步外的靶心！

齐国干瘪老头——无影鬼手林平摇了摇头，顾清鸿上前，略有忧心："师叔，要不师侄把映日弓给你用？"

林平摇头："不行，你的'映日弓'是轻弓，他的'射日弓'是重弓，你的弓给我，就算是我力道够，你的弓也受不了，万一拉坏了岂不是平白毁了一张绝世的好弓？"

顾清鸿想要再说，林平拍了拍他的肩膀："老朽我尽力一试，若是输了，也只是输在了弓箭不济上……"

正在这时，欧阳宁忽地上前，他道："既然林大侠认为是弓箭不如小辈的射日弓，那这弓就借林大侠一用，这样胜负才公平！"

他这话一出，满场的众人俱是惊讶，眼见得稳胜的战果竟要再起波折。谁会这么傻？

萧凤溟笑道："果然是大丈夫的磊落坦荡。就依你之意，林大侠也用这张弓比试。"

林平也被激起豪气："好！老朽今日就一试这欧阳家祖传的射日弓，哈哈，这一次来应京，老朽就是死了也瞑目了！"

他说着上前拉弓引箭，他大喝一声，拉满了弓，"嗖"地一声，那羽箭似闪电一般飞了出去。传令兵前去查看，射中但是准头偏差一分。

如此看来胜负已定。只单单第一场第一局已是比得两人透不过气来，更何况接下来的。聂无双看得心中又惊又叹。第一局第二场比试开始，比的是谁能两箭、三箭、甚至四箭同射，射中靶心最多箭者为胜。场面更是激烈万分，三队各有胜负。最后计分，是欧阳宁夺了第一。为应国赢了个开门红。

场上看得目不转睛，为结果欢呼雀跃。忽地，聂无双耳边响起一个懒洋洋的声音："这算什么，他们顶多只射四箭，真正厉害的是顾清鸿，他能五箭连珠。射箭技艺高超，

他才是真正的对手！"

聂无双一怔，不由得看向萧凤青。萧凤青趁着高台上众人的注意力不在他的身上，忽地似笑非笑问道："难道你不知道他厉害如斯？"

聂无双眼中眸色一沉，心中有什么阴暗涌过，是的，她不知。"呵呵，看来他瞒着你不少事呢。"萧凤青凑过来，薄唇一开一合，说出的话却令她浑身毛骨悚然，"你难道也不想知道他为什么要灭你们聂家满门了吗？"

"或者，你难道也不想知道，他真正的名字不姓顾，他姓谢，淮南谢家的谢！"

"他顾清鸿，就是当年淮南谢家满门被灭唯一幸存的后人，谢家长子——谢诚轩！"

聂无双猛地站起身来。身后不远不近候立的杨直吓了一跳，上前问道："娘娘，您……"

聂无双玲珑的胸口剧烈地起伏着，她定定看着近在咫尺妖魅的俊脸，扶着夏兰的手："没什么。本宫要去更——衣！"

她说罢连比试也不看，冷冷地转身离开。萧凤青看着她离开的窈窕背影，环顾四周，众人的注意都在射箭场上，他薄唇一勾，悄悄跟上前去。

聂无双走得很快，快得夏兰几乎都跟不上。眼前天光耀眼，亮得合上眼俱是一片血红，犹如那一天满族的血光在眼前铺天盖地而来。什么是真，什么是假，她当年的恩爱缠绵就是一个天大的谎言，难道时至今日还需要有人告诉她，她所经历的谎言竟还是谎言中的谎言？

身后似有人跟来，夏兰犹犹豫豫地扯了她一下："娘娘，睿王殿下……"

聂无双脚步不停，她已挣开夏兰的手，干脆提了裙摆，不管不顾地向前飞奔而去。眼前是齐腰高的草地，她的身影没入翠丛中，犹如扑入了一片碧落海。

身后风声忽动，她奔跑的姿势被人一把拽住，聂无双回头，高高扬起的巴掌就狠狠地要向来人扇去。萧凤青收势不住，捏住她的手与她一起翻滚在草地上。

聂无双尖叫起来："放开我！萧凤青！"

萧凤青一把捂住她的嘴，低声道："你疯了！"

聂无双狠狠咬上他的手掌，萧凤青轻嘶一声，却不放开，一直任由她咬着。聂无双发了狠，一直咬得口中血腥味弥漫，这才缓缓松开。两人都躺在草地之上，四面都是半人高的草。

聂无双喘着气，冷笑："殿下不就是想看看无双发疯吗？这下称心如意了！"

萧凤青看着自己手掌的牙印清晰，忽地笑了起来："其实本王很早就想告诉你这事了，但是……"

"告诉？"聂无双打断他的话，冷冷地笑了起来，"我不想知道。也没有必要知道。知道能改变发生过的一切吗？知道无双的爹爹，二哥，小哥能活过来吗？"

"这恨是恨在骨子里,总有一天,我会报仇的,但是绝不是现在!"

"殿下不过就是怕无双会对顾清鸿再燃旧日温情吗?今日无双就告诉殿下一句:我和他绝无可能!"

聂无双站起身来,整了整衣裙,方才的疯狂凌乱心情已经奇迹平复,她扫了一眼四周,发现已离射场很远,四周空无一人,只有夏兰与杨直在不远处守着。

聂无双回头,看着坐在地上的萧凤青,他眯着眼,容色在天光下魔魅非人。他叼了一根草在唇边,慢悠悠地道:"你心中有数便好了。宫中的传言既然已经传到了皇上跟前,皇上将信将疑,你以后便不要再见他了。"

聂无双忽地一笑,蹲下看着他异色的眸子,纤纤手指轻抚过他的脸颊,慢慢地开口:"谢谢睿王殿下提醒,但是无双想,这不能见的人不是顾清鸿,而是您——睿王殿下。"

"本宫与顾清鸿再无可能。与殿下您之间的流言却是不少。皇上如今已经对本宫一日比一日喜欢,你说,他能否容忍殿下您对本宫有窥视之心呢?"

她说完也不顾萧凤青骤然变冷的俊脸,转身离开。夏兰见她回来,舒了一口气:"娘娘赶紧走吧,这里怕被人瞧见就不好了。"

杨直亦是随后跟上。聂无双看着远远草丛中的一点紫色,冷冷回眸。那边射场上的众人呼喝声越发高涨了。

聂无双若无其事地坐回看台,一问结果,原来是第一场、第二场已经比试完了。应国胜了第一场,秦国竟小胜第二场。如今到了第三场。第三场比试的是飞马射箭。就是各队的射手,纵马飞奔,然后在疾驰的马背上射箭,射中靶子最多最准的得分最高。

这一场激烈性比前面两场更加高。很多人纷纷站了起来。聂无双依然坐在椅上冷冷看着场中的情形。她从未像这一刻这般厌倦热闹,国事也能当成他们消遣的赌局,那这一场天下杀伐真正的意义又在何处?

忽地众人欢呼起来。她不由得看去,只见萧凤溟骑着一匹枣红色的马儿飞奔而出。长风猎猎吹起他的衣襟,他伏在马背上,身下的马儿似一道彩霞飞一般飘了过来,他手中搭着轻弓,一伸手,三支羽箭在手,拉弓射箭,箭如闪电嗖嗖连拉竟全部射中了靶心。

整个射箭场上欢腾起来,鼓手更是擂动牛皮鼓为自己的皇帝助威。第一个靶子已中,百米远就是第二个靶子,萧凤溟手中不停,又连动手中的弓箭,这一次,他竟然搭了五支羽箭。

"五箭连珠!"射箭场一旁的顾清鸿低呼了一声,难以置信地看着场上的萧凤溟。

众人也看清楚他手中的羽箭的数目,纷纷惊呼起来。聂无双不由得跟着站起身来。

五箭连珠!这不是萧凤青口中很厉害的箭术吗?萧凤溟怎么也会?!早就在她一分神间,场上嗖嗖几声,萧凤溟竟然五箭连发,统统射中靶心!

场上顿时安静下来,聂无双瞪大眼睛,看着萧凤溟在马背上对她露出笑容来,那笑容恰似万丈金光，划破沉沉的黑夜，向她而来。他在疾驰中，又搭上五支羽箭，又是飞快脱弦，嗖嗖几声，第三个靶上又是连中了五支。场上所有的应国人都欢呼起来。再也没有比看见自己的皇帝神乎其神的射箭技艺更令人膜拜的狂热了。

顾清鸿脸上神色阴暗不明，他看着萧凤溟成功射中三靶下马，这才走上前："敢问皇帝陛下，这五箭连珠是谁传授给您的呢？"

萧凤溟把马缰递给一旁的侍卫，拍了拍手，笑道："朕年少时曾得皓昇师傅传授过一段日子。怎么，顾相国也曾认识他？"

顾清鸿浑身一震："他是顾某的师傅。"

萧凤溟微微一顿，面上掠过惊讶但很快他便释然一笑："原来朕与顾相国竟有同门的情谊。皓昇师傅与朕亦师亦友，但是总的来说，他也算是朕的半个恩师。看来真的是有缘啊。"

萧凤溟早年是东宫太子之时曾经于弱冠之年放弃宫中富贵生活，四处游历，后学艺有成便随着应国的惠武帝四处打仗，后来应国国内矛盾重重，长年的征战令国内百业萧条，惠武帝不得不放弃一统南北的宏图霸业，转而休养生息，也就是那时，萧凤溟才随惠武帝回朝学习政事，直到娶了太子妃，后惠武帝驾崩他才登基为帝。

萧凤溟早年游历之时曾结识不少能人异士，四处拜师，受益匪浅。没想到这一手射箭技艺竟是与顾清鸿同一个师傅所授。

顾清鸿看着眼前总是波澜不惊的萧凤溟，心绪复杂。这一场三国战事中，也许最深藏不露的萧凤溟才是最后的赢家。

"顾相国请！"萧凤溟看士兵换好靶子笑着示意。

顾清鸿拱了拱手，眼中掠过信心，转身上马。他一身雪白劲装，身下是一匹油光水滑的黑色骏马，黑与白更显得他容色清晰如画，两鬓的灰白也不能减少他一分风采。

聂无双坐在高台上，看着他疾驰而至，犹如一片白云覆来。他一摸箭囊搭上五支羽箭，如神祇降世。场上无人出声，如今秦应已经各赢一局，要是齐国最后一局赢了，那就三国射手还得加赛最后一场以定胜负，若是这一局应国胜了，那就是最终决胜。秦国不但可以答应退兵，还可以把云川一十二州归应国。这样一来，才是最后皆大欢喜的结果。

聂无双看着顾清鸿儒雅的面容上充满了坚毅，耳边忽地响起萧凤青在她耳边说的话。

"或者，你难道也不想知道，他真正的名字不姓顾，他姓谢，淮南谢家的谢！"

"他顾清鸿，就是当年淮南谢家满门被灭唯一幸存的后人，谢家长子——谢诚轩！"

潜藏阴暗的血液从心中涌过，聂无双忽地站起身来，慢慢步下高台向靠着场边的萧凤溟走去，每一步她心中的恨意都在喧嚣着，每一步她都似在畅饮着复仇的毒酒，她面上带着妩媚的笑容，那笑容美得似天边的云霞，明媚得令人睁不开眼。

众人本来被疾驰而至的顾清鸿吸引住了全部心神，但却冷不丁眼角看到一位风华绝代的美人，拖曳着长裙旖旎而来，不由得纷纷转头看着她。顾清鸿手中映日弓已经拉满，正要脱手，忽地看见场边聂无双面上含着意味不明的笑容走来。心头猛地一震。

他暗自叫糟，却已是来不及，手一抖，五支长箭脱手而出！嗖嗖几声，那五支箭已经偏离方向，全部落了空。众人皆惋惜叹息。聂无双看了一眼结果脸上的笑意越发畅快。

萧凤溟一回头，看着她面上的笑容，微怔过后便是微不可察地皱了皱剑眉。他脸上的神色逃不过聂无双的双眼，她脸上的笑意减少几分，走到他跟前，低声道："皇上……"

萧凤溟心中叹了一口气，扶了她起身："既然来了，就陪朕一起看比试吧。"

聂无双见他并未责怪，心中松了一口气，依在他身旁似笑非笑地看着场中的顾清鸿，第一靶他已经落空，如今无论他怎么射结果都不会赢过萧凤溟了。

顾清鸿接下两靶都是满分，但是却已无力回天。

最后这一场比试以齐国胜。这样，秦国不但要割地更要履行退兵的承诺。秦国耶律使者脸色铁青，沉了沉，最终忍住怒气，上前拜见萧凤溟之时说道："皇帝陛下英勇，我们秦国人最佩服有能力的人，也是最信守承诺的人，五日后，要不就在这里举行狩猎，然后签订三国的协议可好？"

萧凤溟见耶律使者面容上神色诚恳不似作伪，便哈哈一笑道："好！既然耶律使者爽快，那朕就再举行一次狩猎，顺便签订协议。"

耶律使者低头应道，眼中却掠过一丝不易察觉的怨毒……

第五十七章　密谋：破盟约（上）

应国在这次比试中不但大获全胜，而且皇帝在比试场上大展神威更是让应京百姓津津乐道。他们不厌其烦地传着萧凤溟如何有如天龙降世，手中的五支羽箭如何拖着火龙射向靶心……

百姓的传言向来言过其实，甘露殿中，萧凤溟听着一位能说会道的内侍绘声绘色地把京城中听来的传言一一转述，坐在御座上含笑不语。聂无双坐在他身侧，抿着嘴听着那名机灵的内侍说完，命宫人重重打赏。内侍千恩万谢地拜谢，这才恭谨退下。

聂无双看着萧凤溟俊颜上清淡的神情，笑道："皇上这一次大展神威，恐怕三国中很快就会传遍了。"

彼时殿中宫人俱已退下，殿中无人，只听得铜漏中的水滴滴答作响。这是个难得清闲的午后。

萧凤溟站起身来，摇头笑道："传言向来不实，朕身为皇帝，一言一行更容易被人夸大。"他回头，眼中掠过意味不明的神色，"不过这一次比试，双儿觉得谁是最大的输家？"

"是秦国吗？"聂无双问道。

"不，是顾清鸿。他不但在这一场比试中输了，更输了自己的心。"萧凤溟淡淡地回答。聂无双红唇边的笑意渐渐冷了下来。萧凤溟走到她身边，握了她的手，面上神色明暗不明，"双儿，你告诉朕，你是不是故意使计让顾清鸿分心？"

他的手一如往昔温暖干燥，她冰凉的手在他修洁的掌中微微一颤，飞快抽出。聂无双抬起黑白分明的美眸，直视他的眼睛。她就知道这一切根本瞒不了他的眼睛，遂低了头淡淡地道："是。"

萧凤溟看了她一会，那总是蕴含温柔笑意的眼眸渐渐流露出怜惜与一丝她看不明白的受伤。

是受伤吗？聂无双心中一悸，想要再看分明，他已别开了眼："以后不可再这样做。仇恨会蒙蔽你的眼睛，让你再也看不到别人的真心。"

真心？什么真心？聂无双想要追问，他已挥了挥手："跪安吧。"

聂无双看着他挺立的身影，欲言又止，但终究什么也不问，缓缓躬身退下。

一连整个应京，整个应国都沉浸在热烈的气氛中，射箭比试赢了，三国的战事眼看着就要消失于无形中，远征的良人就要回来，这怎么不令人庆幸？只是在后宫中，热烈的气氛中又含着一种说不出的古怪，但究竟哪里怪却又说不上来。

直到敏感的宫人终于嗅到了那古怪在哪里。经常踏足永华殿的皇帝一连几日都未曾踏入一步。难道说盛宠中的贤妃聂无双莫名得罪了皇帝，就要从此失宠了吗？

才短短两天，后宫中的各种猜测顿时纷纷冒出。永华殿中的宫人们听得流言纷纷，再看看自家娘娘的脸色淡淡，一时间也不知是真是假，伺候上越发小心翼翼。

静夜流转，聂无双躺在床上却是睡不踏实。梦中有很多声音，远的近的听不清楚，也看不清浓雾中说话的人。她茫然地走着心中空荡荡的。

忽地一个声音在她耳边轻喃："你难道也不想知道他为什么要灭你们聂家满门了吗？"

"你难道不想吗？……"

她猛地转身，看见萧凤青眸色冰冷，唇红似血，站在她身后笑得格外诡异。

"不……我不想……"她捂着自己耳朵惶惶后退。

"难道你不想知道，他姓谢，他就是淮南谢家……"

"不！我不想！我不想知道！"她尖叫一声，扭头就跑。

眼前猛地出现一望无垠的草地，长长的草没过了她头，她分开草向前狂奔，可是哪里才是她应该逃离的方向？

身后的声音紧追不放，一遍遍问她"你难道不想知道吗？……"

她慌不择路，终于一个踉跄扑到了一个温暖的怀抱中，她猛地抬起头来，对上一双含笑温柔的眼睛，她终于松了一口气，软软依在他的怀中，叹息道："皇上……"

他的温暖似水把她包围，耳边忽地响起他的声音："仇恨会蒙蔽你的眼睛，让你分辨不了别人的真心……"

真心？她猛地抬头，想要看他的神色，却见他早就抛开她，冷冷转身离开。

"皇上！……"她大声地喊，却看着他一步步离开。

"娘娘！娘娘！……"耳边有人在喊着她，聂无双猛地惊醒，她捂着心口大口大口喘息。夏兰连忙打起帐子，茗秋扶了她坐起，手摸上她的胳膊，忽地惊叫："娘娘您怎么那

么烫？"

她边说边急急转身，手臂上猛地一紧，她转头，这才发现聂无双紧紧抓着她的手，美眸幽冷，似在思虑着什么。

聂无双看着这空荡虚无的黑暗，冷声道："去！去请皇上，说本宫高热，满口胡言乱语，看皇上来不来。"

"是……"夏兰见她脸上神色奇怪，不敢再说，连忙退下。过了许久，夏兰脸色不好地回来，跪下结结巴巴地道，"娘娘……今夜……皇上来不了了。"

"为什么？"聂无双冷冷问道。

"因为……因为皇上今夜传了梅婕妤侍寝……"夏兰终于把一句话完整地说清楚。

聂无双猛地看着她惊慌的脸，久久不吭声。夏兰被她脸上的神情吓坏，连忙膝行到她的跟前，劝慰道："娘娘不要伤心，因为奴婢不能进甘露殿，所以皇上不知道娘娘生病，娘娘……皇上要是知道一定会过来的。"

聂无双推开她的手，脸上恢复平静，烛火下，她的容色清冷如幽冷的潭水，看不出底下的暗涌波动。

"那就去宣太医吧。"她躺下身，平静地吩咐。

夏兰见她应允，匆匆退下去找太医。

聂无双的高热发得莫名其妙，却也退得奇怪，第二日早上起来就好了，只是精神有些微不济，除脸色苍白外，看不出昨夜她烧得厉害。皇后派了人来慰问，又赐了不少补品。

前来的是皇后身边的大宫女秋蒙，秋蒙见聂无双神色恹恹，上前轻声道："娘娘今日没去皇后那边瞧，如今梅婕妤受了皇上的抬举，不知有多得意嚣张呢。连皇后娘娘也觉她太过了。她还说什么衣服旧不如新的，更是让一干娘娘们都气坏了。"

聂无双听了美眸扫了她面上一眼。秋蒙本还想要再添油加醋，可看到她眼中刺骨的冷意，不由得心中害怕，连忙闭了嘴不敢再说。聂无双不冷不热地与她随意说了几句，便吩咐宫人赏了她这才让她回去。

夏兰在一旁听得心中气愤："娘娘，这梅婕妤不过是受了皇上一次恩宠竟这般嚣张！"

聂无双冷冷一笑："你听不出来么？这分明就是挑拨离间！傻子才相信梅婕妤能这般张扬。你瞧着那林婉瑶可是那样的女人不成？"

夏兰醒悟过来，惭愧道："奴婢真傻。"

聂无双看着窗外炎炎烈日，薄薄的唇一撇："是啊，谁能不傻呢，总以为恩宠是天长地久，永远不变，可这世上还有什么是不变的呢……"

五日的期限到了，应国这边已经准备好接受秦国的缔结盟约，从此休兵割地，不再侵犯应国与齐国。所以这一次的行猎更像是一种庆功活动，因而格外热烈隆重。地点也由京郊改为皇家草场。京中世家子弟与王孙贵族们也都纷纷参加。宫妃们也兴致勃勃地前去。聂无双病刚初愈,也勉强整理行装前去。

杨直劝道:"娘娘若是身体不适可以不必参加。"

聂无双对着铜镜瞧了瞧自己,这才短短几日,她竟瘦了许多,身子单薄如纸,风一吹便要倒了似的。

她笑:"本宫不去的话,那些人不就有把柄笑话本宫真的失宠了吗?本宫就算只剩一口气,也是要去的。"

杨直看着她面上的神色,心中黯然,不敢再劝,只能黯然退下。

到了那一天行猎,聂无双随着大队的人马前去皇家草场行营,过了大半天,终于来到行营帐前,她站在帐外,远远看着一抹明黄缓缓走来,她心中微微一动,刚想上前,脚步却生生顿住。

在他身边,一袭粉红娇俏的身影扶着他的手,面容清丽,正是梅婕妤林婉瑶。萧凤溟正低头与她说什么,她扬起笑脸,明眸皓齿,看起来如草场上那一朵迎风的娇花。

聂无双冷笑一声,转身进了自己的帐中。

到了下午,外面响起众人欢呼的声音,还有擂鼓的声音,她知道,皇帝要宣布行猎开始了。可这一切热闹对她来说,似已是隔世的阑珊,离她竟这般遥远……

一连两日,聂无双都在自己的帐中看书,闭门不出,有人求见也一律不见。她吩咐护卫牢牢守着她营帐四周,不许有人靠近。杨直见她如此,不由得劝道:"娘娘好歹出去走走,这般闷着不中暑也会闷出病来。"

聂无双抬头,才两日,炎热与多日不见阳光已令她脸色十分苍白。她淡淡道:"出去做什么呢?只不过是丢人现眼。"

杨直还要再劝,忽地隐约听到外面争执的声音。聂无双听了一会儿,只觉得那争执的人声音有些耳熟。

杨直匆匆出去查看,过了一会儿才进来道:"娘娘,是御前的侍卫与那神箭圣手的后人欧阳宁在争执。"

聂无双皱了皱悠远的秀眉:"有什么好争执的?"她说着,总算从案几边站起身来。杨直见终于有事能分了她的心思,心中一喜,连忙上前扶着她的手慢慢走出帐外。不远处,有一位身材修长,面容普通的少年正与一位锦衣侍卫在争执着什么。聂无双由杨直扶着上前。那少年正是在射箭比试中大放异彩的欧阳宁。他正激烈地与侍卫争执什么,也许是太过专注,他竟没有发现身后有人过来。

"我句句是实,那秦国狼子野心,根本不可以相信!"欧阳宁脸皮涨得通红。

"但是欧阳大侠,你根本没有真凭实据,万一破坏了这一次协议的缔结,到时候不要说你了,就是我们这些人都保不住性命!"侍卫显然是被他纠缠急了,怒叱道。

"可是……"欧阳宁想要反驳,但是终究是有心无力,他恨恨叹了一口气,转头就要走。但是他一转头,却看到不远处站着一位美貌至极的宫妃,她脸色极白,身上宫装却是极艳丽,越发衬得她脸上毫无血色。只有一双乌黑如深潭水一般的明眸格外大,而这一双眼睛正毫不避讳地盯着他的面上。欧阳宁脸一红,一时也忘了自己刚才在坚持争辩着的事,连忙转身就走。

"等等,欧阳大侠!"聂无双叫住他。欧阳宁一听,不由得停住脚步,回头略微腼腆抱拳道:"这位夫人是……"

"这是贤妃娘娘。"杨直在一旁提醒。

欧阳宁一怔,不由得仔细看了聂无双一眼,这才恍然回过神来。他连忙跪下:"草民不知是娘娘,恕罪!"

聂无双含笑看着他,慢慢道:"欧阳大侠有什么事要求见皇上呢?"

欧阳宁面色一整,肃然道:"这是当然。是事关秦国使节们,草民刚好偷听到一段话,觉得很可疑……"

他刚要说,聂无双忽地竖起手指,放在唇边示意噤声:"欧阳大侠随本宫来吧。这事事关重大,不宜在外面说。"

聂无双转身向自己的营帐中走去,欧阳宁心中七上八下,但终究是觉得这事不得不找个有主意的人说,所以也就跟上前去。到了聂无双的营帐前,聂无双淡淡吩咐守候一旁的侍卫退下,这才示意他进帐中。欧阳宁略略踌躇,但还是面上掠过坚毅,于是坦然走了进去。聂无双看着他虽年少,但是胸襟坦荡,有大智慧的样子,心中不由得佩服。

两人在帐中坐定,聂无双淡淡地问道:"究竟是什么事,要让欧阳大侠亲自与御前侍卫争辩?"

欧阳宁看了她一眼,看到聂无双美眸虽神色冷淡,但是却忍不住令人心生信任。这是一种很奇妙的感觉。欧阳宁长舒了一口气,把自己所见的一一道来。

"昨天草民正在郊外与几个师兄弟切磋,比试到了一半,草民就去捡自己的箭,本来一共是十支,最后一支怎么也找不到。后来草民看见不远处是一条小溪,心想也许箭掉入水中,随着水流漂走了,于是草民就抱着侥幸的心顺流而下寻找自己的箭。"

杨直在一旁插话:"为什么欧阳大侠要寻找自己的箭?"

欧阳宁挠了挠头,从自己随身背的箭囊抽出一支,递上来:"娘娘请看,就知道草民为什么要去寻找自己的箭了。"

聂无双接过一看,只见欧阳宁的羽箭样子精巧,上面箭头用乌金做的,拿在手中十分沉重,而且箭尾还雕了古篆的欧阳宁三个字,看起来这箭做工不但费时,而且还是欧阳宁专属的箭。难怪他切磋到了一半就心心念念要找自己的箭。

"原来如此。"聂无双笑了笑,把羽箭还给欧阳宁,柔声说道,"不过欧阳大侠在本宫面前不必自称草民了。欧阳大侠拼着一死力挫齐国对手，这种精神本宫十分敬佩。"

欧阳宁低头尴尬一笑："当时也是逞强，现在想想还是有些惭愧。哪里能担当起大侠的名号？娘娘若是不嫌弃，就叫我欧阳吧。"

聂无双见他不拘小节，心中十分喜欢，笑道："那本宫就叫你欧阳，欧阳请继续说。"

话题绕了回来，欧阳宁面上一整，继续说道："当时我一路顺流而下，果然看见自己的箭漂到了一旁的对岸，正要去捡，忽然听见在溪边的蒿草丛边有人在说话，本来我也不愿意搭理，可是其中有一个人忽地说道'此事一成，应国皇帝就该知道我们的厉害了！'。"

他说到此处，聂无双与杨直不由得对视一眼，他们都在对方眼中看到了一丝震惊。能如此说话的人，不但嚣张狂妄，而且明显有什么事是针对萧凤溟的！

欧阳宁脸色凝重："我知道这事事关重大，于是就躲在蒿草边偷听。那人说完，另外一人也笑了起来，他说，'什么割地，当我们秦国人那么傻吗？耶律大人那个提议本来就是借口，不管怎么说，云川一十二州怎么可能给应国这些南蛮子！'"

"他们两人说完，又各自骂了一些应国人如何如何的话。"

欧阳宁脸上怒气密布，想来当时他躲在蒿草后面既想探得消息，又气愤难平，实在是憋得辛苦。

聂无双听他说着，问道："他们后来又说了什么吗？"

欧阳宁有些丧气："后来他们又说了一堆什么银子还有什么女人，然后才隐隐约约好像说在五日后的行猎上，耶律大人一定不会缔结协议，会毁约！"

聂无双秀眉微颦，她又问："还有什么吗？"

欧阳宁想了想，眼睛一亮："他们还说什么部署了什么……接下来他们是用秦语说的，我也听不清楚，他们两人一会秦语，一会又说起中原话。后来我偷偷看去，其中一人好像是跟着秦国使节们来的大官，他的鞋子我在秦国使节团里面见过，就是那个式样的。绣了金丝银线，十分华贵。"

聂无双看了看一旁的杨直："杨公公如何看？"

杨直亦是皱眉，犹豫不决："这样说来，若是欧阳大侠真的听到了秦国人的密议，那这一次皇上与秦国的缔结盟约一定会失败的。"

聂无双站起身来，在帐中来回走动，她苍白的面容上隐约有忧虑之色。欧阳宁屏息凝神，他见她久久未决断，连忙恳切地道："娘娘，我说的都是真的，这人就在秦国使者团中，要是再让我看一眼，我一定能认出他来，到时候把他揪出来不就什么都知道了吗？……"

聂无双停下脚步，看着他："欧阳大侠手上没有真凭实据，就算你认出他来，他还会乖乖招认吗？万一他倒打你一耙，说是你诬陷，那皇上只会治你的罪，他根本没事。"

欧阳宁一听，顿时尴尬："是我鲁莽了。"

聂无双见他面色惭愧，无奈笑叹道："欧阳大侠光明磊落自然是不懂这人心邪恶。就算皇上相信你，你这样贸然说出来，只会打草惊蛇。最后什么事都没有发生，皇上只会觉得你沉不住气不堪大用。"

欧阳宁听得一阵怔忪，他喃喃道："不堪大用？"

"是啊，皇上让你这一次跟着行猎，不就是欣赏你的技艺吗？这样的人才皇上怎么会轻易放过？"聂无双笑道。

欧阳宁苦笑："如果真的这样的话恐怕要让皇上失望了，家中有祖训不得出将入仕。欧阳虽不才，却也不敢违背祖训。"

聂无双眼中掠过惋惜："可惜了你这样一个人才。"

欧阳宁不好意思低头一笑，忽地想到刚才说的事，面上又为难："那怎么办才好啊，一定得告诉皇上这事。"

聂无双红唇边溢出苦笑，这个时候要见萧凤溟，却不知他是否还能相信自己。她心中叹了一口气，对欧阳宁安慰几句便让杨直送他出去了。

不一会儿，杨直回来，见聂无双面上若有所思，上前轻声问道："娘娘真的要与皇上说这事吗？"

"自然。"聂无双叹了一口气，苦笑，"事情轻重本宫还是分辨得清楚的，只是皇上不知是否会相信……"

杨直想起最近萧凤溟冷淡的态度，亦是愁眉不展："万一皇上以为娘娘是借故邀宠，那不是更增恶感？"

聂无双点头，绝美的侧面上俱是郁色。想了许久，她下定决心："本宫就走这么一趟吧。皇上信与不信，本宫也不能左右了……"

聂无双说罢转入内帐中唤来夏兰与茗秋两人帮她更衣梳洗。披上流云锦，头梳高髻，又仔细簪金步摇，与各色金簪，她看着铜镜中倾城的容颜，眼前忽地一阵恍惚，前几天看见的那一幕又在眼前，他低下头来，与那娇柔的女子在说话，那样温柔……是不是，他对每个女人都这般？还是自己被他的温柔所蒙蔽，他对她不过与对别的女人并无不同？……

聂无双心中顿时涌起一阵烦躁。

"统统都拆了！"聂无双拔下头上的金步摇，狠狠丢在地上。夏兰与茗秋不知所以，连忙跪下："娘娘息怒！"

聂无双平了平心气，勉强道："你们收拾好，随本宫去面见圣上吧。"

夏兰与茗秋这才上前随着她一起出去。聂无双走了半盏茶工夫，到了萧凤溟的金顶大营帐前，御前的侍卫见她前来，脸上露出古怪，连忙上前："拜见贤妃娘娘！"

聂无双看了看帐子,问道:"可否帮本宫通传一声,就说本宫有要事要面见圣上?"

御前侍卫面面相觑,为难道:"娘娘,皇上已经出去与各位大人行猎去了,这时候并未在帐中。娘娘来得真是不巧呢。"

聂无双不疑有他,她知道萧凤溟酷爱骑马打猎。她沉吟一会道:"那等皇上回来了,麻烦侍卫大哥帮本宫禀告皇上,就说本宫真的有要事要求见皇上。"

御前侍卫平日没少拿杨直的打点,自然是满口应是。聂无双吩咐完,转身要走,忽地不远处有一抹淡红倩影走来,她柔声道:"原来是贤妃娘娘,既然来了,怎么不进来呢?"

聂无双转身的脚步忽地顿住,她慢慢回过头看着那从御帐中走出的人儿,美眸中有什么阴冷闪过,冷冷地道:"本宫当是谁呢,原来是梅婕妤。"

梅婕妤林婉瑶不紧不慢地走到她跟前,微微一笑,躬身施礼:"臣妾拜见贤妃娘娘,娘娘是来找皇上的吗?可惜皇上已经与各位大人们出去行猎了,要傍晚才能回来。"

聂无双看着她清丽的脸庞上提起萧凤溟之时浮起的淡淡红晕,心中冷冷一笑,淡淡道:"既然如此,那本宫就傍晚过来吧。"

她说罢转身要走。忽地身后传来林婉瑶的声音:"娘娘留步。"

聂无双转过身,再也抑制不住冷声问道:"究竟还有什么事吗?"

林婉瑶被她脸上的神色吓得一怔,回过神来咬了咬下唇,这才道:"是臣妾有一件难解的事想请教娘娘。"

"什么事?"聂无双看着她那张白皙得吹弹可破的脸,心中就忍不住一遍遍想着她是如何站在萧凤溟身边娇笑承宠。每多想一下,心中某个地方就在叫嚣翻腾,就像深藏地底的火焰舔舐岩浆,每过一处,就是一地焦黑。

"是这样,昨夜皇上与臣妾对弈,可是臣妾棋艺不精败下阵来,皇上又布了一局,让臣妾有空参详。可是臣妾今日已经冥思苦想了一天了,依然解不开死局,所以……"林婉瑶低头道。

聂无双定定看着她面上的神色,似在确定她到底说的是真话,还是在借故炫耀恩宠。林婉瑶被她犀利冰冷的目光直视着,心中不由得泛起一股寒气来,在聂无双毫不掩饰的目光下,她几乎要败下阵来。想着,她心中升起一股后悔。她宁可一整天对着那据说是死局的棋局,也好过这样让后宫中有名的"妖女"聂无双盯着看。

正当她以为聂无双会冷冷讽刺的时候,聂无双忽地开口:"好吧。"

林婉瑶不由得诧异地抬起头来,聂无双已经越过她向金顶大帐走了过去。"难道你不想解开皇上给你的棋局吗?"她冷淡的话随风飘来。林婉瑶这才醒过神来,跟上前。

聂无双进了金顶大帐,一切犹如去年秋狩时节的样子,整整齐齐,当中的御案上还放着萧凤溟喜欢的笔墨纸砚。她环顾一周,林婉瑶已熟门熟路地示意她进来内帐中。内帐中弥漫着宫人新燃的龙涎香,清淡悠远,聂无双心中一窒,不由得看向一旁的林婉瑶。林婉瑶席地坐在蒲团上,在内帐的案几上摆着一副棋盘,上面黑白棋子零散,白子已陷入了死局中,乍一看已经没有任何生机了。

聂无双沉默看了一会儿,并不出声。林婉瑶叹道:"臣妾总以为自己精通了棋艺,但是与皇上对弈几局才发现臣妾当真是比不上皇上一星半点。"

聂无双想起当初与萧凤溟相识也是缘于一副棋局,不禁恍惚微笑道:"是,他的棋艺的确是过人。"

林婉瑶再仔细看了看棋盘上的棋子,想要最后再试试,过了好一会,却是摇头惭愧道:"这一局,臣妾解不了。唉……皇上一定会对臣妾很是失望。"

她眼中流露黯然,像是一颗明珠渐渐掩了光彩。聂无双看着她,忽然问道:"他对你可好?"

林婉瑶闻言脸微微泛红,不由得羞怯地低了头:"皇上对……对臣妾很温柔。"

聂无双定定看着她脸上娇羞,忽然地古怪一笑:"是,他的确对人很温柔。你可是动心了?"

"什么?!"林婉瑶听到她说的话,不由得吃惊地抬起头来,"娘娘……"

聂无双直视她的眼睛,红唇轻启,带着似笑非笑:"你那一天不是求着本宫庇护你吗?现在看来你已经不需要本宫的庇护了。"

林婉瑶闻言,脸上一阵青一阵白:"娘娘说哪里话……臣妾还是需要娘娘庇护的。"

聂无双摇头,言语渐渐犀利嘲讽:"不,你现在心中怎么是这样想呢?选秀入宫就被封为婕妤,初获恩宠就能随御驾行猎,甚至伺候左右。哪一点都足以让你沾沾自喜,你还需要本宫哪门子的庇护?"

林婉瑶渐渐沉不住气,她转身拿了茶,倒了一杯热茶,奉给聂无双:"娘娘请喝茶,就当臣妾年少无知犯了错,惹得娘娘生气了。"

聂无双却不接过,她冷眼看着面前温婉清丽的女子,心中掠过极复杂的思绪,说不清是什么,是嫉妒吗?却又不像,品来品去,却是一种悲凉,一种物伤其类的悲凉。

"娘娘?"林婉瑶抬起头来,见聂无双只是看着自己,不由得放下发酸的手,不冷不热地讽刺道:"后宫便是如此,总有比娘娘更新的新人入宫,娘娘难道看不开吗?再说娘娘还有三皇子,又是四妃之一,地位稳固,难道娘娘因为臣妾承宠了两天就嫉妒吃醋了吗?这可不像臣妾还未进宫时听过的娘娘!"林婉瑶不紧不慢地说完,因为激动,玲珑的胸脯剧烈地起伏着。

她也不知道自己今天怎么了,她明明是一个多么温婉,多么知书达礼的大家闺秀,连萧凤溟都赞她"恭顺谦和",怎么今天才被聂无双问了几句,她就这般沉不住气了呢?

聂无双听着她说了这么一堆,不由得咯咯笑了起来。她的笑很好听,清亮犹如夜莺,却不甜腻做作。只是她越笑,林婉瑶就觉得心中的底气渐渐被漏得一干二净。就像是……

就像是在对阵中，自己统统使出了所有的独门绝技，而对方却连一半真本事都没显露出来，那样心虚的感觉。

"娘娘在笑什么？"林婉瑶听着她的笑声，底气不足地问道。

聂无双渐渐停了笑，从长袖中掏出团扇，慢条斯理地扇了起来，她身上幽幽的香风拂过林婉瑶的鼻尖，似极了一只冰凉香艳的手在她面前拂过，说不出什么地方讨厌，只觉得心底一阵阵发毛。

聂无双看着她年轻的脸，美眸流波，光华隐隐浮动，她慢慢地道："也没笑什么。只不过是觉得可笑啊。你说本宫妒忌你，难道你就没有妒忌本宫吗？"

林婉瑶一怔，不由得失声否认道："没有！臣妾没有！"

聂无双似早就猜到了她的否认，她转头看着棋盘，漫不经心地："知道什么样的女人才会妒忌吗？对自己不够有信心的女人。"

"那娘娘呢？娘娘是否也是因为对自己不够有信心，所以今日才会这般问责臣妾呢？"林婉瑶不甘示弱地反诘。

聂无双目光从棋局中抬起头来，对上林婉瑶的目光，不由得哑然失笑。果然是清高又傲气的大家闺秀，进宫以后表面上驯服，其实内里她一定也是不服气的吧，不然也不会今日这般有意无意向自己炫耀恩宠，后来被自己戳破心事又咄咄逼人。恐怕她自己也不知道她已渐渐和宫中那群女人一样了。

聂无双想着，手拈起一枚白棋落下，淡淡道："比起本宫的不自信，你的不自信总会比本宫更多一些。"

林婉瑶心中不服气，想要反驳，却陡然惊觉自己已经说了太多不应该说的话。她顿时泄了气，跪坐在一旁看着聂无双凝神细思棋局。从她侧面看去，聂无双的面容第一次这般近地呈现在她的面前。

她的容貌无疑是美的。是一种真正的艳重天下的美。肌肤白腻如天山上的皓皓白雪，看久了竟觉得隐约有珠光流彩。眉眼如画，却又超脱了世俗的美艳，美得犀利直透人心，嫣红的唇没有染上胭脂，有一种天然去雕饰的风华。

每一次见聂无双她都无法猜透面前传言中"妖女"的心思，每一次，她展现在众人面前的美就如有千面妖姬的面具，一层掀开却发现底下还有一层面容，无穷无尽，令人明知有毒却又无法不被她的光彩吸引。

"好了，这棋局已经解开。"聂无双站起身来，打断了林婉瑶的出神。她最后环视了一圈御帐中的事物，这才轻摇团扇转身就走。

"娘娘！"林婉瑶顾不上看这棋局，不由得出声叫住她。

"还有什么事么？"聂无双回头问道。

"娘娘……臣妾当真错了吗？"林婉瑶抬起头来，直视聂无双的眼睛。她想从她的眼眸中看到讥讽甚至憎恨，起码这样她就有理由继续与她对抗下去，在这空虚的后宫中，在这往后可以预见的无聊岁月中。可是没有，眼前的聂无双面上又恢复她之前见过的慵懒魅惑，她仿佛在不经意间就查探了对手的底细，不愿也不屑再跟她一般见识。

"做错了什么？"聂无双有些诧异。

"臣妾进宫来是不是错了呢？"林婉瑶看着她，像是认真求解的孩子，竭力想要挖出最后的真相。

聂无双看向她的眼神渐渐流露茫然，但很快，她回神嫣然一笑："不，你没错。要换做本宫是你，也会放手一搏。你不但没有错，做得也很好。而且本宫也说过，你不需要本宫的庇护。"

她说罢转身离开，再也不停留。

林婉瑶吐出胸臆憋着的一口气，得到了意料之外的赞赏，却没有丝毫高兴的心情，她木然回头，案几上的棋局安安静静地在桌上，她挪了过去，只看了一眼，便浑身一震……

御驾回营，萧凤溟把缰绳掷给了一旁的侍卫，他下了马，下意识地看了看不远处的帐子。依然是毫无动静，他眼中微微一黯，明明这般近，却似面前有了一条万丈鸿沟，他跨不过去，她也不愿意过来。他心中涌过一股酸涩，转身向金顶帐中走去。迎接的侍卫上前，刚想开口说明聂无双交代的事，忽地一个甜软的声音飞快飘来："臣妾恭迎皇上！"

萧凤溟面上浮起笑容，他看着面前跪下的林婉瑶，扶了她起身："平身吧。"一旁侍卫看着林婉瑶面上的笑容，话到了嘴边又咽了下去。

三分眼色他还是有的，据说这名娇柔清丽的美人可是皇上最近的新宠。他万一把聂无双吩咐交代面见皇上的事在这个时候说出去，得罪了皇上的新宠妃子，那他以后的仕途可就要完蛋了。侍卫飞快权衡一下，终究决定缄默。

林婉瑶笑着扶着萧凤溟的手："皇上今日猎到了什么？"

萧凤溟一指身后，林婉瑶顺着他手指的方向看去，果然见几个侍卫手中提着不少猎物，还有一头皮毛光滑的黑色狐狸。

"呀，皇上这狐狸皮毛很不错啊，冬天可以做一副很漂亮的手笼呢。"林婉瑶上前摸着狐狸欣喜地道。萧凤溟的箭很准，一箭就射穿了狐狸的双眼，不在皮毛上留下一点箭伤这更是难得。

萧凤溟看着她眼中殷殷的渴求，若无其事地转了头："回帐吧。"

林婉瑶眼中流露失望之色，但是很快甩掉刚才心中的不愉快，跟上前，东问西问。萧凤溟一一温言回答，并无半分不耐。准备好迎驾的宫人鱼贯上前，伺候萧凤溟卸下软甲，更衣梳洗。萧凤溟梳洗完，走进内帐中，忽地他眼角瞥到昨夜的棋盘上，不由得看了一眼。

"咦！"一向喜怒不形于色的他也忍不住惊叹一声："你竟解了白子的困局？"

林婉瑶听到他的声音，心头一颤低声问道："皇上觉得解得如何？"

　　萧凤溟坐在蒲团上，认真看了起来，原本的棋谱已在他心中烂熟，此时推演下来，一步步犹如亲见。渐渐地，他眸中神色变幻不定。终了他抬起头来，乌沉的眼眸中一眼望不到底，但是林婉瑶在他的眼中看到了冷色。

　　"这一局是你解的吗？"他问。

　　林婉瑶浑身一震，低下头："不是。"

　　"那是谁解的？"萧凤溟眼中并没有震怒，口气一如往昔，只是敏感的林婉瑶已察觉了他声音的丝丝异样。

　　"是……是贤妃娘娘解的。"林婉瑶终于吐出这一句话来。

　　萧凤溟看着她低垂的面容，只是沉默。许久林婉瑶忍不住抬起头来，却见萧凤溟正在出神地看着棋局。

　　"皇上……"她小心翼翼地拽着他的龙袍下摆，怯怯地道，"皇上，臣妾并不是有心隐瞒，而是来不及告诉皇上，在皇上行猎的时候，贤妃娘娘曾过来想要求见皇上。而臣妾刚好一直参详不出皇上给的棋局，所以……所以……"

　　"皇上请恕罪！"她咬着牙重重磕下头。

　　萧凤溟目光沉静地看着林婉瑶，手虚扶了下："你平身吧。这棋局朕早就应该知道，以你之力是解不开的。"

　　他手微动，把棋局恢复成原样，黑子白子厮杀纠缠在一起，白子已然势微，黑子却有大把的胜算，怎么走才能扭转乾坤，拯救这白子的困境。

　　"她是不是走了这一手？"萧凤溟落下一个白子，林婉瑶一看，不由得大惊："是的，可是皇上她这分明是自断后路，这根本是……"

　　"你再仔细看看。"萧凤溟提醒道。林婉瑶一看，不由得比刚才更加惊讶："这……这怎么可能，这一手居然把自己的死路变成了黑子的死路，局势更加明朗，白子也有一搏的余地了！"

　　萧凤溟长久地盯着刚才落下的那一子："这是破釜沉舟。没有必杀的决心，是走不出这一步棋的。"

　　他收起棋盘上的棋子，声音平静："你没有她的胸襟，更没有她的果决，所以你只在生路上求生，不像她在死路上求生，所以这盘棋局你解不开，她解开了。"

　　他看向帐外，长吁一口气："她来一定有很重要的事，替朕去宣她来吧。"

　　"是。"林婉瑶心中涌起委屈，他分明没有一句责备，但是她却不知为什么依然想要哭。

　　她快速退下，眼底的泪再也忍不住滚落下来，她看着座上淡然从容的萧凤溟，心中划过一个模糊的念头：也许在他心中，谁也比不上聂无双吧……

第五十八章 密谋：破盟约（中）

聂无双进入御帐之时，天已经擦黑了。她看向御座，萧凤溟依然正在看送来的奏章。他见她来，淡淡抬了头："你有什么重要的事么？"

聂无双看着他身边磨墨的林婉瑶，欲言又止，许久才道："臣妾这事事关重大，还望与皇上单独详谈……"

萧凤溟看了她一眼，帐中的夜明珠下，幽幽的珠光照在她倾城的面容上，看一眼都令人心颤，他低下眼吩咐道："婉瑶，你退下吧。"

林婉瑶恭谨退下。帐中就只剩下两人。萧凤溟放下手中的奏章，看着她。

聂无双被他那双眼睁看得心头颤动，但想起来意，不由得正色道："启禀皇上，秦国使者对这一次的缔结盟约恐怕别有阴谋。"

萧凤溟闻言，微微皱起剑眉："你从哪里听来的消息？"

"是欧阳宁亲耳听到的。"聂无双遂把欧阳宁听到的事重新说了一遍。萧凤溟听完以后，皱眉道，"如今缔结盟约已快要到最后商定的时候，这事容后再说。"

"皇上？！"聂无双吃惊地上前一步，"皇上难道不相信臣妾的话吗？"

萧凤溟看着她，面上神色波澜不惊："不是不相信，只是明日就要签订和约，你要朕这时候怎么做？去质问秦国使者还是就此不签了？"

"可是……皇上应该知道秦国狼子野心，他们怎么可能什么也没得到就此签订和约？"聂无双连忙道，"皇上起码要加派人手以防有变！"

萧凤溟看着她，眸色复杂："你跪安吧。这是国事，你不必插手。"

国事？！聂无双胸臆间涌起一股愤怒，她一步上前，看定萧凤溟的双眼："这不是国事，这是皇上的安危！"

萧凤溟抬起眼来，像是这才看清楚站在面前的她是谁，重新打量她。

"皇上，秦国使者狼子野心，他们一定有不可告人的阴谋，皇上起码要在自己身边多加派人手……"聂无双看着他的眼睛，美眸中渐渐流露出自己也不明白的哀求。

萧凤溟定定看了她许久，忽地问："你这是在关心朕？"

聂无双一怔顿时无言。

萧凤溟步下龙案，看着她幽深的眼，又问："如果不是关心朕，你是在担心什么？"

聂无双避开他仿佛看透人心的双眼，低了头："臣妾当然是关心皇上。"

面颊上轻抚过一丝暖意，他已近在咫尺，他的声音包含着痛惜："你这几日瘦了。"

眼底有什么欲夺眶而出，聂无双不得不强行忍住，她抬起头来："皇上不可掉以轻心，臣妾……告退了。"

"无双……"他的声音在身后响起，聂无双顿住脚步，却不敢回头。

"朕说过的话，你还记得吗？"他的声音慢慢靠近，"在你心中，是报复顾清鸿重要，还是朕重要？"

聂无双浑身一震，她猛地回头，忽地冷冷淡淡地笑了起来："那在皇上心中，是江山重要，还是臣妾重要？"

萧凤溟无言地看着她，许久，他才回答："你要知道，江山与你并不矛盾。"

"是啊。皇上既可坐拥江山又可以坐拥美人。既然后宫有三千佳人，皇上又何必在乎臣妾心中到底什么才是最重要的？"聂无双说完，转身要走。

"你这样的意思是要与朕决裂了吗？"萧凤溟声音一紧，问向那毫不犹豫要走出帐中的倩影。

聂无双深吸一口气，回过头时，面上已带着虚软的笑容："皇上多虑了，在后宫中，只有皇上不喜欢哪位宫妃，又哪里有宫妃可以拒绝皇上？臣妾的一切都是皇上赐予的。臣妾会一直等着皇上哪天再一次驾临永华殿。"

她说完，走出金顶大帐。……

风吹过她的发丝，调皮碎发逗弄着她脸颊，仿佛在撩拨着她的心思。聂无双深吸一口冷气，淡淡吩咐道："去把这事告诉睿王殿下吧。"

杨直一怔："娘娘的意思是让殿下插手保护皇上？"

聂无双看着黑夜中一望无垠的草海，点了点头："睿王殿下也不希望皇上这时候出事，更何况……他还要博取皇上的进一步信任。"

最后一句话吐出，心头有一条纤细的线猛地崩断。断了也好，断了非分的想法，断绝了残存的一丝温暖。她的眼中有什么落下，这是泪吗？可明明她已没有了情爱的羁绊，怎么还是会一次次为这莫名其妙的话而潸然泪下？！

"走吧。"聂无双默默站了一会儿，这才转头没入了黑暗之中。

金顶大帐前，萧凤溟看着天上明亮的星辰，忽地道："这天又要变了。"身边有一道倩影前来拜下："皇上，臣妾告退了。"

萧凤溟看着笼在披风中的林婉瑶，默然点了点头。林婉瑶最后看了他一眼，终是掩不住眼底的伤心失望，匆匆离开。

第二天，萧凤溟与秦齐两国使节商定最后的缔结盟约的条款。秦国使臣们一个个脸色沮丧，眼底隐含郁色。齐国使者们显然轻松许多，只除了今日才出现的顾清鸿。听说他射箭比试之后便大病了一场，一直在驿馆中养病，直到今日才出席。几日不见，他容色憔悴很多，面色苍白得几似宣纸，时不时拿了绢帕捂着唇剧烈地咳嗽。一点也不似那日比试的意气风发。

"顾相国大人可要好好保重身体，齐国的未来可是都在相国一人身上呢。"坐在御座左首第一位的萧凤青似笑非笑地劝道。

他的声音轻慢，听起来一点诚意也无，可偏偏他面上一本正经，让人一点都发作不得。

顾清鸿看了他一眼，捂着唇咳嗽一声："多谢睿王殿下关心，顾某好得很。"他说着，咽下即将涌出的血。他眼中一黯：越来越难控制了呢，这毒……已经渐渐伤了他的五脏六腑。即使那暂缓毒性蔓延的解药也开始渐渐压制不住这毒了。

除非他能真正得到皇上的解药……他苦笑了下，太难了啊，皇帝怎么可能让他真正解了毒？

顾清鸿放下手中的绢帕，雪白的绢帕上正中有一点殷红。他不动声色地把帕子放在袖中，抬起头来，面上浮出恰到好处礼节的笑容，心中却一个声音一遍一遍地道：所谓求仁得仁，值得的。……他已经辜负了许多，现在唯一捏在手心，不能辜负的就是齐国还陷于战火中的黎民百姓。不能再辜负了……

萧凤青看着刚才还病怏怏的顾清鸿，转眼间又仿佛在身体内又挺起了那一根不弯的脊柱，气质清韵出奇又是那名闻天下的"齐国第一相"了。

果然是顾清鸿！萧凤青不知是该敬还是该可怜他，薄唇一撇，索性不再理会他。

萧凤溟与秦国的耶律使节在商谈一个边界贸易问题，商讨来商讨去，总是不能达成一致。最后，萧凤溟索性不再说话，听着耶律使者侃侃而谈。萧凤青听了一会儿，忽地打断耶律使者的话，冷笑道："听耶律使者这般说，这云川一十二州的税赋还得分一半给你们秦国不成？"

耶律使者一怔，傲然道："这是自然，不然秦国商人去云川贸易岂不是钱都流入了应国之中。"

"那这割地还有什么意思？"萧凤青开口讽刺道，"你们皇帝是不是后悔了，要是后悔了，本王不介意再跟他战场上一决高下。"

耶律使者脸色一变正要反驳，萧凤溟抬起手来："今日先谈到这里，看来秦国与朕的缔结盟约还有诸多分歧。等明日再议。"

他说罢转身要走，秦国使节像是恍然回过神来，连忙请罪道："皇帝陛下息怒，这条约可再谈的。"

萧凤溟看了他一眼："今日可以谈成吗？"从这几日来看，秦国根本就是在拖延，他不得不怀疑起他们的诚意，不过也许自己心中也不曾期盼过秦国能安下心来谈割地，谈退兵。

他眼中有什么掠过，笑道："既然耶律使者要求，那朕就下午继续陪你们谈。"

耶律使者连忙道："是啊，这条约之事由臣子们谈好了。话说这几日了，我们还未与皇帝陛下一起出去打猎，秦国最敬重英雄，说不定皇帝陛下在打猎时一展身手，我们就什么分歧都没有了。臣等几个也想透透气。"

萧凤溟一笑，许久才道："好！下午就一起与耶律使者打猎。"

他说罢，转身离开专门为缔结条约临时搭起的白色帐篷。耶律使者看着萧凤溟离开，这才暗地里松了一口气，他一抬头却看见顾清鸿纯黑的眼眸淡淡看着他。

明明是很冷淡的眼神，却令他忍不住心虚。耶律使者谄笑着上前："顾相国大人可要一起来打猎？"

顾清鸿捂着苍白的唇，咳嗽一声："不了，齐国本来就是陪衬。这一场行猎，秦国与应国才是局中人。"

他说罢站起身来，也离开了帐篷。耶律使者呆了呆，额上冷汗涔涔而下。他不得不拿袖子慌忙擦掉。顾清鸿这些话是什么意思？难道说他看出秦国没有诚意签订和约吗？还是别的什么？

耶律使者越想心中越是慌乱，连忙离开了这个帐篷，转身快步走入自己的营地。

长长的牛角吹起，聂无双站在自己的营地面前，看着装束齐整的侍卫们身着软甲策马随着御驾疾驰而去。她眉宇间掠过一丝忧虑，她转头问身边的杨直："告诉睿王殿下了吗？"

"说了。睿王殿下说他会注意的，而且他已经多加派了人手。"杨直轻声道。

聂无双长吁一口气，希望这一次没事吧。

聂无双回到了营帐中，一回头这才发现欧阳宁正神色关切地立在帐外不敢进来。

她转过头，吩咐道："欧阳，进来吧。本宫有事与你密商。"

聂无双深吸一口气，看着外面灿烂的天光，淡淡道："欧阳，本宫想吩咐你一件事。"

欧阳宁见她神色郑重，不由得正色道："是！娘娘请吩咐！"

聂无双看向他，美眸中因带着水光似极了暗夜明亮的星辰，她一字一顿地道："本宫要你去保护皇上！"

"保护皇上？"欧阳宁诧异地冲口而出，"娘娘觉得今天秦国的贼子们要发难吗？"

聂无双摇头："这本宫也不知道，但是今日协议未定，秦国随时可以翻脸。若本宫是他们，就会趁这个时候向皇上发难。"

"可是皇上带了那么多禁卫军，还有御前侍卫，应该……"欧阳宁越说却越觉得底气不足。

萧凤溟的阵仗的确是够大，但是秦国若真的有心要发难的话，一个在明一个在暗，根本猝不及防，万一皇上有个闪失那应国势必大乱，在齐国征战的几万将士就会因此滞留在齐地，到时候秦国耶律图若是趁此时机大举进攻齐国，等到应国政局稳定的时候，秦国早就占领了齐国的各处要塞重镇，那时候应国还有什么余地与秦国一争长短？恐怕连自己的国家都无法保证不受秦国的侵略！

欧阳宁越想越不安稳，他连忙站起身来："我这就去！"

"等等！"聂无双想了想，从怀中掏出一面金牌，上面铸着一个"御"字，这分明是萧凤溟赐给她可以任意行走的御赐金牌。

"你拿着，万一皇上身边的侍卫对你有疑虑，你就说是本宫派你找皇上的。"聂无双说道。

"谢谢娘娘！"欧阳宁感激地说道。

"感谢什么？应该本宫感谢你。要不是你，这一次皇上恐怕也不能提前得到警示。"聂无双面上露出淡淡的笑容。

欧阳宁脸一红，长大至今他还未听过这样真心诚意的称赞，更何况称赞他的还是这样一位倾国倾城的娘娘。

"那我去了！"欧阳宁抱拳匆匆转身就走。

聂无双目送他匆匆离开。

杨直跪坐在聂无双下首，问道："娘娘担心睿王殿下不能保护好皇上吗？"

聂无双扶了隐约发涨的额角："不，只是殿下如今随身保护皇上，恐怕不能动用殿下自己身边的暗卫，这样会引起皇上怀疑。欧阳身手不错，他一定会保护好皇上还有睿王殿下。"

她看了杨直一眼，淡淡道："你下去吧，让本宫歇歇。"

杨直不疑有他，于是跪安退下。

聂无双看着他离开，这才渐渐松开长袖下因紧张而蜷曲的手指。她眼中掠过黯然：她不是担心萧凤青不能保护皇上，她担心的是萧凤青会趁乱刺杀皇上——他的三哥！！

只有一位知道此事事关重大、赤胆忠心，又武艺高强的人才能保护好萧凤溟。聂无双疲惫地闭上双眼，萧凤溟……她耳边掠过他失望的声音"你这样的意思是要与朕决裂了吗？"

"不……"一滴泪从眼角滚落,她不是要与他决裂,只是她不能再靠近他了。她是个不祥的人,看错了一个顾清鸿已经令她几乎满门尽屠,如今身边更有一个权势通天、虎视眈眈的萧凤青,她不能再犯同样的错误……

不能再犯了……

茫茫的草原一望无垠,常年久居深宫的萧凤溟看着,不由得振臂一吐心中的郁结之气。即使端坐在高高在上的御座,知道这万里大好河山都是属于他的,但是却也没有亲眼看着来得震撼。

萧凤溟回头笑着道:"许久没有与五弟好好切磋一下狩猎技艺了。不知朕有没有手生。"

萧凤青异色的眸中掠过复杂之色,他笑了笑:"皇上还记得当年与臣弟一起在京郊狩猎时的情形么?"

萧凤溟哈哈一笑:"当然,当时你非要跟朕比试。结果你每一次都没有胜过朕。"

萧凤青薄唇边露出若有若无的笑意:"那是,皇上年长臣弟十岁,又随着父皇东征西讨,那时候皇上的武功自然是比臣弟还好的。"

萧凤溟放任马儿缓缓而行,被萧凤青一提起,脸上露出怀念:"是啊,当时你还小,一股劲头却是十分足,有一次你为了猎一头熊,反而被熊赶落山崖。当时朕都急坏了,连夜出动侍卫去找这才在崖底找到你。"

萧凤青脸上一僵,许久才吐出一句话:"是皇上背着臣弟一步步走出山谷的。这点臣弟没齿难忘。"

"已经是很久的事了。"萧凤溟温和一笑,回头轻拍身边的萧凤青,目光欣慰:"在所有的兄弟中,知道朕为什么最喜欢你么?"

萧凤青摇了摇头,"臣弟不知,大约是臣弟厚脸皮的缘故,动不动就缠着当时还是太子的皇上吧。"

"不。"萧凤溟摇头:"那是因为我们都是一样的皇子。都是那个女人最痛恨的孩子。"

萧凤青浑身一震,不由得抬头看着面前的萧凤溟:"皇上……真的是这么想的吗?"

两人已经走在行猎队伍的最前面,两人的话风一吹就散了,但是这却是他们兄弟两人为数不多袒露心声的时候。萧凤溟看着眼前天光下茫茫的草原,舒了一口气:"你还记得当你七岁的时候,你母亲去世,你躲在上林苑的一株梨花树下哭吗?"

他回头,看着自己同父异母的弟弟萧凤青,淡淡地道:"当时朕就在不远处。"

萧凤青不由得紧了紧手中的缰绳,他身下的马儿似感觉到主人紧张的心情,也不由得停下脚步,不安地打着响鼻。

萧凤青眸色变幻数次，这才开口："皇上听到了什么吗？"

萧凤溟轻吁一口气："听到了悲痛的哭声，还有你心底的誓言。"

萧凤青猛地抬起头来："什么誓言？"

"你说，你总有一天要杀了那个女人为你的母亲报仇！"萧凤溟看着他的眼眸，"朕知道，一直都知道。"

萧凤青只觉得心里有一块地方突地敞开，那么阴暗，充满了噩梦：母亲临死前呕出的黑血，从她过分苍白的唇边一直流到了他的脚下，她与他一般颜色的眼眸直瞪瞪盯着他，像是不甘心被抛上岸的鱼，口一张一合想要说什么，却是终究只能一口一口地呕出血来。他缩在墙角，从帷帐中看见宫女内侍匆匆赶来，擦干血迹，然后装作什么事也没发生，在他们压低的议论声中，他听到一句话。

"去禀报皇后娘娘，事已经办妥了。"

领命的宫人悄无声息地离开，只有他躲在帷帐后面看着自己母亲眼中的光彩像是蒙了尘的琥珀渐渐黯淡下去。

母亲……死了……

这个认知像是一记闷拳狠狠砸在他的心里，在那一刹那，他的世界陡然黑暗下来。

那一夜，他翻出窗子，一路奔到了父皇的凌德殿，可是里面歌舞升平，他看见父亲身边坐着那个恶毒的女人，明黄的服色刺眼欲盲。他想冲上去，打她咬她，他想大声告诉父皇，就是他身边这个女人杀了自己的母亲。可是在他冲上去的那一刻眼尖的宫人一把揪住他拖了出去。

七岁，他那时候才七岁，宫人从高高的御阶上一把推开他。不受宠的皇子比宫人的地位更加不堪。他滚下去，粗糙的石头蹭破了膝盖、手肘……宫人见自己手重，慌忙逃开甚至不去看看他是生是死。他被摔得一时间昏了过去，不知过了多久，他从地上爬起，身上不知是疼还是害怕而不停簌簌发抖。他离开了凌德殿，一路跌跌撞撞，也不知道自己跑到了哪里，终于他累极，这才靠着一棵树大哭起来。

七岁，懵懂的七岁，过早的人情冷暖已经令他的心智早熟，他想明白了事情的来龙去脉，想明白了所有事情的真相，在那他生平最黑暗的夜里，对着黑漆漆的苍穹，他一遍遍地咒骂那个女人，一遍遍说着自己的誓言。

眼前天光耀眼，闭上眼，就能感觉眼前一片血样的红。萧凤青张开手掌挡住阳光，许久才慢慢地道："原来皇上早就知道了。"

队伍继续向草原深处行进，离狩猎的地方已经不远。

"是，朕知道，所以当你第一次找朕的时候，朕就知道你想要什么。"萧凤溟淡淡地开口，像是在叙述不相干的话题那样云淡风轻。

"那皇上知道臣弟想要什么吗？"萧凤青面上已经恢复平静，他的声音一如往昔，慵懒而漫不经心，只有从他紧紧捏着缰绳的手才能明白他此刻的心情是多么复杂紧张。原来他早就知道自己为什么要接近他，难怪当时高高在上的他总是这样好脾气地容忍他各种花招。

"你想要力量。"萧凤溟说道，他回头看着身后与自己长相相似，但是更加阴柔白皙的面庞。他和他身上的血液有一半是相同的。他相信他就如同他相信自己一样。

"你想要可以扳倒她的力量！"萧凤溟一字一顿地说道。

萧凤青忽然笑了，笑得畅快惬意，他看着这十几年来自己以各种借口靠近的哥哥，不，皇上！慢慢地开口："是，三哥，臣弟想要报仇！和三哥一样！"

萧凤溟微微一笑："我们一定会得偿所愿的！"

他说完，一挥马鞭，指着前方的营地："再来赛一场如何？看谁先到营地！"

他说着，马如离弦之箭蹿了出去。萧凤青高高挥起镶满了各色宝石的花哨鞭子，那鞭子上幽幽的祖母绿宝石在天光下闪着冰冷的光，就如黑夜中毒蛇的眼，隐秘而不祥。

"三哥，当有一天，你发现我要的比你想象的更多的时候，你会不会也像今天这样说呢？"

"三哥，我要的，不仅仅是复仇啊……"

心底的声音一遍遍回响，他终于狠狠抽了身下的马匹，马儿痛得嘶鸣一声，向前跑了出去。

第五十九章　密谋：破盟约（下）

夜，降临了。打猎了半天工夫，萧凤溟与萧凤青收获颇多，皇家行猎向来不重视享用猎物，而是在狩猎的过程。在营地前面不断有侍卫把木材丢入篝火中，熊熊燃烧的火焰驱散了夜间的湿气与一点寒气，火光也驱散了藏在远处密林中的猛兽。

萧凤溟坐在羊毛毡子铺就的地上与萧凤青一起和秦国的使者们畅饮。秦国使者这一次行猎还带了一队歌舞姬与乐手，他们吹秦国特有的乐器，衣着暴露的歌舞姬们在篝火前随着音乐跳着有异域风情的舞蹈。曼妙的腰肢，纤细雪白的四肢，还有若隐若现娇柔身躯的舞裙，无一不让人血脉贲张，更何况在辽阔天地中，远离人群，只有一队人肆意在草原中狂欢，礼教色彩淡去，原始的野性渐渐从心中升起。那盯着舞姬身上的无数双眼睛似要把她们生吞活剥了一般。

耶律使者满意地看着应国无论是随行的朝臣还是底下的侍卫都紧紧盯着歌舞姬，不由得意地笑了起来。他端着一杯酒，上前敬萧凤溟："皇帝陛下，您的身手简直比天上的雄鹰更加矫健，您的神勇，比图伦山上的猛虎更加威猛。请满饮此杯，接受在下耶律呼耳的衷心敬意！"

萧凤溟哈哈一笑，爽快喝下杯中的酒。

耶律使者敬完萧凤溟，又举杯敬向萧凤青："睿王殿下，您在战场上的风姿连我们皇上都赞不绝口，有您这样的对手，我们也感觉荣耀。"

萧凤青一笑，举起酒杯，一口饮尽。他的面容在跳跃的火光下更添魔魅，异色的眼瞳在黑夜中乍一看去竟似极了兽的眼睛。耶律使者心中一动，忽然想起萧凤青的身份来历，他上前，谄媚道："听说睿王殿下的母亲也是秦国人，看来秦应两国很早就是一家了……哈哈……"

他自顾自哈哈笑了起来，萧凤溟一听，脸色微微一变，正要说话岔开这个话题，只听得"咔哒"一声，萧凤青手中的酒杯顿时粉碎在掌中，萧凤青薄唇勾起一抹冷笑，慢慢捻着手中的酒杯，瓷质的酒杯顿时变成粉末从掌心簌簌落下。

耶律使者脸色一白，手中的酒杯几乎拿不住。萧凤青看着面前惊呆了的耶律呼耳，许久，他忽地哈哈一笑："耶律大人不知道本王的母亲还是一位出色的舞姬吗？"

他说罢站起身来，抽出腰间长剑，跃入场中："就让臣弟以舞助兴，祝皇上这一次缔结和约，云川之地都归我大应！"

他说罢舞起手中的长剑，寒光似水的宝剑划过一道亮丽的弧度，像是银光闪闪的彩练陡然划过夜空，他身姿如鹰落到了篝火前，舞姬们看着他异于应国人的俊颜，呆愣过后惊喜地上前用舞姿挑逗。

他就在舞姬的环绕下，舞起一套军中常用来助兴的剑舞。刚劲有力的剑招，洗练而不掺杂一丝娇柔，跟环绕在左右的娇媚舞姬们形成了鲜明的对比。他长身玉立，俊美的容颜在火光下忽隐忽现，更添难言的魅惑。

长剑当歌，风也仿佛在这一刻为他助兴，吹起篝火让火焰更加明亮。旁边的舞姬渐渐跟不上他的节拍，一旁演奏乐器的艺人也渐渐被他的剑舞摄了心神，手中的靡靡之音渐渐成了沉郁有节奏的敲打。

舞姬们识趣地退了下去，场中只有他一个人。场边不管是秦国人还是应国人都看得目不转睛，战争向来是男人的事，也只有男人才能体会这在战争中演化出来的舞蹈。明亮的篝火中，原本只有他一个人在舞蹈，可是渐渐地，那一举手一投足仿佛演变成了千军万马，从草原上呼啸而过，猎猎的旌旗，驰骋沙场的惨烈，都随着他刚劲的舞姿流露出来。

"好！"性情热烈的秦国人抢先呼喝起来，场中萧凤青面容上的阴柔慵懒统统不见，他犹如九天而降的战神，刚毅果决，毫不畏缩。

萧凤溟站起身来，喝道："这才是我们大应的勇士！这才是朕的主帅！"

应国侍卫们这才从剑舞中回过神，纷纷欢呼，群情激动，呼喝着下场一起跳舞。

萧凤溟看着场中热烈的气氛，畅快笑了起来。一旁的耶律使者脸色阴郁，明灭的火光中，他怒而不甘的面容掠过怨毒，笑吧，笑吧，让你们最后品尝下胜利的欢愉……

月朗星稀，草原上除了那还在燃烧着余温的篝火哔剥作响就再也没有别的声音，狂欢过后的士兵们抱着剑沉沉入睡，经过一天的狩猎与狂欢，再没有什么比睡眠更加重要。

几道黑影悄悄落在了营地的四周，当先一人看了看，露在面巾外的一双如狼眼睛眯了眯，他果断挥了一下手，顿时无数条人影从草丛中跃起，飞快地向营地靠近。

"扑哧"一声，一位酣睡的士兵，被切断了喉咙，头一歪，带着尚未做完的美梦就这样悄然死去。

黑影像是地底来的幽魂，纷纷冒出，他们所过之处留下一具具尸体。

"娘的！"躲在一处草丘上的欧阳宁也察觉到了空气中的血腥味，他一跃而起，飞快脱去身上的伪装，迅疾地向那顶最大的营帐扑去。娘娘果然说对了，秦国这帮贼子果然趁这个时候发难了！

"该死的！"欧阳宁在心中大骂，这些埋伏的黑影到底是从哪里蹿出来的！该死的！他四周都探查过了，怎么会突然冒了出来？！

他飞快向营帐中跑去，忽地他心中激灵一动，大喊："走水了！走水了！护驾！护驾！"

声音划破寂静的夜空，传入了守着营帐士兵的耳朵，他们纷纷惊觉，一回头，才发现无数条黑影拿着明晃晃的长刀扑了过来。

"有刺客！有刺客！"侍卫们纷纷叫了起来。本来平静的营帐顿时闹腾起来。

萧凤溟听到喧哗，不由得惊坐而起。

"皇上！有刺客！"侍卫匆匆闯入，一柄寒刀就紧追着他，"扑"地一声，砍向侍卫的肩膀。

萧凤溟想也不想，抽出随身的长剑，"铿"地一声长剑出鞘，剑鞘飞了出去，打落了那柄长刀。

侍卫惊呼一声，看着面前的皇帝手握长剑，寒光一闪，砍向自己的身后。"扑哧"一声，血花喷起，身后传来倒地的声音，侍卫回头一看，这才看见一位蒙面刺客已经就戮。

"皇上！赶紧回大营！"侍卫连忙叫道。抽出长剑挡在萧凤溟跟前。萧凤溟脸色变幻不定，他飞快穿起长袍，手握长剑飞掠出去。

御帐外已经是血流满地，御前侍卫们与数倍于他们的黑衣人对抗，不断有人哀叫着倒下，但是更有不断从四面八方汇集而来的黑衣人冲上前。

"皇上，回大营吧！"御前侍卫长捂着肩上的伤口急忙对萧凤溟说道。

萧凤溟面上沉沉如阴云密布："果然是趁这个时候发难！去看看秦国使臣们的大营！不必忌讳，杀无赦！"

"是！"侍卫领命而去，果然一会儿，他冲回来，脸色大变，"皇上，秦国的使臣们已经不见了，他们的营地是空的！一定是趁入夜偷偷跑了！"

萧凤溟脸一沉，怒道："护旗营呢！发信号传令让护旗营前来救驾！"

"是！"御前侍卫终究是训练有素，即使突逢大乱依然很快镇定下来，掏出怀中烟火，点燃，顿时天上炸开一朵烟花，璀璨耀眼。

萧凤溟看着面前苦苦支撑的御前侍卫，再看看那群悍不畏死的黑衣人，长剑一挥："随朕冲出去与护旗营汇合！"

砍杀得手足酸软的御前侍卫们一听，精神大振，有人冒死牵来萧凤溟的坐骑，萧凤溟上了马，手起剑落，砍翻了前面冲来的黑衣人。他的剑寒光凌厉，无可抵挡。他一夹马匹，马顿时吃痛冲了出去。高大的汗血宝马神骏无匹，很快把前面几个黑衣人撞开一个缺口。御前侍卫们纷纷跟上。

正在这时,西北角传来惊喜的声音:"皇上!这边走!"

萧凤溟循声望去,只见萧凤青也被困在了黑衣人的围剿中,所幸他身旁的侍卫慌而不乱,且战且退正往这边靠拢。营地已经成了一锅煮沸的乱粥,不停有刺客到处放火,惊散马匹,趁乱绞杀应国侍卫。萧凤溟一边向萧凤青退去,一边挥剑砍杀蜂拥而来的黑衣刺客。可是刺客那么多,几乎是寸步难行。萧凤溟眼中一沉,手中的宝剑更是挥舞得密不透风,长剑耀起,挽起朵朵血花,但是依然不能令这些疯狂的刺客后退一步,从他们眼中萧凤溟看到了悍不畏死的死志。

耶律图,这就是你所谓的计谋吗?!借用和谈拖延休整自己的军队,然后在派出使臣的同时又派出一大批刺客,只想着把他杀了,就能称雄三国了吗?他一边冷冷地想着,一边挥动手中的剑,迎击刺客的寒刀。

"铿!"地一声,锋利的长剑被震开了几分,萧凤溟不得不看向这突然从刺客中冲出来的蒙面男人。显然他的武功在刺客当中最高,手中的长刀犹如有了生命一般,如附骨之蛆,紧紧贴着他的剑迎面而来。

"皇上当心!"四面的御前侍卫惊呼起来,他们也同时感觉到了那人的巨大的杀伤力。萧凤溟屏息凝神,再一次运起劲力,长剑挽起一朵灿烂的银花,迎上前去。

两人顿时缠打在一起,那刺客的刀很快,萧凤溟的长剑更快,以快打快根本看不清两人的身影。萧凤溟坐在马背上,俯身腾挪,小小一方马上地方,被他运用得淋漓尽致。那人眼中什么一闪,手心一点寒芒掠过,萧凤溟以为他要发暗器,正要躲避,忽然身下的马匹惊嘶一声,发狂乱跳。

"好卑鄙!"萧凤溟又怒又惊。他在马背上不得不用尽全力才能控制自己不跌下马被发狂的坐骑踩死。四周的侍卫纷纷惊呼,上前想要拉住马匹,但是马匹中毒过后,越发癫狂,连连踢翻几个想要靠近的侍卫。

侍卫们惨呼声惊起,转眼间已经有三四个侍卫皆伤在萧凤溟发狂的坐骑蹄下。萧凤溟心中焦急,他马术精湛,但是并不意味着他能控制这样的马匹,更何况四面还有刀光闪闪的黑衣刺客等着他落马然后当胸一刺。眼下情势危急,忽地有破空的尖锐箭声,划破长空,果断地射中萧凤溟身下的马匹,那箭去势极快,一支钉入马眼中,穿脑而过,另一支钉在马匹心脏,马瞬间毙命了。

发狂的马匹顿时"轰"地一声倒地。萧凤溟整个人被马匹的惯性甩了出去,眼前寒光耀起,黑衣刺客露在面巾外的眼中闪过怨毒的笑容,那必击的一招几乎令半空中无从躲避的萧凤溟无从躲避。

萧凤溟心中掠过冰凉:他依然是太大意了!

"三哥!"一声惊呼响起,萧凤溟只觉得眼前一花,一道绛紫色的人影如鬼魅一般掠在自己的下方，萧凤青伸出一只手臂，接住半空落下的萧凤溟。另一只手挥舞长剑迎上黑衣刺客的长刀。

"铿"地一声，萧凤溟只听得萧凤青痛哼一声，连连后退，他下坠的力道加上黑衣刺客全力的一击已经沉重击在萧凤青的心脉上。

"五弟！"萧凤溟大惊失色，他刚站稳，黑衣刺客的长刀去势不减，像是磁铁一样粘在萧凤青的长剑上。

"杀不了皇帝，杀了你也一样！"黑衣刺客冷笑着加强手上的力道。萧凤青又"呕"地一声吐出一口鲜血。

血色溅上他的剑，他原本白皙的面容越发苍白，听着黑衣刺客嚣张的言语，萧凤青忽地笑了起来，沾染血迹殷红的唇，如鸦的发在黑夜中似魔一般妖冶至极，他冷笑："想杀了我？来吧！"

他连连催动内力，竟然硬生生一寸寸把刺客压顶的长刀一点点压回去。萧凤溟此时已站稳了，连忙挥剑上前。正在此刻，身边虎视眈眈的黑衣刺客们纷纷中箭身亡。

一道疾驰的人影冲入重围，喊道："皇上，草民欧阳宁救驾来迟！"

萧凤溟手中长剑全力一刺，正好刺中与萧凤青对抗的黑衣刺客的心窝。他大喜回头，果然见欧阳宁手挽轻弓一路过来如入无人之境，当真是所向披靡。

"皇上，接着！"欧阳宁把身上背着的另一副弓箭抛给他，又丢来一副箭囊。他可没忘记在射箭比试中萧凤溟技惊四座的神射技艺。萧凤溟接过箭，一回头，却见萧凤青长剑支地，单膝跪着，正呕出一口一口鲜血。

"五弟！"他连忙扶起他。萧凤青胸前俱是血迹一片。他睁眼看着面前渐渐模糊的面孔，吃力地道："三哥，快走！"

"五弟！"萧凤溟大惊，手握上萧凤青的脉门，只觉得他气脉凌乱，他连忙把他背上自己的背上，肃然道："五弟，我们一起冲出去！"

欧阳宁见他如此，连忙在身边护卫。此时萧凤溟的御前侍卫与萧凤青的近身护卫已经汇合在一起，他们护着萧凤溟冲出了营地。马匹已经被秦国刺客驱赶跑，在茫茫草原中光靠两条腿可是跑不远的。众侍卫只能盲目地跟着萧凤溟向着护旗营的方向奔去。

欧阳宁看着萧凤溟背着萧凤青，一路向着西北方向而去，竟是一刻不休息。

"皇上！让草民背睿王殿下吧！"欧阳宁苦劝。

"不用！"萧凤溟抬眼看着眼前茫茫的夜色，托了托背上重伤昏迷的萧凤青，目光坚毅，一字一顿地郑重开口："我一定要把他背出草原！"

此时身后传来侍卫的哀呼，原来是刺客们追了上来，他们一个个骑着马犹如夜间的鬼魅，闻着血腥味一路追杀过来。

"耶律图！"萧凤溟回头，看着黑夜中那一道道黑影挥动着长刀疾驰而来，心中一股怒火再也抑制不住。他放下萧凤青，手挽轻弓，顿时五支羽箭犹如带着复仇的火焰破开夜空，追杀而来的黑衣刺客纷纷中箭哀叫着跌落马下。

"夺马匹！夺马匹，冲出去！"欧阳宁大叫，他手中不停，与萧凤溟一起射向刺客，机灵的侍卫们纷纷上马。

欧阳宁也夺过一匹马，让萧凤溟带着萧凤青上了马，身后的刺客们一批杀尽，又有一批追杀而来。密密麻麻犹如贪婪的蚂蟥。欧阳宁拉弓拉得手臂酸麻，一摸箭囊，却已是空空如也。他看向萧凤溟，萧凤溟手中早就没了羽箭，他伏在马匹上，用身子护着萧凤青，全力奔向西北方。

"该死的秦狗！"欧阳宁愤愤丢下弓箭，策马追上前去。

眼前茫然的夜色仿佛他们奔逃不知方向的未来，还不知道路上还有没有秦国设伏，也不知道护旗营能不能按时赶到这里。不知跑了多久，忽地萧凤溟的坐骑悲呼一声，跪在地上。萧凤溟猝不及防被甩了出去，总算他反应机敏，抱着萧凤青就地打了滚，这才得减轻了甩出的力道。

"皇上！"欧阳宁大惊，连忙下马。萧凤溟面上急切，抱起萧凤青连声呼唤："五弟！五弟！"

过了许久，萧凤青咳嗽着从昏迷中醒来，他茫然看着四周，萧凤溟这才发现跟着自己的侍卫除了欧阳宁不过七八人而已。这一路奔逃，死的死，伤的伤，失散的失散，早就七零八落。

"三哥，快……快走啊！"萧凤青面上浮起笑，一边笑，唇边溢出更多的血。

"五弟，我一定会带你出去的！"萧凤溟把他背上，黑沉沉的夜一如十几年前的那个夜晚，他背着年幼又倔强的弟弟一步步走出那个险要的山谷。

"你忘记了，当年就是我背着你回父皇的营地的！"萧凤溟说道，脸上不知是汗还是泪，一点点滚落。身上的萧凤青冰冷得可怕，他的血顺着自己的脖子流下，甜腻而湿润，那么不祥……

"三哥，小时候你救过我一次……现在……现在我都还给你了……"萧凤青断断续续地说，声音越来越低："都还给你……我什么都不欠你了……"

"胡说！"萧凤溟终于落下泪来，欧阳宁站在一旁看着这个从来不落泪的帝王潸然泪下。

"你还欠着我好多东西。你说你要跟着我实现父皇的愿望，一统南北。"萧凤溟抓着他的领口，声泪俱下："你不能食言！"

草原猎猎的风吹过，把他压抑的哭声吹得零落，闻之欲令人心碎。现在的他不是皇帝，而是一位心伤兄弟的哥哥。

"皇上！你带着睿王殿下快走，我们拦着后面的刺客！"欧阳宁咬着牙说道，他牵过一匹马匹,把缰绳递给萧凤溟,回头对劫后余生的七八个侍卫沉声道:"誓死保护皇上!"

"保护皇上!"低沉的声音响起,渐渐汇聚成洪流,滚滚而来……

"五弟,我带你回宫!"萧凤溟深深看了一眼身后疲惫不堪却依然忠诚的面孔,把萧凤青放在马背上。他上了马,回过头来看向远方,远远的来路上隐隐有马蹄声声,又一批刺客来了!他咬了咬牙,狠狠一挥马鞭,催马前行。

远处,夜色更浓了……

营地中,聂无双的帐子中灯火通明。

"娘娘,该歇息了。"杨直不止一次劝道。聂无双秀眉不展:"会不会出事啊,本宫怎么觉得心头沉甸甸的,很慌。"

杨直在心中叹息一声:"娘娘没有歇息好自然是心慌意乱了,早点歇息吧。"

聂无双长吁一口气:"好吧。有什么消息一定要禀报本宫。"

杨直连忙答应。聂无双这才召来夏兰为自己卸妆。她正拿下金步摇,忽地杨直从外面脸色苍白地奔进来:"娘娘!娘娘!不好了!"

聂无双心头一跳,手中的金步摇顿时掉在地上:"到底出了什么事?!"

杨直连忙把手中的布条递了过去,上面是蘸着血匆忙写下的四个字"秦刺皇上"。

聂无双心头一震,不由得站起身来:"竟然……竟然真的!"

杨直亦是震惊:"是啊,这简直是胆大妄为!殿下一定是事起仓促,所以才命人匆忙发了这个讯息。"

聂无双在帐中急急来回踱步,宽大的裙裾拖曳在地上,烛火明暗不定,照着她倾城的脸庞,白腻的肤色越发苍白。

"现在怎么办啊?娘娘?要不要启动殿下的暗卫?"杨直追问道。

聂无双手不自觉地揪着长长的袖角,沉吟不定。帐中的气氛紧张,聂无双每踱一步都觉得在遥远处是怎生的激烈凶险。

"娘娘?!"杨直又唤了一声。

"不能召暗卫!你难道想让睿王殿下辛辛苦苦培养的暗卫暴露在皇上跟前吗?"聂无双厉声反问。

"可是……"杨直为难,"可是现在形势危急,万一殿下出了什么事……"

"殿下身边还有皇上!"聂无双打断他的话:"皇上已经得到本宫的警示,皇上一定会有所准备的!"

杨直沉默下来,在御前伺候了那么久他深知萧凤溟不是没有分寸的人,但是这手上的求救消息又该怎么办?难道置之不理吗?

"带本宫去见成王！"聂无双咬了咬牙，冷声说道："为了以防万一，还是得派人前去接应皇上与殿下！"

"是！"杨直眼中一亮，连忙应声。聂无双匆匆挽了发，换了一件便服就来到了成王的帐前。成王已七十高龄，虽已年迈但是深受皇室宗亲的敬重，而且他为人正直，萧凤溟亦是十分敬重他，待他如亚父。成王帐前侍卫将聂无双拦下："成王殿下已就寝，还望贤妃娘娘回去歇息，有事明日再报！"

聂无双面上一冷："事关重大，你们担当不起！让本宫进去！"

帐前侍卫只是不理，神色间十分轻慢，聂无双心头火起，一把推开他，狠狠一巴掌甩在他的脸上："给本宫滚开！再耽误，本宫就治你一个犯上藐视本宫的罪名！"

帐前吵闹终于惊动了成王。帐中灯火亮起，一道苍老的声音响起："是谁在外面喧哗？"

聂无双连忙推开侍卫，闯了进去。帐中成王穿着中衣，外面披着一件外袍，正由内侍扶着坐好，他见聂无双闯了进来，抬了抬眼皮："你是……"

"臣妾贤妃拜见成王殿下，殿下，皇上与睿王殿下在外行猎遇到了秦国刺客！还望成王殿下派兵前去救驾！"聂无双跪下，连忙说明来意。

成王额上青筋一颤，老眼中精光掠过，三分怀疑七分震惊地看着跪在面前的聂无双："此事当真？"

"自然是真的！"聂无双从怀中掏出布条，递上："这是皇上身边的人发出的求救消息！"她隐去了消息的来源，含糊说道。

成王看了一眼，站起身来在帐中来回踱步。他沉吟一会："可是皇上这一次前去行猎之时与本王说，他带了三千兵士的护旗营前去护驾，就算秦国再厉害，也不可能在千军中伤害皇上一分啊。"

聂无双提着的心放下一半，她就知道萧凤溟一定有准备。三千护旗营的兵士，够保御驾平安了。

"那就好……"聂无双长吁一口气，软坐在地上。

"贤妃起身吧。"成王面上稍微缓和，命人为她拿来椅子。聂无双坐下，面上依然不安，"可是……成王殿下要不要派人前去查看一下，万一……"

成王犹豫不决，半晌才道："也好，本王再派一千前去迎驾，若是无事就好，有事的话就能救驾。"

聂无双松了一口气："多谢成王殿下！"

成王发下号令，令营地中的护卫军拨一千兵马顺着御驾行猎的方向寻找查探。此事事关皇上安危，成王怕引起大营中不必要的慌乱，在军中下了封口令。一千兵马很快集结起来，连夜出发寻找皇上的御驾。

成王做完这一切，这才看着面露疲色的聂无双，叹道："早听闻贤妃各种流言蜚语，以为皇上封你贤妃名不符实，如今看来皇上还是没有看错人。"

聂无双在宫中一向受惯了宫人的猜忌议论，在应国皇室中，她更屡屡受皇室宗亲冷眼对待，如今听皇室中最长者的夸奖，一向镇定自若的面上也忍不住泛起红晕。

"成王殿下谬赞了！"聂无双拜下道。

成王哈哈一笑："你很好，难怪皇上喜欢你。"

聂无双一怔，垂下眼帘，眼中黯然神伤……

马儿在草原中奔驰，萧凤溟机械地抽打着身下的马匹，也不知跑了多久，似乎眼前这一条路有一辈子那么长，茫茫的黑夜，更是让人轻易就迷失方向。

他看了一眼靠着自己的萧凤青，他已昏了过去，也不知身上的伤怎么样了。萧凤溟想着，回头一看，后面的追兵已经不见，不见的还有那自愿留下阻杀刺客，一共九名忠诚的勇士。他停了马，马也同人一样，早就疲惫不堪。不能再跑下去了，再跑，这马儿就会累垮，到时候以他一个人之力要带着萧凤青逃出草原简直是痴人说梦。

萧凤溟下了马，把昏迷中的萧凤青放在地上。萧凤溟忍着心中的焦急，拿了马上的水囊给他喂水，又从怀中拿出一个瓷瓶倒出几丸药丸。这是太医院配的滋补提神丸。他向来不喜这种丹药，但是此时却希望这身上唯一的药丸可以让萧凤青得半刻清醒。

喝了水，吞服了药丸的萧凤青半天才悠悠转醒，他睁开眼，看着黑暗中的轮廓，半天才辨认出萧凤溟来。

"三……三哥……你怎么没走啊！"他靠着他，吃力地说。

"我怎么会丢下你一个人走呢！"萧凤溟警惕地看着黑夜的尽头，如果有什么风吹草动，他就要立刻带着萧凤青躲起来，此时已是跑了大半的路程，身边就是密林，若是有状况，躲入密林刺客再找他们就没那么容易了。

萧凤青动了动手腕，只觉得浑身的经脉剧痛不堪。他喘息了一会儿，问道："三哥……什么时辰了？"

萧凤溟坐在他身边，喝了一口水："我也不知道，大概丑时过了吧……"

他说着忽然定住，手中的水囊也猛地掉到了地上。

萧凤青正想说话，吃力回头却见萧凤溟一动不动，连忙问："三哥……你怎么了？"

萧凤溟许久才捡起水囊，他看着西北边，沉声道："护旗营的统领是谁？若朕猜得不错，护旗营迟迟不来救驾……恐怕……"

恐怕什么？！萧凤青心头一惊，不由得看了萧凤溟一眼。两人都一言不发，沉默得可怕。原本三千护旗营在萧凤溟发烟花讯号的时候就应该准备前来救驾，而且护旗营都是百里挑一的轻骑兵，一日之内千里来回易如反掌，但是现在过了那么久了，居然一路而来竟没有听到任何大军疾驰行进的声音！

护旗营反了？！

千挑万选的护旗营反了？！！

萧凤溟与萧凤青两人心头犹如压着千斤巨石。各种怀疑，猜测……不得不怀疑，也不得不猜测这一场刺杀阴谋后错综复杂的所有可能。

秦国为什么敢在应国的地盘上行刺萧凤溟？除了他们根本无心缔结条约外，他们大可以一走了之，逃之夭夭，为什么要冒那么大的风险行刺？难道他们能百分之百确定可以行刺成功吗？难道背后没有人为他们出谋划策？！难道千里之外的耶律图能如有神助，策划这一切？！

还有，最可疑的是——护旗营为什么不来护驾？早就该到御帐前救驾的护旗营竟然这个时候都不见踪迹。护旗营和这秦国刺客到底有什么关系？！

谁才是这一场行刺背后的真正主谋？！

"三哥！"萧凤青冷冷笑了下，戳破那层纸，"他们反了！就算不敢明目张胆地反，也是有人背后指使，让护旗营的统领故意迟来救驾。只要……咳咳……只要他们等着我们被秦国刺客杀了，他们再来，顶多只是一个救驾不力的罪名……"

"砰"地一声，萧凤溟一掌拍上一旁的大树，树干被他的掌力一震，顿时树叶沙沙地落了一地。

"走吧！我带你离开这里！"萧凤溟沉声道，一把背起萧凤青问道："五弟，你还能支持吗？"

"嗯。"萧凤青咬着牙应道，他吸了一口冷气把胸口的血气憋了回去。

萧凤溟把他放在马背上，牵着马向密林的方向走去，自从想到了护旗营有可能会反，他立刻打定主意，从密林绕道，绕远路回到大营。秦国行刺的消息现在应该还没传回大营中，只要他能赶回去，一切都还来得及！

许久，萧凤青忽地不说话，萧凤溟从散乱的心绪猛地回神，连忙看向马背上的萧凤青，急忙问道："五弟，五弟！你怎么样？别睡过去！"

他拍着他的脸，萧凤青睁开眼看着萧凤溟。萧凤溟黑暗中看不清他脸上的神色，只觉得他一双眼定定地看着自己，眸光幽冷复杂。

"你怎么了？哪里不舒服吗？五弟！"萧凤溟以为他又哪里不舒服，连忙问道。

"三哥，你放下我，一个人回营吧。"黑暗中，萧凤青一改平日慵懒玩世不恭的口气，格外沉静淡然。

"五弟！如果你是我弟弟就不要说这种话！"萧凤溟厉声道，"父皇从未教过我们放弃自己的手足！"

"三哥，万一护旗营反水，派人偷偷来刺杀你，到时候你带着我你怎么办？还有秦国的刺客，他们就在后面。你找一个地方……咳咳……给我一把剑，等你回营了再来找我……"萧凤青不为所动，慢慢地道。

萧凤溟浑身一震：他是要自己放弃了他，独自一人回大营！

"闭嘴！你再说，我就把你打昏了带回营地！"萧凤溟怒道，一巴掌拍上了他的脑袋。

萧凤青痛得咧了咧嘴，他刚想再说，却看见萧凤溟眸光中皆是痛色。

"三哥……"他张了张口，却是无言。风中传来草木的气息，还有夜间冰凉的风，风吹过两人的束发，纷纷扬扬，竟有萧索之意。

萧凤溟站了一会儿，终于回头，淡淡地道："走吧，我一定会带你回家的。"

"嗯，回家。"萧凤青慢慢地道，血污满面的俊脸扯开了一丝笑容，淡淡的，带着黯然。

沙漏里的沙子一点一点漏下，时间也一刻一刻地流逝。聂无双坐在自己的营帐中却如坐针毡。她一遍遍来回走动，一旁的杨直亦是面上焦急，眼看着要天亮了，也不知御驾行猎大营那边到底怎么样了。

"娘娘少安毋躁！"杨直劝道。

聂无双停下脚步，叹了一口气："总是觉得不安心。"

杨直安慰道："总会有消息的。娘娘要相信殿下能逢凶化吉。"

聂无双长吁一口气："是，要相信……"

她心中的忧虑无处排解，忽地听到营帐那边有喧哗声。聂无双一惊，想也不想冲了出去，她朝着那一处喧哗声快步走去，走了好一会，只见在成王帐前有不少人影晃动，似乎有人在喊军医。

聂无双上前分开众人，急忙问道："到底怎么样了？"

成王穿着便服，面色凝重，他一指地上的几个浑身是血的侍卫，沉声道："本王派去的士兵找到了皇上御前侍卫，好几个都受了重伤，唉……"

"那皇上呢？"聂无双看着地上痛苦呻吟的侍卫，不由得失声问道。

"皇上没找到，睿王殿下也不知所终。听他们说，皇上与睿王殿下一起突围了。"成王语气沉重。

聂无双心口扑通跳着，她看着一地的慌乱，几个御前侍卫浑身是血，面目一时间都辨认不清到底是谁。

有人喊道："还有一个！"

聂无双倏然回头，果然看见两个士兵肩上搭着一个人，聂无双看到那人身上的血衣的时候，不由得脚软了一下。

"娘娘！小心！"杨直连忙扶好她。

成王见她脸色苍白，连忙道："贤妃赶紧回去，这样子可不是你们女人能看的，等下万一昏倒了……"

他话还没说完，聂无双早就一把推开杨直急步走到那血人身边，她抬起他下垂的头，厉声问道："皇上呢？睿王殿下呢？他们怎么样了？"

那人抬起头来，满面血污下是一张平凡的脸，赫然是为萧凤溟断后的欧阳宁。

"皇上……睿王……走了！"欧阳宁断断续续说完这一句，再也支持不住昏了过去。在他身上有几处深可见骨的刀伤，一看就是经过激烈的战斗。

聂无双瞪大眼睛，心中一根弦绷紧猛地放松。他没事……没事！……

杨直见她身子晃了晃，担心她支持不住连忙扶着她就往帐中走去。聂无双回到营帐中，这才虚软地坐下。

"娘娘，起码现在知道皇上与睿王殿下没事了。"杨直安慰道。

聂无双长吁一口气，手抚上隐隐作痛的额角："连欧阳宁都受伤了，皇上……"

她看了杨直一眼，换了口气："恐怕殿下也危在旦夕。"

"娘娘，召唤暗卫吧，趁现在还没天亮，召唤暗卫找出殿下！"杨直再一次恳求道。

聂无双美眸幽然，萧凤青的暗卫？！好像只剩下这一条路可以走，但是召来只听命于萧凤青的暗卫有多危险，只要萧凤青一声令下，那萧凤溟的命……

不！她心脏一阵缩紧，无论如何她都不能冒这个险。她知道萧凤青对帝位的垂涎，她也知道终有一日她无论如何也不能抑制住他蓬勃的野心，她也知道自己在报仇之前无论如何都不能失去萧凤青的信任，而这个时候就是考验她忠诚的选择，是他，还是他？！

但是，但是……长袖下，聂无双不禁紧紧捏着拳头，长长的指甲几乎要嵌入自己的掌心。她的心中千百个念头闪过，但是每一个都快得抓不住。不！她不能冒让萧凤青被趁乱弑杀的险，谁能保证眼看着毫无提防的皇帝宝座就近在咫尺而毫不动心，谁能保证萧凤青不会利令智昏，羽翼未成就先发起变乱？毕竟他手中还握着十几万大军的军权！而要是萧凤溟有事，萧凤青完全有能力在朝堂中一争长短！

不！不是现在！绝对不是现在！

"娘娘！您还在犹豫什么？现在成王根本找不到皇上与殿下，只有殿下经过训练的暗卫才能找到殿下！只有殿下训练过的暗卫才能救殿下啊！"杨直又一次苦求。

聂无双抿紧红唇，那一声"好"怎么也说不出口。冷汗从背后密密麻麻地冒了出来。她该怎么办？有谁来告诉她该怎么办？

"娘娘！"杨直脸上已经有了郑重之色。

"让本宫好好想想！"聂无双心烦意乱地竖起手指，"让本宫好好想想。"

帐中寂静无声，只有聂无双急急来回走动的声音。

"本宫亲自去找！"聂无双一锤定音："去备马！带上本宫身边的护卫。"

"娘娘！"杨直惊讶得说不出话来，聂无双披上披风，套上风帽，利落地拿了羊绒手套："事不宜迟，走吧！"

"娘娘！你不能去啊！那边情势未明，万一有刺客的话……"杨直还未说完，聂无双已经疾步走了出去。

"娘娘！"杨直急得跺了跺脚，不得不跟上前去。

聂无双却不是转向马厩，而是往成王那边的营帐走去，杨直不敢再喊，只能快步跟在她的身边。聂无双一个个营帐找了过去，终于找到了医治欧阳宁的帐篷。欧阳宁正脸上直冒冷汗地让军医包扎。

"皇上往哪个方向走的？"聂无双当面问道。

欧阳宁忍着剧痛："往西北方向，往护旗营驻扎的方向而去。从大营出发就是要往北面！"

聂无双听了扭头就走。杨直连忙跟上。聂无双召来侍卫，翻身上马。杨直拉着马头苦苦相劝："娘娘万万不可啊！此行危险啊！"

聂无双从他手中夺不回缰绳，秀眉一挑，面上已是厉色浓浓，大声道："皇上要是出事了，本宫的安危又当如何？"她低了头，在杨直耳边压低声音恶狠狠地道，"若是睿王殿下有事，本宫也完蛋了，你也完蛋了！我们统统都得跟着去死！"

杨直心中一惊，终于松了手，叹了一口气："娘娘千万小心！不过娘娘要去找的话，一定要带上一个人。"

"谁？"聂无双问道。

"赵真将军！"杨直说完，转身去找赵真。

聂无双松了一口气，果然杨直找来赵真，看到赵真熟悉的面孔，聂无双心中又多了几分希冀："走吧！"

她终是狠狠挥动马鞭纵马跃入黑暗之中……

黑夜浓如墨，聂无双的披风被风吹得猎猎作响，仓促之间她只能召集二十多人，这已是她力所能及召集人手的极限。再加上一个赵真，这一次孤军深入草原，只有天才知道她比任何人冒了更多的风险，也更加忐忑不安。

为萧凤青，更为萧凤溟！一位是御赐六军的主帅，一位是三国中唯一未动摇根基的帝王。不能再乱了，不能再横生枝节了！

聂无双咬紧牙关，狠狠催动身下的马匹。赵真在前面领路，他策马疾驰了一阵子，忽然停下："娘娘！有马蹄的声音！"

聂无双立刻勒马而立，仔细侧耳倾听，果然脚下土地在隐隐颤动，轰鸣声似天边的雷声，渐渐靠近。

她浑身一震:"这是敌还是友?"

赵真沉吟一会,忽然道:"举起火把!这一定是护旗营!只有护旗营才有这么多人!"

聂无双心中一喜,若是护旗营的话就有可能找到萧凤溟了!火把举起,聂无双看着远远而来的巨大阴影,心中又是惊喜又是不安。不一会儿护旗营看到这边的火把,疾驰而来。黑压压的军队令人觉得像是暴风雨随时可以将自己吞没。

赵真上前,大声说道:"骁骑将军赵真在此,前来为皇上护驾!"

队伍前面走出一骑全身穿着铠甲的人,他上前打量面前这一小队,似在分辨敌友。

"周统领,你忘记了,我是赵真!二等骁骑将军赵真!"赵真上前大声道。

那叫周统领的人不吭声,只是打量他们,他忽地看见队伍中的聂无双,目光一缩:"你是赵真?那队伍中怎么会有女人?"

"放肆,那是贤妃娘娘!"赵真喝道。

周统领还想再问,聂无双已经分开众人,褪下头上的风帽,高声道:"本宫在此,皇上呢?你们身为御前护旗营,皇上在哪?"

她倾城的容颜露在星星点点的火光下,美得如夜间出没的花妖,妖冶而摄人心魄。

周统领被她厉声喝问,不由得心虚地后退几步:"末将……末将赶到的时候,并未见到皇上。皇上突围了!"

他顿了顿,忽然问道:"娘娘从大营而来,难道皇上没有回营吗?"

聂无双一听心中更加焦急,她正想开口,忽地看见火光下周统领那一双惊慌不定的眼睛,她心中狐疑冲口欲出的话顿时咽了回去,含糊道:"有人说皇上平安突围了,本宫不过是来迎驾。你们先去找吧,本宫再前去看看。"

她说罢吩咐赵真催马向行猎的营地而去。

赵真本来还有一肚子的话要问周统领,却不防看见聂无双冲他使的眼色只好跟上。聂无双疾驰了好长一段路,这才松了一口气。赵真追上来问道:"娘娘为什么不再问清楚?"

聂无双看着茫茫的草原,皱起秀眉:"本宫也说不上,只是护旗营本应该找到皇上的,若是按欧阳宁的说法,那时皇上突围去找护旗营的话,皇上早就平安了,怎么会三千兵马都找不到皇上与睿王?太奇怪了!"

赵真仔细听了聂无双的分析,心中咯噔一声,先凉了一半。聂无上看着他额上冷汗冒出,不由得问道:"怎么了?"

"娘娘提醒了末将。护旗营在皇上狩猎的时候一般是安营在离御帐不远的地方,要是刺客行刺皇上,护旗营就能迅速救驾,根本不会是现在这样皇上下落不明的情形,除非……"赵真边说豆大的冷汗越发冒了出来。

聂无双浑身一震，心中一个几乎不可能的念头冉冉升起。两人在黑夜中沉默不语，但是都想到了同样可怕的猜测。

"赵将军，我们身后好像有人跟踪！"一个侍卫压低声音，上前道。

"奶奶的！这个吃里爬外的周庆！老子去宰了他！"赵真想通了其中关键，气得拔刀怒道。

"慢着！"聂无双赶紧按住他的手，她的手也在颤抖，可这个时候不是拔刀相见的时候，既然护旗营可疑，但是给周庆天大的胆子他也不敢明目张胆地反了，那她就将计就计，先暂时避开他们，寻找皇上保护皇上才是上策！

她在赵真耳边如此这般说了几句，赵真踌躇不定："娘娘，这样太冒险了！"

"不冒险难道让周庆派出的人跟着我们找到皇上与殿下吗？"聂无双正色道："赵将军，是时候放手一搏了。"

"是！"赵真想了想，咬牙领命。他看着面前苍白绝美的娇柔女子，不知怎么的，竟觉得她身上有无穷的勇气与力量，这种力量连他这样的孔武大汉都自惭形秽。

赵真轻声吩咐下去。一队人又继续向前策马奔驰，过了一会儿，突然分出两个人，一路向西方奔去。再过了一会儿，又有两人再从队伍中分开，往东而去……如此这般，身后悄悄跟着的"尾巴"一时间都懵了，茫茫草原中，要分开人手分别追踪根本是不可能的！

赵真随着聂无双一路疾驰，过了许久，他策马上前，欣喜道："娘娘，尾巴甩掉了！"

聂无双长吁一口气，慢慢勒马缓行，她看着黑夜中一望无垠的草原，皱眉："皇上与睿王到底在哪啊？……"

"三哥，天快亮了。"萧凤青从马背上吃力地抬头看看夜空。

"是，天快亮了。"萧凤溟分开荆棘，"如果不出意外的话，上午就可以到大营。"

"是啊……"萧凤青薄唇勾出一抹淡笑，俯下身继续趴在马背上。凌乱的脉络已经渐渐被他运功调息理顺了一点，萧凤溟给他吃的药丸有提气的作用，所以这一路上他不至于再一次昏了过去。

"三哥，这一次如果平安……"他忽地停住话头，因为萧凤溟定定看着不远处，只见在密林外，在天边晨曦刚刚燃亮第一道光线的时候，有一道窈窕纤美的身影策马奔来。

她长长的发因为剧烈的驰骋而颠簸散开，似一匹上好的墨绸披在身后，她面容焦急，身后的火把照亮她苍白绝美的侧面，似极了在暗夜中盛开的白莲。

她找了一会儿似找不到，终于焦急地呼喊："皇上……"

"娘娘！别喊了，皇上也许回大营了。"赵真擦着额头的冷汗，劝道。

聂无双奔波一夜已是极疲倦，她忍着骑马的不适，决然反驳："不会的，皇上如果从行营突围，一路向西北而去寻找护旗营，一定要经过这里，而且皇上若是发现了护旗营的可疑，一定会先找地方躲起来……一定会是这里！一定的！"

聂无双面上热汗滚落，心头的惊慌却一点点加重，怎么会不在密林里呢？不可能！如果萧凤溟不在密林中，那他会去哪里？……

聂无双心中巨大的沮丧排山倒海一般涌来，她不由得捂住脸，完了！天快亮了，要是再找不到萧凤溟，那说不定……

"无双！"一道声音响起，聂无双浑身一颤，她不由得看向声音的来处，只见一人一骑从密林隐蔽处快步走来。她眨了眨眼，几乎以为自己在做梦。

"皇上！是皇上！"赵真惊喜叫了起来，"还有殿下！还有睿王殿下啊！娘娘，你快看！"

他边说已经边忍不住纵马上前，身后侍卫们也纷纷高兴地呼喝起来。在火把的照耀下，在黎明初升的晨曦中，萧凤溟牵着马大步走来，马背上趴着一个人，浑身的血，只是那张俊如魔魅的脸庞静静冲着她微笑。

聂无双想挥动马鞭，可是手足忽然间酸软，她怔怔看着萧凤溟快步朝她走来，可是他身后那一双异色的眸却一直看着她，像是燃烧着两簇火焰，跳动着……

萧凤溟走到她跟前，猛地一把将她从马背上拉下来，温暖与血腥味扑入鼻尖，聂无双被他搂在了怀中，炙热的吻落下，她瞪大眼睛看着近在咫尺蒙了血污的俊颜，还未反应过来，便被他夺去了整个呼吸。

他的吻热辣而深入，聂无双想要挣开，他却一把握住她的手，狠狠地加深整个吻，他的舌挑开她的樱唇，长驱直入。聂无双从未见过这样的萧凤溟，仿佛他所有压抑的感情都在这一刻爆发，热烈直接毫不避讳。

她被他吻得娇喘吁吁，却不得不被他逼着迎接。身后的赵真与侍卫们都识趣地笑嘻嘻地回头避开。只有马背上那一双琥珀色的眸子，迎着初升的太阳，看着在灿烂晨曦中拥吻的两人，冷冷地，一点一点地捏紧了拳头……

第六十章　相许：一世心

回到营地，萧凤溟下了马，一把把她从马背上抱了下来。成王匆匆而来，见萧凤溟安然无恙，不由得大大松了一口气："皇上没事就好了。"

"嗯，有劳皇伯伯坐镇大营，这才不至于自乱阵脚。"萧凤溟抱着聂无双，坦然温和地安慰老王爷。

聂无双被他抱着，看着许多双眼睛都往自己身上看，顿时觉得浑身不适，她动了动，轻声道："皇上，臣妾没事，放臣妾下来。"

成王见聂无双在萧凤溟怀中，亦是疑惑："贤妃是不是受伤了？"

萧凤溟看了看怀中聂无双泛红的倾世容颜，笑了笑："不是。她是为了朕，甘冒危险亲自去草原上找朕回来。"

成王一听，苍老的面上不由得动容："贤妃竟如此有勇有谋！皇上，这一次要不是贤妃向臣示警，臣也不知皇上出事了，没想到她还竟甘冒奇险，深夜寻找皇上……"

他还要唠叨，萧凤溟已哈哈一笑："是啊，朕就说过，她是朕举世无双的珍宝！"

他说着，抱着聂无双大步走向御帐中。还未到御帐，就有一抹娇俏的身影飞奔而出，哭着道："皇上，臣妾担心死了……皇上……"

她刚想扑上去，就戛然止步。只见萧凤溟珍而重之地抱着一个鬓发散乱的女人，那女人听到哭声，抬起头来，露出苍白如莲的容颜。林婉瑶震惊得不由得捂住嘴：她……她竟然是聂无双！

林婉瑶怔怔看着萧凤溟的面容，那张帝王天颜露出她所没有见过的柔情与欣喜。就像是突然间寻找到了心心念念的稀世珍宝一样！他抱着她，从她身边经过毫不停留。聂无双黑白分明的美眸看了一眼失魂落魄的林婉瑶，静静地依在萧凤溟胸前。

林婉瑶似被梦魇摄住了一样，一动不动，直到萧凤溟悦耳的声音响起："落帐！朕要梳洗更衣！"她这才惊醒过来。

她向御帐紧走两步，却被林公公拦下："梅婕妤请回吧，皇上有老奴一干伺候就行了，婕妤娘娘担心了一个晚上也该回去歇息了。"

林婉瑶看着那垂落的帐帘，黯然回头，每走一步都觉得脚上有千斤之重。她知道，她输了！还未与聂无双一较高下的时候就输了。

宫人鱼贯进入，聂无双坐在内帐中看着萧凤溟由宫人伺候梳洗，一盆盆热水打来，洗去脸上的血污，露出他清俊的脸庞。宫人为他换上宽松的便服，萧凤溟挥了挥手，这才亲自端着一盆清水进内帐中。

"你的手给朕看看。"萧凤溟看着她的眼睛。经他一提，聂无双这才感觉到手心的疼痛，即使戴了羊绒手套，纤细的手掌依然被粗糙的缰绳勒得红肿。果然是没有经常骑马的缘故，昨夜一夜的奔驰寻找令她这时每一块肌肉骨头都纷纷叫嚣疼痛。

"啊……"萧凤溟把她的手浸入热水中，热水促使手掌的血液流动，但是刺痛感却格外明显。聂无双不由得轻呼一声。

"怎么了？很痛吗？"萧凤溟脸上掠过紧张，连忙放开她的手。聂无双摇了摇头："臣妾没事。"

她咬着牙把双手浸入，刺痛感依旧，但是她却是一声也不吭了。萧凤溟看着她脸上的倔强，心中叹息一声，拿来药酒倒入水中。

"这药力会随着热水渗透，你的手明日就会好一些了。"萧凤溟说道，慢慢帮她揉着手掌。聂无双看着身边动作温柔细致的他，不由得别开眼。

终于在萧凤溟的帮助下，聂无双身上的擦伤都一一上了药。萧凤溟用毯子把她包起放在床上，暖意袭来，他抱着她一动不动。帐中寂静，聂无双看着帐子，不知该说什么。耳边忽的一点湿热。她不由得一惊，等意识过来却是他在吻她。

细密的吻落下，他由耳边一直轻吻到她的面颊，辗转吻上她的红唇。

"皇上……"她避开他的唇，唤道。

"无双，你不要再倔强了！"他的叹息在她耳边，"你好好看一看，身边的真心。不要被仇恨蒙蔽了你的眼睛。"

"朕是爱你的。"他慢慢说道，"你也是同样的心意不是吗？"

她抬头，眼中眸光柔和虚软，似盛了一池的碎影波光。

他是皇帝，但更是她最光明的向往，在那一个个无法安眠的夜晚，他的气息就在身边，为她驱散梦魇，他的胸襟，他淡然自若的决断，甚至他的温柔，就这样不经意地闯进她的心中，安抚她那颗因仇恨而暴戾的心。

仇恨要用血来洗去，她一刻不敢忘记，但是心底总有一个声音，在她承欢邀宠的时候，在她步步算计，如履薄冰的时候，在她与虎谋皮的时候，总是冒出来告诉她。

她，本不该是这样。她本该是温婉的女子，许一个三生不弃的誓言，拥有一个平凡无奇却幸福的家庭，她可以是当家主母，操持一府上下的吃穿，与一干贵妇谈笑时新的话题。闲时画一幅画，写一首可心的诗，也就这样一生过去了。

她本该不必这样双手染满血腥，费尽心力周旋在这权力的泥沼中，本不该的……

"在想什么？"他抬起她的下颌，聂无双睁开眼："凤溟会永远记得今日所说的话吗？"

"也许皇帝会因为种种身不由得己，但是萧凤溟会记得。"他郑重地吻住她粉嫩颤抖的唇。

聂无双梳洗罢，就随意披着一件宽大的暗红色蚕丝袍子歪在了御帐中的软垫上，长长的墨发还未干透，宫女正在她身后为她轻轻擦拭。杨直蹑手蹑脚地进来。聂无双双目微闭，似已睡去。

杨直不敢打扰，跪坐在一旁静心等待。聂无双纤手中捏着一方几乎有她手掌大小的玉佩，白腻无瑕的质地，上面雕刻着威武的龙形图案，在当中还刻着一个字"萧"。杨直看了一眼，不禁眼神一颤，悄悄来到聂无双身后，无声地向宫女做了个手势。

宫女连忙退下，杨直拿起玉梳与巾帕，继续为她拭发。他的手很灵活，聂无双一头长长的发很快梳理整齐。

聂无双长吁一口气，睁开眼，低声问道："睿王殿下怎么样了？"

"睿王殿下受了内伤，伤势颇重。不过现在已经安稳下来了。"杨直低声说道。

聂无双把玩着手中的玉佩，精致繁复的纹路硌着她的手心，她凝神苦思。

"娘娘，这是……"杨直打断她的冥想，看着玉佩问道。

"这是皇上赐给本宫的。"聂无双手中紧了紧。

"这好像是皇上从不离身的玉佩。"杨直又问。

聂无双知道瞒不过他，淡淡应道："是，这是皇上贴身玉佩。"他赠她最贴身的私人玉佩，正面刻着龙纹，还有一个"萧"字，背面是他的名讳，还有他的表字。

在应国男女互赠玉佩代表着定情。他这是告诉她，他要与她定三生之盟。聂无双捏着玉佩的纤纤玉指拂过玉佩上的纹路，眸光复杂。

"恭喜娘娘！"杨直大喜，跪下道，"如此说明皇上心中只有娘娘一人！如此无论有多少新人入宫，都无法撼动娘娘在后宫的地位了！"

聂无双把玉佩收入怀中，淡淡岔开话题："睿王殿下怎么会成了这样？按理说他自保足够，怎会伤得这般重？"

杨直回答道："奴婢打听来的消息是，睿王殿下拼死保护圣上，所以才会被黑衣刺客趁隙伤了。"

聂无双一听皱紧眉头："拼死保护皇上？"她若有所思地看着杨直，"难道说，睿王殿下为了取信皇上，竟连自己的身家性命也不顾了？"

杨直沉吟道："这个奴婢也说不准。不过殿下行事向来出人意表，也许他也有其他深意也未可知。"

聂无双直起身来，淡淡道："为本宫更衣吧。本宫要去探望睿王殿下。"

"娘娘？这合适吗？"杨直担心地问。

聂无双一笑："怎么不合适？他拼死保护皇上，本宫身为贤妃不去探望于理不合。"

帐外的天光耀眼，放眼过去皆是茫茫翠色波涛一般的草原。萧凤溟自是去处理该处理的事，经过昨日凶险，整个大营戒备大大增强，三步一哨，五步一岗，气氛紧张而压抑。在大营中宗亲贵族们都听说了那一夜惊险的行刺，心中在大骂秦国使臣与刺客的时候，亦是没了打猎游玩的兴致，纷纷整理行囊准备回京。

聂无双一路走来，触目所见都是一片忙碌情形。还有人言之凿凿说皇上已有口谕，明日便要御驾返回京城。聂无双拢了拢头上的纱帽，由杨直扶着向萧凤青的银顶大帐走去。到了帐前，侍卫看到杨直，心领神会立刻放行。

聂无双看着垂下的帐帘，深吸一口气，这才撩了帐帘进去。帐中一片昏暗，聂无双眨了眨眼，这才稍微适应帐中的光线。一股浓重的药味扑鼻而来，她慢步向里走去，终于看见躺在内帐中一动不动的萧凤青。

他光着上身，脸色惨白，双目紧闭，胸前缠了厚厚的绷带，有药膏的浓重药味从绷带里露了出来，帐中没有一人，只有他孤零零地躺在里面。聂无双虽知他身受重伤却不知他竟伤得这般厉害。他躺在榻上，要不是胸前微微的起伏几乎看起来与死人无异。

聂无双脚步加紧，几步上前回头微怒："怎么没有人看着殿下？"

杨直亦是惊讶，萧凤青这般伤重，理应有人看顾才对。他想着不由得看向跟进帐中的小内侍，眸中已有了厉色。

那内侍一听，慌忙跪下，垂头颤声回答道："是……是殿下上了药就不让人伺候……殿下把奴婢们赶了出去……"

"咳咳……"床榻上的萧凤青听到声音惊动了一下，聂无双坐在床榻边，摸了摸他的手，只觉得他的手冰冷，这般炎热的天气他身上竟这般凉。

"殿下？"聂无双握了他的手轻唤，眸中神色复杂变幻。时至今日，她越来越不知该如何面对他，是同盟，抑或是见不得人的奸夫淫妇，也许她能说服别人，皇室中的龌龊，她和他不过只是再正常不过的利用与阴谋关系。可是她唯一不能说服的就是自己。

他所做的，远远比她为他做的多了太多。

她恨他的逼迫，却又不得不仰仗他的一切。

"凤青……"聂无双俯下身，在他耳边唤道，"醒来……"

萧凤青慢慢睁开眼，等看清楚面前的人，苍白如纸的面上露出一丝浅笑："你终于来了……"

他说着又剧烈地咳嗽起来。聂无双手足无措地看着他咳嗽，连忙拿绢帕给他。萧凤青捂着薄唇咳了一会儿，一张开，雪白的绢帕上赫然有乌黑的血迹。

"这……这是怎么回事？"聂无双吓了一跳，连忙问道。

跪在地上的内侍看了一眼，颤声道："奴婢也不知道，太医说……太医说殿下断了一根肋骨，还伤了心脉……可能这血……这血是淤血。奴婢这就去叫太医！这就去……"

"回来！"萧凤青忽地从床上挣扎起身，顺手操起旁边桌上的药碗狠狠砸向内侍，"没眼色的混账……娘娘……在这里，你叫什么太医！滚！给本王滚蛋！"

他眼中戾气深重，一双琥珀色的眼眸似要吃人一般。聂无双连忙扶着他，示意杨直也退下去。杨直连忙拉着那倒霉的小内侍退了下去。帐中又恢复寂静，萧凤青刚一激动，动了肋骨的伤处，疼得额上冷汗淋漓，可他硬憋着一声不吭，只是握着聂无双的手，过了许久才缓过气来。

"你怎么来了？"他放开她的手，刚才一握，她纤细的手上顿时又红了一片。他怔怔看着她的手，忽地笑了起来。

她和他一样都是倔强能忍的人。他是对的。她和他都是同一类人，只是两个人太过相似，谁也不肯轻易向对方屈服，向命运屈服。

"来看殿下到底怎么样了。"聂无双小心放好他，眸光沉静。她把自己伤了的手隐在了长袖下为他端来一碗清水。

萧凤青靠着背后的软垫，喝了一口水，半闭着眼睛，口气又恢复往昔的慵懒："死不了……"

聂无双垂下眼帘，半晌才问道："殿下为什么要这样做？拼死救了皇上，这是为了什么？万一殿下有了好歹的话，那岂不是……"

萧凤青转过头，冷笑："我不过是还了他的情。"

"可是殿下，他是你的三哥！是殿下你在这世上唯一对你好的亲人！"聂无双定定看着床上的萧凤青。

"不！他不是！"萧凤青抬起头来，他的发凌乱披散在面庞边，黑色的发，雪白的面容，还有那异于中原人深邃的面容，这一刻他犹如身怀着令人恐惧力量的魅罗，俊美得不祥。

"皇家没有真情，更没有家人！他不是我的三哥！我和他从此以后两不相欠！"萧凤青说完，笑了起来，一边笑一边咳出血沫："你知道我最恨的是什么吗？是当他可以端坐东宫，享尽作为皇子的一切的时候，我却在冷僻的宫中受尽所有人的白眼与欺侮。"

"同样是皇子，为什么他就能跟在父皇左右，尽享天伦，我却只能装疯卖傻才能保全性命？"

他侧头笑着看着她，眼中却俱是癫狂与痛苦。

"我不惜一切巴结手段才能接近他，我的放浪不羁就是衬托他的一日日的温和谦恭，谨守礼仪，有帝王的风范……哈哈……在他们眼里，我就是杂种，卑贱舞姬生下的贱种！"

他狂笑起来，一缕鲜血从他苍白的唇边蜿蜒流下，聂无双不忍再听，上前扶着他，惊怒道："殿下不要再说了！"

"不！我要说！"萧凤青一把抓住她的手。他与她靠得这般近，近得可以看见他眼底深埋的痛苦，那么深重的苦涩，仿佛一出生就烙在了他的灵魂中，生生死死纠缠不清。

"不，殿下不要说了！"聂无双捂住他的唇，垂下眼帘，"我都懂。"

"无双……"他看着她的眼睛，忽地平静下来，他搂她入怀，聂无双不敢再动，亦是不敢抗拒。

他寻找她的红唇，抱着她，喃喃道："无双，不要背叛我。终有一天，他能给你的，我都能给你……"

第六十一章　清剿：风波起

护旗营的统领周庆第二天就被禁卫军秘密抓了起来，一道密旨把他悄悄押解回京，护旗营自统领以下，千夫长以上统被监禁起来，一场可预见的军中清洗在毫不知情的皇室贵族们回京之时迅速展开。

萧凤溟调来骁骑营前来掣肘护旗营不明所以的三千人马，同时又下了数道密旨回京，纷纷替换与周庆平日往来密切的将领。他的手段迅疾，雷厉风行，再也不姑息养奸，与平日给人温和帝王的印象相去甚远。

这时许多人才知道，原来这看似和气的皇帝被触了逆鳞也这般手段铁血。

车驾摇摇晃晃，聂无双坐在自己的车驾中看着前面蜿蜒不到头的队伍，深深地长吁一口气。这一次行猎总算是有惊无险地平安度过。萧凤青伤重，萧凤溟特赐让他在龙辇中回京，所以她就屈居自己的鸾驾中。

"娘娘可是身子不适？"杨直跪坐在銮驾的车门边，见聂无双神色黯然，不由得问道。

"不是。"聂无双回神，振作精神，"只是在想谁能指使周庆谋逆。"

杨直神情一怔，悄悄挪了进来，谨慎地道："娘娘小心隔墙有耳。"

聂无双一笑："这时候谁不在私底下议论这一次的秦国行刺？但说无妨。这时候不会有人听见的。"

杨直想了想，这才道："周庆将军的事，奴婢知道不多，只知道他是京中的周家，也是一家将门的，在京城中颇有威望。"

聂无双心中一动，连忙问道："可是与淑妃王家有关系？"

杨直额上青筋一跳："不太可能吧！"

"那又是谁布的一颗棋子呢？能当上护旗营的统领，不是一般人呢……"聂无双揉着额角，细细地想。

御驾在落日时分进了京城，御林军，禁卫军各自归列，宫中长长的钟声回响，落宫锁的时辰了。

远远，一人一骑在宫门外伫立。那人穿着雪白的儒士服，清朗如月的面容带着淡淡的惆怅，朱红色的宫门缓缓在他面前关上，宫门内外，两个世界。

"无双，再相见的时候，你我是不是就会真正终结我们之间的仇恨……"

他伫立许久，直到天边的夕阳将他身影拉得很长很长……

"无双……"他在心中默念着这个令他爱恨交加的名字，终于咬牙纵马离开了应京……

顾清鸿走了。

这个消息传入聂无双的耳中已是第二天。她沉默许久，久得杨直几乎以为她不会再吭声问话。永华殿中沉寂无声，上好的沉水香在殿中萦绕，幽幽的香气飘荡开来。铜漏中水声滴答，清晰可闻。聂无双依着胡床上的软垫，沉默看着窗外的景色，不知不觉又到了一年的夏天。

"娘娘？"杨直轻唤，"娘娘若是没事，奴婢退下了。"

聂无双抬起头来，眸光幽幽："齐国使臣团都走了吗？"

"都走了。"杨直回答，"这一次秦国背信弃义而去，恐怕齐地上的战事又要再起。"

聂无双勾了勾唇角，想要幸灾乐祸地笑，却蓦然惊觉心中竟是半分笑意也无，只觉得萧索。三国的战事又徒增变故，恐怕顾清鸿又要殚精竭虑地想着如何与凶悍如豺狼的秦国周旋。他，终究还是慢了一步。若是他能心怀大略，不去管秦国所谓的和谈而是乘胜追击，这时候齐国战场上的形势自然会大不同。是齐国皇帝懦弱不敢冒险一战，还是他顾清鸿终究寄希望于和谈不想妄动兵戈？也许两者都是，也许两者都不是。不管怎么样……

齐国，不再是她操心的故国了……

聂无双垂下眼帘，这时宫中的内侍匆匆进殿中禀报："娘娘，淑妃娘娘前来探望娘娘的伤势，还带来了不少补品。"

聂无双直起身子，吩咐道："先去上茶伺候，本宫略梳洗下就去。"

"是！"内侍退下。聂无双眉头深锁："淑妃这个时候来做什么？"

一旁的杨直自然知道淑妃前来探望聂无双的伤势只不过是一个借口，想了想，轻声道："会不会是……事关护旗营统领周庆的事？"

聂无双闻言一怔："难道周家与她王家有关系？"

杨直亦是不解："奴婢实在不知，应京中许多世族家族中互有通婚联姻，又有人情往来，关系错综复杂，千头万绪。若说有关系，也是可能的。淑妃娘娘不是无的放矢的一个人，她既然急匆匆过来，一定有很重要的急事。"

聂无双转入屏风内换好衣服，转了出来冷冷地道："这是自然，本宫自然是不信她说什么要看望本宫伤势的话。"

她说罢对镜整了整妆容，摇着团扇慢悠悠地走了出去。在永华殿的花厅中，淑妃正对着一座三尺来高，通体通红的珊瑚啧啧称奇。

聂无双走了进来，笑道："淑妃姐姐怎么过来了？这让本宫好生惊讶。"

自从淑妃抢了雅充容的二皇子之后，辛夷宫与永华殿之间便是少来走动，两人曾是秘密结盟的盟友，而后又翻脸成为敌人，分分合合。之后又发生了皇后中毒的事，各自都忌惮对方，更少往来。至今聂无双都分不清楚她和淑妃之间到底是什么关系。

淑妃回头，亲热地走上前："听说在行猎营地中，贤妃妹妹为了寻找皇上都受了伤，所以本宫过来看望妹妹，伤势好点了吗？"

聂无双一笑，不动声色地挣开了淑妃的手，引着她坐在上首："不过是一点小擦伤，以讹传讹，竟说是本宫受了多重的伤了。淑妃姐姐也信？"

淑妃见她精神甚好，知道传言恐怕言过其实，遂抿嘴一笑："不管别人怎么说，本宫总是要过来看看妹妹，好歹是一个宫里，同是伺候皇上的人，你我这份情谊自是与别人不同。"

情谊？聂无双摇着团扇，似笑非笑地看着面上殷切的淑妃。都扯到了两人之间的"情谊"了，恐怕这一次淑妃是真的有事来求助她了。

聂无双不接口，淑妃面上便有些挂不住，可她终归是宫中的老人，杏眼一转，笑着打量聂无双的永华殿夸道："没想到本宫才几个月没来，这永华殿竟焕然一新了。还有这珊瑚，恐怕是从贡品中拿出来赐给妹妹的吧？听说这三尺高的红珊瑚极难得，百年才能长这么高这么漂亮呢。"

聂无双扫了花厅四周一眼，心中微微一哂。不要说淑妃惊讶，她回到宫中亦是觉得惊讶莫名，从行猎大营到宫中不过才一天的工夫，皇后竟事前得到消息，吩咐宫中的内务大总管亲自来收拾布置她的永华殿，所用的东西无一不精致，无一不奢华，所有用过的旧东西统统都置换成了新的。

这便是后宫。皇上宠爱谁，谁就成了宫中的风向标，吃的用的不用开口，统统都是最好的。若是恩宠不在，那往昔所有笑脸相迎的面庞就统统变成了冷眼白眼，更惨的是也许境地比之前没有恩宠更加糟糕，因为宫中不相信失败者……

聂无双在心中感慨，但是面上依然淡淡，她等着淑妃夸完，这才不动声色地屏退宫女，笑着上前问道："淑妃娘娘，今日来到底有什么事呢？你我已这般熟悉了，有些话但讲无妨。"

淑妃顿了顿，看了看四周，面上的笑容顿时萎靡黯淡，叹了一口气："说起来连本宫自己都不信,这一有难,本宫第一想到的便是妹妹。"她坐在椅上扶了额头,精致妆容也掩盖不住眼底的疲惫沮丧,"你说你我争来争去又是为的什么?一不小心就会全盘皆输,本宫想着心里就堵得慌。"

聂无双仔细看着她的面色,看样子淑妃说这些话不似作伪,慢慢地道:"淑妃姐姐到底有什么难处?"

淑妃叹了一口气,未语先流泪:"就是皇上这一次在行猎大营遇刺的事啊!妹妹有所不知,皇上回宫之时,就有朝臣跟皇上说这事跟王家脱不了干系!已经秘密呈上折子了准备扳倒我们王家了!"

聂无双心中一惊,不由得停了手中的团扇。呈上折子?!是谁动作这般快?!皇上不过才回京一天而已,就有人闻风而动了。这朝局越发让人看不明白了。

聂无双看着眼前拭泪的淑妃,问道:"这事真的跟淑妃姐姐没有关系吗?"

淑妃一听,猛地抬起头,眼中愤愤不平:"贤妃妹妹也不相信吗?这该死的周庆,他当初在本宫父亲底下的时候就不对盘,我父亲说他人狡诈无信,所以他在我父亲手下一直得不到重用,后来不知怎么的机缘巧合,竟让这小人混到了护旗营的统领一职。"

"早知道他这么胆大包天,当初本宫就该在皇上面前多多参他几本,这下可好,他这一次自己死了也就算了,居然还牵连上了本宫的父亲!"

淑妃愤愤地骂着泄愤,见一旁的聂无双只是不言不语,急了,"扑通"一声竟然给聂无双跪下,她拉着聂无双的手哭诉道:"妹妹,本宫从未这般求过人,本宫知道有些事本宫做得太过了,我对不起妹妹你!但是这事要是真的牵扯到了本宫的王家,就不是本宫一个人是生是死的事了,这是谋逆啊!会诛九族的啊!"

聂无双心头微微一跳,她自然知道这事的利害关系,萧凤溟嘴上虽不说,但是实则心中已是震怒非常。这一次无论是谁做了这事,一定会付出代价的。她最明哲保身的是冷眼旁观,但是……

应京中的王家,那可是应国数一数二的世家。聂无双扶起淑妃,又问了一遍:"真不是娘娘的父亲做的?"

"当然不是,本宫父亲怎么会这么傻?如今本宫虽然位列四妃之一,又有二皇子,但是皇上一有事,本宫头上还有皇后,皇后之上还有太后!她们哪一个不比本宫厉害?本宫的父亲怎么会傻到为他人做嫁衣裳?贤妃妹妹,你那么聪明,你想一想就知道这是有人故意借这事要整倒我们王家啊!"淑妃急急地说道。

聂无双只是沉吟,手中团扇摇摇停停,凝神思索。

淑妃在一旁拭泪:"贤妃妹妹,你这一次救了皇上,皇上已经把你放在心坎里了。你说一句话顶得旁人说千百句,只要你肯,皇上一定会信你的。"

聂无双闻言,似笑非笑地看着垂泪的淑妃:"淑妃姐姐,不是本宫心狠,只是本宫这

次帮了你，本宫又有什么好处？没有好处的事，本宫不会做的。"

淑妃一听，知道她意动，大喜望，连忙上前："本宫想好了，这一次若是贤妃妹妹能帮本宫，以后本宫就是贤妃妹妹的后盾，那个梅婕妤，还有几个不长眼的新人统统不会与贤妃妹妹争宠。"

她口气满满，意思竟是要替聂无双——除去这一批新人的佼佼者，特别是梅婕妤林婉瑶。

聂无双笑了笑："她们不足为惧。况且这一批新人入宫，三年后又有一批，再三年又有新人，一批批新秀女入宫，如草一般春风吹又生，如何除得尽？"

淑妃顿时丧气："那……贤妃妹妹想要的是什么？"

聂无双看定淑妃的眼睛："本宫要的很简单。"

"是什么？"淑妃问道。

"本宫的大哥在齐国征战，虽他不说，但是本宫知道他颇受军中排挤，本宫要的不过是淑妃娘娘的兄长和族兄弟们对本宫大哥多多照顾。让他不至于在前线杀敌，背后还得受着掣肘。"聂无双淡淡地道。

淑妃脸一红，没想到聂无双竟知道这事。王家是将门，族中兄弟多在军中效力，聂无双的大哥聂明鹄虽然年少成名，但终究是逃臣。皇上对他的恩宠早就令军中颇多不满，再加上聂无双在后宫中深得皇上宠幸，淑妃就暗自示意自己的族人在聂明鹄执行军务之时给予诸多刁难。

这些事聂明鹄都不曾告诉聂无双，只怕她担心。可时日久了，随着聂无双羽翼渐渐丰满，他不说，她也都知道了。所以才有今日与淑妃这一番谈话。

"这个自然会多多照顾。"淑妃连忙说道。

聂无双微微一笑："那就多谢淑妃姐姐了。本宫就剩一个大哥。大哥的事就是本宫的事。以后还望淑妃姐姐看在本宫的面子上行个方便。"

她这一番话说得十分客气，淑妃却不敢大意。今日聂无双把话挑明了，意思是为难她大哥就是为难她。如今淑妃病急乱投医，想来想去整个后宫中除了聂无双竟是无人可帮她，心中不免戚戚焉。一听连忙答应。聂无双又与淑妃说了一番话，这才送了她出门。

杨直从屏风后转了出来，躬身笑道："娘娘可是平白赚了个机会。淑妃以后再怎么样也不敢与娘娘作对了。"

聂无双摇头冷笑："她这人你还不知么？此时她不过是惊慌失措，生怕有人趁这个机会扳倒王家，所以舍弃了面子向本宫求助。一旦渡过了这个难关，她该怎么样还是会怎么样，可是毫不手软的。"

"本宫猜向皇上诬告王家有谋逆之心的朝臣一定是皇后的人。上次皇后被人下毒到现在都未有动作，这周庆谋逆可不是天赐的良机么？所谓君子报仇十年不晚。皇后也是能忍的人啊。"

聂无双幽幽长叹一口气:"后宫的女人,本宫是一个都不敢小觑,一个都不敢轻易相信呢。"

杨直亦是无言以对。淑妃此人能屈能伸,看她方才又是哭泣又是下跪,唱念俱做就知她此人不简单。试问谁能如此卑微地向自己厌恶的人跪下苦苦哀求?这份心性果然是坚忍非常人。

"那娘娘打算怎么做?若是皇后想要借此机会扳倒淑妃,那娘娘帮了淑妃岂不是与皇后为敌?"杨直问道。

聂无双嫣然一笑,笑得妖冶无双:"过几日就知道了。"她说完,摇着手中的团扇转入了内殿中。

过了几日,果然朝堂中渐渐有一股暗潮在涌动,不少朝臣纷纷上奏参司马大人王靖,言之凿凿当年周庆为兵部侍郎之时两家过往甚密等等,几乎只差说司马大人是这一场秦国刺客幕后的指使之人。

萧凤溟一面密令彻查周庆谋逆之事,一面把这些奏章纷纷按下不发。帝王的沉默令底下的朝臣有了更多猜测的余地,一时间朝廷中议论纷纷,流言蜚语四起,连后宫都波及到,一时间后宫嫔妃对淑妃纷纷疏远,生怕一个不小心被人误会与淑妃过往甚密,从而招惹上无妄之灾。淑妃照常向皇后请安,面上神色虽看不出什么来,但是处境已是十分尴尬艰难。平日与她交好,受她庇护的嫔妃纷纷避之唯恐不及。除了敬妃与聂无双与她说话外,竟是无人肯与她多说一句话。

"唉,淑妃平日心高气傲,这一次受这事连累,恐怕心里也是过不去。"敬妃惋惜叹道。

聂无双扶了她的手慢慢地在御花园中随意散散心。闻言心中不由得讥讽一笑,这淑妃现在虽看起来深受父兄连累,连带着皇上这几日都不曾去她的辛夷宫。但是她可不是这般容易就被打败的女人,此事若是平安过了,她又是后宫能与皇后一争高下的淑妃了。

"死灰尚可复燃,更何况淑妃姐姐还未到最后绝境呢。"聂无双摘了一朵蔷薇,在手中把玩,漫不经心地说道。

皇上的沉默渐渐令朝臣们不安起来,但是也有的人渐渐放松了神经,认为萧凤溟对待此事也如当初刚亲政一样,大事化小,小事化了的态度。各文武大臣参司马大人王靖的奏章依然在龙案上放着,一本本叠起来,几乎有一人高。聂无双在甘露殿中,看着萧凤溟拿起一本奏章看了几眼,冷笑着丢了回去。依然是归在那一叠中。

聂无双捧了茶上前,柔声问道:"皇上笑什么?"

"没什么,只是觉得可笑。王靖若是真的这么蠢得要谋逆,就不会历任三朝却还是步

步高升一路坐到了司马这个位置。"萧凤溟冷笑道。

"那皇上的意思是这一次不是司马大人主使的？"聂无双轻声问道。

萧凤溟一双沉沉的黑眸看着她，聂无双不由得低了头："臣妾越矩了。皇上恕罪。"

萧凤溟见她面上有悻悻之色，心中不忍，搂了她坐在龙案前，笑了笑："朕不是这个意思。当初回京的时候，你问朕秦国明明是败军之国怎么敢行刺朕，当时朕没有回答你，就是因为这事牵扯太多了。"

聂无双抬头嫣然一笑，搂着他的脖子，吐气如兰："那皇上跟臣妾说说，到底是牵扯了什么？"

她蹭着他的身子，令萧凤溟身上一阵阵发紧，萧凤溟苦笑，她越来越放肆了，自从行营遇刺之后，她就似吃准了他的脾气，每每有什么话就变着法子问，他想要责怪她却是不忍。想想她也不过是好奇心重，再说自己不也是爱极了她这般七窍玲珑心思么？

于是萧凤溟拉开她，气息不稳地笑道："这是国事，你不能问。"

聂无双美眸认真地看了他一会儿，确定他真的不能说了，这才放开他。反正她也知道了自己想知道的事，于是一笑："那臣妾告退了。"

萧凤溟看着她窈窕的身影离开，不由得哭笑不得，她这一走，身上被她挑起的火焰只能慢慢冷却了。萧凤溟握紧了拳头，低低笑骂一句："你这个小妖精。"

朝堂的猜疑一如既往。不过三部会审之后，皇上对周庆的处置已经有了决断，周庆犯了欺君之罪，罪大恶极，即日起抄家封府，男丁十六岁以上统统斩首，十六岁以下发配西北服苦役，终生不得入京，女眷统统没入官妓，以父族开始算起，罪连三族。周家在应京中也算是名门望族，这一道圣旨之下，简直是灭顶之灾。受到周家牵连的族人纷纷嚎哭不已，幸免未受牵连的亦是战战兢兢，终日大门紧闭。

一夜之间，周家轰然覆灭。禁卫军在周庆家搜得田产地契无数，金银财宝多箱，更是令萧凤溟大怒，本来是斩首之刑，改为凌迟处死。护旗营的千夫长以上统统免职，皇上命聂明鸠重新选拔护旗营的武官，又下圣旨，特命神箭圣手的后人欧阳宁任护旗营副统领。鉴于这一次欧阳宁忠君保护圣驾，皇上亲自写下牌匾"神箭圣手"赐给欧阳家。

京城中轰轰烈烈，抄家的抄家，升官赏赐的赏赐，无一不令人看得眼花缭乱。聂无双在深宫中亦是能感觉到外面翻天覆地的变化。皇上处置了周庆谋逆一案，唯独没有动的就是司马王靖。皇帝沉默的态度就如高悬在王家头上的一柄宝剑，随时可能掉下来，也随时可能收回。

第六十二章　陷阱：露水香（上）

就在这令人惴惴不安的日子里，转眼又到了一年的农历七月初。彼时后宫的新人已入宫三四个月。除了梅婕妤林婉瑶，其余新人都未得皇上宠幸。她们就如同春日过后被遗忘在深宫角落的一堆枯萎的花朵，无人问津。皇上不宠幸新秀女，这一批秀女中就无人可出头。

萧凤溟几乎每日都到永华殿中歇息，聂无双的盛宠几乎已令人侧目。但又能怎么样？谁能有她那胆略带着十几个侍卫孤军深入险境接应皇上？就凭着这朝臣们亦是无法辩驳。后宫中人人在眼红聂无双的宠爱的同时亦是替新秀女惋惜。碰上聂无双，可真的是毫无胜算。

林婉瑶是在上林苑碰见高玉姬的。她眯了眯眼看着天上的日头，天上的日头高高挂天上，没有日出西边，天上也没有下红雨，可偏偏这么倒霉她怎么会碰见了高玉姬？

她身边的宫女兰淑悄悄扯了扯林婉瑶的袖子，低声说："婕妤娘娘，就当做没看见，绕道走吧。这人得罪不起呢。"

林婉瑶点了点头，转身立刻就走。

"哎，这不是梅婕妤娘娘吗？臣妾拜见婕妤娘娘。"高玉姬悦耳的声音传来。林婉瑶的脚步不由得顿了顿。

她转过头，面上带着一丝虚浮的笑容，迎上前扶起高玉姬："妹妹请起身，什么娘娘的，都是好姐妹。"

高玉姬笑了笑，趁势挽住林婉瑶的手，看似天真地说道："林姐姐还是这般平易近人，难怪皇上喜欢你。"

林婉瑶脸上的神色微微尴尬，她不动声色地拨开高玉姬的手，笑道："哪里的话，皇上只不过是看中本宫的一点点才学罢了。"

高玉姬又笑道："林姐姐过谦了呢。"

两人边说边往上林苑的一处凉亭走去。有机灵的宫女早就前去在石凳上铺上软垫，奉上茶水。林婉瑶品着茶，看着眼前美艳的高玉姬，听说高玉姬是高家小姐们中的佼佼者，更何况她的姑母又是太后娘娘，这一层关系可谓十分硬。可偏偏皇上似决意不宠幸她，任由高玉姬几次三番"不小心"出现在皇上跟前，亦是无法得到皇上的怜惜……

哎……林婉瑶在心中替高玉姬惋惜，可惜了一个如花似玉的美人。

"林姐姐在想什么呢？一声不吭的，怪闷得慌！"高玉姬扇着手中的团扇，似极怕热。随着她的扇动，她身上一股幽幽香气迎面扑来十分清新宜人，亦是十分特别。

林婉瑶笑道："也没什么，对了，妹妹身上这香是什么香？好闻得紧呢。"

高玉姬眼中一亮，炫耀一般地凑近林婉瑶："是太后赐给我的露香呢，我总觉得太清淡了，但是越闻越好闻。林姐姐，你闻闻看！"

她说着把身边的香囊递给林婉瑶，献宝一样地说道："林姐姐见多识广，看看这香是怎么制成的，以后我们闲了有空也弄点。"

林婉瑶禁不住好奇，翻开香囊果然看见一块莹白东西在里面。她拿起来对着天光看了许久，又放在鼻间摇了摇头："这我也不知道。"

高玉姬眼中掠过失望："连林姐姐也不知道啊。可惜了这么好闻的香气，听说挂一点放在腰间，十步之外都能闻见这香气，但是一点也不张扬呢。衬林姐姐这样的人物刚好。"

林婉瑶把香囊还给她笑道："高妹妹怕什么呢，以后你要就找太后娘娘要呗。太后这般喜欢你，自然有的都会赐给你。我们就用着烟熏火燎的香好了。"

高玉姬咯咯笑了起来，一派天真无邪："林姐姐就编派我吧！谁不知道你们心里都恨着我呢！哼！"

两人都是刚出阁的少女，富贵乡中长大，再有心机也不至于天天挂在心间，两人一时间对着这香叽叽喳喳地讨论起来。正在这时，两人看见远远有一副肩辇向这边而来。林婉瑶看着走在前面熟悉的宫女内侍，连忙拉着高玉姬上前迎接。

"臣妾拜见贤妃娘娘！"两人跪下道。

聂无双正被日头晒得眼花，探出头来，看着肩辇底下两位，于是吩咐宫人落轿。

林婉瑶只觉得一股暗香扑鼻，不由得把头埋得更低。聂无双看清楚两人，不由得用团扇一遮唇边，咯咯一笑："原来是你们啊。是出来纳凉散心的么？"

"回贤妃娘娘的话，是出来纳凉的，没想到娘娘也有这般好的兴致，竟有幸得见娘娘。"高玉姬恭谨说道。

聂无双本是路过，于是命她们起身，一双明眸只似笑非笑地看着林婉瑶与高玉姬。高玉姬尚不觉得什么，林婉瑶想起行营中的一切，不由得低了头眼中皆是黯然。

今日聂无双穿着一件挑金丝绣鲛绡曳地长裙，长裙为烟霞色，内衬却是重紫，深重的紫色近乎墨色，把这红压了下去。鲜艳妖冶的颜色衬得她肤色白腻如雪，因天热，长裙领口做得很开，露出白皙优雅的脖子，以及胸前一片雪白的玉肌。她身量比一般女子更高一些，身段窈窕曼妙，长裙越发衬得她亭亭玉立。她的美可正可邪，变幻万千，令人目不暇接。

她每看见聂无双一次，就觉得自己低入尘土一分。

聂无双与她们本没有话好说，笑道："你们散吧，本宫去前面走走。"

她说完正转身要走，忽地一股风吹来，她不由得停住脚步"咦"了一声，回头问道："这是什么香，这般好闻？"

高玉姬连忙回答："这是太后赐给臣妾的露香，听说是偏远属地进贡来的。"

聂无双看着她呈上的香囊，曼声道："是吗？本宫看看。"她接过一闻，赞道，"的确是不错。"

"贤妃娘娘要的话，臣妾刚好还有一点，都给贤妃娘娘。"高玉姬恭谨地说道。

"这个啊……"聂无双摇着团扇，一双幽深美丽的眼眸看定眼前的高玉姬，见她面上真挚，笑了笑，"不用了，你的心意本宫知道了，这香独特，本宫用惯了宫中的香换了恐怕会不习惯。"

她说罢又上了肩辇，向前而去。

高玉姬等着聂无双走远了，这才起身。她愤愤不平地冷哼："皇上都让她一人缠住了。她还这么盛气凌人，这不是存心气人吗？"

林婉瑶在一旁并不吭声，她可没这么傻跟着高玉姬一起谩骂后宫最得宠的聂无双。

"高妹妹何必这么生气。贤妃娘娘不要就算了，你就留着自己用吧。"林婉瑶游览上林苑的心情在见过聂无双之后一落千丈，恹恹地道。

"不要就不要！林姐姐，送给你！"高玉姬负气说道，硬是把这香塞到了林婉瑶的手中。

林婉瑶顿时头疼，她看向一旁的贴身宫女兰淑。兰淑悄悄对她摇了摇头。

"这个……这可是太后娘娘赐给你的，我也不能要啊。"林婉瑶摇了摇头。

高玉姬眼中一黯："好吧，连你也不要我的东西，我就知道在后宫中你们都讨厌我……"

她说着竟呜呜地哭了起来。林婉瑶头疼不已，连忙安慰道："好吧，我收下，高妹妹不要哭了，再哭就有人以为是我欺负了你。"

高玉姬破涕为笑，这才握了林婉瑶的手："还是林姐姐不嫌弃我。这香在宫中可是独一无二呢，清雅淡然，特别能衬林姐姐这样风雅的人物。"

林婉瑶黯然一笑："独一无二？在皇上心中独一无二的不就是贤妃娘娘么？"

她依然记得萧凤溟在行猎大营中抱着聂无双说了一句"她就是朕的举世无双"。那样欣喜欢悦,简直令天地所有的痴情男儿都为之失色。

谁得了帝王的爱,谁就是天下的独一无二。她叹了一口气,黯然离开。高玉姬看着她的身影,美艳的眼中掠过一丝恶毒。

林婉瑶回到了宫中,正吩咐宫人打水过来更衣梳洗,忽地看见内侍匆匆而来:"婕妤娘娘,皇上有口谕,等会儿要过来看望娘娘。"

"什么?!"林婉瑶以为自己耳朵听错了,但是那内侍一本正经地又说了一遍。

"这个……"林婉瑶郁结的心情陡然亮了起来,她一把抓着传话的内侍,问道,"皇上怎么会来呢?"

内侍被她抓得胳膊生疼,但也许是见惯了此类情形,耐心解释道:"皇上从上林苑回来,就想着说很久没有看望婕妤娘娘了,所以想过来与娘娘喝喝茶。"

林婉瑶心中大喜,自从行营归来以后,萧凤溟就没有传唤她,如今他竟要亲自来到云秀宫中,这番恩宠岂不是让这宫中的所有秀女都要眼红羡慕了!?

"恭喜婕妤娘娘!贺喜婕妤娘娘!"一旁机灵的宫女内侍纷纷跪下恭贺。

林婉瑶羞涩笑道:"都起身吧,皇上只不过说来看看本宫,还未说要留……留下来……"

兰淑高兴地道:"婕妤娘娘不要妄自菲薄了,皇上一定是觉得婕妤娘娘善解人意,所以回头想想婕妤娘娘的好就亲自过来看看了。皇上一定会留宿的!"

林婉瑶羞得满面通红,兰淑见时辰不早了不敢废话,连忙帮她更衣梳洗精心打扮。林婉瑶挑了一件素色绣梨花宫装,虽看起来素淡了点,但是她转念一想,聂无双总是穿着各色艳丽宫装,心道:皇上看惯了艳色,这素色一眼见了就喜欢也说不定。

兰淑为她梳了流云髻,林婉瑶摇头:"拆掉!"

聂无双,还是聂无双……她总还记得聂无双最爱梳的就是这种流云髻,妩媚风流。为何今天总是逃不开聂无双的影子?!

兰淑见她心烦意乱,忙安慰道:"婕妤娘娘莫着急,奴婢给您梳个高髻吧。这高髻正能衬托这件宫装。"

林婉瑶这才展了颜。兰淑手巧,几下就梳好了发髻。林婉瑶一看,果然有遗世出尘之感。她心中欢喜,正好一扫眼看到那香囊,想了想带在身上。

"婕妤娘娘,这……"兰淑有些踌躇。

林婉瑶看着铜镜中的自己,傲然笑道:"怕什么,就算有毒,她也不敢明目张胆地毒害我。今天重要的是让皇上留下来……"

御驾已到了云秀宫的门口。林婉瑶连忙率领宫人前去迎驾,同住在宫中的采女贵人们也纷纷上前迎接。萧凤溟一身天水碧常服,头上插着一支龙形玉簪,手中拿着一枝雪白的蔷薇。他眉眼清晰如画,玉立修身,竟似从画中走出一般。

"平身吧。"萧凤溟笑道。

"谢皇上隆恩!"林婉瑶羞涩一笑。

萧凤溟把手中蔷薇递到她手中:"朕在路边看着这蔷薇开得正好,就摘来送你。"

林婉瑶接过蔷薇,手掌却微微一痛,原来这蔷薇上有刺,竟把她细嫩的掌心刺破了个小血点。她心中一咯噔,不由得看向那走在前面的萧凤溟。

"怎么了?"萧凤溟见她未跟上,回头温和问道。

林婉瑶看着一旁眼中嫉色的采女与贵人们,心中不由得泛起苦涩,上前假装欢颜道:"没什么,臣妾看着花漂亮,一时都欢喜得忘了。"

萧凤溟微微一顿,看了她一眼,温和地道:"以后你若喜欢,朕叫人拿几盆好的放在你宫中。"

林婉瑶一听,心中更是黯然,低声道:"谢皇上隆恩。"

"谢什么。朕忙于政事都未来看你,你可怪朕么?"萧凤溟坐在椅上,随意地道。

"皇上日理万机,臣妾不敢有任何怨言。"林婉瑶连忙跪下说道。萧凤溟见她小心翼翼,微微一笑,扶了她起身,"对了,上次朕赐给你的雾松茶还有么?"

林婉瑶自是说有,洗净手,亲自为萧凤溟烹煮。热气一蒸,茶香和着她身上淡淡的香气扑鼻而来。萧凤溟微微诧异:"这是什么香,竟这般好闻。"

"是高妹妹赠给臣妾的露香,高妹妹说这是太后赐给她的。皇上也喜欢么?"林婉瑶据实回答。

萧凤溟饶有兴致地接过去看了几眼:"是很特别的香,衬你刚好。"

皇帝淡淡的一句话令她欣喜莫名,林婉瑶暗忖,今天当真是走了运气,不但得了异香又让皇上亲自驾临宫中看望。她一扫今日在上林苑的郁结,笑语晏晏与萧凤溟说起话来。她本就伶牙俐齿,说起话来悦耳动听,萧凤溟向来温和,时不时会心一笑,便令她心驰神往。这般温柔又俊美的帝王恐怕是所有女人心中最期盼的美梦。林婉瑶越看心中越是欢喜。

萧凤溟与她聊了一会儿,品了茶,此时林公公上前在他耳边耳语几句,萧凤溟起身:"天色不早,朕该回去了。还有些政事要处理。"

他转头对林公公道:"林伯,婕妤喜欢白蔷薇,就把御坊中的那几盆搬过来吧。"

林公公连忙应道:"是,奴婢这就去办。"

林婉瑶见萧凤溟要走,心中掩不住的失望,上前几步:"皇上……"

"怎么了?"萧凤溟问道。

"没……没……皇上不留下来用晚膳么?"林婉瑶好不容易把这一句话说出口。

萧凤溟一笑:"不了,朕得回去了,改日再来。"

他说罢转身大步离开。林婉瑶跪下目送他离开，等看着那明黄的袍角在宫门边一掠而过，她这才站起身来。

"婕妤娘娘，这……"兰淑上前，看着她失望的脸色不知说什么才好。

林婉瑶回头，方才萧凤溟赠她的白色蔷薇早就枯萎了。她慢慢走过去，一把抓起蔷薇狠狠地丢在地上。

"婕妤娘娘！"兰淑大惊，"这是皇上赐给娘娘的啊！"

"这花分明不是他摘的，是内侍摘的！只有内侍摘的才会忘了拔刺……"林婉瑶情绪激动，哭出声来："我告诉过他我最喜欢兰花，不是蔷薇，皇上都忘记了！……呜呜……"

兰淑吓了一跳，连忙扶着她："婕妤娘娘不要伤心了，皇上日理万机一定是忘记了，改天他会想起来的，再说皇上这不是来看娘娘了吗？……"

兰淑苦劝了许久，林婉瑶这才慢慢停了哭泣。她由宫女伺候洗了把脸，看着地上碎乱的蔷薇，微微诧异："我怎么会这样……"

她平日可不是这样动不动就哭泣，是今日遇到的事太多了，还是被萧凤溟的无心刺痛了心扉？竟这般心神大乱？

"婕妤娘娘可能是累了，好生歇息一会儿吧，等会儿晚膳奴婢再来叫你。"兰淑安慰道。

林婉瑶想了想也觉得对，遂卸下妆，好好上床休息。

永华殿中，聂无双早就布置了一桌晚膳静等着萧凤溟前来用膳。不一会儿御驾驾到，聂无双前去迎接。

萧凤溟含笑握了她的手："委屈双儿了，竟让你独自回来。"

聂无双一笑："臣妾没事。委屈的应该是梅婕妤。"

萧凤溟眼中掠过无奈，握了她的手慢慢地道："是啊，后宫与朝堂向来密不可分，朕真的是半分都无法松懈。梅婕妤的父亲门生许多，朕这一次还真的要靠他了。"

聂无双看了看四周，宫人跟在身后，并无人听到两人的密语，她微微一笑："什么时候皇上不必顾忌朝臣，就是皇上真正执掌权柄的时候。"

萧凤溟纯黑如黑曜石一般的眼微微一亮，两人已走到内殿中，他忽地一把搂住她，转入帷帐之后，狠狠吻了她一下："你怎么什么都知道？"

聂无双被他吻得气也喘不过来，想要挣扎又怕身后的宫女看见，咯咯一笑，媚眼如丝，眼中春光流波："皇上不就是喜欢臣妾什么都懂一点么？"

萧凤溟微微一笑，在她面上落下一个吻："走吧，用膳吧。"

永熙宫中，高太后正拿了细长的金汤匙给鸟笼中的鹦鹉喂食，鹦鹉经过调教，十分通灵，一口一个"太后娘娘千岁""太后娘娘万安"。高太后被它逗得眉眼都舒展开来。

宽敞的内殿中，铜鼎中燃着幽幽的檀香，铜漏滴答，显得殿中分外寂静。有宫女匆匆进来，低声禀报："太后娘娘，高小姐来了。"

"嗯。"高太后淡淡地应了一声，把手中的金汤匙递给宫女，一旁伺候的宫女上前扶着她坐在殿中的上首，然后鱼贯纷纷退下。

不一会儿，身穿一袭鹅黄色宫装的高玉姬匆匆而来，她跪下道："姑母万安。侄女来了。"

高太后严厉的眼中掠过慈和，问道："事情办得怎么样了？"

"已经办成了，可惜，聂无双精明，不肯要侄女的露香，倒是让那个林婉瑶拿走了。"高玉姬抬起头来，眼中掠过狠色。

高太后看了看底下跪着的高玉姬，苍老的面上浮起冷笑："聂无双这个妖女道行深得很呢。你不是她的对手。就算这香好得天上地下都没有，她也不会轻易上当。只不过这林婉瑶……能接近皇上么？"

高玉姬起了身，跪坐在高太后的身边，眼中流露嫉恨："现在后宫中皇上除了几个惯常去看望的嫔妃，能接近皇上的就只有林婉瑶了。不过最近皇上经常去云秀宫里亲自看望她。一个狐媚子，相貌平平，没想到皇上竟喜欢她！"

高太后若有所思地追问："皇上最近真的常去看望林婉瑶？"

"是啊。这几天隔一天就去，品茶论诗，但是从不留宿。姑母难道不知道么？"高玉姬疑惑问道。

高太后吐出一口气，头上的凤形金步摇微微晃了晃："不是不知道，只是被你这么一提，哀家觉得有些蹊跷。"

"什么蹊跷？"高玉姬有些紧张地追问。她可是半分也看不出不妥来。自己的姑母历经后宫风波，难道她从这一点点迹象就看出什么蛛丝马迹了吗？

"哀家也不太明白，现在皇上的心思哀家是半分也猜不出来了。翅膀硬了能飞了，想要翻出哀家的掌心了……"高太后冷冷地笑着，眼角的皱纹深深，明明早已年迈，但是却依然带着往昔权倾应国高皇后的威势。

这样的威势是天长日久养出来的吧。高玉姬在一旁羡慕地想。终有一天，她也会像姑母一样，让所有的人都臣服在自己的脚底下。什么聂无双，什么林婉瑶，一个个统统都得去死！……高玉姬暗暗发誓。

"对了，你好生准备准备。这露香功效奇特。哀家也是命人研制了许久才得这么一点。"高太后看着座边的高玉姬年轻的面庞，吩咐道。

"是！"高玉姬娇嫩的脸上掩不住的期许兴奋。

"跪安吧。"高太后微微有些疲倦地闭上眼，头上沉重的发饰令她不堪重负。果然是

547

老了吗？以前她可是能顶着这顶沉重的凤冠一整天，现在动不动就觉得累。可是还不能歇息啊，这一条路她已经走到最关键的一步，是成是败，就在此一举，不能累，也没有资格觉得累。

她睁开眼，看着面前年轻的高玉姬，幽幽地道："最后哀家要你记住一点。皇上不是你能爱上的男人。不管他多好你要记住，他是我们高家的敌人！是卑贱女人生出来的杂种。只有高家血统的人才有资格坐上这个至尊的位置！明白了吗？"

她的声音低沉，带着妇人迟暮的沙哑，一字一句仿佛一种逃不开的诅咒，令高玉姬生生打了个寒战。

"是！侄女知道了！侄女一定不负姑母的期望！"高玉姬连忙敛襟跪好，重重磕下头去。

高太后看了她许久，才叹了一口气："下去吧。这几日一定要闭门静修。哀家给你的东西一定要按时吃。"

"是！"高玉姬不敢耽搁，连忙退下。她步出永熙宫宽敞的殿门的时候忍不住回头，在空寂的殿中，只有一位满头珠翠的老妇人正闭目养神。奢华的大殿，在金玉环绕中，她的苍老显得这般突兀与悲凉。

前来引路的宫女悄悄走近："贵人请跟奴婢来。"

高玉姬随着她离开，一步一回头，忽地问道："云乐公主没有时常回来陪伴太后吗？"

宫女怯怯地回答："云乐公主自从出嫁后就很少回宫里了。"

高玉姬闻言，心中隐约升起恻然。她的姑母，风光了一世竟然这般凄凉。

"为什么？"高玉姬问道，"太后娘娘不是给她选了平南王的世子，是不是新婚燕尔所以忘了回宫探望太后？"

宫女四面看了看，低声道："奴婢斗胆跟贵人说，太后娘娘打了云乐公主，所以公主就不再进宫了。唉……太后娘娘其实也很可怜，只是一心为公主好，公主反而不领情。"

高玉姬一怔，忽然想起后宫间对云乐公主与高太后的传闻，不由得心中唏嘘。她再一次回头，高太后已经起身，拿了细长的金拨子，逗弄着笼中的鹦鹉。

原来，太后竟这般寂寞……

萧凤溟依旧每隔一两天去云秀宫看望林婉瑶，林婉瑶的心忽上忽下，不知是因为皇上的驾到而心神不宁，还是因为天气热，人体虚弱困乏，夜夜梦魇。一日，萧凤溟过来时，林婉瑶面色酡红，双目紧闭地躺在床榻上。

萧凤溟微微诧异，手探了探她的额头："怎么这般烫？可有请太医？"

兰淑听见皇帝问话，连忙跪下道："启禀皇上，太医过来看过了，有的说是中暑，有的说是体虚气旺,奴婢也不知道婕妤娘娘到底得了什么病。"

萧凤溟皱了剑眉,又问:"你家娘娘有什么症状没有?"

"启禀皇上,就是最近经常发冷汗,夜间做梦,做梦的时候还……还胡言乱语。"兰淑越说越是难过,膝行几步,哀哀地道:"皇上,救救我家娘娘吧。"

萧凤溟不悦地皱起眉宇:"胡说什么?你家娘娘只是小病,怎么说得这么严重?叫太医过来好生看看就是。"

兰淑知道自己失言,慌忙请罪。萧凤溟吩咐几句,又赐下不少东西,宽言安慰几句,便起驾回了甘露殿。

聂无双正歪在美人榻上看着从他书架拿来的书,见他回来,迎上前拜见。

"皇上例行公事回来了?"她忍不住笑着调侃。

"你怎么知道?"萧凤溟一笑,轻轻捏了她的手一下。

"当然知道了,皇上每次去,身上就有一种好闻的香。人说闻香识美人,这香一闻就是衬着梅婕妤这种可人儿呢!"聂无双调侃道。

萧凤溟由宫人帮忙褪下龙袍,换上轻便的袍子,说道:"今日梅婕妤病了,朕就先回来了。"

聂无双心中一动正想说什么,萧凤溟已俯下身在她耳边道:"你吃醋了?说好不吃醋的!"

他眼眸中俱是温柔笑意,聂无双不由得脸红,推开了他:"皇上赶紧去处理政事,臣妾告退了。"她说罢转身匆匆离开。萧凤溟哈哈一笑,也就随她去了。

聂无双回到了永华殿,这才想起心中的怪异,她微蹙眉头,招来杨直:"你去查查梅婕妤到底得了什么病,怎么这么容易就生病了?"

杨直道:"天气炎热,梅婕妤娇生惯养,这生病自然是常事。娘娘不是前几日也觉得身子不适么?"

聂无双迟疑地点了点头:"也是,会不会暑气太重,所以不适?"

杨直笑道:"无论如何,既然娘娘怀疑,奴婢就去查查,不管真病假病一问便知道了。"

聂无双长吁一口气,看着窗外天光灿烂,翠色重重,自嘲一笑:"也许是本宫杯弓蛇影了,总以为宫中发生的每件事背后都有隐秘。"

林婉瑶病了几天,皇后派人赐了补品,敬妃亦是前去看望过一次,就连淑妃因为父亲被人参奏心烦意乱之际也派人前去慰问,林婉瑶这一病可谓收获颇多。太医前来为她诊脉,吃了几帖药也慢慢好了,只是精神不济,脸色蜡黄,没了之前鲜嫩的活力,看起来似一朵花枯萎了一般。

同一宫的秀女们自她病了以后,纷纷前来探望,一来是想着能否幸运撞见皇上,二来这一批秀女中也就只有林婉瑶得皇上的圣眷，如今见她病得憔悴，面上关切，实则十人中有七八人心中幸灾乐祸不已，那眼神与言语之间便有诸多利刺，林婉瑶被她们一激，心中郁结更甚，气得病又反复起来。

一日林婉瑶精神好了些，对着铜镜看了半天，忽地狠狠摔了镜子，呜呜哭了起来。一旁的兰淑见她如此，心中叹息上前安慰道："婕妤娘娘别难过了，这大病初愈的确是憔悴了点，但是将养几日也就回来了。婕妤娘娘总归是年轻，很容易好起来的！"

林婉瑶在她的安慰之下，这才渐渐不哭了。兰淑见她神情恍惚，叹了一口气，安顿她睡下，这才退下。第二日，高玉姬前来看望，还带了不少昂贵东西，有百年的山参，上好的燕窝，还有各色布匹绸缎。

兰淑见她前来，上前勉强笑道："奴婢参见贵人，可惜贵人来得真不是时候呢，婕妤娘娘刚吃了药已睡下了。"

高玉姬哪里会把这等奴婢看在眼中，推开她笑道："不是刚睡下么，林姐姐可没那么快睡着。我去看看。"

她说罢竟径直闯了进去。兰淑想要阻拦但是又不敢得罪她，只好让她进去。

林婉瑶正迷迷糊糊，忽地门打开，强烈的光线随之进来，她刚想要叱责兰淑擅闯，睁眼一看却是个美貌的宫装女人。

她睁开眼，定定看了来人，怅怅地道："原来是高妹妹。有什么事么？"

高玉姬看着她苍白毫无神采的脸庞，眼中得意之色一闪而过，面上却是关切："林姐姐别起身了，我听你身边的宫女说你刚喝了药，怎么样，身子好些了吗？"

林婉瑶苦笑了下："说好也不好，老是头晕得厉害，精神也不济。"

高玉姬扫了一眼四周，目光掠过妆台上一件事物，眼中得意之色一掠而过。她低了头，眼中含了恶毒的光："林姐姐好好养病吧，不过妹妹听到宫里有一些流言，想起来真气人。"

"什么流言？"林婉瑶勉强振作精神，问道。

"唉……宫中有人说，林姐姐虽然蒙获盛宠，但是这病无缘无故，来得蹊跷，会不会是假装生病，想博得皇上怜惜呢……"她故意停顿不说。

林婉瑶陡然明白了她潜在的话头，气得直起身来："是谁！是谁在本宫背后嚼舌根！"

高玉姬连忙扶着她："林姐姐不要生气，你放心，这些嚼舌根的人已经被我好好教训过一顿了，她们不敢再乱说话了！"

林婉瑶气得喘不过气来，她看着高玉姬近在咫尺艳丽的面容，恍惚中仿佛变成聂无双倾世的面容，正懒懒地对着她笑，她猛地一把抓住她，尖叫一声："聂无双！你害我！就是你害我的！"

第六十三章　陷阱：露水香（中）

高玉姬被她抓得胳膊生疼，不由得尖叫道："你放开我！来人！来人！梅婕妤疯了！梅婕妤疯了！"

宫女听到声响慌忙跑进来分开两人，林婉瑶双目刺红，神情恐怖。高玉姬连连后退，她抚着自己被抓痛的手臂，眼中流露出惊骇。没想到那个露香的威力那么厉害……她眼睛扫过桌上的香囊，不由得打了个寒战，趁着众宫女没有注意自己，连忙离开这里。

高玉姬匆匆而走，走了老远，还听见里面疯狂的咒骂声。她的手微微有些颤抖。她冷然回头，她刚才又"不小心"丢在林婉瑶那边一个小小的香囊，里面正是林婉瑶最喜欢的"露香"。

"回宫吧！"高玉姬整了整自己的裙摆，面上露出高傲，短短的时间她已经恢复镇定。

"是！"宫女不敢再违背，连忙跟着她离开了林婉瑶的住处。

林婉瑶的病每每有些起色又突然恶化，一日日精神恍惚，常在无人之时口中念念有词。兰淑起先还觉得她可怜，后来看多了心中亦是怕了。这林婉瑶哪里是病，分明是被邪气附了身！兰淑心中惊恐，又不敢泄露出去，只好每日替她遮掩，只求着皇上与皇后不要发现林婉瑶的异样才是。萧凤溟见她病情反复，每日便都过来看望一次。可渐渐的，关于林婉瑶邪祟上身的传闻不胫而走，皇后屡次出面辟谣都不能制止，谣言愈演愈烈，连聂无双都觉得不寻常。

"怎么会突然邪祟上身？"聂无双问杨直道。

杨直扶了她坐在永华殿后面的凉亭中，闻言略略皱眉："说是梅婕妤经常喜欢幽僻之处，所以才会沾惹了邪物。"

"邪物？"聂无双美眸中若有所思灵光一闪而过，"会不会是中毒？"

杨直道："太医把云秀宫上下通通查验过了，特别是梅婕妤吃过的用过的，都没有任何毒物的迹象。而且哪里会有一种毒物可以让人精神恍惚的？所以宫中的人都传道是梅婕妤被冤魂鬼魅上了身，唉……可怜的。"

聂无双正要再说，有内侍上前禀报："启禀娘娘，聂将军来了。"

聂无双整了整面色，笑道："快请！"

过了一会儿，聂明鹄一身玄色武官服入内，衣服上面绣着一只呼啸的斑斓大虎十分威武。他身材修长挺拔，如上好的剑一般，行走间自有一股沙场上征战杀伐的凛凛威势。

聂无双含笑看着自己的兄长，直到他近前才笑道："大哥怎么想着来看小妹了？"

聂明鹄想要见礼，但是被聂无双制止住："在永华殿中大哥不必拘礼。"

聂明鹄苦笑了下，默默坐在亭中。聂无双见他若有所思，心中不由得有些不安："大哥，到底有什么事为难？"

聂明鹄抬眼看着聂无双，终于说道："方才我与皇上密谈过，再过十天，我……我就要再上战场了。"

"啪嗒"一声，聂无双手中的团扇，掉了下来。她怔怔看着面前的聂明鹄，许久回不过神来。

杨直心中叹息一声，悄悄退下。

凉亭中无人，聂明鹄沉默上前，弯下身把团扇捡起来，放在聂无双的手中。

"小妹，你要知道，这是大哥身为将士的责任。"

聂无双握紧他的手，苦笑："是，我总是忘记了。总以为大哥这一次回来能够长长久久待着。"

聂明鹄一声不吭，兄妹两人此时的心意都是相通的，不想离别，但是又不得不离别。他明白她的难过，但是他是将军，他的生命只属于战场。只不过之前为的是齐国，现在却是为了应国。家国变了，不变的永远是他的责任。

聂无双看着面前沉默稳重的大哥，别开眼，笑了笑："大哥这一次去要好好保重。"

"嗯。"

"行军艰辛，三餐一定要按时吃，哪怕吃一块馍馍也好。"

"嗯……"

"战场凶险，大哥一定要保护好自己。"

"嗯……"

"大哥……"

聂无双眼中溢出泪花，但又飞快地拭去。

"还有什么吩咐的么？"聂明鹄假装没有看见她的眼泪，问道。

聂无双看着面前的大哥，沉默许久，终于抬起头来："大哥临行之前，与展家的婚事办了吧！"

聂明鹄猛地站起身来："不行！"

"为什么不行？"聂无双似早就知道了他的反应，目光平静地问道。

"你怎么能把一位妙龄少女的未来断送在我的手中？"聂明鹄隐忍许久的怒火终于爆发，"你知道战场多么凶险？我随时随地都可能回不来！如果展家二小姐嫁给了我，万一……"

"没有万一！"聂无双冷冷地打断自己兄长的话，"不会有那个万一！"

"可是……"聂明鹄想要反驳，却看见聂无双那一双美得妖冶的眼眸只冷冷盯着自己。他不由得打了个寒战，什么时候自己温柔的小妹竟有了这样慑人的威势。

"展家二小姐已经许了我们聂家，大哥以为这只是你们两人的事么？"聂无双冷冷反问。

聂明鹄顿时无语。他当然知道这桩婚事到底牵扯了什么，他也知道两家人联姻到底意味着什么，但是他做不到像聂无双这样冷静理智，一想到自己要是因为战场意外而要牵连另一位无辜的少女的一生，他就狠不下这个心来。

"但是……"聂明鹄欲言又止。

聂无双咬了咬牙，美眸中掠过狠色："不管怎么样，聂家与展家的联姻是一定要结成的，这对大哥以后也是一个庇护，总比大哥在应国无依无靠来得好吧！"

"但是万一这一次我在战场上有了意外，展家二小姐怎么办？"聂明鹄认真问道。

聂无双眼中渐渐含泪，一字一顿地道："就算大哥真的出了意外，展家二小姐为你……守孝三年，我就做主把她再嫁。大哥，这你总放心了吧？"

聂明鹄长吁一口气，把她拥在怀中："大哥就知道你的心不会真的这么狠。小妹，大哥只希望你快活地活着，不要你变成那样冷心肠的女人。"

聂无双的泪陡然落了下来。她把头埋在聂明鹄的怀中，大哥的胸膛还是一如既往地坚定温暖。她不能再失去了，不然她所做的一切又为的是什么？兜兜转转，这一切又是为了谁？

不远和风细处，一抹明黄伫立良久。

林公公悄悄上前，试探问道："皇上……"

"罢了，回去吧。让他们兄妹两人好好说说话。"萧凤溟转了头，叹了一口气，眼中流露疼惜。

为了应国与秦国的战事，他只能让她伤心。但是这世上有些事就是这般无奈。他是皇帝，想要一统南北开创万世基业的皇帝……

聂明鹄要出征，第二日，聂无双就与皇后商议，提前把聂家与展家的婚事办了。

皇后笑道："本就应该如此！"她想了想，又叹了一口气，"唉，谁叫这战事这般令

人为难。说好不打了又开始打起来了,也不知道什么时候才能见个分晓。"

聂无双掩住眼底的黯然,勉强笑着安慰道:"是啊,什么时候能够不打仗了,这天下就安定了。"

"可是怎么可能呢,秦国与应国都打了一百多年的仗了,唉,秦国好武又生性凶狠,的确是叫人头疼。"

皇后难得说起两国战事。底下的嫔妃都静静在听,面上唏嘘不已。应国从开国建朝之时就与秦国是死敌,两国互有胜负,又各有伤亡。可以说应国十户中有八九户从曾祖上起,甚至三代以上都有因两国战事而死的亲人。所以宫中的嫔妃提起这个话题,都一样沉重。

"好了,不说这个了。"皇后回过神来,连忙岔开话题。众妃也纷纷提起别的有趣的事,有的人提起梅婕妤的病。

皇后皱了眉头:"怎么还是不好?若是不好,本宫向皇上说说,再择一处干净的宫殿给梅婕妤休养算了。"

众妃面面相觑,看皇后的意思竟是要把梅婕妤迁往别的冷僻宫殿中,面上虽然说得好听,但是宫中的妃嫔都知道,一旦妃子是因为生病而迁宫,就等于打入了冷宫之中。不说前朝的,就说以前的宛美人还不一样就这样湮没在后宫之中。

皇后与嫔妃们说了一会儿话,这才各自散了。皇后把聂无双独自留下,聂无双知道她有话要说。

皇后笑道:"贤妃随本宫走走散散心吧。"

聂无双笑道:"臣妾求之不得呢。"说罢她扶着皇后慢慢地向殿后的花园中走去。如今又是一年盛夏,皇后的来仪宫后的荷花池里引种了另一种莲花,名唤"火莲",其色嫣红如红霞,花朵奇大,芬芳扑鼻。荷花池中有锦鲤互相嬉戏,一条条色彩鲜艳,犹如一匹匹漂亮的绸缎在水中游弋。

聂无双见皇后眉头深锁,不由得问道:"皇后娘娘在忧虑什么?"

皇后叹了一口气,聂无双细细想了下这才又问:"皇后娘娘指的是梅婕妤的事么?"

皇后叹了一口气:"也不全是。最近本宫去拜见太后,太后总是对本宫不假辞色,所以本宫十分担心。"

皇后叹了一口气:"做小辈的本不应该说长辈的坏话,但是不是本宫心肠坏,的确是太后本来就不喜欢皇上。要不是皇上的出身……唉,说起来皇上与本宫结发那么多年,太后对皇上如何,本宫可是看得一清二楚。"

聂无双心中一动,不由得看向皇后。皇后这些话听起来可不像违心之言。说到底,撇开萧凤溟与皇后两人是因什么成亲的原因不说,两人毕竟是夫妻,所谓夫妻一体,太后不喜欢皇上,即使皇后是亲近太后的许氏世家的嫡女,天长日久,太后与皇后之间也必有心结与不睦。

聂无双转念一想，笑道："皇后多虑了，也许是太后娘娘一向严厉惯了，少了慈母之情罢了。"

皇后看了她一眼，冷声道："这你就不知了，皇上嘴上虽不说，但是本宫可是知道皇上心思的。皇上是个孝子，太后即使做了什么让他为难的事，皇上亦不会说半句的。"她转头，发现聂无双在拿眼看着自己，又道："就拿淑妃父亲司马大人这事来说，本宫就觉得蹊跷。"

"蹊跷？皇后娘娘是说前些日子沸沸扬扬参了司马大人的风波么？"聂无双问道。

皇后愁眉不展："是啊，要不是皇上把一个个要参倒司马大人的折子按而不发，淑妃还能这般安稳？可是，有流言纷纷说是本宫煽动本宫的父亲联合朝臣们参的，唉……真的是冤枉死了。"

聂无双听着皇后半真半假的话，自然是不信的，因利益结合产生的信任，最终也必定因为利益的冲突而毁。皇后与高太后本是唇齿相依，在后宫中互为依仗，她虽然早就料到两人终有一天会因为某些原因而决裂，但没料到竟是来得这般快！

是谁？这一切是怎么发生的？

聂无双皱紧眉头，苦苦思索。

难道高太后与皇后之间的嫌隙是谁提前种下，然后使尽各种手段又促使这怀疑的种子生根发芽，最后成了今日的局面？

有谁有这样的本事？又有谁能做到？

心中的答案呼之欲出。

聂无双背后的汗水涔涔而出。听皇后的口气，似她对这一次想要扳倒司马大人王靖之事十分不满，难道说有人对她暗示责怪这一切都是皇后的过错？！！

这个人是谁？

只有一个答案：是萧凤溟！

是他！也只有他能这般恒久而耐心地策划一件事。也只有他有能力把群臣参奏司马大人的事情暗自向皇后警示，告诫她后宫不得干政。而皇后本就没有这般大的能耐，顶多也就是推波助澜而已。若这事的主谋是高太后，而皇后却因为高太后的野心而要承受皇上的责备，她自然是心有不甘。当皇后不甘心而向高太后责怪，才猛地发现，秦国刺杀萧凤溟也许与高太后脱不了干系的时候，她应该会多震惊，多震怒！

聂无双回到了永华殿这才惊觉汗湿重衣，杨直上前，唤来宫女为她更衣梳洗，聂无双换了一件干爽的衣服，这才疲惫地依在美人榻上。

杨直见她神色疲惫，刚想要退下，聂无双忽地叫住他，恹恹地道："今日本宫与皇后说了，在大哥再次出征前一定要与展家二小姐成亲。你替本宫去传展家的家主与展二小姐进宫，本宫要亲自问问这事怎么操办才好。"

"是！"杨直应道。

"还有……"聂无双抚了额头，问道，"梅婕妤那边……"

杨直正等着她的下文，聂无双睁开眼，许久才道："把你放在云秀宫盯着的人都撤了吧。"

"为什么？"杨直有些诧异。

聂无双沉默无声，许久，她才道："本宫之前一直怀疑是新秀女中有人要害她，最可疑的便是高玉姬，若真的是她，本宫也可以借此除去她……但是……算了，高玉姬不足为惧，不值得本宫出手。"

"是……"杨直迟疑地应道。

高玉姬不值得她出手，她这一次要扳倒的可是一条大鱼，大局为重。聂无双幽幽一叹，一回头，杨直依然站在一旁。

杨直见她目光中有询问之意，上前道："娘娘这么做自然有深意，奴婢本不该问，但是奴婢想问的是，娘娘这一次与皇后密谈，可有什么收获吗？"

聂无双抬头看着他，杨直补充道："是不是皇后对梅婕妤……"

聂无双似笑非笑地看着杨直："梅婕妤只是一个饵，要等着后面更大的鱼。你跪安吧，这些事你以后便知道。静观其变吧。"

杨直听了转身正要走。聂无双又踌躇叫住他："睿王殿下身体好些了吗？"

"回娘娘的话，好多了。损伤的心脉已经渐渐好了，也不咳血了。不过皇上还是执意将殿下留在宫中。娘娘是不是要看望殿下？"

聂无双掩下眼底复杂的眸光，淡淡道："不必了，去多了反而令宫中的人又有了猜疑。再说皇上几乎天天来本宫的宫中，实在是不宜过去。你替本宫传话，就说请殿下好生静养。"

"是！"杨直应道，慢慢退了下去。

一连几天，永华殿与来仪宫都忙碌异常，整个后宫都知道了如今后宫中最当宠的贤妃的胞兄——聂明鹄聂将军要迎娶皇后的表妹展家二小姐了，恭喜的，送礼的络绎不绝，几乎要生生把两宫的门槛给踩平了。聂无双端坐在殿中，听着杨直拟出的长长的宴请宾客的礼单，还有各色聘礼、展家送过来的彩礼等等。事出仓促，好在聂无双自从聂明鹄回京之时与皇后两人都有这方面的准备，所以忙起来也不至于忙中出错。但是饶是如此，也是忙得天昏地暗。

聂无双听了一阵子，挥了挥手："就这么办吧。杨公公办事本宫放心。"

杨直笑道："谢娘娘夸奖。"

正在这时，有内侍前来禀报说是展家家主与展二小姐前来见娘娘。聂无双连忙道："快传！"

不一会儿，展家的家主领着展盈前来叩请圣安。

聂无双连忙上前去扶，笑道："以后就是一家人了，不必多礼！"

展家家主连忙说了一通吉利话，展盈站在一旁，双面羞红，要出嫁了，总是比平日害羞一些。

聂无双与展家家主聊了一会儿，看着展盈笑道："展小姐即将成为本宫的嫂子，本宫还有不少体己想给你，展小姐过来随本宫挑一挑。"

展盈慌忙跪下："婢女不敢！"

聂无双扶起她来，转头对展家家主笑道："展大人可否让我们姑嫂两人说些悄悄话？"

展家家主连忙笑道："娘娘自便，微臣随杨公公在外面喝茶等候便是。"

聂无双一笑，拉了展盈的手走了进去。

到了内殿中，聂无双吩咐夏兰把她珍藏的首饰通通拿了出来，一排排的金簪玉器，花钿玉簪，各色珠链，还有各种各样的玉如意，金如意……琳琅满目，数不胜数。展盈哪里见过这么多的金银首饰，一时间竟觉得眼都要耀花了一样。

她回过神来，拒辞："娘娘的聘礼已经下了，里面东西已够多了，婢女不敢再要娘娘的东西！"

聂无双一笑，命夏兰与茗秋把首饰放在一旁。

她看着面前的展盈，黯然一笑："展小姐需知道，聂家没有了长辈，本宫虽然年长你几岁，但是名义上只是你的小姑子，因此……请展小姐看在无双的心意上，挑几份，就当是聂家双亲高堂给你的添妆体己。"

她说着，眼泪滚落下来。上好的鲛纱不吸水，泪水滑过，滚落在地上。展盈一震，情不自禁地上前握了聂无双的手："娘娘不必难过了。"

聂无双抬起头来，看着展盈娇嫩如花的面庞，忽地道："展小姐，有一事本宫得问问你。"

展盈温和道："娘娘何必这么客气，叫婢女展盈或者盈儿就好了。"

聂无双一笑："以后得叫你嫂子了。如何能叫你的闺名？"

展盈羞得无处躲藏，诺诺不知所措。

聂无双叹了一口气："实不相瞒，大哥出征前是不想成亲的。"此话一出，展盈顿时脸色煞白，怔怔看着聂无双。

聂无双垂下眼帘："他说，他怕在战场上有个三长两短，会葬送了你的一生。"

展盈浑身一颤，眼泪不由得滚落，半天才哽咽道："他……太傻了。"

聂无双握了她的手，叹息道："所以本宫与你商量一件事，这亲事是要结的。只是你愿意冒这样的风险么？"

展盈泣道："聂将军为人正直，又顾惜臣女，婢女虽不才，但是懂得人不可无信，他既然亲自上门求亲，我又许了他，是生是死，我都要追随他！"

是生是死都要追随他……

这么熟悉的誓言，鲜活得仿佛在昨天，她仿佛看见有一个同样娇嫩的面容对着堂上的父亲，说：我要一辈子跟着他！

聂无双萧索一笑："是啊，生死不离。"

"娘娘！你不相信婢女吗？"展盈跪下道，抬起盈盈含泪的面容："娘娘大恩，让婢女嫁给聂将军，聂将军人品俱是人中龙凤，而且他还这般为婢女着想，再说，因得婢女出嫁，我的母亲也会跟着一起尽享天年，所以婢女不会后悔嫁给聂将军的！"

聂无双扶了她起身，长吁一口气："你明白就好。"

她顿了顿，艰涩地开口："若是大哥真的有事，本宫只对你有个要求，你守三年，三年后若是你心意更改，本宫会做主把你嫁了。这也是本宫向大哥保证过的事，所以先与你说说。"

"娘娘！"展盈大惊。她刚想要辩驳，聂无双摆了摆手："不要跟本宫说什么一辈子，一辈子太长，不要轻易许下承诺。"

展盈还想再说，聂无双已经吩咐夏兰进来，各色首饰都挑了一副，交给展盈。

展盈咬了咬下唇："婢女知道说什么娘娘也不会轻易相信，婢女说到做到，苍天会在上面看着婢女信守承诺。"

聂无双一笑："不是本宫不相信你，只是世事变幻莫测。你今日许下的承诺，也许到头来发现，变的那个人不是你而是别人，你又当如何？本宫没有别的意思，本宫希望你与大哥白头到老，永结同心。"

展盈看着聂无双眼底的期许，终于点了点头。

聂家与展家的婚礼布置有条不紊地进行着，皇后一句话发下来，说要隆重操办，便事事都十分顺遂。萧凤溟也乐于见聂明鹄成家立业，开府生根。赐下圣旨，赏赐丰厚，聂府已建成，杨直亲自出宫挑选府中的管事与仆人，还有丫鬟老妈一一亲自办妥。

第六十四章　陷阱：露水香（下）

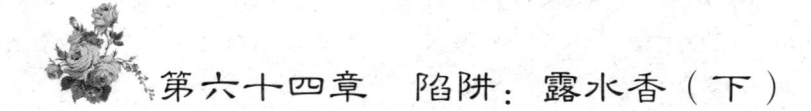

　　梅婕妤的病起起伏伏，谣言又日益兴盛，聂无双与皇后又各自忙于婚事筹备自然是无暇顾及。萧凤溟得了空就去看望，几次看望都不见好转，他亦是担心，对林公公道："什么病因都查不出来么？"

　　林公公摇头："回皇上的话，太医来来回回查了几遍都不知什么原因，只是说阴气旺盛，体虚气旺。所以才会这个样子……"

　　林公公目光带着怜悯，看向一旁昏昏沉沉又骨瘦如柴的林婉瑶，轻轻摇了摇头，上前低声道："皇上，若是不行的话，就把她迁出云秀宫吧，在这里人心惶惶，弄不好宫中的人会非议皇上……"

　　萧凤溟略略沉思了一会儿，淡淡道："先治治看。不行再说。"

　　他说罢慢慢走出了云秀宫，一抹娇小的身影惊慌地离开。

　　萧凤溟走出云秀宫，迎面看见一位身着烟翠色宫装的少女向这边走来，他看清楚来人，剑眉微不可察地皱了皱。但是那少女已经走到了近前，见到萧凤溟连忙拜下："臣妾拜见皇上！吾皇万岁万岁万万岁。"

　　萧凤溟温言道："平身吧。你也是来看梅婕妤的么？"

　　那少女抬起头来，精致的妆容将她的面容衬托得越发美艳无比，她就是高玉姬。她站起身来，身上一股奇异的幽幽淡香传来。

　　萧凤溟不由得奇怪道："好香，这是什么香？"

　　高玉姬眼中掠过得意之色，垂了头，羞涩道："回皇上的话，这是臣妾自己调的香叫做水香，清新优雅，也就是闲极无聊弄着玩的。"

　　萧凤溟越闻越觉得身心似被牵引，他正在迷醉中，身后的林公公道："皇上，是不是该起驾了？"

高玉姬一听，连忙上前，娇声道："皇上要走了吗？不去臣妾那边小坐片刻？臣妾自从入宫还未与皇上好好说说话。"

她靠近萧凤溟，身上的香气越发浓郁。林公公不由得皱起眉头，在宫中日久，后妃为了争宠什么伎俩他都见识过，唯独不曾见有嫔妃如此不顾脸面地邀请皇上。

他的不悦落入高玉姬的眼中，高玉姬索性上前扶住萧凤溟，冷冷地看着林公公："林公公，皇上都没开口呢，你一个奴婢能做什么主？！"

林公公自从伺候萧凤溟至今，阖宫上下都对他恭敬有加，即使萧凤溟亦是一口一个林伯，视他为长辈，从未厉声严辞过。他还从未听过这样品级低微的秀女居然能呵斥他如同低等的奴婢。

林公公气得浑身发抖，他一转头正要对萧凤溟说话，却见萧凤溟竟是一声不吭。这是怎么了？林公公再细看，果然见萧凤溟眼中略带迷茫之色，他心中咯噔一声，上前一步拉住萧凤溟唤道："皇上！……"

高玉姬见他要来坏事，回头对身后的内侍使一个眼色，那两个沉默的内侍上前，一前一后夹着年迈的林公公道："林公公，走吧！皇上要用茶水！"

高玉姬扶着萧凤溟娇声道："皇上，去臣妾那边小坐片刻。"萧凤溟只是沉默，但是面上并无任何抗拒不悦。

看来药力果然奏效了！高玉姬大喜过望。

"你们！……"林公公怒极，他正要说话，那两个内侍一人抓着他的一条胳膊微微一用力，声音阴森无比："林公公难道要与太后作对吗？今日之事，皇上不会记得是怎么发生的，但是林公公你的性命恐怕难保了……"

林公公刚想要喊，那两个内侍手一用力扣住了他的脉门，他竟是一声都发不出来。原来这两人竟然是会武功的！林公公饶是经历过风浪的宫中老人，但是这事起仓促，又有谁能想到高玉姬竟是这样胆大妄为，这可是欺君！是诛九族的罪名！

林公公脸如死灰，他眼角余光看到身后不足十步之远的御前侍卫神色轻松，眼中渐渐流露绝望。御前侍卫根本也没有想到嫔妃会对皇上下药，以为不过是照常。高玉姬扶着萧凤溟，面上虽是笑着，但是手心沁出涔涔冷汗，要不是太后跟她再三保证万无一失，她根本不敢这样做。

她对面色茫然的萧凤溟笑道："皇上跟臣妾来吧。"

萧凤溟只是沉默，似在极费力地思考。难道这药效还未完全渗透？高玉姬心中惶惶不安，连忙又唤了一声："皇上，随臣妾来吧。"

萧凤溟眸色沉沉，纯黑的眼眸中波澜未动，只是一直盯着她，并不挪动半步。高玉姬面上的笑容几乎要挂不住，心底的害怕涌上心头，她的声音不由得颤抖："皇上……皇上……"

她四周扫了一下，林公公已经被她带来的内侍制住，向远处走去。御前侍卫就在不远处，已经有人偷偷向这边张望，若是萧凤溟再不跟她走的话，太后与她精心布置的一切都要通通毁于一旦了！高玉姬越想心中越是害怕，她心中千百个念头掠过，却无法想出一个办法，时间在慢慢流走，萧凤溟纯黑的眼眸依然盯着她。

该死的！太后不是说这种药普通人一闻就立刻乖乖听话吗？为什么萧凤溟即使神志迷糊了，但是潜意识还在与药力苦苦抵抗！高玉姬被他的深眸盯得心底发毛。这是怎么样一双眼睛啊！沉静如万古不变的深潭，平日笑起来的时候翩翩如谪仙，气度雍容，有一种海纳百川的大气。如果说有人天生就是皇帝，那一定是萧凤溟。他是她所见过最俊美的帝王，也是她最不敢轻视的男人。

"皇上……"她又唤了一声，声音柔媚温柔。这是最后一搏了，只许胜不许败！

她心中掠过一道灵光，她踮起脚尖在他耳边轻声说道："臣妾是无双啊，皇上，跟臣妾回宫吧。"

萧凤溟茫然的眼中终于露出一丝暖意，他握了她的手，面上浮出一丝浅浅的笑容。高玉姬心中的一块大石落地，她扶了他慢慢向自己的住处走去。萧凤溟紧紧握着她的手，像是所有的依靠都在她的手上，全身心地信任着牵引自己的人。

高玉姬看着他眼底不经意流露的深情，心中涌起一股说不出的羞愤。她果然没办法用太后的办法操控萧凤溟。只有让心神处于混沌的他认为自己是另一个女人，一个她永远痛恨也不屑的女人！

高玉姬牵着萧凤溟走到了自己的住处宁合斋，高太后知道她与云秀宫中的秀女们无法相处，于是就命皇后给她另赐一个清净院落让她独自居住。这样她做什么事都有了可以遮蔽的隐秘所在。

御前侍卫照例在殿外守候听命。高玉姬终于把萧凤溟引入了座，这才长长松了一口气，瘫软坐在床上。

"贵人，要不要通知太后？"近身内侍上前低声问道。

"去吧，小心一点，对了，林公公就暂时秘密押起来，不可让他走漏半点风声！"高玉姬吩咐道。

"是！"内侍连忙退下。

门关上，"砰"地一声，声音不大，却依然令高玉姬心头发颤。

凉阁中又恢复寂静，静得仿佛只听见她一人的心跳。她看着端坐在椅子上的萧凤溟，许久过后才恢复勇气，慢慢地靠近他。

"皇上？"她握着他的手，半蹲在他身边，美艳的眸中隐隐有殷切的火热，"皇上……"

萧凤溟一动不动，只是看着她，仿佛一具木偶。

"我是无双……"高玉姬附在他耳边,一字一顿地柔声唤道:"皇上不认得臣妾了吗?我是无双,聂无双……"

萧凤溟木然的眼中慢慢有了神采,他手微微一动,轻抚上她的面容,微微恍惚一笑:"无双……"

高玉姬看着他眼中的深情,心中犹如被万千蚂蚁啃食一般,痛苦嫉恨,在这无人的房间中突然爆发。她甩开他的手:"我不是无双,皇上,我是高玉姬!"

"不是……无双?"萧凤溟吃力地消化着这句话,渐渐地,他眼神冷了下来,又一声不吭似在生气。

高玉姬摇着他的手:"皇上,忘了聂无双!臣妾是高玉姬,臣妾一定会比聂无双更加爱你!"

萧凤溟沉默下来,一点反应也没有。高玉姬又尝试了几次,他依然一声不吭。

她脸色煞白地后退几步,看着面前仿佛被抽干了灵魂的萧凤溟,银牙一咬,冷声道:"我就不信你忘不了聂无双!"

永华殿。

一抹纤细修长的人影立在高台上,傍晚的风带着白日的热气吹拂而来,把她身上的裙裾吹得向后猎猎拂动。聂无双站在高台上看着夕阳如血,不由得皱了皱悠远有致的长眉。最近几日天边的晚霞总是红得诡异。她虽不懂天象,但是总隐隐有不安潜藏在心底中。

"娘娘,回去吧。该用晚膳了!"夏兰在一旁提醒。

聂无双微不可察地皱了皱秀眉:"皇上没有派人说要过来这边用膳么?"

"没有。"夏兰回答。

"哦?"聂无双疑惑问道,"皇上去看望梅婕妤还未回来么?"

"奴婢不知。"夏兰摇头,"要不奴婢前去打听一下?"

"罢了。"聂无双想了想,"也许皇上回御书房中处理政事了。走吧。"她说着扶着夏兰的手慢慢步下高台。

正在这时,茗秋匆匆上前,跪在聂无双跟前:"启禀娘娘,奴婢有事要禀报。"

"什么事?"聂无双问道。

茗秋支支吾吾,只是不说。聂无双知她一向沉稳老实,若不是有什么急事一定不会这般匆匆前来。

她又问:"到底有什么事,但说无妨。"

茗秋看了看四周,聂无双身边只有夏兰。夏兰自然是她的心腹,说出来也没事。于是她膝行几步,咬牙求道:"奴婢只是想求娘娘收留一个宫女。"

原来是这样小小的要求。聂无双笑了笑:"这事不难办,你得了空向杨公公说说。杨公公若是觉得此人可靠，便可以留在本宫身边做事。"

"真的吗？"茗秋又惊又喜，连忙又问。

"当然是真的，这又不是什么大事。"聂无双边说边向殿中走去。茗秋匆匆起身，紧跟在她身边，微微忐忑不安地补充道："可是……可是……那个人……那个人是……"她支支吾吾，面上皆是为难之色。

聂无双见她神色犹豫，疑惑地问："那人是谁？"

"是……云秀宫中梅婕妤的近身宫女兰淑。"茗秋结结巴巴地说道。

聂无双闻言脸上顿时冷了下来。她把袖子从茗秋手中扯出，冷冷地道："不行！"

"娘娘！可是她走投无路了！娘娘！你帮帮她吧！"茗秋见她的拒绝不容置疑，不由得急了。她上前跟在聂无双身边，看着她冷然的面色哀求道，"娘娘，兰淑是奴婢的好姐妹，以前要不是她接济奴婢，奴婢早就在浣衣局中饿死了！娘娘！"

聂无双回头，木然地道："她与你有恩与本宫又有何干系？你把她弄到了永华殿中，外人会怎么想？难道要让皇上怀疑是本宫暗害梅婕妤吗？不然怎么会把梅婕妤的贴身宫女放在自己身边？"她恨铁不成钢地道，"在本宫身边这么久，这点头脑难道你都没有吗？"

聂无双说罢，拂袖进了内殿中。夏兰见聂无双大怒，回头对茗秋哀声道："茗秋姐姐你怎么那么傻啊，这是引火上身，娘娘不会答应你这事的。"

茗秋急得双眼通红，她跺了跺脚，又追了进去。

聂无双坐在内殿中拔下头上的金步摇，冷眼看着茗秋不顾内侍阻拦闯了进来。

"娘娘，可是兰淑走投无路了，她偷听到了一个消息，说皇上要把梅婕妤送入冷宫了！"茗秋急急地道。

聂无双手微微一顿，回过头来，若有所思地问道："皇上什么时候说过的？"

茗秋越急越是说不清楚。

聂无双沉吟一会："兰淑现在在哪里？"

茗秋见她口气缓和，连忙道："娘娘，她就在奴婢的房间中，奴婢去叫她来拜见娘娘！"

聂无双摇了摇头，茗秋这人忠心可以，但是论城府却不及杨直和德顺的百分之一。把密告之人留在自己的宫中，这不是惹是非上身么？不一会儿，茗秋领着兰淑进殿中来，兰淑匆匆扫了一眼殿中的器物装饰，眼中不由得露出了心驰神往，听说皇上宠爱的贤妃殿中十分奢华，皇上还要为她建一座引凤台，规制与楼阁都似天上仙境一般。但是今日所见，这永华殿中的摆设就比云秀宫好上千百倍，更何况还在筹划中的引凤台那该是多美啊。

聂无双看出她眼中的羡慕，不由得冷笑，不过是一个贪生怕死的背主之人。

"你说吧，你什么时候听到皇上说要把梅婕妤迁入冷宫之中？她又犯了什么错？"聂无双不悦地问道。

兰淑连忙磕了几个头:"回贤妃娘娘的话,奴婢是今天端茶给皇上的时候偷听到皇上与林公公的话。"她看着聂无双不怒自威的凤眸,心中发颤,重重又磕了几个头:"奴婢罪该万死,不该偷听皇上说话,但是奴婢也是万不得已啊,娘娘!梅婕妤已经疯了,她……她真的就如流言所说一般,中了邪,着了魔!"

她看着聂无双倾城绝美的面上一无所动,连忙膝行几步伏地哭道:"娘娘,奴婢已经忍了很久了,但是实在是太害怕了!梅婕妤已经疯了,她天天不是沉睡,就是醒来就念念叨叨,这……这迟早会被皇上给打入冷宫的!"

聂无双看着她伏地痛哭,半晌才慢慢地问道:"当真这么严重了?"

"是是!奴婢发誓!奴婢说的句句是实!今天皇上走了以后,奴婢越想越害怕,于是就大着胆子过来找往日的好姐妹,求她看在以往的分上帮帮奴婢,跟娘娘求个恩典,让奴婢回去浣衣局也好,去绣房做绣娘也好,都好过随着梅婕妤入冷宫啊!"兰淑泣不成声道。

聂无双想了想,淡淡道:"你身为梅婕妤的近身宫女,她都成了这个样子,你为什么不跟着她?背主之人,本宫一向不会帮的。"

兰淑心中一寒不由得跌坐在地上。

聂无双回了头,看着铜镜中的自己,冷冷地道:"来人,把她拖出去吧!"

"不……娘娘……"兰淑回过神来,急忙扑到聂无双的脚下,死死揪着她裙裾的下摆:"娘娘开恩。奴婢不要跟梅婕妤一起死,奴婢不要入冷宫……娘娘!你帮帮我!"

"来人!拖下去!"聂无双厌恶地皱起秀眉。德顺领着内侍连忙上前,把兰淑往外拖。

兰淑眼中露出绝望,忽地,她似想起什么来,不知哪来的力气挣开抓着她的内侍,扑上前,急急地道:"娘娘,奴婢知道一件事,娘娘听了一定会帮奴婢的!"

聂无双看着她犹自不甘的眼神,淡淡地问:"什么事?"

"娘娘先答应帮奴婢,奴婢就……就说。"兰淑艰难地咽了一口唾沫。聂无双看着她衣衫因为拉扯而不整,鬓发更是散乱不堪,唯独一双平凡的眼中因强烈的求生意志而熠熠生辉。这样不甘心湮没的眼神,似曾相识……

她垂下眼帘,看着自己纤纤玉指上的金晃晃的护甲,冷冷抬起头来,说道:"你说吧。本宫答应帮你了。只要你提供的消息够有用。"

"奴婢出云秀宫的时候看见……看见皇上跟着高玉姬进了宁合斋。娘娘这是千真万确的。看样子皇上还和……高玉姬十分亲密。"兰淑好不容易说完完整的一段话。

"哗啦"一声,聂无双一巴掌扫落妆台上的胭脂水粉,站起身来,几步走到兰淑面前,捏着她的脸颊,一字一顿地问:"当真?"

"真的。"兰淑被她捏得脸颊生疼无比。聂无双手上又尖又细明晃晃的护甲几乎要戳破她脸上的肌肤。

聂无双定定看了她许久，这才手猛地一挥，把她推开。怔怔盯着窗外渐渐黯淡下来的天色。伤心，失望——在心中涌过，说不清心中是什么样感觉，剧痛袭上心头，令她不由得捂了心口，踉跄后退几步。

"娘娘息怒，奴婢真的亲眼看见了，娘娘若是不信可以去打听一下。那高玉姬不要脸，她勾引皇上！奴婢看见她光天化日之下抱着皇上！……"兰淑小心地看着聂无双的脸色，添油加醋地说道。

聂无双猛地回过头，上前似笑非笑地问："当真？"

"真的！奴婢说的都是实话！"兰淑连忙道。

"啪！"地一声，她话音刚落，就狠狠吃了聂无双一巴掌。聂无双手上尖利的护甲划得她脸上顿时出现了几条血痕。

"娘娘！"兰淑捂着脸，又惊又怕。

聂无双冷笑："你是吃了什么熊心豹子胆了？高玉姬是不要脸，皇上难道就是这种见了女人就不知东西南北的人吗？你想要骗本宫麻烦编一个更好的谎话！"

兰淑睁大眼睛，连忙抱着聂无双的腿："娘娘，千真万确！娘娘不信去打听，现在这个时候皇上应该还在宁合斋中！"

聂无双美眸中怒火汹汹盯了她许久，这才招来德顺，冷声道："去打听皇上到底在哪里。一有消息速速回报！"

"是！"德顺连忙退下。

殿中又恢复寂静，夏兰与茗秋低头候立在一旁，大气也不敢出，只有兰淑捂着脸，轻轻地抽泣。聂无双站在窗前，看着天边升起一轮皎洁的圆月，今夜月色极美，四周还有一层五彩的月晕，长庚星早早燃亮，更添静谧。

她看着一地的狼藉，冷冷地笑了起来："好！若是今天皇上没有在高玉姬那边，本宫就戳瞎你的双眼，然后把你赶出皇宫！"

兰淑一听，惊慌地连连后退。聂无双一步步走近她，妖冶的美眸中燃烧着愤怒："本宫要让你知道挑拨离间是怎么样一个下场！"

兰淑惊得尖叫一声，捂住自己的双眼，痛哭起来。夏兰与茗秋两人对视一眼，纷纷打了个寒战。聂无双见她如此，冷笑一声坐回美人榻上，过了许久，德顺匆匆赶来，他走近聂无双跟前，犹豫道："娘娘，皇上真的在宁合斋。"

聂无双脸上的血色陡然褪尽，她想开口说什么，德顺又上前一步，低声道："不过……不过太后好像也去了。"

聂无双揪紧手中的绣帕，脸色阴沉。德顺还要再说。聂无双冷冷打断他的话，对外面的内侍说道:"来人,把兰淑关在殿后!没有本宫的命令不许放她踏出永华殿半步!"

兰淑不明所以,只拼命喊冤枉。

聂无双冷冷地看着她泪水纵横的脸:"别叫了,再叫本宫就命人把你的舌头割掉!今日之事你有功,不过若是你轻易出了这儿,本宫就让你活不见人,死不见尸!下去吧!"

兰淑被内侍拖了下去。聂无双这才一把抓着德顺的胳膊,冷声问道:"你到底看清楚没有!是不是真的是太后?!"

德顺知道事关重大,急忙道:"是!奴婢真的看清楚了,太后虽改了装扮但是太后身边的吴公公奴婢是知道的,奴婢看见他们朝着宁合斋过去了,行色匆匆,奴婢怕跟他们照面就赶紧躲起来了。"

聂无双闻言晃了晃,德顺连忙扶着她:"娘娘,怎么办。这事不寻常啊!"

聂无双深吸几口气依然压抑不住自己怦怦的心跳,德顺都看出这事不寻常,更何况是她?萧凤溟为什么会无缘无故地在高玉姬的宁合斋中?

为什么太后会秘密过去?

这一切的一切到底有什么样不可告人的阴谋?而更重要的是,萧凤溟,现在究竟如何了?

她的心乱成一团,根本毫无头绪。半晌,她才揪紧德顺的袖子,沙哑地道:"去……去叫杨直来!"

"是!"德顺连忙匆匆退下。

不一会儿杨直匆匆而来,聂无双已经穿戴整齐,他微微诧异:"娘娘这么晚了还要去哪?"

聂无双披上一袭黑色的披风,双手犹自颤抖,好不容易才戴上风帽,目光直视杨直,一字一顿地道:"本宫要去见睿王殿下。"

杨直不明所以,但是见她脸色冷肃,直觉知道事关重大,低了头:"是,娘娘随奴婢走吧。"

聂无双低了头,苍白绝色的容光通通隐在了风帽之中,匆匆出了永华殿。

宁合斋中,红烛昏罗帐,高玉姬褪下身上的衣衫,一步步靠近榻上的萧凤溟。他已经被宫人褪下龙袍,只着一件中衫。不知是因药力还是眼前的艳景令人耳热心跳,他清俊的面上带着一抹可疑的嫣红,只是双目依然沉沉如黑夜,不起半分波澜。

高玉姬慢慢靠近他,跪坐在榻上,双手搂住他,在他耳边吐气道:"皇上,该就寝了。"

她的手拂过他的脸颊,手下拂过之处,他的肌肉已经绷紧,身子甚至在她的抚摸下微微颤抖。

"皇上,你为什么还是那么抗拒呢?臣妾刚才喂给您吃的酒好喝么?这可是极品的红颜醉啊，一般的男人喝了以后不管眼前的女人是谁，就会扑过去呢……"她在他的耳边喃喃地说道。

他身上的中衣已被她褪去大半，露出结实白皙的胸膛。高玉姬虽未经过人事，但是刚才下了狠心，那红颜醉她亦是喝了一点。此时情动，她眼中渐渐流露出火热。身边的男人是九五至尊的皇帝，他平日的淡然自若，贵气天成，她在见到他的那一刻早就为之心折。而她是高家最漂亮最聪明的嫡女，而高家向来是出皇后的百年望族，要不是她晚出世十年，现在的皇后就是她，而不是那美貌不再的半老徐娘许皇后！

思及此处，她心中涌起不甘。手狠狠一扯萧凤溟身上的中衣，眼中嫉妒如狂："皇上，你看看臣妾。臣妾……"

她还未说完，萧凤溟眼中渐渐有了神色波动，她心中大喜，正要再说，萧凤溟忽地冷冷推开她："退下！"

高玉姬不敢置信地看着面前的萧凤溟。他受了露水香的控制，又喝了红颜醉怎么可能还能抗拒自己？

她银牙一咬，搂着萧凤溟："皇上……"

她还未说完，房门猛地"嘭"地一声被人踢开。高玉姬被吓了一跳，不由得尖叫一声。

"谁！谁敢擅闯？！"她刚说完。房门口就响起一个苍老的声音："玉儿，皇上呢？"

高玉姬听出来人的声音，不得不胡乱披了一件衣服，踉跄跪在地上："姑……姑母……您怎么来得这般快？"

高太后看着房中的昏暗，哼了一声："你是怪哀家坏了你的好事么？"

高玉姬揪着胸口以防春光外泄，她又羞又恼："姑母不是说，让侄女……"

高太后命吴公公把房门关上，这才慢慢上前，撩开帐子果然看见萧凤溟目光茫然地坐着。

她哈哈大笑起来："哀家急着要好好看看他中了露水香是怎么个样子。果然是吴太医精心研制十几年的好东西，哈哈……"

高玉姬忍着身上的酥麻情动，只颤颤跪在地上，谄媚道："侄女恭喜太后得偿所愿。"

高太后欣赏地在毫无知觉的萧凤溟跟前来回走动，她满意地道："果然如吴太医所说，中了露水香的人神志昏聩，犹如偶人。哈哈……哀家要他做什么，他便会乖乖地做什么。玉儿，你大功一件呢！"

高玉姬想要笑，却浑身不适地动了动，浑身热汗涔涔而出，勉强笑道："谢谢姑母夸奖，这……这是侄女应该的。"

"可是姑母,你不是叫……叫侄女与皇上有孕之后才……"她最后一句细如蚊呐。

高太后看着伏地的高玉姬,苍老的眸中掠过一丝厌恶,要不是高玉姬是自己大哥的女儿,她几乎要出口叱责了。眼看着大权就要落入高家,她还想着那不相干的鱼水之欢!简直是扶不起的阿斗!她狠狠瞪了高玉姬几眼,但是很快她脸上恢复笑容,亲切地扶起她来,安慰道:"放心,现在皇上在我们手中,你什么时候跟他行周公之礼都可以,但是……"

高太后回头看着床上一动不动的萧凤溟,一步步靠近,声音森冷犹如从地底而出:"但是首先哀家要他写几份诏书。"

黑漆漆的夜,只有眼前一盏宫灯照亮了面前不到两尺的距离,天上明亮的圆月不知什么时候已隐藏了身影。没有风,空气潮湿得令人心烦意乱。聂无双紧紧跟着杨直,沉默而飞快地走过一条条无人的平直宫路,有侍卫上前盘查,聂无双沉默地掏出一张御赐金牌一晃,侍卫连忙疑惑地退下。

饶是一路顺畅,她亦是觉得眼前这一条漆黑的路怎么也走不到尽头,心中有一个声音在催促,快点,再快点,……

不知过了多久,杨直回头道:"娘娘,到了宜南轩了!"

聂无双终于松了一口气,飞快进了宜南轩。还未到阁前,就见阁子前的门边立着一袭修长的身影。

萧凤青穿着一件深碧色青衫,倚在门边,双手抱臂,慵懒地道:"哎,贤妃娘娘深夜驾临,本王欢喜不尽呢。"

他的面色白皙如玉脂,被顶上的宫灯一照,面容俊魅得似魔非人。深碧色衫子衬得他肤色越发雪白,深邃的眸中隐隐燃着点点亮色,在黑夜中看起来竟欲吸人心魄。看样子他伤已全好了,精神亦是不错。聂无双抬头看见他,紧走几步,忽地扑在他的怀中。萧凤青原本还想调侃她几句,却陡然惊觉怀中的她簌簌发抖。侍卫们惊疑不定地看着拥抱在一起的两人,想要上前却是不敢,想要后退亦是来不及了。萧凤青眼中寒光微微一掠而过,示意杨直上前转圜,自己则搂了聂无双转入阁中。

杨直把几位侍卫拦下,笑眯眯地从袖中掏出几张纸,一一塞到侍卫们的手上:"几位侍卫大哥辛苦了,这一点茶水钱,不成敬意,不成敬意……"

侍卫们摊开一看,不由得倒吸一口冷气,杨直塞给他们的是一张张五百两的银票,盛通银庄全应国通兑。他们一年的俸禄才一百两不到。这……这相当于他们五年的俸禄了!侍卫们面面相觑,拿在手中犹如烫手山芋,丢也不是,不丢也不是。丢了就拂了贤妃和睿王的脸面,不丢又是欺君的罪名。

"杨公公,不是我们兄弟几个不帮忙,万一传到了皇上耳里……"领头的侍卫粗声粗气地说道。

"这个不用几位侍卫大哥烦心，明日咱家一定会知会皇上今日这事。"杨直打着哈哈说道，"更何况几位大哥也知道，这么多人看着娘娘来了，娘娘也不会隐瞒皇上的。"杨直好说歹说，这才把侍卫劝退。

阁中，萧凤青把聂无双扶到了椅上，问道："到底是怎么一回事？"

聂无双平了平心绪，看着萧凤青，终于找到了自己的声音："皇上……皇上好像出事了！"

萧凤青眸中眼瞳猛地一缩，他一把捏着她的手："怎么回事？！"

聂无双吐出一口气，把今日听到的消息一一给萧凤青说了，末了道："若不是太后过去宁合斋，我也不会这样怀疑。殿下，你说太后究竟去那边做什么？"

萧凤青漂亮的长眉一挑，若有所思："这个也说不好。究竟是虚惊一场，还是太后另有图谋……"

聂无双看着他在阁子中来回踱步，眉头深锁，一颗心也随着七上八下。她今日敢冒着风险来到宜南轩找萧凤青，是因为事起仓促。若是最后证实虚惊一场，那这宜南轩中所有看见她的宫女内侍恐怕都要一一被她和萧凤青灭口……

撇开这些不说，聂无双对今夜之事越想越不对头，萧凤溟已经决意不会碰高氏女子，怎么会去宁合斋待了那么久？更何况还有神秘出现的高太后！

"不对！这事一定不对头！殿下，如今只有你可以派人去查探虚实！"聂无双上前揪着他的袖子，说道。

萧凤青看着她殷殷的眸光，脸上微微一沉，冷笑："为什么本王要去查探虚实？"

他异色的眸中渐渐流露怀疑，"刚才你分明在为他担心！"萧凤青冷笑着一点点加重手中的力道，聂无双忽地一笑，她的笑令萧凤青一怔。冷汗顺着聂无双的脸庞流下，她喘息着笑道："好吧，我承认我为皇上担心，我担心他活不到我能掌握后宫的那一天。我担心太后这个老妖妇把皇上杀了，再另立傀儡新君。我还担心殿下好不容易掌握的兵权，就到今夜为止了……"

萧凤青放开她的手，冷笑一声："你当本王真的能信你的话？"他话虽然如此说，但是眼中的怀疑之色已经消退几分。

聂无双冷冷嘲讽："本宫不顾风险前来通知睿王殿下，睿王殿下就是这般对待本宫的吗？若是睿王殿下不愿意相信无双，当初就不应该把无双送入后宫！"

她说到最后一句已是充满了深重的怨恨。萧凤青浑身一震，他转头，阴晴不定地看着聂无双。聂无双昂首与他对视，两道眸光在半空中交汇，愤怒，惊恐，猜忌，后悔……什么都有，唯独没有他想要看到的信任。

什么时候，两人一路行来，竟已走到了这一步。她在后宫中长袖善舞，尽获盛宠。他在朝堂，结党营私，借着萧凤溟的信任，大肆收罗亲信。原本以为总有一天，他和她一定能够走到最后，甚至还想着总有一天，自己能够给她自己最珍视的一切……

可是到了如今，他和她，却是互相不信了。

原来，自己真的是不信她半分……

萧凤青看了她许久，忽地哈哈仰头狂笑。长夜寂静，他近似癫狂的笑声听起来令人毛骨悚然。就好像他听到了这世上最荒诞无稽的笑话，又似对这世事无常的讽刺，那般萧索悲凉。

聂无双紧紧盯着他，捏紧了长袖，不知他到底在笑什么。

"你说得对！"萧凤青笑完转过头，眸色冰冷道，"你，不过是本王的一颗棋子。"他慢慢地说道。

聂无双看不见他面上的表情，只看见他长袖中双拳捏得青白，骨节分明。心底忽地涌起一股悲凉。

阁中顿时陷入一种奇异的凝滞。她看着案几上的烛火哔剥，涩然问道："那殿下想要如何查探？事不宜迟，现在就应该……"

"砰！"地一声，萧凤青长袖一震，案几上的笔筒被他的内力一震，碎裂成千万片。有几片碎瓷划过聂无双的脸，留下浅浅的印记，她不由得惊叫一声，缩在椅中。

"本王自有决断。"萧凤青头也不回地离开阁子，"不用你来操心！"

聂无双看着他拂袖离去。阁门大开，他的身影飞快消融在夜色中，似从未出现过一般。

聂无双看着阁中的狼藉这才觉得害怕。她慢慢把自己缩成一团，闭上眼，把头埋入手臂中。

宁合斋中，案几前，一张明黄空白的圣旨伸展着，萧凤溟提着笔，呼吸急促，额上汗水淋漓。

"写！"高太后怒道，"按刚才哀家说的写！"

一滴墨滴下，慢慢在上好的黄绢上洇成一个小黑点。

高玉姬已经穿戴整齐，她看着圣旨上的黑点，哀求道："姑母，明日再叫皇上写吧。他根本还在抗拒！明天……明天说不定就好些了！"

"混账！"高太后怒极，她狠狠一巴掌甩上萧凤溟的脸。萧凤溟一动不动，只是俊颜上慢慢浮起了清晰的五指印。

"哀家知道你的心智还未彻底泯灭！哀家就知道你对哀家有防范之心！"她震怒地拍着案几。

"姑母……"高玉姬看着萧凤溟脸上的巴掌印，心中也似被拧痛。什么时候睿智英明的帝王成了现在这般无知无觉的傀儡人偶？！

"姑母，你别打皇上。皇上一定会想明白的！"高玉姬死死拉着高太后的长袖，哀哀说道，"吴太医不是说……他不是说，不能操之过急！"

"滚开！"高太后一把推开高玉姬，一把揪起萧凤溟的衣领，怒道，"你再不写，哀家就要让你好好尝尝什么叫做痛苦！"

"姑母！"高玉姬大惊失色。高太后冷笑唤道："来人！"

不一会儿，门外进来两个沉默的内侍。

"给他上药！"高太后冷声吩咐，"现在还在抗拒哀家就证明药力不够！"

"姑母！"高玉姬一听，连忙扑上去，"姑母，不要啊！姑母！不要啊！"

高太后不耐烦地看着她抱着自己的腿，怒道："你疯了，玉儿！你这是做什么？"

"不能啊！姑母，再用药，他……他就跟林婉瑶一样了！姑母，我求求你，不要啊，我不要一个疯了的皇上！"高玉姬痛哭失声。

她怕了，她真的怕了。林婉瑶已经疯癫了，形同死人一般，这还只是她用了"露香"而已。吴太医的露水香分成两种药，一种是"露香"，一种是"水香"，单单用其中一种，天长日久就会令人神志昏聩，要是没有解药就会疯癫而死，就算不疯癫，解药给晚了就会如林婉瑶一般昏昏沉沉，形同槁木。

而"露香"牵动"水香"。两种药力作用下，就会令人顷刻间神志迷茫，轻易被人操控。高太后与她合谋，因为"露香"香气十分清香优雅，又查不出任何毒素，所以只要把"露香"赠给任何一个能靠近萧凤溟的妃嫔身上，萧凤溟身体中就会积攒下"露香"的药效，到时候，再让高玉姬身上抹上"水香"就能轻易控制萧凤溟。

本来是天衣无缝的计划。可没想到，聂无双不上当，她只好把"露香"送给林婉瑶，所幸萧凤溟最近经常去看望林婉瑶，虽然时间不多，但是亦是"露香"发挥了应有的药效。更没想到的是，萧凤溟的心智这么坚韧，即使心智被迷惑了，潜意识也一直在抗拒着高玉姬与高太后的操控。

高太后瞪着苦苦哀求的高玉姬，猛地一把推开她，冷笑："是你疯了，还是哀家听错了？你要的是一个完好的皇帝？哈哈……"

她哈哈大笑起来，苍老沙哑的声音犹如林中的枭鸟，令人心底发寒。她笑完，眸光殷红死死盯着高玉姬惊恐的面上："你可知道，他要是清醒过来，会发生什么吗？"

高玉姬呆呆看着高太后，不知该说什么。

"他会把哀家、你父亲、你、还有你的兄长、族人、男的、女的、你认识的、不认识的，所有高家人通通都在午门斩首。"高太后冷冷地说道，像是在说一个与自己不相关的事实，"高家一族从此就在应国绝迹，再也没有一个高姓的人可以踏足应国后宫、朝堂，他们男的不可以读书，女的不能嫁入五品以上的官宦人家，子子孙孙，就从此低人一等，

从此在官籍上不再是世族高门,而只是普通的庶民。"

她低头看着高玉姬,似笑非笑地开口:"这就是他清醒过来的后果。这就是东窗事发的结局。相信哀家,没有一个人能比哀家更明白失败者的最后下场。"

她握紧手中的龙头拐杖,笑得冰冷怨毒:"因为在哀家手中,已经有不止一个姓氏沦落成这样的下场。"

高玉姬听得呆了。

高太后说完,回头沉声对那两个内侍喝道:"给他上药!"

那两个内侍沉默上前,一人捉着萧凤溟的胳膊,一人从怀中掏出一个瓷瓶。像是感觉到了最后防线即将要被毁灭,萧凤溟眼中渐渐露出愤怒,纯黑的眼眸,像是燃烧的黑曜石一般,愤怒地盯着面前陌生的面孔。

"还不赶紧上药!今夜哀家无论如何也要得到他的亲笔诏书!哀家要让大皇子名正言顺地即太子位!"高太后眼中露出得意。

高玉姬听到最后一句,仿佛才回过神来,她一把揪住高太后裙裾的下摆,惊道:"姑母,你……不是说……只要侄女有孕了,就把太子之位给……侄女的皇子吗?"

"给你?!"高太后怜悯地看着她,"怀胎十月,养育成人需要多少时日?哀家等不了了!"她轻拍着高玉姬娇嫩如花的面容,"你放心,若是你有孕了,哀家自然会让高家的孩子即皇帝位。"

高玉姬怔怔看着面前皱纹横生的苍老面容,心中禁不住泛起一股恶心。原来,自己也是亲爱姑母手中的工具而已。

案几边,内侍已经拔出药瓶的木塞,捏着萧凤溟的双颊就要灌下去。

"姑母!等等!"高玉姬忽地尖叫道,"等等!"她扑上前,抱住萧凤溟,死死盯着高太后,飞快地说道,"姑母,不要灌他喝药,万一他疯了呢?他疯了怎么办呢?这亲笔诏书不就没有了吗?"

她胡乱擦干脸上的泪水,勉强挤出一个比哭还难看的笑容,她飞快地道:"姑母,要是没有皇上亲笔诏书,你筹划了那么久的一切不就是白费了吗?还有……还有朝臣,他们一定会趁机反对姑母的……还有……"

"好了!够了!别说了!"高太后心烦意乱地挥了挥手,她烦躁地来回走动,"那要怎么办?"

"姑母,您给侄女时间,侄女会慢慢让皇上听话的!侄女知道他怎么才能听话!姑母……"高玉姬惊恐不安地看着高太后,说道。

"什么办法?"高太后沉声问道。

"总之就是有办法。"高玉姬不敢再透露太多,连忙勉强挤出笑容,"姑母,不要灌他药,他会疯了的,一个疯了的皇帝……会让应国彻底乱了的!姑母想想各地的藩王,异姓王，还有……边疆大吏……他们一个个都会趁机谋反的！"

高太后沉吟不定，许久，她终于挥了挥手，冷笑："你倒是出息了，这些居然分析得头头是道。"

"罢了，给你两个时辰，天亮前，一定要他写下传太子之位的诏书！"高太后冷声说完，拂袖而去。

高玉姬看着房门关上，这才彻底虚脱一般软倒在地上。房中寂静，先前的旖旎春闺早已成了一地狼藉，帐子亦是被粗鲁的宫人扯下半边。她手足酸软无比，吃力地挪到萧凤溟跟前，看着他脸上五指宛然的巴掌印，低声哭泣："皇上，我错了……我不该让太后这样对你……"

她哭了一会儿这才起身，从床边的柜子里掏出一瓶药，自己先喝了一口，然后走到萧凤溟跟前："皇上，你喝了吧。这是'红颜醉'的解药。"

她把药递到了萧凤溟的唇边，萧凤溟却只是一动不动地看着她，漆黑的眸中还蕴着隐约的怒气。

"皇上，你喝了吧，这不是毒药……"高玉姬推了推，萧凤溟只是冷冷看着她，一动不动。

高玉姬急了，把他的嘴掰开，灌了进去，她心虚地看着萧凤溟的眼睛："真的不是毒药，是解药。"

萧凤溟喝下解药之后，脸上的潮热渐渐褪去，高玉姬松了一口气，可接下来怎么办呢？她应承了高太后要让萧凤溟写下让大皇子入主东宫的诏书，这可怎么办呢？她拿了笔，塞到萧凤溟手中，哀求道："皇上，你写吧，臣妾念，你写……"

萧凤溟依然一动不动，身上的红颜醉的药力渐渐解了，他的神智似清明了几分，眸光依然沉沉，但是却有了神采，似在极费力地思索当前他的情势。高玉姬没有注意到他眼神中的变化，只是在一旁极力地劝说。

渐渐的，萧凤溟的手指动了动，高玉姬大喜过望，泣道："皇上，臣妾求求你写吧，不然太后会叫人给你灌药，到时候你会疯的，或者像林婉瑶一样成了活死人……皇上……臣妾求求你……写吧……"她伏案痛哭，"臣妾害怕啊，皇上……太后不会放过你的，也不会放过我的……她只想着自己大权独揽，根本就是利用臣妾的无知！皇上……呜呜……"

她痛哭失声，许久，头上似有人碰了碰她的发髻。高玉姬起初没有注意，而后她忽然跳起来，惊慌失措地看着面前的萧凤溟，结结巴巴地道："皇……皇……皇上，你你你……"

萧凤溟吃力地一字一顿地开口："朕……怎么了？"

高玉姬惊慌失措，连连后退，她惊疑不定地看着已经恢复一点点神志的萧凤溟，结结巴巴地否认:"没什么……皇上……"

萧凤溟吃力地扫了一眼四周的情形,终于意识到了危险。他提了气,试着运功了几次,都无法让身体恢复自如。高玉姬见他试图摆脱药力的控制,惊叫一声就向外冲。

"回来!"萧凤溟聚起所有的力气喝了一声。高玉姬向外逃的脚步陡然停住。萧凤溟喝完,猛地呕出一口鲜血,鲜红的血喷在案几上,触目惊心。

"皇……皇上……"高玉姬回头低低惊呼一声,连忙上前扶起他。

"你要去哪?"萧凤溟紧紧扣着她的手,眼中露出怀疑,"你要去给太后通风报信吗?"

他胸中血气激荡,他刚才强行运功想要逼出身上的毒却是不成功,反而损了心脉,这才剧烈吐血。不过血气激荡中,身上又似松泛许多,难道说他身上中的毒与血气运行有关?他心中念头飞快掠过,但是手却是始终不放开高玉姬。

"不……不是。"高玉姬心虚否认。她方才看见萧凤溟清醒过来的那一刻,的确是想去给高太后通风报信,但是这下子被萧凤溟点破却是万万不敢去了。

"不是的话,你要帮朕!"萧凤溟斩钉截铁地开口,"若是你今日不帮的话,你高家每个人都会死!"

"皇上……"高玉姬已经六神无主,她不过是一个养在深闺中的大家闺秀,平日就算耍耍心眼,根本没见过这么大的阵仗,这是谋逆!这是诛九族的死罪!她不想有人死,也不想萧凤溟死啊!

"可是太后……她说皇上会没事的!她骗了臣妾,皇上!这一切都是太后的主意,臣妾是被逼无奈的!皇上,你要相信臣妾!"高玉姬紧紧抓着萧凤溟的手,泪眼婆娑,"皇上,不是臣妾!"

"好了!"萧凤溟被她吵得头疼不已,连忙喝止她:"你……你从头跟朕说说,这到底是怎么回事,朕怎么会到了你这里,林伯呢?……"

高玉姬一怔,吞吞吐吐地说出了经过始末,总算她还机灵,略去了自己给萧凤溟下了"红颜醉"的春药,逼着他就范。

高玉姬说一句,萧凤溟的脸色就铁青一分。她说到最后,萧凤溟忽地冷笑:"好!果然反了!"

他从怀中的密袋中掏出一个小巧的黑色竹哨子递给高玉姬:"你帮朕吹一下……朕没有力气……"

"这……这是什么?"高玉姬又惊又怕地问。

萧凤溟看着她,眸光犀利:"这是召唤朕身边的龙影!"他顿了顿,冷声道,"你到底是不是忠于朕的,就看你愿不愿意帮朕召来龙影!"

高玉姬费力地咽了一口唾沫,她颤抖地接过萧凤溟手上的竹哨,声音发颤:"皇上会饶恕臣妾吗？"

"会。"萧凤溟一边暗自用功，一边尽力缓和自己面上过于严厉的神色。即使他再不愿，他也不得不向这身边唯一的高家女子求助。现在的他除了神志尚清醒外，四肢根本不听使唤，方才的运功已经把他身上药力打乱，药力反噬，更加痛苦。他额上冷汗淋漓，一口血气又不由得呕吐出来。外面不远处守着的人听到声响，慢慢靠近，隔着门问："出了什么事么？"

萧凤溟脸色一变，高玉姬刚想要说话，他费尽全身的力气，一把捂住她的唇。

"不许背叛朕！"他在她耳边急促地说道，"只要你救了朕，朕可以赦免你谋逆之罪！"

高玉姬回过神来，看了萧凤溟一眼，这才对外面看守的人斥责："能有什么事！不过是跌了一下！"

外面守着的人一听，这才渐渐走远。

危机解除，高玉姬回过头来，看着脸色煞白的萧凤溟走上前，抚着他的头，妖媚地说道："皇上，臣妾不但要的是您的赦免，臣妾……还要更多。"

萧凤溟忽地微微一笑，他伸手抚摸上她白嫩的面庞，淡淡道："好！你说吧，你要什么，朕都给你。除了这个皇帝位。"

高玉姬一听，欣喜若狂。她的身子微微颤抖，激动难耐地扑到他的怀中，泣道："皇上，臣妾是爱你的！皇上……臣妾根本没想过要您死，刚才要不是臣妾，太后早就对你下药了！皇上，你要明白臣妾的苦处啊……"

爱？萧凤溟心中冷笑，有所图谋就叫做爱么？

他温和道："朕都知道。你想要什么，朕都答应你。"

"臣妾……臣妾……"高玉姬想说自己什么都不要，但是偏偏他的允诺太过诱人，唾手可得的一切就要落在眼前。

她看着萧凤溟的眼，擦去脸上的泪痕，吞吞吐吐地道："臣妾……臣妾想要当皇后。"

"好。朕封你做皇后。"萧凤溟想也不想，应道。

"真的？"高玉姬疑惑地看着他，"皇上肯为了臣妾废了许皇后？"

萧凤溟冷笑："许皇后她与太后本就是同谋，在后宫掣肘了朕近十年。她与朕成亲不过是高太后的意思。"

高玉姬半信半疑，但想想也在理，许皇后的确是高太后做主嫁给萧凤溟这才当了太子妃，最后成了皇后。她放下一大半的心，萧凤溟看着高玉姬欣喜若狂的年轻面庞，不由得心中掠过鄙夷与怜悯：高太后精明一世，没想到最后竟找来这么一个不成材的帮手。高玉姬太过年轻，又太过贪婪。

年轻的女人都幻想着不该幻想的东西。

贪婪的人又最容易摇摆不定。

"臣妾……还有一个要求。"高玉姬捏着竹哨，眼中流露出贪婪与怨毒。

"还有什么？"萧凤溟抚着心口，问道。

"臣妾想……想要皇上只宠着臣妾一人，皇上……废了贤妃聂无双吧！"她终于把最后一句话说出口。

萧凤溟脸上的神色渐渐冰冷，他把手从她的手臂中抽回，冷冷道："还未为朕办事你就心这么大，朕怎么可能相信你是一心为朕？"

高玉姬见他动怒，不知怎么的竟惊慌起来。她勉强笑着道："好，臣妾知错了。臣妾……这就帮皇上召唤龙影！"

她拿起竹哨使劲吹，却发不出任何声音。萧凤溟见她如此，低声与她说了原理，又教了她运气法门，终于一种奇异的声线隐约从竹哨中吹出。

这时，高太后不耐烦的声音在门外响起："玉儿！他到底写了没有！"

高玉姬一紧张，匆忙中把哨子塞回萧凤溟的怀中，结结巴巴地道："好……快好了……姑母不要催……快好了！"

她匆忙把案几上的血迹擦干，铺上圣旨，看着萧凤溟，哀求道："皇上就写几个字吧，不然……"

"好，朕写。"萧凤溟咬了咬牙，目光沉沉地看着那扇紧闭的房门，高太后的身影正在门外徘徊。

他提起笔写了几行，高太后忽地打开门，快步走了进来。高玉姬大惊失色，她下意识地回头，萧凤溟已经目光茫然地盯着圣旨，仿佛又恢复被控制时的样子。

高太后不疑有他，急忙拿起圣旨看了起来。她看完，不由得意笑道："好！好！这才是哀家要的。再写！"

"还要写……写……什么？"高玉姬结结巴巴地问。

高太后看着端坐在椅子上的萧凤溟，眼中露出刻毒："哀家让他写一份罪己诏！哀家念，你记！然后让他在今天晚上写完！"

高太后抬起萧凤溟的脸，逼着他直视自己的眼睛，一字一顿地道："哀家要让他细数自己不忠不孝的罪名，然后下诏退位！传位给太子！"

"啊——"高玉姬惊呼一声。萧凤溟手暗自捏得紧紧的，但是面上却是依然装成茫然。

"你记下吧！"高太后放开萧凤溟，转头看向怯怯的高玉姬。

"是！"高玉姬心中叫苦，但是不得不佯装恭顺。

聂无双在宜南轩中不安地来回走动，已经快半个时辰过去了，每一刻她都如坐针毡。她急切向外张望，果然，看见萧凤青脸色冷凝地走了进来。她向前走一步，却生生顿住脚步，小心问道："殿下，到底怎么样了？"

萧凤青看出她眉眼中的焦急，冷哼一声，坐下来许久才说道："高太后看样子要逼宫了！"

逼宫？！聂无双不由得后退一步，脸色煞白地看着他，"怎么办？"

萧凤青眼中掠过杀气："皇上在她的手中，本王的暗卫只查到这个，再靠近怕会惊动皇上身边的龙影，引来杀身之祸。"

聂无双一怔，心中提着的一口气这才松了："龙影？"

"嗯，皇上身边的龙影。历代帝王都有自己培养，绝对效忠的死士龙影。不过他们都是幽灵一样的人物，谁也没见过。"萧凤青脸色阴郁地道。

"但是……如果皇上出事了，为什么龙影不救出皇上？"聂无双又问。

萧凤青冷笑："龙影只保护皇上的个人安危，只要皇上没死，他们就不轻易出现。看来皇上是真的被高太后这个老妖妇禁锢住了，不然他也不至于召唤不了龙影。"

"那我们怎么办？"聂无双从未觉得自己这么笨。千头万绪，却是没有办法想出任何有用的方法。

"你先在宜南轩里待着。"萧凤青看着黑沉沉的夜，眸光冷然，"本王要设法出宫一趟。"

"殿下……"聂无双不由得上前一步，紧紧扯着他的袖子："殿下要怎么做？"

萧凤青琥珀色的眸子掠过阴冷嗜血的杀意："太后都逼宫了，本王自然要跟她好好斗一斗，你有什么信物没有？趁你的大哥还未离京，本王与他一起去京郊召集骁骑营与护军营！"

聂无双猛地想起大哥，她急忙褪下手中的羊脂玉镯递给萧凤青："我再给大哥写一封信，这样大哥才会全然相信！"

她说罢匆匆来到书案前，挥笔写下一行字递给萧凤青。萧凤青接过，却并不动身。他眸色沉沉地看着她。聂无双不明白他到底在想什么，只是想起方才他的狠戾，不由得后退一步。萧凤青见她害怕自己，眼中的神色渐渐缓和，他朝她伸出手："过来！"

聂无双仔细看了他一眼，这才慢慢走到他的身边。萧凤青看着她手腕的青紫，冷冷地开口："还疼吗？"

"不疼了。"聂无双看着他，垂下眼帘。

"无双……"他握了她的手，把她搂入怀中，他抱得那么紧，似要把她揉进怀中，"无双，若是这一次皇上有事，你当如何？"

聂无双浑身一颤，眼中忽地有什么空了。脑中一片空白，只有他的声音在耳边一遍遍回响：

若是皇上有事，你当如何？

若是皇上有事……

她又当如何？……

聂无双怔忪许久，这才慢慢地闭上眼，一行泪滚落，落在他的肩头，她咬牙道："只要殿下没事就好。无双依靠的从来只是殿下而已。"

这一句话终于说出口，她的目光空洞越过他的肩头看向黑沉沉的黑夜，心跌入万丈深渊。这一句话她不但骗了萧凤青，还骗了自己。在后宫中每一个漫漫长夜中，是谁为她拂去眉间的惊惧？是谁搂着她一遍遍安慰，这只是梦。又是谁，笑若春风，执起她的手说，无双，你只是朕一个人的无双。是谁，又是谁让她冰冷仇恨的心开始渐渐期许未来那缥缈不可见的光明。

他执意要她放下仇恨，他说，无双，不要让仇恨蒙蔽了你的双眼，看不到身边的真心。往事浮光掠影而过，这个假设令她痛得无法继续往下想象，如果他不在这个世间，谁才是她的婆娑彼岸？

萧凤青推开她，冷然轻笑："你明白就好。"他眼中倒映着她苍白绝美的容颜，修长冰凉的手指拂过她眼角的泪痕，"无双，等我回来！"

他说罢，转身离去。

聂无双看着他又一次没入黑夜中，怔怔站着许久，几乎要在苍凉的月色中化成石像。身上一暖，却是杨直拿了一件外衣披上她的肩头，叹息："娘娘，回屋吧。更深露重。小心着凉了。"

聂无双由他扶着，心却犹如浮在半空中，找不到可以依凭的根据。她猛地一把抓住杨直的手，冷冷道："本宫要回宫！"

"娘娘！"杨直微微一惊，苦劝道，"娘娘在宜南轩比在永华殿中更加安全啊！若是太后真的要逼宫，这里好歹有皇上的御前侍卫与殿下的侍卫可以保娘娘平安！"

"不！回宫！"聂无双深吸一口气，眼角的泪痕已干，她进屋找出自己的黑色披风披上，"在这里已经毫无意义，本宫要趁太后还不知本宫来见睿王殿下的时候回宫，这才不会让她生疑。"

杨直见她如此，恨恨跺了跺脚只能跟上。

聂无双转头，最后看了一眼宜南轩，转身飞快离开。

第六十五章 完结：凤临天

　　铜漏滴答，高玉姬看着面前的黑影，紧张地拽着萧凤溟的袍角。那人看不清面目，身上笼罩着一件黑袍，他跪在地上，毫无声息，一如来时一般，就这么突兀出现，毫无任何征兆。

　　"龙影，朕中毒了，替朕逼出身上的毒！"萧凤溟低声道。

　　那人身形微动，高玉姬再看的时候，他已经伸出手为萧凤溟把脉。

　　"咦。"黑袍中的那人似含糊说了一个字。

　　"怎么样？此毒能解么？"萧凤溟吃力地问道。

　　"可。"一道沙哑的声音从黑袍中逸出，像是惜字如金，又似极其不愿跟人打交道。

　　"但是皇上……要大损……心脉。"那人断断续续地说出这一句话，原来他竟是长年不与人交谈而忘了如何说话。高玉姬想要探头偷看他黑巾下的面容，却是被他身上阴冷的气息所震慑，竟是半分都不敢窥视。

　　萧凤溟看着铜漏的刻度，心中焦急，咬了咬牙："替朕逼毒。"

　　那人不再反对，伸出手抵住萧凤溟的后心。时间一分一秒地过去，不一会儿，萧凤溟脸色苍白如宣纸，冷汗淋漓，再过了小半刻，萧凤溟忽地呕出一口黑血痛得昏过去。

　　"皇上！"高玉姬惊道。这时外面看守的人听到声响，走了过来："出了什么事么？"

　　"没有！没有！"高玉姬连忙喊道。那人明显不信，房门"咔哒"一声，高玉姬想要去阻止已经来不及，那内侍走了进来。

　　他刚一只脚踏入房中，就定住脚步。一缕血线从他脖子中缓缓流下。高玉姬还未惊叫出声，眼前黑影一晃，那龙影已经背起他放在房中，脚跟一踢，房门关上，这一切他做得行云流水，毫无凝滞。他背进来死了的内侍，把他身上衣服飞快脱下，像是变戏法一般，他换上刚死不久内侍的服饰，面色一整，赫然是刚才死去的内侍。他把尸体藏在床下，来到萧凤溟的身边，运功点上他的穴道。

萧凤溟悠悠转醒，看见面前站着的内侍，正要说话。他上前扶着他，往他嘴中塞入一丸丹药，言简意赅地道："护心丹。"

萧凤溟长吁一口气："去，传朕的旨意给……"他低下头在龙影耳边说了几个人的名字，又细细吩咐了一些极秘密的事。他说得极轻，高玉姬想听都听不到。

龙影领命而去，萧凤溟叫住他："你如何取信他们？"

龙影手中寒光一绽，竟是不知从哪里抽出一柄似水软剑，他目光沉沉如死水，示意不听命者杀！萧凤溟摇了摇头："以武慑人不能服人，朕给你朕的信物！"

他从拇指上吃力脱下青玉扳指，递给龙影："他们见了自然知道你是朕身边的人。"

龙影看了一眼，迅速收好。无声离开。房中又恢复安静。萧凤溟长吁一口气，一旁的高玉姬已经惊得半天无法回神。萧凤溟慢慢直起身来，胸口的血气被丹药压下，现在的他虽暂时无法动武，但是行走已是如常，不再是四肢不听使唤的傀儡人偶。他看定惊惧不已的高玉姬，擦干唇边的血迹，慢慢地道："你若真的忠于朕，就要跟朕演一场戏。"

永华殿中，香烟袅袅升起，聂无双站在窗前看着已经燃亮的天际，沉默不语。

"娘娘，要梳洗么？"夏兰上前问道。聂无双深夜才归来，她们做奴婢的也不敢安然入睡。

聂无双回头，淡淡道："去，叫雅充容来见本宫。"

"是！"夏兰不敢怠慢，连忙下去。不一会儿，雅充容面上睡眼惺忪地前来，问道："娘娘有何要事？"

聂无双回头淡淡地道："本宫要你办一件风险极大的事。"

"什么事？"雅充容被她幽冷的目光所震慑，不由得问道。

聂无双一步步走到她跟前："你不是说你需要本宫庇护，本宫也如你所愿，一直庇护你到了如今。这份情谊，你打算如何回报给本宫呢？"

她紧紧盯着雅充容的双眼，雅充容心中一惊，不由得倒退一步，结结巴巴地道："娘娘，臣妾自然是……自然是不敢忘记，臣妾一定会报答……"

"本宫要你办的事很简单，但是也很难。"聂无双面无表情地道，"你只要跟本宫说，你到底肯还是不肯？"

"这……娘娘到底有什么事？"雅充容被她气势所惊吓，连忙后退。

正在这时，三皇子惊醒找不到母亲，哭了起来，奶娘连忙抱了过来，歉然道："娘娘，三皇子要找充容娘娘……"

雅充容连忙去接，却不防聂无双已经劈手夺了过来。

"娘娘！"雅充容惊诧地看着聂无双："娘娘，三皇子每次醒过来都要臣妾抱一会的，娘娘给臣妾抱一抱，然后再给娘娘抱可好？"

此时三皇子受了惊，哭声更加响亮。聂无双抱着他，后退几步，挥退宫女，冷冷地道："知道本宫为什么从不亲近三皇子吗？因为本宫就是不愿意自己有一天如你这般舍弃不了他。"

"娘娘！"雅充容越发一头雾水，可是她看着三皇子在聂无双怀中挣扎，心越发拧痛，她几步上前想要去夺孩子。

聂无双忽地拔下头上的金步摇对准三皇子的心口，警告道："你再上前一步，本宫就刺死他！"

"娘娘！你疯了！"雅充容惊叫起来，"娘娘，他可是您的皇子啊！"

"可是养育他的不就是你吗？"聂无双冷冷反驳。

"娘娘，娘娘有什么事就说啊，臣妾万万不敢不从的！"雅充容看着聂无双素手中的尖利的金步摇，心纠成一团，眼泪忍不住滚了下来。

"死也愿意么？"聂无双又问一句。雅充容闻言瞪大眼，不知该说什么。

"娘娘？"她哭着问道，"是不是臣妾做错了什么？娘娘！"

聂无双冷冷道："没有，只是这件事极其隐秘，事成事败，你活命的机会都很少，本宫最后问你一句，你做还是不做？！"

雅充容看着在她怀中死命挣扎哭着要抱的三皇子，颤声问道："若是臣妾做了，娘娘能把三皇子还给臣妾么？"

"可以！"聂无双说道。

"那臣妾万死不辞！"雅充容重重磕了个头，哭道，"只要娘娘不要把臣妾和三皇子分开，臣妾就做！"

聂无双定定看着她，这才把几乎哭得快要背过气的三皇子还给她。雅充容连忙抱着三皇子缩到了墙角。

"娘娘有什么事就说吧。"雅充容抹了一把眼泪，哽咽问道。

聂无双看着她怨恨的双眸，红唇微微一开，"本宫要你……"

天亮了。聂无双坐在梳妆台前仔细地给脸上上胭脂水粉，以前她总是不喜欢涂涂抹抹，但是彻夜未眠与紧张已令她眼睑处泛起了些微的阴影。

"娘娘平日应该多打扮一点。"一旁不明白情况的夏兰真心赞美道。

聂无双看着镜子中完美无缺的小脸，淡淡问道："茗秋呢？"

"她和兰淑在一起。"夏兰小心地回答。

"嗯，看紧一点，还有雅充容和三皇子，都给本宫看紧一点。"聂无双冷冷吩咐，"不许她们出永华殿一步！"

"是！"夏兰心中打了个寒战，连忙应道。

聂无双看了铜镜中的自己一眼，起身道："备肩辇，本宫要向皇后请安。"

"是！"夏兰连忙下去准备。

肩辇悠悠，聂无双坐在上面，看着时候虽早，但是却已经早早升起太阳的天色，天光刺目耀眼，照得她彻夜未眠的眼睛都要燃烧了一样。心中已是沸腾一片，可偏偏却要装作什么也没有发生，这样辛苦地隐忍，几乎要令她疯狂。她揪着手中的折扇，那扇子的缨络都要被她扯坏。这事拖得越久，就越有变数，不论是好的坏的，她都没有任何把握。一路行来，宫人各司其责，安静得仿佛是后宫最寻常的一日。

终于到了来仪宫，聂无双深吸一口气，脸上挤出笑容走了进去。皇后照例在花厅中与各嫔妃说笑，聂无双走上前，恭谨给皇后请安。

皇后见她来了，笑意吟吟："贤妃妹妹来了？平身吧！"她说罢叫宫人拿来椅子，就坐在她的左手边。

聂无双含笑受了，又不知想起了什么，轻轻叹了一口气。

皇后看她妆容比平日浓了点，美则美矣，但是好像精神并不好，关切问道："怎么了，贤妃妹妹？做什么叹气？是昨夜没睡好吗？"

聂无双看了她与平常一样的面色，知道她定是什么也不知道，遂叹道："不知怎么的，昨夜臣妾睡也睡不安稳。"

"今早……"她欲言又止。

皇后正要问，这时有宫人匆匆进殿中来，说道："皇后娘娘，皇上下了口谕说昨夜偶感风寒，所以今日早朝就不上了。"

皇后微微一怔，花厅中的妃嫔们亦是惊讶。

"皇上昨夜歇哪啊，怎么就感了风寒呢？"

"是啊，是啊，皇上一向不怎么生病的！"

底下议论纷纷，皇后眉头微微皱起："昨夜皇上歇在哪？"她虽如此问，但是目光却是看向聂无双。萧凤溟最近经常驾临永华殿，他的行踪，聂无双应该比别人更加清楚。

聂无双睁着一双美眸，皆是无知："皇上不是歇在了甘露殿么？昨夜没来臣妾的宫中，臣妾以为皇上在甘露殿中，难道不是？"

底下的妃嫔们面面相觑，有的眼中掠过幸灾乐祸，有的性急问道："皇上是去了谁的宫么？"

"听说好像是去了梅婕妤的宫中呢。唉，臣妾就觉得那个地方邪祟得很……"有的妃嫔怯怯地道。

皇后的眉头皱得更深，她看向厅中跪着禀报的宫人，问道："皇上昨夜歇在哪里？现在又在何处？"

那宫人抬起头来，犹豫地看了皇后一眼，低声道："皇上好像在贵人的宁合斋中，想……想来昨夜也是歇……歇在那边的。"

底下的众妃嫔纷纷哗然。

有人怪声怪气地开口："哎，不就是那个高玉姬么？如今她总算是得偿所愿了！"

"是呢，看来还是豁出去才有收获呢。女人家的脸皮又不能当饭吃。"有的人酸溜溜地说道。

聂无双听着底下的议论，眼帘微微垂下，心中冷笑，皇上如今是生是死都不知道，她们竟然还是想着争风吃醋。

皇后脸色不善地听了一圈的议论，呵斥道："好了，都说些什么呢！皇上愿意抬举谁就是谁，你们一个个吃什么醋，没听见皇上感了风寒吗？"

皇后发话，底下嫔妃自然不敢再吭声，连忙跪下请罪。皇后心烦意乱地摆了摆手："罢了。"她看到一旁若有所思的聂无双，以为她心里不快，毕竟皇上宠幸新人，这可是对她首当其冲的嘲讽。

皇后安慰道："贤妃妹妹放心，皇上不会那么不知分寸的，顶多就是尝尝新罢了。"

聂无双心中有事，只是一声不吭，忽地她跪下道："皇后娘娘明鉴，臣妾有一事要求皇后娘娘。"

皇后见她如此大的阵仗，不由得吓了一跳："到底什么事啊？赶紧起来说话。"

聂无双擦了眼角一下，哽咽道："臣妾越来越不会做人了，之前雅充容不是怀了龙种么？臣妾见她一个人在紫薇宫中怪可怜的，恰巧那时玉妃又过世了，臣妾就想着说，把她接到自己的宫中，一来是宫中好姐妹，二来，她性子也温顺。跟臣妾好相处，可是……"

她擦了眼，眼角瞥过，果然见底下的众妃嫔一个个伸长耳朵，一副八卦的样子。她抽噎了一声，继续说道："可是，自从三皇子过到臣妾这边，就一直是雅充容养着的，臣妾要伺候圣驾自然是疏于照顾，想来雅充容心中有怨恨，所以……昨夜，臣妾因头疼听不得小孩哭声，就去问了几句。雅充容她……她竟与臣妾顶了起来……"

底下的妃嫔们一听，脸上纷纷露出了然的神情：原来是两人反目了怪不得聂无双巴巴地一大清早要把雅充容赶出自己的宫去。估摸两人真的成了水火不容，不然聂无双也不会拼着贤妃的名声不要，非要让皇后做主赶人。

皇后一听，打断她的话："照顾皇子自然是十分辛苦，雅充容也许是累了，脾气自然是不好。不过以下犯上自然是不对的，她若有怨言，你责罚她便是，不必姑息。"

聂无双叹了一口气，又擦了擦眼角："可是……这样一来，她心中更是有怨言，臣妾还怎么跟她同住一个宫中？所以臣妾斗胆求皇后娘娘一个恩典，把她迁出臣妾的宫中吧，臣妾可不好再委屈使唤她照顾三皇子。"

皇后了然一笑："本宫还当是什么大事呢，不过是小事，你且起身吧。本宫之前就想着雅充容住在你宫中恐怕挤了些，又加上一个三皇子，更是会喧哗吵闹。可是你没说话，雅充容又一直照顾三皇子还算尽心尽力，本宫自然是不敢吭声。既然你现在提出来了，本宫就安排一下。"

聂无双起了身，底下众妃嫔议论纷纷。她看到这样，知道这事算是宣扬开了，于是也就见好就收，坐了下来。皇后又说了话，这才命众妃嫔跪安。她留下聂无双，看着她神魂不属，以为她是在烦心雅充容和高玉姬的事，以过来人身份劝道："你别堵心了，这宫里的事来来去去就是这些鸡毛蒜皮的小事，不是皇上宠幸了哪个，就是哪个嫔妃拌嘴吵架，没得消停。"

聂无双回过神，见皇后神情坦然，再一次确认了她不知皇上已出事的消息，心中暗自惊讶，看来高太后把整个后宫都瞒得严严实实的，竟连皇后也不知道。

她低了头。"是臣妾太年轻了，这事还望皇后娘娘帮帮忙。可是三皇子一向是她带惯了的，这下怎么办才好呢？"

皇后见她为难，无所谓笑道："这还不容易，孩子容易忘，过几天就认得你了。"

出了来仪宫，聂无双长吁一口气。回到了永华殿中，她挥退众宫女，盯着雅充容的眼，淡淡道："等会儿皇后的人就会来带你离开这里，为了大计，为了三皇子，你只能稍微忍受下别离之苦了！"

雅充容跪下磕了头，咬牙道："是！"

"本宫早间跟你说的话，你可听仔细了吗？"聂无双又冷声问道。

"是！"雅充容泪流满面，又磕了一个头，"臣妾明白。"

聂无双扶起她来，为她擦干眼泪："总之事发的时候本宫会尽量保你，若是机缘巧合，你可以没事，以后本宫一定禀明圣上，三皇子就还给你。"

雅充容不知该说什么才好，只是一个劲地默默流泪。不一会儿，皇后派人过来，内侍们拎着雅充容少得可怜的东西，阴阳怪气地嘲笑："看吧，得罪了贤妃娘娘谁也保不了你。"

雅充容双眼通红，只是不吭声。内侍们见她如此，也就悻悻领着她离开。

聂无双看着他们离开，想了想，吩咐宫人："备銮驾，本宫要出宫办事一趟。"

"娘娘！您还未用午膳呢！"夏兰微微吃惊，"娘娘早膳才用了一碗燕窝粥，根本不顶饿啊！"

"不吃了！"聂无双忧心忡忡，看着天色，心中的不安越来越大。她烦躁地在殿中来回踱步："吩咐下去，本宫要出宫！"

夏兰不敢再劝，连忙下去准备。此时杨直匆匆而来。聂无双见他来，美眸中猛地一亮，一把抓着他的袖子急急问道："到底怎么样了？"

杨直见有宫女在身边，连忙扶着聂无双到了内殿中，他擦了一把头上的热汗，回答：

"娘娘，奴婢打听到了，皇上的圣驾在天不亮的时候就回了御书房中。"

聂无双心中一惊："有没有看见皇上？"

"奴婢不知，皇上的御驾到了御书房，御书房的殿门就紧闭了，奴婢想靠近，就被拦了回来，要不是奴婢寻了个借口，差点回不来了。"杨直想起当时侍卫的虎视眈眈，心中就后怕。

聂无双咬紧牙，心中无数个猜测纷纷涌上心头："他们去御书房干吗？"

杨直亦是不知，只能道："也许，是怕人怀疑皇上为什么会待在宁合斋中太久吧？"

"不，绝对不是这样。"聂无双心中不安渐渐扩大，御书房是萧凤溟处理政事的地方，太后把他弄到那边又是做什么？

"娘娘？怎么办？"杨直问道，"如今情况不明，奴婢也打听不到任何有用的消息，这……"

此时夏兰已匆匆进来："娘娘，鸾驾备好了，可以出宫了！"

聂无双咬了咬牙："出宫！看看情况到了哪一步了！"

她说罢匆匆向宫外走去。

御书房中，一地凌乱。萧凤溟身着龙袍面色无波地看着眼前。高太后怒气冲冲地在殿中走来走去。几个翻找的内侍找得满头大汗。只一夜之间，高太后苍老的面容上多添了几分憔悴。彻夜不眠于她这样的年纪可是吃不消的。

"还没找到吗？"高太后不耐烦地质问翻找的内侍们。

内侍们连忙上前，躬身低头，因为害怕而瑟瑟发抖："没……太后娘娘，都找了……"

"混账！"高太后看着一地狼藉，怒从心头起，她狠狠抽了内侍一个巴掌："你们一群蠢货，玉玺在哪都找不到！"

响亮的巴掌声，令一旁缩着的高玉姬都微微发颤。只有一动不动的萧凤溟依然不眨一眼，可若是仔细看，他的眼底蕴着一丝嘲弄，像是在嘲弄高太后的气急败坏。

"玉玺呢！没有玉玺，昨夜辛辛苦苦写的这一堆是废纸！"高太后把手中的圣旨丢在了地上。

她几步上前，揪着萧凤溟的衣领："你把玉玺放在哪儿了？！"

一旁的高玉姬怯怯地道："姑母，皇上……他听不明白的。"

"他听不明白？"高太后阴冷一笑，"给哀家好好地搜，不要放过御书房中任何一块地方，今天哀家挖地三尺也要找出玉玺来！"

她狠狠瞪了木然无表情的萧凤溟一眼，转眼又吩咐内侍搜。正在这时，有内侍匆匆而来："太后娘娘，有几位大臣要面见皇上，说有急事要求见皇上！"

高太后面色一凛，呵斥道："去，告诉他们，说皇上有恙在身，明日再说！"

内侍连忙退下，高太后平了平心气："继续搜！"

这时又有内侍上前，低声道："太后娘娘，贤妃娘娘要出宫，正在与宫门的侍卫们争执呢！太后娘娘看怎么办？"

"那个狐媚子？！"高太后眼中掠过厌恶，"不许她出宫！就说是皇上的口谕，无事不得出宫！"

"可是她有皇上的金牌御令，见御令金牌就等于见皇上一样，太后娘娘，你看这……"内侍为难道。

高太后刚想要发作，忽地安静下来，她狐疑地道："难道这狐媚子知道了什么？"

一动不动的萧凤溟眼中掠过惊诧，但是很快他便又恢复茫然的神色，幸好没人发现，不然就可以看见他的手在长袖中悄悄捏紧。高玉姬在一旁下意识地看了看萧凤溟，但是这个时候她怎么可能从他那边得到半分答案。这一次高太后行事极其隐秘，连一向关心皇上的皇后都未察觉，这聂无双不过是一个宠妃而已，她怎么会知道这事？

"不可能吧……"高玉姬颤颤地出声，"若是她知道了什么……那我们不是就……"

"闭嘴！"高太后心烦意乱地怒道，"谁知道这狐媚子到底想要做什么。让本宫前去看看。你们继续找！"

高太后说完，整了整鬓发，拄着龙头拐杖悄悄地由宫人扶着从御书房后面离开。

聂无双坐在鸾驾中看着杨直与守着宫门的侍卫们唇枪舌剑，天已经过了中午，太阳热辣辣地照着，聂无双红唇边溢出冷笑，只是冷眼看着。

杨直泄了气，回来："娘娘，他们还是不放行！"

聂无双冷笑一声："皇上的御赐金牌也不行吗？"

"他们说皇上有口谕。"杨直回答。

"口谕？！"聂无双秀眉一挑，从鸾驾中步出，径直来到那阻扰的侍卫面前。侍卫见她亲自来了，心中顿时一虚，垂首低头："贤妃娘娘不要为难属下，属下也是按皇上的旨意办事！"

聂无双似笑非笑地看着他，曼声道："本宫不为难你。只是问你一句，皇上的口谕是由谁传旨？"

侍卫支支吾吾，说不出来。

聂无双冷笑："若是说不出来，那就是矫诏！这就是欺君！你说本宫说得对不对呢？"

侍卫脸色一白，连忙跪下："属下不敢啊！"

聂无双冷哼一声："既然不敢，那还不赶紧让道！本宫要出宫办事！"

侍卫们左右为难。聂无双明眸一扫，心中警铃顿时大作，直到现在她才发现这些侍卫脸生得很，根本不是皇上的大内护卫。

"你们是哪个营的？怎么今日是你们值守？！"聂无双眸中寒光一掠而过，厉声问道。那侍卫不由得一缩，几乎不敢迎上她凌厉的目光。

"属下……"侍卫们纷纷低头，有的已经开始摸向腰间的剑柄。气氛一下子冷凝下来。

杨直连忙上前，拉了聂无双的长袖："娘娘，不可激怒他们！"

聂无双深吸一口气，忽地冷笑道："既然你们说不出来，本宫也不为难你们，本宫事忙，统统给本宫让开！"

"是谁这么胆大包天，在宫门前喧哗！"身后一道苍老的声音传来。

聂无双回头，果然看见高太后乘着华安辇缓缓而来，身后的侍卫们见太后前来都纷纷舒了一口气。聂无双看着高太后由宫女扶着步出凤辇，上前拜下道："臣妾拜见太后娘娘，千岁，千岁，千千岁！"

高太后拄着龙头拐杖走到她跟前，冷笑："原来是贤妃啊，你有什么急事非要出宫呢？"

聂无双笑道："当然是府中急事，以前出出进进，皇上都有过关照的，这一次不知为何不能出宫了呢？"

高太后狐疑地看了她一眼，眼中有了警觉。聂无双说得轻易，但是她自然不会这样听听就算了，这时她才想起，聂无双还有一个深受皇上宠信的聂将军。高太后心中念头飞快转过。忽地她上前扶起聂无双，笑着道："哎呀，哀家竟然忘了这事，哀家还没恭喜贤妃兄长大喜呢。"

聂无双看着笑容满面却不达眼底的高太后，心中不由得打了个寒战，她低了眉："多谢太后娘娘！"

高太后看着她，精明的老眼中掠过一丝势在必得，她忽地道："对了，贤妃不知道么？今日皇上偶感风寒，你还是别出宫了在宫中伺候皇上好了。"

聂无双一听，顿时倒吸一口冷气，惊疑不定地看着高太后。她到底是什么意思？这个时候忽然好端端提起皇上又是什么意图？身后的杨直心思转得飞快，他连忙上前，笑道："太后娘娘说得极是，不过贤妃娘娘这几日也是身子不适，要不让贤妃娘娘先回宫歇息一下，再另行看望皇上？"

高太后看着杨直，心中连连冷笑：好个机灵的人呐，这么快就猜出自己的心意了，要是放聂无双回宫还能"请"得动吗？

高太后想着，呵斥道："哀家与贤妃说话，你来插什么嘴？退下！"

她转头目光阴沉地看着聂无双："贤妃要不要去看望看望皇上呢？哀家可是不勉强的。"

聂无双目光变幻不定，她看着高太后挑衅的目光，忽地道："好！本宫去照顾皇上！"

　　高太后眼中露出几许激赏几许怜悯，她转过头，冷冷道："走吧！"

　　"娘娘！"杨直大惊失色，连忙上前低声劝道，"不可啊！娘娘！"

　　高太后已经上了华安辇，她的声音从飘扬的帘后传来："哀家送贤妃一程。"

　　聂无双袖中素手已捏紧，杨直再也顾不得尊卑，拉着她的手，低声苦苦相劝："娘娘，不可上去啊，这时太后还不敢明目张胆把娘娘怎么样，万一娘娘随她去了，见了皇上的话，她就是决意要把娘娘一同囚禁了！娘娘！"

　　聂无双目光紧紧盯着帘后那隐约的人影，她一点一点掰开杨直的手："不入虎穴焉得虎子。本宫去了，你好生保重自己，留待睿王殿下回来！"

　　她说罢，转头对杨直说道："还不赶紧回宫把本宫炖着的那一盅鸽子汤送到皇上的甘露殿去！迟了就不好喝了！"

　　杨直见她去意已决，心中无奈，只能跪下，匆匆离开。

　　聂无双看着他走远了，这才一步步向高太后的华安辇走去。有宫女把帘子撩开，聂无双看了一眼里面端坐的高太后。高太后向她伸出手去："上来吧。"

　　她苍老的面上毫无表情，枯瘦的手犹如鸡爪一般，青筋隐隐暴出，根根手指套着长长的护甲，明晃晃的镶嵌着各色宝石，衬着她的手，绚丽又诡异。

　　事已至此，已经没什么可怕的。

　　聂无双嫣然一笑，伸出手握住高太后的手。两相交映，她的雪白如藕，她的黑瘦如枯木，红颜与白骨，看起来令人觉得世事无常而胆寒。聂无双借着她的手劲上了华安辇，坐定，淡淡一笑："臣妾谢过太后恩典。"

　　高太后看着她镇定自若，缩回手，一笑："你果然很有胆识。连皇后都未上过哀家的华安辇，你还是这华安辇的第一个客人。"

　　聂无双只是唇边含着一丝似笑非笑："皇后不坐，是因为皇后有凤辇。嫔妃们不坐，是因为太后娘娘一向不屑于搭理她们。至于臣妾敢坐，是因为臣妾不同她们一般胆小怯弱。太后，你说臣妾说得对不对？"

　　此时华安辇已经微微摇晃动了起来，高太后长吁一口气，依在了软垫上，答非所问："你很像一个人。"

　　"谁？"聂无双问道。

　　高太后看着她，眸中隐约有怀念的神色掠过，微微惆怅："你很像哀家年轻的时候，无惧无畏，充满野心，而且美丽年轻……"

　　聂无双一声不吭，只听着她说。

　　"当时哀家像你这么年轻的时候，也才只是嫔而已。"高太后自嘲一笑，"你比哀家更厉害啊！"

聂无双忽地想起以前吴嬷嬷对她的评价，这已经是第二个人说她像高太后了，更可笑的是，其中一人竟是太后本人。

她一笑："太后谬赞了，太后的成就是臣妾不敢比的。臣妾也不会像太后一样，权倾后宫朝野长达几十年。"

"呵呵……"高太后直起身来，看着端坐如仪的聂无双，眼眸中流露冷光，"哀家就知道你不简单，你说吧，今日你要出宫，到底是有事，还是别的什么？"

聂无双转了头，看着高太后："那太后何不跟臣妾说说，让臣妾上了华安辇，是真的关心皇上无人照顾，还是……"

"还是想要囚禁臣妾做手中的人质呢？"最后一句，她一眨不眨地盯着高太后。

高太后一怔，忽地哈哈大笑起来，华安辇悠悠晃晃，十分舒适，聂无双眸色未动地看着高太后的狂笑，等她笑完，这才木然地道："果然是真的，太后娘娘走到如今这一步，真的是愚蠢透顶！"

高太后停了笑，冷冷道："哀家走到这一步都是被逼的！"

"没有人逼太后！"聂无双毫不留情地反驳她的话，"没有人能够逼太后！皇上都不能！"

"哈哈……如果不是他步步紧逼，哀家怎么会选择这一条路？"高太后并不动怒。

"那是因为太后太过贪婪！权力握得太久，太后不愿意放下而已！"聂无双冷冷点破。

高太后听到这一句话，不但不动怒，而且目光带了审视重新打量身边的绝色女子。

"你倒是看得很透彻。"高太后淡淡地开口，"不过若是有一天你身处哀家这样的地位，你还能这样指责哀家吗？"

聂无双看了她一眼，许久才幽幽地长叹一口气，"也许不会。但是也许，臣妾会选择另一条不一样的路。"

"什么路？"高太后问道。

聂无双看着越来越近的御书房，眼中渐渐流露迷茫："我也不知……自己将要走的是哪一条路。"

"但是总之，臣妾不会选择跟太后一样弑君谋逆的路！"

她眼中寒光绽露，令高太后心中不由得一寒。

"来不及了！"高太后一把抓着她细嫩的手腕，狠狠一拽，冷色森森地道，"跟哀家去见你的皇上吧！"

聂无双被她一路拖到了御书房中，殿门关上，高太后不知哪来的手劲，推了她一把，把她推得跌到了地上。

凤凰无双

聂无双抿紧红唇一声不吭，等她适应了御书房中昏暗的光线，这才倏然一惊。整个御书房一地狼藉，萧凤溟喜欢的笔墨纸砚，甚至那个羊脂玉的镇纸都碎成两半。

"皇上？……"聂无双抬起头来，努力寻找。可入目所见，只有空荡荡的殿堂。

"姑母！她怎么会过来！"一道尖利的女声从帷幕后传了过来，高玉姬快步走了出来，瞪着地上的聂无双，神情紧张，"姑母，怎么把她带过来了？"

高太后冷哼一声："天堂有路她不走，地狱无门她要来！她想出宫通风报信，被哀家拿住了。她也不想想，如今整个后宫都换成了哀家的人，她就是插翅也难飞！"

聂无双从地上站起身来，抖了抖衣袖，心中冷笑。难怪高太后自信满满，原来是把整个后宫的御林军通通换了，看来除了外面还无知无觉的御前侍卫，整个后宫通通都是她的天下了！

"皇上呢？！"聂无双扫了一圈却看不到萧凤溟，心中又惊又怒，可偏偏又不能表露出来。

"我不信你们能把皇上杀了！"她眉眼中射出寒光，看得高玉姬不由得心中一缩。

"皇上在这里！"高玉姬撩开帷帐，露出端坐的萧凤溟。

聂无双顺着她的动作看去，不由得浑身一震，她踉跄上前几步，却又生生停住脚步。只见萧凤溟平日束得整整齐齐的头发散乱，几缕发丝还搭在肩头。总是淡然从容的俊颜上容色憔悴苍白，一双含笑的眼睛此时茫然无知。她捂住唇，大大喘息了一口气，眼泪忍不住要掉下来，却又生生忍住。她转过头，死死盯着高玉姬，一步步靠近："皇上怎么会成了这个样子？！"

高玉姬被她眼中的杀气所慑，不由得步步退后："不是……不是我！"

"那皇上为什么会成了这个样子？"聂无双逼她到了跟前，一把抓住她的手腕，怒道，"你到底给他吃了什么？！"

"露水香！"高太后的声音悠悠传来，她坐在龙座上，心满意足地回答，"他中了露水香，哀家命人研制了十几年的毒药之一，香气扑鼻，令人防不胜防。"

聂无双放开高玉姬，不再看高太后恶心的嘴脸，转身进了帷帐之后，扑到了萧凤溟跟前，心中积蓄已久的酸楚随着眼泪簌簌落下。

她抱着毫无知觉的萧凤溟，哽咽出声："皇上……"

高玉姬看着帷帐之后拥抱在一起的人影，心中又是嫉又是恨："姑母，你为什么要把她关进来！这里已经够乱的了的了，还要她来做什么？"

高太后看了她一眼，冷哼一声："她的大哥是皇上信任的聂明鹄，她在哀家手中，哀家就不信聂明鹄不忌惮！"

原来如此！高玉姬松了一口气。

高太后看着一地的凌乱，问道："玉玺找到了吗？"

"没有！"高玉姬听到她提起这事，不由得怯怯摇头。简直是奇了怪了，明明皇上的玉玺就一直放在御书房中，怎么一找就哪里都没有呢？

高太后脸色一沉："怎么会没有？！"

"会不会是……是有密室暗格？"高玉姬试探问道。她也想要找到玉玺啊，毕竟昨夜逼着萧凤溟写的诏书中，其中有一份她加了私心让萧凤溟写的废后另立她为后的圣旨。

高太后眉头紧锁："哀家也不知道。"

"姑母居然不知道？！"高玉姬惊讶出声。很难想象高太后权倾后宫朝野几十年居然还不知道御书房中的秘密？！

高太后眼中掠过尴尬与狼狈，她喝道："这有什么奇怪的！御书房中的机关密室一向只有历代皇帝才知道！先帝他……他根本不信任哀家！还有这个……这个贱婢生下的贱种皇帝，他太能装！哀家几次拷问逼问他都装作不知道！"

高玉姬这才了然，她目光复杂地看了一眼气急败坏的高太后，不由得为自己选择了萧凤溟而感到松了一口气。高太后看似胜券在握，其实紧要的东西根本没有捏在手中。聂无双听着外面的争执，心中涌起熊熊的怒火，她的手因为愤怒而颤抖，原来如此！原来高太后是要矫旨另立新君！可笑，这个时候居然找不到玉玺。真的是苍天有眼！

她扶了萧凤溟躺在榻上，为他整理发束与龙袍。眼泪一颗颗忍不住滴落在他的手上，地跪坐在榻边，看着他迷茫的双眼，心如刀绞。忽地，她手中握着的手指微微一动。

她还未反应过来，萧凤溟就飞快地在她手心画下一个字来。

聂无双猛地回过神抬头看向萧凤溟的眼睛，果然看见他的眼中已经褪去迷茫，看着她又是痛惜又是欣喜。她一把抓住他的手，简直不敢相信刚刚还毫无知觉的人怎么会一下子清醒过来。

"皇……"她想要惊呼，萧凤溟已经吃力地握了她的手一下。

聂无双连忙噤声，她正要俯首问他，帷帐一撩，高玉姬走了进来，她嫉妒地看着两人交相握住的手，冷声道："聂无双，你滚开！我来照顾皇上！"

聂无双心中思绪汹涌，她看着高玉姬冷笑一声："是你害得皇上成了这样，本宫怎么能让你靠近皇上！"

"你！……"高玉姬又是心虚又是嫉恨，"总之不许你靠近皇上！"

"这一句才是本宫要对你说的话！"聂无双放开萧凤溟的手，挡在他身前，秀眉一挑，冷冷道："你给本宫滚开！不然的话别怪本宫不客气！"

"你！……"高玉姬见聂无双一点都不怕她，委屈地跑出去，"姑母，你叫人把她绑起来吧！"

高太后正心烦意乱，一挥手："退下！你有那闲工夫争风吃醋还不如帮哀家找找看玉玺在哪里！"

高玉姬见高太后无动于衷，只能恨恨退下。

聂无双用自己的身子挡着，抓着萧凤溟的手，飞快地画下一句话。萧凤溟眼中流露欣慰，两人就无声地用默写来交流。聂无双见他神色虽憔悴，但是神志清醒，条理分明，昔日的睿智帝王又回来了。慌乱的心不由得安定下来。两人写了一会儿，总算知道了事情的来龙去脉。聂无双握了他的手，放在脸颊边，泪水滚落，红唇微启："凤溟，你一定会没事的。"

萧凤溟浑身一震，一向含笑的眼中带了水光，他轻抚上她的脸颊，为她拭去泪水，低低满足地叹息一声。

两人相互凝望，虽然不能大声言说，却比往日更加幸福。她伏在他的肩头，低低地说："睿王已知有变，已经去搬救兵。"

萧凤溟注视着外面的情形，在她手心画下一行字："不怕，玉玺不见，太后必败！"

聂无双放下心来。她看见萧凤溟唇边泛起干燥的皮屑，知道他从昨夜到今天恐怕滴水未进，她心中大怒，把他的手放好，走出帷帐沉声对高玉姬道："皇上还没用膳吧！你怎么能忍心让皇上如此！"

高玉姬心虚地缩回了目光，萧凤溟的确是从昨天就未曾进食，也不曾喝过什么水。她心中又惊又怕，自然不会注意这种小事。她诺诺地为自己辩解："我……我也没吃！"

聂无双看着她这样子，气不打一处来："是谁口口声声说要照顾皇上，你连皇上吃了没吃都不曾注意，你还有脸吃本宫的醋！"

高玉姬被她嘲讽得心中又是羞愧又是愤怒，但自己也是饿狠了，遂下去吩咐御膳房拿饭食。

聂无双松了一口气，正要回转。高太后冷冷的声音传来："吃什么吃？终归是要死的人，还在乎吃喝？可笑！"

聂无双回过头，冷笑："太后说得极是，不过既然要死了，做个饱鬼总比饿鬼好一些！"

高太后正心烦意乱找不到玉玺，一听顿时大怒："聂无双，你可别太嚣张了！哀家捏死你就跟捏死一只蚂蚁一样。留你一命不过是因为你还有用！不然你以为你还能活到现在？"

聂无双不欲与她争执，径直冷笑一声："那太后什么时候要取臣妾的性命就什么时候来吧！"她说罢不理会高太后，转入了帷帐之后。

此时内侍又来禀报，玉玺并未找到！

"什么！"高太后大怒，"不在御书房中又会在哪里？"

她沉沉含怒的目光转入帷帐之后，正好看见聂无双拿了杯子在喂萧凤溟喝水。她快步走进其中，一巴掌扫落她手中的茶杯，怒问："你知道玉玺在哪里么？"

聂无双猝不及防，被高太后扯得手中茶水溅了一身，萧凤溟坐在床上，看着她被打，眼中的怒火一掠而过，好不容易才佯装出茫然镇定。

高太后的怒火累积到了现在已经濒临爆发，她一把扯住聂无双的发髻，怒问："你平日伺候皇帝，你看见他把玉玺放在哪里了？"

聂无双吃痛，狠狠一推高太后，连连后退几步这才稳住身形，她又惊又怒："太后不知道的东西，我怎么会知道！"

高太后自然是不信她的话，上前一步，狠狠甩了她一个巴掌："你再不说，哀家就好好拷问你！"

聂无双被她的力道打得跌在地上，嘴里一股血腥味泛起，她看见床上的萧凤溟隐忍不住地动了动，不由得叫道："请以大局为重！"

萧凤溟微微一震，眼中的怒火渐渐被理智代替。还不是时候惊动高太后。救兵未到，而他布置的一切还未完全展开，小不忍足以乱大谋！

"什么大局为重？！"高太后狐疑地看着她，"你到底在说什么？"

聂无双心思转得飞快，她说道："请太后自己以大局为重，再好好找一找。再说臣妾也不知道玉玺在哪！"

高太后眼中的怀疑依然没有褪去，她冷笑："哀家自然会找，这个不劳你操心。来人！把她押住，好好地拷问一番！"

外面的内侍听到命令连忙冲进来，把聂无双押住。聂无双心头怦怦直跳，想说服自己不害怕是不可能的，可这事关玉玺，恐怕高太后一定不会像之前一样留她一命了。说不定……她今日就会被打死在这御书房中！

她惶惶抬头，却对上萧凤溟痛悔愤恨的目光，心神顿时一清，她悄悄对他摇了摇头。干脆闭上眼不再去看萧凤溟。

高太后看着她煞白的脸色，紧闭的双眼，冷笑："怎么样？怕了？"

"是，臣妾好怕。臣妾好怕这应国历代的先帝们会来向太后索命，臣妾都还来不及报仇，太后就死无葬身之地了！"聂无双嘲弄地说道。她此时故意提起应国历代皇帝，除了是要让高太后害怕之外，其实更是提醒萧凤溟要再隐忍。

他千万不可因为她而一时冲动，被高太后识破他未受控制的秘密。高太后看着眼前的聂无双，心中一口气顿时憋得不知该怎么发泄才好。

"打！给哀家好好地伺候这位贤妃娘娘！"高太后喝道，"打到她招出玉玺的下落为止！"

一旁的内侍听到命令，拿来一旁顺手的东西狠狠地朝聂无双身上招呼过去。聂无双忍着剧痛，银牙暗咬，一声不吭。高玉姬正端着御膳进来，冷不丁看到眼前这一幕，吓得手中的盘子几乎要跌到地上。

她下意识地看向床上的萧凤溟，只见他眸光未动半分，神色依然茫然，只是他长袖中，手捏得骨节分明，青筋暴出。

他，果然爱的还是她！高玉姬心中涌过不甘，但很快，这种不甘就被幸灾乐祸所代替。她放下漆盘，走到高太后身边，娇声道："姑母别生气了，为这种贱人生气不值得。"

高太后阴沉的眸光未动半分，她冷笑："自然是贱人，贱人配贱种，刚好天生一对！"

她说罢狠狠瞪了一眼床榻上端坐不动的萧凤溟，心中有一种说不出的畅快。

"姑母，我看她是不见棺材不掉泪了！一定要狠狠地打！"高玉姬添油加醋地说道。冷不丁，她刚说完，就觉得背后被一道冰冷感所震慑。

她回过头去，果然看见萧凤溟趁着众人不注意，正用满含杀气的双眼看着她。这是怎么一双眼睛，乌沉沉犹如万年的冰潭，黝黑而令人害怕。帝王天生的贵气与威严尽含在了这一双眼中。她打了个寒战，心虚地退下。拿了漆盘端到萧凤溟跟前："皇上……"

"滚！"萧凤溟对着她做了个口型。即使不出声，那鄙夷的目光，憎恨的眼神已经令她心神俱丧。

"姑母！"她忽地回头，对着高太后叫了一声。

"什么事？！"高太后正看着内侍对聂无双用刑拷打，并不回头。

高玉姬冷笑一声，在萧凤溟耳边说道："皇上如果恨臣妾，臣妾就不得不得罪了！"

萧凤溟眼瞳中猛地缩成一个黑点，他看着眼前反复无常的高玉姬，这才明白有些女人天生根本就是恶毒的女人！他冷冷看了她一眼，移开目光，连眼神都不屑分给她半分。高玉姬见他如此，以为他服软，心中得意一笑，对高太后道："姑母，没什么，侄女只是问一问，能不能给皇上吃饭！"

"这等小事还来问哀家！"高太后不满地道，她看着被打得冷汗淋漓的聂无双，心头火起，一把抓起她被冷汗浸透的长发："说！玉玺到底在哪里？不说的话，明年的今日就是你的忌日！"

聂无双抬起煞白的脸，忽地咯咯笑了起来。她的声音清脆，即使挨打了依然娇软动听，只是在这个时候，在空荡荡的御书房中，她的声音听起来格外诡异。

"你笑什么？"高太后被她的笑声吓了一跳。

聂无双慢慢收住笑，看着高太后，美眸中绽出嘲讽的笑意："怎么不可笑呢？眼看着太后娘娘您什么都想好了，连圣旨都拿到了，可惜啊……可惜啊……哈哈……这玉玺却是找不到了！咯咯……"

高太后被她嘲笑得心中几欲吐血。可不是要呕血呕死么？从昨天挟持皇上到现在眼看着一天一夜就要过去了，明天怎么办？明天之前拿不到玉玺，传位太子的圣旨不下，皇上又不出现，她还能瞒天过海瞒到什么时候？

如今她高家被萧凤溟打压清洗之后，朝堂中的力量已经不多，这时候贸然拿出不能让群臣信服的圣旨，她就是自己打自己的嘴巴！高太后越想越是愤怒。她冷冷看着聂无双绝美的笑容，怎么看就怎么刺眼。聂无双不仅仅是在嘲笑她现在的窘境，更是在嘲笑她掌权后宫朝堂几十年来的智慧与城府！

她在被一个乳臭未干的贱人嘲笑！这个认知撞入她的脑中，令她不由得浑身颤抖。

聂无双趴在地上，眼角的余光看见萧凤溟的目光，殷切的，痛悔……不一而足。心底涌起一股甘泉，淙淙流过，连身上的痛都仿佛减少几分。她含笑闭上眼睛。够了，这就够了。自己若今日死在这里也好过背着一身血仇，一身沉重地秘密苟活在这个世上。

"不说？！"高太后抽出一旁内侍腰间的短刀，横在聂无双细嫩的脖子边，轻笑一声，"不说，哀家不介意脏了自己的手让你跟你灭门的一家老小早一天团聚！"

一股阴暗的血涌过心头，聂无双慢慢抬起头来，看着面前苍老的面庞。寒刀似水，映得她脸上毫发毕现，却映不出她眼底深藏的无尽恨意。

后宫的流言蜚语，谣言中伤都不是恨；

嫔妃刁难陷害，步步诡计都不是恨；

高太后屡屡责打，甚至想要置她死地这统统都不是恨！

只有这一样，万万不可提起的灭族血仇，才是她心底的恶魔。

聂无双看着高太后，犹如看一具僵死的尸体，她嫣然一笑："好！我说！"

"在哪？"高太后大喜过望，果然以死威胁才有奇效，刚才毒打半天她不说，现在竟要说了。

"玉玺一向是由林公公保管，你不去问他，却来问我一介妃子，可不是本末倒置！"聂无双笑得阴沉。

高太后沉吟一会，觉得有理，连忙派人去找林公公。

高太后看着地上的聂无双，冷哼一声："早知道就早点说，何必让哀家动手？"她挥了挥手，示意内侍们放开聂无双。

聂无双忍着剧痛，站起身来，看了一旁惊惧不已的高玉姬，冷笑着进入帷帐之后。她来到萧凤溟跟前，给了他一个安心的眼神，这才扶着他坐好。

"这狐媚子看样子竟是个痴情人！"高太后瞥到这一幕，不由得说了这么一句。高玉姬看着聂无双刚才明明被打得痛不可当，居然一声不吭，这份忍耐与坚韧简直是闻所未闻，见所未见，而且她待萧凤溟又这般情深意重。自己昨夜说的所谓的爱皇上，到底是真的爱，还是只不过因为他是皇上？

她深深迷茫了。

聂无双见一旁的漆盘上有汤水饭食，忍着痛端了一碗，用汤勺盛了送到他的唇边。手犹自在颤抖,汤水泼落,她犹自不觉,她只知道他在高太后手中已饿了一天一夜。

一滴水落下,她诧然抬头,却见萧凤溟眼中明明是笑着的,却是蕴着水光。她心头一暖,送了送,低声道:"皇上,留着青山在,不怕没柴烧。"萧凤溟张了口,含笑喝了。这一口汤水可是他从小到大从未品尝过的美味。

两人默默对视,一股暖流在心中。他喝完汤,悄悄在她手心画下一行字:"痛吗?"聂无双一怔,摇了摇头,闭上眼,软软含笑依在了他的身边。

他曾君临天下,万众归心,却远远比不上这一刻有她入怀来得安稳欢喜。突然之间,这一场谋划许久,令他元气大伤的逼宫似乎看起来也不这么令他震怒难熬。

她身上的幽香掠过他的鼻尖,长袖中,两人交相握紧的双手,再也不分开。

时辰一分一秒地过去,终有消息过来,林公公在严刑拷打之后还是不知玉玺在何处。

"哗啦"一声,高太后震怒之下把龙案上所有东西通通一拐杖扫落在地。巨大的声响令御书房中所有的人都吓了一跳。高太后怒极,上前一把抓起聂无双的手,狠狠一巴掌甩上她的脸:"林公公为什么也不知道?"

聂无双被她扇得耳中嗡嗡作响,跌在地上。她抬起头来,看着高太后震怒的脸,哈哈笑了起来:"你知道玉玺在哪里么?"

"在哪里?!"高太后眼中的目光几乎可以杀人于无形。

"在黄泉地底!"聂无双哈哈一笑,"找不到玉玺,我看你堂堂高太后到底要怎么样才可以立你的傀儡称帝!"

高太后被她的话一惊,猛地后退一步:"你怎么知道?"

"怎么不知道?!难不成你能废帝自立?!你若不去找个稚子皇子,你敢面对应国的群情滔滔吗?"聂无双看着她被动破心思的神色,笑得更加欢畅,"你找吧!整个后宫不是就在太后你的手中吗?你挖地三尺,找吧!本宫还要告诉你!你就算找到了玉玺也没有用!"

"为什么没用?!"高太后怒道。

正在这时,有人叩响御书房的殿门声音有些惊慌:"太后娘娘,不好了!"

"什么事?!"高太后问道。

"大皇子、二皇子……都不见了!"内侍惊恐的声音穿过厚厚的殿门,"如今皇后与淑妃正大肆搜宫,正要找到这里来了!"

高太后一惊,亏得她这般年迈,竟腿脚灵活,一把拉开御书房的殿门,惊怒道:"怎么会是这样?"

内侍擦着头上的热汗冷汗,说道:"皇后娘娘与淑妃娘娘说要来见皇上,怎么办?太后娘娘,出了这么大一件事,奴婢们是挡不住皇后与淑妃的!"

高太后远远看去,果然看见一队仪仗匆匆而来。

她回了头，看着地上伏着的聂无双，忽地笑了："大皇子与二皇子可是你藏起来的？你什么时候藏的？藏在哪里？还有你手中的三皇子呢？"

聂无双坐了起来，靠在墙边，冷静地看着面前步步逼近的太后，只是笑。

"这就是你所谓的，本宫找得到玉玺也没有用吗？"高太后眯着眼睛看着面前狼狈不堪，却依然美得惊心动魄的聂无双。

她的口气很轻，似还能听出一丝温和，和刚才勃然大怒截然相反。

聂无双笑得欢畅："都藏起来了！藏在你不知道的地方。这个皇宫说大不大，说小也不小，要找也不是找不出来的，您就多费点工夫找个三天三夜吧！啧啧……太后娘娘，无双虽然不如你有权有势，也不如你老奸巨猾，但是只要算准你想要干什么，抢先一步，你就全盘皆输！"

"全盘皆输？！"高太后事到如今竟沉静下来。她眯着老眼看着聂无双，"你算准了哀家会全盘皆输？"

"是！"聂无双收了笑，慢慢冷冷地道，"你的下场早就在你毒害皇上生母，毒害睿王殿下母妃的那一天就已经写下！如今仇恨已经生根发芽，你再前进一步就是万丈深渊。后退亦是没有退路！"

"这就是你选择的路！一条不归路！"聂无双看着高太后冷冷地说道。

高太后仔细看了她半天，这才直起身来，淡淡道："好！很好！哀家走到这一步也没想过要后路。"何尝有过退路，从她代表着整个高家氏族踏入这个后宫的第一天开始，她就注定不是胜者为王，就是败者为寇的结局。从来没有另一种更好的选择。她整了整鬓发，把歪了的沉重凤冠扶正，回头对聂无双淡淡道："哀家有没有说过，你很像哀家年轻的时候？"

她的声音那么低，犹如诅咒："终有一天，哀家的今天，也是你的结局！"

聂无双看着她迈着沉稳的脚步出了御书房，沉重繁复的十二幅凤服包裹着她年迈枯瘦的身躯，她就这样一步步高傲地顶着她的凤冠，顶着她整个高家世族的荣耀，迎着外面的天光慢慢走了出去。

殿门关上，一切又归于寂静。

后宫寂静无声，却不知在远远的皇城之外，一支支军队正悄然开拔，萧凤青与聂明鹄两人率领三万骁骑营犹如乌云蔽月冲着应国京城呼啸而来。

"来得及吗？"聂明鹄一身银白铠甲，边问边狠狠抽了身下的坐骑一鞭。

"应该可以！"萧凤青顶着猎猎的风大声回答。风吹过他刀削一般俊魅的面容，他的双眼中蕴含着满满嗜血的狠戾。他的大仇就要得报了，报仇的兴奋掺在其中更令他双眼熠熠生辉。

597

"双儿一定不要有事！有事我一定不会放过你的！"聂明鹄狠狠瞪了身边与他并驾齐驱的萧凤青一眼。他还在为他不能把聂无双带出那危险的皇宫而生气。明知太后要逼宫谋反，他竟不把她带出来！

无论有什么冠冕堂皇的理由，他都不能原谅！聂明鹄坚毅的眼中充满愤恨。

萧凤青心头微微一突，只是更紧地抿紧了薄唇。

"她不会有事的！"萧凤青大声地说道。就像是对聂明鹄的承诺，更像是对自己说的。

身后，乌压压的铁骑倾尽而出，犹如蚁蝗，铺天盖地冲着那远远地平线下的京城飞奔而去！

皇后与淑妃跪在甘露殿中，两人哭得成了一团泪人。高太后端坐在上首，微闭了眼睛，看着两人哭得喘不过气来。

"到底是怎么一回事？！"高太后沉声问道。

"太后娘娘，今儿早上臣妾那边的乳娘与宫女就带着大皇子出去散步了，没想到一个转身，大皇子就不见了！"皇后哭得嗓子都哑了，她膝行几步上前抓着高太后裙摆下方："皇上呢？太后娘娘，得告诉皇上这件事才行啊！"

高太后不理会她，看着底下抹泪的淑妃，沉声问道："你呢？大皇子不见了，怎么你的二皇子也不见了？"

淑妃哭着上前："太后娘娘，您不是不知道臣妾有多疼二皇子啊，真的是含在嘴里怕化了，捧在手心里怕摔了，根本不敢掉以轻心，要不是现在他想学走路了，臣妾也不会让嬷嬷们带着他去上林苑逛啊……可是怎么知道臣妾正盼着他的时候，这一群狗奴才居然跑回来跟臣妾说二皇子不见了，呜呜，连奶娘也不见了！这……"

高太后心中一沉：这个聂无双到底有什么样的本事竟然能眼睁睁从皇后与淑妃眼皮子底下把大皇子与二皇子都给弄走了！

"那三皇子呢？！"高太后沉声怒问，底下一排众人面面相觑，许久才有人上前："好像贤妃不在'永华殿'中，也不知去了哪里。"

高太后心知肚明，她哼了一声。"她照顾皇上呢。估计她那三皇子也不见了！"

皇后与淑妃两人面面相觑，不明白高太后这一语双关的话到底是什么意思。

淑妃小心地问："那皇上现在龙体如何？要不臣妾们一起去看看？"

高太后心中一突，她就最怕这样，这样一来，就中了聂无双的诡计。她就是故意想要把这事闹大，越大越好，这样皇上被囚禁的事就会宣扬出去。

好你个聂无双！

你以为你让哀家找不到可以册立为皇子的人选，让哀家被人逼着面见皇上你就可以和那贱种皇帝脱离苦海了吗？

你做梦！高太后眼中掠过狠色。

她看着皇后与淑妃两人，沉声道："皇上这次风寒染得凶险，你们一个个又哭哭啼啼的，皇上听了岂不更是病上加重？你们先各自回宫，哀家自然会主持大局！"

皇后与淑妃闻言不由得面面相觑，不明白为什么高太后不让她们面见皇上，更何况出了这么天大的一件事！

"太后娘娘，皇上到底得了什么病？很严重么？要是严重，臣妾们更应该去看看才是啊！"皇后上前道。

淑妃也不甘示弱，连忙上前帮腔道："是啊，若是皇上只是偶感风寒，臣妾们虽然不才，可是也可以照顾，再说皇嗣事关大应国的国运，臣妾们实在是害怕……"

高太后看着两人殷殷期盼的双目，不由得怒道："怎么？哀家说的话你们都没听见不成？皇上自有哀家照顾，你们通通退下，还不赶紧去找你们的皇子！要是再找不出来，哀家就重重治你们的罪！"

皇后与淑妃见高太后震怒，不敢再说，就算一肚子疑惑也不得不退下。毕竟高太后积威几十年，她们在情况不明之前根本不敢与之对抗。

皇后与淑妃只好委屈退下，两人各自领着宫女内侍们走出甘露殿。高太后见她们终于离开，这才重重松了一口气，抚着额头歪在了椅子上。

才不过一天一夜，她就仿佛过了几年一般，那样累。

御书房中，铜漏滴答。

聂无双见高太后手下的内侍们找不到玉玺，无所事事，于是命令他们端茶送水，顺便帮萧凤溟更衣梳洗。内侍们本就对高太后要逼宫谋反心中害怕，如今见聂无双有要求，巴不得要去讨好皇上。自然是有求必应，殷勤伺候无不妥帖。高玉姬在一旁冷眼看着，看着聂无双犹如这里的女主人一般，呵斥内侍，心中嫉恨，冷笑："不过阶下囚，梳洗打扮又是为了谁？"

聂无双整理好自己散乱的鬓发，看着萧凤溟被内侍们梳洗一新，散乱的头发亦是被梳理得整整齐齐，要不是他故意为了迷惑高太后而佯装迷茫的神色，他又恢复了往日帝王的尊严。

她坐在萧凤溟的身边，对着高玉姬冷笑道："阶下囚怕什么，就算死，本宫和皇上也要整整齐齐地一同共赴黄泉。做人体面，做鬼一样要体面！"

她说罢，手心一暖，却是萧凤溟悄悄握了她的手。

她微微一笑，不用回头却已知晓了他的心意。高玉姬看着她脸上刺眼的笑意，阴冷地看了一眼一旁佯装什么都不知道的萧凤溟。她靠近聂无双低声冷笑道："我根本不必和你一般见识，皇上说过了，他要封我为皇后！而你永远只是个妃子！只是个妾！"

她的眼中充满了幸灾乐祸。聂无双心中一怔，刚想回头，袖中，萧凤溟又不轻不重地捏了她一下。她心中顿时了然，在这样情形下萧凤溟说要封她为皇后，这傻子都看得出是缓兵之计，这高玉姬是被猪油蒙了心，还是怎么的竟看不出来？

聂无双似笑非笑地看着面前的高玉姬，淡淡道："皇后就皇后。本宫才不稀罕皇后这个位置。高小姐难道不知道妻不如妾这个道理么？"

高玉姬见她不为所动，气得脸色铁青，她恶狠狠地盯了聂无双一眼："要知道你和皇上的性命还需要我来庇护！"

聂无双听着她毫无威胁力的狠话，嘲弄地一笑："是呢，要不高小姐去告诉太后娘娘这个秘密吧。你这个墙头草左右不定。背叛皇上你为不忠，背叛太后你是不孝。看太后娘娘会怎么对付不忠不孝的你吧！"

"本宫想，高小姐若是够聪明一定会选择其中一项，而不是自毁前路！"聂无双悠悠地说道。

高玉姬脸色一白，再看看一旁的萧凤溟眼中已有厉色，知道自己不能再赌气与聂无双说下去，再说下去只会让自己在萧凤溟的心中更增恶感。她瞪了聂无双一眼，这才转身离开。

萧凤溟悄悄捏了她的手一把，低声说道："你真伶牙俐齿！"

聂无双看着高玉姬远离了，这才低声苦笑道："伶牙俐齿也解不了面前的困局，皇上可有解困的良计吗？"

萧凤溟看着从窗棂缝隙中透进的光，半天才淡淡道："就快了！"

他话音刚落，御书房的殿门打开，高太后走了进来。萧凤溟脸色一正，装做茫然迅速躺在了床榻上。高太后撩起帷帐看着聂无双坐在床边，衣饰整齐，早就看不见白天被毒打过的半分狼狈。她冷哼一声，对聂无双道："你且随哀家过来！"

聂无双看了床上的萧凤溟一眼，给了他一个安心眼神，转身要走。长袖下，他的手却紧紧抓着她的手，并不放开。聂无双看出他眼底的焦虑，飞快低声道："不会有事！"她说罢挣开他的手，转身走了出去。

高太后坐在殿中的龙座上，眉心不展。她看着聂无双走来，指了指一旁的椅子，冷冷地道："坐！"

聂无双见她只身前来，料到她一定是把皇后与淑妃都安抚好各自回宫了。但是暂时的安抚并不是解决问题的最好办法，皇后失去大皇子在惊慌失措之余也许没有想到这不寻常之处。

她心中暗自思忖，面上却不流露半分。她坐在椅子上，高太后目光沉沉地看了她一会，半天才道："哀家跟你打个商量。你说出大皇子在哪里，或者你的三皇子也行，交给哀家。哀家保你一世荣华富贵，如何？"

聂无双一听，心中冷冷地笑了起来。看来高太后已经糊涂了。威逼不成，现在居然改或了利诱了。如果她这般傻地把大皇子或者三皇子交出来之后，她的性命还会在吗？萧凤溟的性命还会在吗？

她半掩了面咯咯笑了起来，妖冶的美眸斜斜看着龙座上的高太后，充满嘲弄："太后娘娘是在说笑么？臣妾怎么会自断生路？"

高太后也不动气，她一双老眼盯着聂无双，知道她这人软硬不吃，遂平了心气劝道："你与哀家作对又有什么好处？如今整个后宫哀家都把守得严严实实，你们插翅也难飞了！你趁早交出大皇子，或者三皇子也成。哀家为太皇太后，你就是太后！"

太后？！聂无双心中更是笑得肠子都要打结了。她才如花年纪，居然也有机会成为太后？！她看了帷帐一眼，实在是不知萧凤溟听到高太后这番言论面上是什么表情。她收了笑容，慢条斯理地道："太后娘娘说得有理，那许皇后呢？她可是正儿八经的皇后娘娘。臣妾算什么，不过是一介嫔妃而已。"

高太后以为她意动，心中一喜，笑道："她，等哀家成功之后，这一切都统统推在她的头上，她就是谋逆的祸首。你自然也就能名正言顺地当上太后了！"

好！够狠！聂无双要不是在高太后跟前还需要做戏，几乎要站起来为她这般狠绝的计谋拍手了！

高太后紧紧盯着她的面色，不放过任何一种表情，她见聂无双面色沉静，不由得以情动人："你若是做了太后，以后哀家去了，这后宫还不是你的天下。你好好想明白，想明白了再来找哀家，不然的话，哀家搜出大皇子，你，还有皇上……哼哼……"

聂无双掩下眼底的厌恶，淡淡道："谢太后的抬爱，臣妾会去想明白的！"

高太后见她口气缓和，冷冷道："不要给哀家耍什么花样，现在天要黑了，日落之前给哀家一个明确答复。若是不肯……你也别怪哀家心狠手辣！第一个开刀的人就是你！"

聂无双一听，咯咯一笑："太后娘娘还是三思而后行，要是臣妾死了，臣妾手中的大皇子说不定找到的时候就是一具尸体而已！"

"那三皇子呢！"高太后沉声怒道，"你也敢杀了三皇子吗？"

聂无双眼前掠过雅充容泪汪汪的双眸，狠了狠心："他又不是本宫的亲生儿子，本宫想杀就杀！"

高太后倒吸一口冷气，半晌这才道："好好下去想明白。鱼死网破是最愚蠢的一招。"

聂无双不愿意与她再说，转身退入了帷帐之后。而床上，萧凤溟定定地看着她，想必刚才的一番话他都听得一清二楚。

聂无双上前，在他手心画了四个字"缓兵之计"。萧凤溟松了一口气，他就明白她不是这般冷酷无情的人，可以拿他的孩子的性命开玩笑。

他手指微动，在她手心画下一行字："为难你了！"

聂无双苦笑，她费尽心机，就是为了拖延高太后最后的逼宫，如今高太后的耐性眼看越来越低，她的雕虫小技眼看着很快就要不见效了，还能怎么办？还可以怎么办？日落！日落之后一切就要图穷匕现了吗？日落之后，高太后就要拿她祭奠她的权力之路了吗？！

她怔怔出神，冥思苦想。手心微动，萧凤溟已经握住她的手，一笔一画地写下四个字"生死不离！"

聂无双定定看着面前的萧凤溟，他此时眼神柔和，纯黑的眸中俱是一眼望不到边的深情。她紧张的心陡然被一种前所未有的暖意包裹住，眼泪滚落。可是他依然固执地在她手心再一次划下这平常的四个字"生——死——不——离。"

生死不离……聂无双定定看着他修长的手，在她的手心一笔一画划轻轻挪动。

眼泪大颗大颗滚落。曾几何时，她总是笃定，这个世上，她为之生死不离的人只是顾清鸿，只有顾清鸿，眼中满满看到的除了顾清鸿，还是顾清鸿。

又曾几何时，她总以为自己活在这个世上除了仇恨就只有仇恨，仇恨过后，还有什么可以期许的呢？萧凤诅咒一样冰冷的话盘踞在心底，一遍遍啃食着她的心。可是如今她终于知道，仇恨之后，她还可以期许，期许不一样的人生，不一样的爱。

"生死不离！"他的眸光淡然但却蕴着无穷欣喜。一遍一遍固执地画着这四个字。

聂无双含着泪，手微微颤抖，她明白了他想要什么。她素白如莲花的手指点上他宽大温暖的掌心，终于写下自己的承诺"生——死——不——离。"

萧凤溟眼中陡然亮了起来，他再也不顾被外面人看破自己并未受控制的风险，一把搂她入怀。无声的抽泣被他压在怀中，憋得她无法喘息，可是她的心从未像这一刻这般欢喜快活。是的，她爱他。是什么时候爱上了他？这高高在上又心思难猜的帝王？是什么时候，她一遍遍告诫自己不可交心，却又遗失了心？

生死不离。在这危机四伏，在这日落就要遍地血腥的时刻，她与他终于袒露心扉，说出了各自最终的承诺与誓言。

殿门被重重敲响，一声一声无比急促。在御座上假寐的高太后猛地惊醒。

"谁？"她惊问道。心口怦怦直跳，刚才合眼睡去的那一瞬间，她依稀看到先帝冷冷而来，穿着他惯常穿戴的龙袍，手上提着一柄宝剑，神色冷肃，眼中怒火燃烧，几欲令她惊得魂飞魄散。是不是人老了就会胡思乱想，想一些不该想的东西，梦中出现再也不会出现的人……

她平了平心绪，喝道："进来吧！"

御书房殿外的内侍急匆匆滚了进来："太后娘娘，不好了！不好了！……"

"什么不好了？！"高太后被惊醒本就十分恼火，如今一听内侍满口胡言乱语，更是气不打一处来，她顺手操起御案上的墨盒，狠狠砸在他的身上。

"是谁不好了？是哀家不好了吗？"她怒问道。

内侍被墨盒砸中额角，一缕血线顺着脸庞流下。他痛得出不了声，半天才颤抖道："奴婢知罪，是……是外面有几位大臣要求见太后娘娘，还有……还有成王殿下领着几位老王爷，正一路赶过来，他们……他们都带着侍卫与刀，奴婢们不敢阻拦！"

"什么？！"高太后惊怒交加。她猛地站起身来，"他们怎么会这么快就来？"

"太后娘娘去看看吧，他们已经到了御书房门口，侍卫们恐怕也阻拦不了了！"内侍说完，抚着自己的伤处，惊慌失措地退下。

高太后脸色煞白，怎么会这样？她自诩布下天罗地网，整个皇宫尽在她的把握之中，连皇后都不知道她做的事，怎么会有消息透露出去？消息是从哪里传扬出去的？她心中念头急转，苍老的眼狠狠一瞪那一动不动的帷帐。

"呼！"地一声，帷帐一撩，聂无双回头，果然看见高太后乌沉沉的面色。她眼中渐渐浮现嘲讽，还未张口。高太后手中的龙头拐杖就狠狠扫到她的身上。聂无双吃痛，不由得哀叫一声，跪伏在地上。

高太后冷笑："是不是你？是不是你把消息传了出去？"

聂无双冷冷抬起头来，她看着高太后气急败坏的老脸，咯咯一笑："臣妾说过，太后娘娘走的这一条路是不归路！"

高太后眸中凶光掠起，手中沉重的龙头拐杖正要对准她的额头落下，忽地御书房的殿门猛地被撞开，高玉姬惊叫一声："你们……你们擅闯……"

她还未说完，便被人推到一旁。成王苍老威严的声音在殿中响起："高氏！你到底把皇上藏到哪去了？"

高太后定定看了聂无双一眼，这才放下手中的拐杖，慢慢走出帷帐。御书房中成王与几位老王爷身穿朝服，眼中皆是怒意。

"成王别来无恙啊。什么时候居然想到要进宫来看望我这孤老婆子？！"高太后拄着拐杖慢慢走上御座。她坐了下来，眉宇间已没了刚才的震怒。

成王怒道："老妖妇！你做下的事情，本王都知道了！宗亲们也都知道了！你还敢狡辩不成？！"

此话一出，几位心直口快的老王爷已是纷纷叫骂起来。自从高氏把持后宫朝野开始，她就扶持高氏，对应国宗亲们多加打压，如今这几位老王爷都是看着她几十年来一路嚣张跋扈过来的老人，对她的怨恨这一刻才有了发泄的机会。高太后听着他们谩骂，哈哈一笑，笑得连眼泪都要流出来。她的笑声暗含嘲讽，令几位老王爷心中惊疑不定，不知她又要搞什么鬼，纷纷住了口。

高太后笑完，这才按了按眼角笑出的眼泪，看着底下一个个垂垂老矣的老王爷们："怎么？就凭你们几个要入土的老头子就想要让哀家害怕了吗？"

高太后眼中凶光毕露，往昔的威严顿时又奇迹一般回到了她年迈的身上。她端坐龙座，看着成王："你们一群老不死的废物，当初先帝册立哀家为皇后的时候，你们怎么不骂？当初哀家在皇上一旁摄政的时候，你们怎么不骂？"

"你们一群有心没胆的老家伙！给你们几亩封地，几两俸银，你们就心满意足想要去养老了。"高太后眼中浓浓的嘲讽令几位王爷都忍不住低了头。

"怎么？今日突然间想起来你们身上还有祖宗基业这四个字吗？今日突然间想起这皇宫里还有你们萧家的贱种吗？"高太后笑得冰冷，"那个贱人生的皇帝给你们许下什么好处？让你们一群老家伙为他死心塌地，为他出头？！"

"混账！高氏，你藐视圣上，你眼里还有王法吗？还有先帝吗？"成王大怒，"你此时收手，我等看在你对应国还有一丝功绩的分上，可以替你向皇上求情！皇上呢！你到底把皇上怎么样了？"

高太后只是冷冷地笑："皇上已经死了！"

"啊！——"成王闻言浑身晃了几晃。几个老王爷面上露出惊惧。他们求助一般看向成王。

成王怒极："你这个老妖妇！来人！"

殿外成王带来的侍卫们纷纷抽出腰间配刀冲了进来，团团围住几位王爷，将他们护在中间。

成王怒道："老妖妇！你造谣皇上已崩，看来你已决意谋反了！"

"如今皇上已赐本王御林军全权指挥之权，如今御林军已朝这边而来，你又有什么胜算？"成王喝道。

高太后笑了。她看着成王，眼露嘲讽："你以为哀家是吃素的不成？御林军又算什么？在这宫中，哀家已经布下天罗地网！就等着你们这些乱臣贼子！"

"来人！"她喝道，"把成王拿下！"

外面忽地不知从哪里涌进许多身穿铠甲的武士，他们手握重剑，身穿重甲，面目都被隐藏在头盔面具之后。成王与众老王爷大惊，他们没料到高太后竟然在这御书房四周埋伏下这么多重兵，不要说成王带来的这些护卫，就算随后跟随而来的五千御林军恐怕通通都不是高太后手下这些人的对手。更何况，高太后还不知留下了什么后招。

偌大的御书房被一把把刀剑映着，顿时寒气森森，成王带来的护卫们已经开始小心地缩小护卫王爷的圈子。刀剑无眼，万一伤了老王爷们，那他们才真的是万死莫辞的罪过。殿中一时间寂静下来，只听得见众人压抑的呼吸声。远远地宫门外有人敲响警钟，一声一声，洪亮宽阔。喊杀声已经从宣武门开始传来，殿中所有的人都不敢轻举妄动。

聂无双在帷帐之后紧张地看着面前的剑拔弩张。手心皆是冷汗,她不知道敲响这警钟的到底是太后安排示警的人,还是萧凤青已经率军赶到正与宫外高太后的人死战,又或者是成王手中的御林军正拼死想要冲进来。

在令人窒息的空隙中,聂无双连忙在萧凤溟手中飞快画下一行字"怎么办?"

萧凤溟不语,面色依然从容,只是他眸色的冷凝,让她也知道他此刻心中的紧张与冷肃。这是他面临难以决断的时刻,聂无双不知他还有什么良计,难道只是让成王他们前来送死而已吗?

萧凤溟安抚地轻轻在她手心画下一个字"等!"

等!还是等?!聂无双忧虑地抬头看他,美眸中的神色已然有了几许惊色。她不怕死,但是她忧心的是高太后最后疯狂的必杀招。殿中无人开口,静得针落可闻。

"笃笃"几声不轻也不响的声音传来,高太后已经步下龙座,她慢慢走到成王跟前几步远,看着眼前横着的刀剑,冷笑:"几千人的御林军又如何?如今哀家手中还有人马,你就等着御林军血洒宫门吧!"

"又或者——"高太后故意拉长声调,"又或者你们今日归降哀家,哀家就不计较你们对哀家无礼之罪!"

成王与几位老王爷面面相觑,他们以为事起仓促高太后来不及调兵遣将,五千御林军足够冲破宫门,擒拿高太后。没想到高太后竟然短短一夜之间就调来人马!这是真的,还是高太后故意布的疑兵之计?!

几位老王爷亦是心中惴惴不安,他们纷纷看向成王。聂无双从帷帐的缝隙中把他们狐疑的神色看得一清二楚,心中不由得一突。高太后果然老奸巨猾,这情形不明的时候向成王们招安,更令他们意志不坚者自乱阵脚。果然只见其中几个老王爷眼中已有了悔色,只有成王依然镇定自若。

聂无双见了,心中又是气又是痛恨。她踮脚走到萧凤溟跟前,两人对视一眼,不需动作皆明白对方眼中的意思。萧凤溟眸光一沉,透过薄薄的帷帐看着外面的情形,只是冷然不动。

聂无双叹了一口气,她自然也知道大浪淘沙,此时正是可以试出老王爷中谁才是真正忠于皇上的人。萧凤溟也是存了这个意思。

"怎么样?哀家对你们够仁至义尽的了。"高太后神色轻松,在刀剑中慢慢走过。

"成王⋯⋯"有老王爷犹豫一下,上前拉了拉成王的袖子。

成王怒视他道:"混账,难道这几十年来你们还没看透眼前这老妖妇的蛇蝎心肠?!这一次她若真的成事了,皇室危矣!"

几个老王爷听明白了他的话,想起高太后手段的狠辣决绝,都不寒而栗,纷纷打消了方才脑中一掠而过的归降念头。如今他们听成王之命,进宫救驾,救的不但是萧凤溟的命,更是应国的百年江山基业。成王长须美髯,虽早已雪白,但是亦是有不怒自威的威势。他上前一步,怒瞪高太后:"高氏!你若真的敢谋逆,尽可把我们都杀了。不过到时候看天下会不会俱反!"

高太后见他们不上当,狠狠一顿龙头拐杖:"好吧!那就让我们看看是哀家胜者王,还是你们败者寇!"

话音刚落,忽地"轰"地一声地动山摇,御书房中的众人被这声响炸得俱是跌在地上。头顶的灰尘簌簌落下,殿中人惊呼,面面相觑,惊慌不已。

高太后要不是有拐杖拄着,也几乎要跌在地上。聂无双在帐后微微一个踉跄,不由得扑倒在萧凤溟的怀中。她诧异抬头,却见萧凤溟眼中掠过喜色,他扶着她,微微一笑,终于开口:"朕的神策军终于到了!"

他握着聂无双的手,慢慢走出了憋闷的帷帐。殿中一时间竟安静下来。高太后怔怔看着那噩梦中都不曾梦见过的诡异情形竟这时候出现。萧凤溟盯着她苍老的面容,眼中神色变幻而过,那双她从未看懂过的乌沉沉的双眸中终于迸发出她所心悸的恨意。

"你居然……"高太后连连后退,苍老的面容犹如被抽干了所有的生命力,一瞬间如死灰。殿中所有的人都吃惊非常,一来萧凤溟竟没死,二来谁都不知道高太后竟然把萧凤溟藏在御书房之中。

成王激动非常,他不顾刀剑,拨开面前的护卫,上前握着萧凤溟的手,颤声道:"皇上,你……你没事!"

"是,皇叔!辛苦了!"萧凤溟微微一笑,他冷眼扫过持刀剑的重甲武士,声音不大,但却充满帝王的威严:"在外有朕的五千神策军!还有五千御林军,朕在此,天命即在此!放下刀剑者既往不咎,拒不从命者,杀无赦!"

殿中回荡着他的声音,殿门外,喊杀声如潮水一般越来越近,空气中飘来一股浓重的硫黄味。

"轰!"地一声,又有一声巨响传来,人人惊惶不定。

"这……这难道是神策军的神炮!?"成王激动难耐,失声道。

"是!皇叔,这就是先帝当时未成功的神炮,如今朕终于不负先帝所托,把神炮制成!就等着四海归心!天下一统!"萧凤溟傲然说道。

"吾皇万岁,万岁,万万岁!"成王老泪纵横,跪下痛哭失声。几个老王爷亦是含泪跪下,高喊万岁。

聂无双站在他的身侧,犹如做梦一般,山呼海啸一般的万岁声在殿中响起。那手握长刀的重甲武士,面面相觑,"哗啦"一声,终于有人丢弃了刀剑,跪下。像是一片冰面终于裂开一条缝隙,裂缝以势不可当的速度继续迅速裂开,许多重甲武士纷纷丢弃刀剑,跪下三呼万岁。

高太后连连后退，她脸色已如雪样苍白，她颤抖指着萧凤溟："原来……原来你竟没有忘……哀家刻意杀尽当年制造神炮的所有匠人，你竟然还能重新制成神炮！？"

聂无双听得一头雾水，可听高太后所说，看来当年惠武帝已经打算决意制成神炮，一统四国。可不知是运气不佳还是别的什么原因，竟制不成。高太后反对连年征战，刻意毁了先帝遗留下来的半成品的神炮，杀尽匠人，就是要让萧凤溟绝了这份征战的心思。可没想到萧凤溟登基即位之后，竟又秘密制成神炮。

光听神炮的威名就令人觉得威武，更何况刚才那两响的震撼，简直不见其形已令人心神俱丧。萧凤溟终于露出胜券在握的笑："是！朕与先帝的心意一样。"

高太后忽地哈哈大笑，笑声中，两行泪从她眼中滚落。殿中沉默，聂无双看着她面容上的眼泪，一时间竟不相信这是她。

"好！好！很好！"高太后看着萧凤溟，神色复杂，似心伤又似嘲弄，"原来他竟是骗了我！他说他不再出征，不再想着天下一统这不切实际的想法，他说要与我一同执掌这应国大好江山，原来竟是为了骗我！"

殿中寂静无声，从未有人想到权倾几十年的高太后竟也会哭。喊杀声远远传来，震得殿中的窗户嗡嗡作响，神策军的神炮不知打在哪个宫门，声音又更近一分。可殿中所有人的目光皆定在那当中恸哭的苍老妇人身上。她似要哭尽十几年来隐在心中的痛恨与凄苦，那么恨与痛。

"先帝，他说天下一统就是他的生命。他这般对你说不过是因为当时太后你已经把后宫朝堂尽掌手中！"萧凤溟不带一丝感情的声音响起。

高太后哭了一会儿，擦干眼中的泪，聂无双看着，几乎以为她刚才的恸哭已经哭尽了这一生所有的泪。

"好，他骗了哀家。哀家也负了他，两不相欠，总算不冤！"高太后一挺腰板，转头对尚未放下刀剑的重甲武士怒喝道，"谁给哀家杀了皇上，封侯进爵！赏金万两！"

她说罢，冷冷看着萧凤溟："哀家没有输！哀家还有京畿一万人马！还有高氏家兵三千！"她掏出袖中逼着萧凤溟写下的圣旨，狠狠丢在地上："哀家不需要再另立你们萧氏的子孙，这个江山本就是哀家的！"

"给哀家杀！"她喝道。

重甲武士被她的话所激，不由得眼红如血。封侯进爵，赏金万两！那可是一辈子的荣华富贵。"杀！"不知是谁喊了一声，顿时重甲武士们的刀剑挥起，血光落下。萧凤溟叹息一声，把聂无双紧紧搂在了怀中。

喊杀声响起，聂无双被他搂在怀中，殿中顿时血光遍起，犹如在人间地狱一般，萧凤溟站在御阶之上，不断有人在他脚下倒下，还有更多的人扑上挡在他的跟前。聂无双被他捂得喘不过气来，她不禁动了动。萧凤溟的手一把捂住她的眼，淡淡道："别看！"

她拿下他的手，固执地道："臣妾不怕。"

萧凤溟一怔，她已从他怀中站稳身子。一股浓重的血腥味迎面扑来，她不由得浑身颤了颤。一道剑光犹如破水游龙冲着两人的面门刺来。聂无双还未反应过来，一道黑影从头顶无声落下，剑光耀起，那刺向萧凤溟的人已无声陨落了生命。

"龙影护驾！"龙影沙哑地说道。他黑袍罩身，犹如杀神降世，只有他手中的剑光犹如闪电划破夜空，令殿中的人无法不注意。没有人敢靠近他一分，他就站在萧凤溟跟前，随意一转剑柄，身边就有人无声倒下。他在前面开路，越来越多杀急眼的叛军扑来，但在他的面前犹如软泥一般不堪一击。

"凤溟！"聂无双担忧地握紧萧凤溟的手。直觉里，她不愿意他随着龙影出去。

萧凤溟冲她微微一笑："放心，朕的龙影是天下第一的影卫！朕要出去看看。你随朕来！"

他握紧她的手，一步步踏着满地血水，随着龙影一点点走到了御书房门前。终于他和她并肩站在御书房前高高的御阶之上。

聂无双被眼前的情形深深震撼住了。只见御书房宽阔的广场上，一片火海，喊杀声震天，不断有人倒下，又不断有人挤上，所有的人眼中都闪着犹如野兽的光，护驾的御林军与高太后的叛军一起挤满了这个往日看起来十分宽阔的广场，汉白玉阶石已染满了血水，分裂的尸体、至死不闭的双眼、头颅与身躯分离，残缺的肢体……这里分明已是地狱。

聂无双只觉得空荡荡的胃里一阵翻江倒海，她捂住嘴，想要吐，却是什么也吐不出来。

萧凤溟握紧她的手，眸色沉痛。他如何不痛，这里死去的每一个士兵都是他的子民，这里绞杀一团的混战是他沉沉梦魇中最可怕的一场噩梦。

高太后终于反了，也真的敢谋反了。血洗过的黑夜注定在应国史书上写下不痛不痒的一句话：武德元年八月初三，高氏反，叛军伏诛。

他看着眼前的人间地狱，这才真正知道君临天下背后的累累血色，那是注定刻在他死后功过碑上的一笔一画。聂无双紧紧压着自己翻涌的胃部，咬牙挺立在他的身侧。这就是皇图霸业，这就是她今后伴随着他走过的日日夜夜中一个寻常又不寻常的夜。她不容许自己不看，也不容许自己在这惨状面前倒下。

"谢谢！"萧凤溟忽地开口。他在对她感谢，感谢她不离不弃，感谢她陪着他面对这一切。

聂无双一怔，心中涌起自己也说不清的思绪。她看着那破损的宫门口，一匹飞奔如龙的马匹冲过人墙，向着她的方向而来，涩然道："也许，皇上应该谢的是睿王殿下！"

越来越近了，越来越近了！萧凤青手中的寒光挥起，血光喷薄而起，那重甲武士的头颅竟随着他的冲力，高高抛起。

萧凤青在笑，他竟在笑，长笑声中，他魔魅的俊脸犹如从地底冲出的冥君，带着毁灭一切的黑暗力量冲入那防卫重重的重甲武士人墙中。刀剑如龙，所过之处激起血浪。血色染红他的银白的甲胄，染在他刀削一般的面容上，令人心寒。

"五弟！"萧凤溟眼中欣喜之色亮起，"他竟然赶到了！他怎么会知道太后逼宫？"

聂无双垂下眼帘，悄悄退后。

萧凤青冲入重甲武士的人墙之后，马蹄飞扬，踢翻了挡在跟前的武士。萧凤青冷声喝道："骁骑营已经攻占朱雀门！三面宫门已被本王封死！谋逆叛乱者，杀无赦！"

他说罢，长啸一声，身后如潮的骁骑营冲了上来，巨大的喊杀声，还有那只在战场上杀伐的金戈铁马的杀气在空气中弥漫。

骁骑营一加入战团，战局立刻分明。聂明鹄封死三个宫门，也赶来救驾，他一柄长枪如入无人之境，他又深谙战场阵法，把高太后的重甲武士分割绞杀。

这一夜，注定无眠……

不知过了多久。

聂无双站在萧凤溟身后，看着萧凤青最终踏着满地尸体，笑着走上前来，他看了聂无双一眼，慢慢单膝跪下，凌乱的发犹自被鲜血染得打结。

他的脸上血污满面，可是他的双眼那么明亮，亮得像是刚饱食过后的野兽。

他跪下一字一顿地说道："皇上，高氏伏诛。叛军剿灭。"

聂无双心中一惊，她终于看见在满地尸体中，高太后胸前插着一把明晃晃的宝剑，那明亮的剑身，镶满各色宝石的剑——萧凤青的剑！

他，终于报了血仇！

高太后伏诛，一干高氏逆党统统绳之以法。高玉姬在乱军奔逃之中被误杀，香消玉殒，在她手心里还攥着那道没有加印的封后圣旨。大乱之时，皇后之父族一部分子弟利欲熏心，在高太后的唆使之下参与逼宫。这事一经查出，帝大怒。皇后长跪御书房之前，以祈恕罪。

帝悬之未决。淑妃忽地挺身而出，跪在太庙指天怒诉皇后许氏经年来谋害嫔妃，谋害皇嗣的罪状，一桩桩，一件件言之凿凿，顿时满宫皆惊。

萧凤溟下旨责令三部会审皇后与淑妃，两人从永巷被押到了天牢审问，提审完，又从天牢押到了永巷。才短短几日，整个应国皇宫中天翻地覆。昔日荣耀一时的许皇后顿时成了阶下囚，张扬的淑妃亦是因为冒犯先祖被关入永巷之中。

过了几日，聂无双就听说皇后病了，病得甚重。三部会审的三位尚书一起奏报此事给萧凤溟。

萧凤溟听了只淡淡道："朕知道了，命太医前去医治。"只有这一句冷淡的话，其余竟是半分都未表示。

聂无双在后宫中暂代掌管后宫,她本对后宫琐事并无兴趣,如今被逼到眼前,只能着手处置。幸好有敬妃作为帮手,杨直也熟知后宫事务,德顺亦是精明能干,倒也不至于事起仓促,慌乱无措。

萧凤溟自那日起,每天晚上都宿在了永华殿中。聂无双此时的盛宠在后宫所有人看来就有了别样的意味。隐隐有人传言,皇上要废后立聂无双为新后。对这样的谣言,聂无双听后只置之一笑,并不予理会,可没想到这样类似的谣言越传越凶。

聂无双听了,皱了眉对杨直道:"为何有这样的谣言?皇后即使有罪,这皇后之位也不一定会轮到本宫头上。"

杨直一反常态,笑意融融:"娘娘何必妄自菲薄?如今皇后就算无罪也无法安然脱身。淑妃就算扳倒了皇后,亦是失去了圣心,娘娘想一想,最后谁才是那执掌凤印之人?"

聂无双怵然而惊,她猛地盯着杨直的脸问道:"这事杨公公究竟知道了些什么?"

杨直笑而不语,只是道:"娘娘安心等待,一定会有很好的结果。"

聂无双心中一股不安涌上心头,骤然回首整个事,越想越觉得其中有自己参悟不了的玄机。淑妃为何要这般孤注一掷?是谁在她背后撑腰,让她如此肆无忌惮?

看着杨直含笑的脸,她心中的那个答案越来越鲜明。

大约过了十来天,三部会审有了结果,从提审的宫女、掌膳御侍口中终于问到了有用的供词,条条蛛丝马迹纷纷指向了来仪宫,很明显,若不是皇后主使,这些人当初怎么可能有胆子去暗害敬妃与玉妃的皇子?

一切开始渐渐明朗,供词已经呈上给萧凤溟,等着最后的圣裁。

聂无双还记得那日萧凤溟对着累累几乎有一尺多高的奏章沉思不语。她悄然从御书房中退了出来。这是最后至关重要的决定,只能他一人独自定夺。

聂无双出了御书房,天色已经近薄暮,她轻轻叹了一口气,转身吩咐宫人备好肩辇。宫人们抬来肩辇,聂无双才坐上,杨直就悄悄过来低声说了一句。聂无双秀眉微微一皱,微不可察地点了点头。杨直见她同意,吩咐宫人几句,抬着聂无双慢慢地向远处走了。

肩辇悠悠,向着远处而去。聂无双披着一袭不起眼的披风,站在一处僻静宫墙边,看着原本抬着自己的肩辇离开,这才回头对杨直淡淡道:"你带路吧。"

"是!"杨直躬身,慢慢在前面领路。

天色昏暗下来,聂无双随着杨直七绕八拐,披风遮住了她身上过于华丽的宫装,低着头,在昏暗的天色中更让人看不清她的面容。走了许久,绕过重重宫殿,重重宫门,终于杨直在一处偏僻的小小院落前顿住脚步,低声道:"娘娘,到了。"

聂无双低头走了进去,终于在一处葡萄架子下面看见那独酌的萧凤青。晚风习习,一盏精致的宫灯挂在架子下，昏黄的烛火遍洒，柔和了他略显阴狠犀利的五官，显得他眉眼疏朗，坦坦然然。他今日穿一件寻常玄青色长衫，外罩同色纱罩衣，三千墨发整整齐齐束在头顶上，用一支紫玉长簪固定。

玄青色的衣，紫玉的簪，他一如往昔，即使隐在暗处一身风姿依然令人移不开眼。他听见声响，放下酒杯，薄唇微勾扯出一抹似笑非笑的弧度："你肯来？"

聂无双走到他对面坐下，环视了四周一圈，淡淡一笑："殿下既然要见无双，一定是非常重要的事。"

萧凤青为她斟上一杯酒，顿时芳香清洌："也不算很重要，只是想与你等一等很重要的时分。"

"是什么时分？"聂无双禁不住好奇。

萧凤青眉眼一斜，眸光略略复杂："本王对你承诺过的事，也许今夜就有了结果。"

聂无双闻言，心中隐约有些明白又不甚明白。她沉默许久，忽地抬起头来，美眸中掠过深深的怀疑："淑妃去跪太庙一事与殿下有关？"

萧凤青拿酒杯的手微微一顿，灯下，他的笑恍惚，隐在阴影中，看不清也看不分明。

聂无双心中的疑惑越来越大，最终她忍不住站起身来："殿下！淑妃与殿下是不是——有了盟约？！"

她眼中有掩不住的惊涛骇浪，她费尽心机不愿意看到淑妃王家与萧凤青结盟，却没想到他最后竟还是这般做了，而且做得她半分不知。她总以为淑妃王家一定会选择皇上，没想到王家根本不信任萧凤溟，而是选择了萧凤青。

毕竟，豺狼终究是豺狼，窥视着整个应国，自然要寻找同伴一起瓜分！

淑妃的王家，正是萧凤青将来最有力的依傍！而萧凤青也正是王家最好的选择！

一场可预见的变乱眼看着要再起。

聂无双定定看着面前的似远似近的萧凤青，心中犹如被巨石碾过，一地荒芜。

他始终没有放弃他的妄想！

为什么？为什么……

萧凤青淡淡抬眸，眸色冷淡："你一向是明白本王的。"

"明白？！"聂无双一怔，忽地掩面笑了，笑声萧索凄凉，"不，无双不明白！殿下现在得到的一切难道不够好？不够多？与王家结盟，殿下究竟想要干什么？"

她放下长袖，煞白绝美的脸上隐隐有水光。她只觉得自己浑身上下被抽干了所有的气力。

"够好？够多？"萧凤青一口饮尽杯中的酒，灯下，琥珀色的深眸流露出深深的戾气，"你觉得本王得到的已经够多，够好了？"

他猛地欺身靠近她，浓重的酒气喷在她的鼻间，他挑起她精致的下颌："聂无双，你

真的太天真了！在你进宫之前，你就应该知道本王要的是什么。"

聂无双木然地看着他，是的，她怎么忘了，他要的是天下。他要的是萧凤溟的天下！

他要的是信他、疼他的三哥的天下！

他从一个闲散的富贵王爷到如今手握重兵的大将军王，他的手中有应国最精锐的军队，他的手中甚至还控制着大半个秦地。

今日的萧凤青早已今非昔比。难怪淑妃王家要选择他！

他冰凉的手一点点描摹着她的侧脸轮廓，所过之处，聂无双只觉寒意渗入心底。

他说："无双，本王说过，你最终不能逃过本王的掌心。难道你忘了？"

聂无双忽地咯咯一笑，她眉眼带着浓浓的讽刺："无双没有忘，但是王爷这一条路是不归路。"

萧凤青微微一顿，很快又斟了一杯酒，冷冷淡淡地回答："我萧凤青从来不相信天底下没有我走不了的路。而这一条路，无论怎么样，你都要与我同行！"

"无双，你逃不了的。"

她盯着他的眼眸，走到这一步，她和他再也无话可说。

两人都是一样的人。薄凉寡情，相互背叛，却始终无法放弃彼此。她是应该庆幸的，自始至终，她一路行来，他给她已够多。

只是他一向不明白，他要她带着血，带着孽，带着她一同走向那血色婆娑彼岸。他不是她那寒冷春夜的救赎，他是引她入魔的修罗。果然是天作孽，犹可恕，自作孽，不可活。

她又有什么资格指责他半分？分明，她和他只能一同沉沦，不能自拔。

天渐渐暗了下来，宫灯依然柔和明晰，映着灯下沉默的两人。聂无双端起面前的酒水，素白如莲的手指，青色的玉杯，两相辉映，白的越发白皙，青的越发盈翠可爱。令对面的萧凤青都忍不住多看了两眼。

她一向这样美，一颦一笑，甚至沉默时都这样美不胜收。只是为何她依然郁郁不欢颜？明明他给了她这般荣耀的权势。

聂无双美眸幽幽，举起酒杯一饮而尽。酒水并不醇厚，清冽如水，但是饮后，胸腹间一股暖意浮上十分熨帖舒适。

她低头一笑，又为自己斟了一杯酒，低声问道："殿下今夜与无双等的是什么？"

萧凤青一笑："两纸诏书。一份莫大的荣耀。"

聂无双抬起头来，面上浮起一抹自嘲的笑："那无双岂不是要谢过睿王殿下？"

"不谢。"萧凤青看了她一眼，脸上的笑意还未褪去就转冷，"你不想要？"

"要。怎么不要？"聂无双看着杯中的酒水，轻声道，"无双在进宫之前曾暗自发誓一定要得到的东西，怎么会不想要？"

她神色已恢复平静，她看着面前的萧凤青，隐隐有细碎的光芒隐在眼底："无双还想知道，最后，无双与殿下会走到多远？会得到什么样的结果？"

萧凤青忽地笑了起来。他修长白皙的手指拨弄着手中空了的酒杯，长久不言，许久之后，他抬起狭长的凤眸，笑中带着一股阴狠："最后？谁知道最后是怎么样一种结果？"

"不过，我生，你便生。我死，你也死。"他凉薄的唇吐出这一句。聂无双一怔，看着灯下魔魅的他，一时间竟无话可说。

他说完两人又陷入沉默中。一阵晚风吹来，院门有人打开，一位面目普通的小内侍匆匆而来，在萧凤青耳边说了一句话就又匆匆离开。

他来去这般急切，聂无双只觉得他身影熟悉，却是半分也想不起他是在哪里当值。

萧凤青迎上她的眸光，又斟了一杯酒："就在刚才，皇上已下旨废后！"

聂无双的手微微一抖，手中的酒杯几乎要抖落在地上。

果然，废后了！

皇后许氏——被废了！

她为自己倒了一杯酒，一口饮尽。明明是芳香清洌的酒水，竟这般苦涩，令她忍不住剧烈咳嗽起来。

"想想皇上会立谁为新后？你？还是敬妃？"萧凤青微微一笑，意态悠闲，随口问道。仿佛这只不过是最寻常的话题。

聂无双从咳嗽中抬起头来，心中涌起一股说不出的厌恶，她冷冷看着萧凤青："殿下觉得这个问题的答案很有趣味？"

萧凤青一笑，看着渐渐升起的朗月，声音轻慢："当然有趣，本王一手安排的戏，若不看到最后的结局，怎么有意思？"

长长久久的沉默，令聂无双以为自己就要在这里枯坐一辈子了。忽地又有人疾步走来，却是杨直，他面上惊喜若狂，远远走来，跪下道："恭喜娘娘，皇上下旨了，封娘娘为新后！娘娘千岁千岁千千岁！"

聂无双霍然站起身来，失声道："什么？！"

杨直站起身来，满头的热汗，一把抓着她的袖子："娘娘，赶紧回宫吧！传旨的林公公很快就要到永华殿了！"

聂无双被他拉得向前踉跄几步，她猛地回头，看见萧凤青站起身来，斜斜倚在葡萄架下，一盏宫灯就挂在他脸旁，映得他的唇边笑意深深。

"去吧。皇后娘娘！"萧凤青笑得邪魅无匹。

聂无双心中一口气哽在胸臆间。

"娘娘！快走吧！"杨直连声催促。聂无双最后深深看了一眼萧凤青，披上披风，冷声道："回宫！"

奉天承运，皇帝诏曰：皇后许氏，毒害皇子，残害嫔妃……特此废去皇后凤位……

奉天承运，皇帝诏曰：皇贵妃聂氏，贤良淑德，温婉恭谦……特此赐封为皇后，统领六宫……

两道圣旨，一纸废，一纸立。一眼看去，孑然两重天。宫中敲起悠长的钟声，三长一短，仿佛在宣告世人，皇帝已经下了重要的决定。

聂无双跪在锦墩上，听着林公公用尖细的嗓音念着一个个她似懂非懂的字，那么美好的字眼竟是形容她的。她轻抚了自己的脸颊一下，红唇边隐约泛起苦笑。满宫的宫人跪在地上，鸦雀无声，可是那隐忍的急促呼吸，分明透出惊天的欢喜。

聂无双跪着，神色恍惚。

三年了，她只用了三年，就坐上皇后之位。这一切犹如梦一场，吴嬷嬷临走之前的话又隐约在耳边回荡。她说：聂姑娘以后的成就一定会比高太后更加高。

她用洞悉世事的眼睛预言了她三年后的荣宠。

长长的圣旨终于念完，林公公笑眯眯地把圣旨合上，递到聂无双的跟前："皇后娘娘，接旨吧！"

聂无双抬起头来，定定看着眼前明黄的圣旨，一时竟不知该接还是不该接。

"娘娘，接旨吧！"林公公重复了一遍，没有半分的不耐烦。

聂无双抬起手来，终于握住了沉甸甸的圣旨。

眼前一片明灿灿，萧凤溟穿着一身明黄色的龙袍，俊颜隐隐约约隐在十二梳的玉冕明珠帘之后，他笑着对她伸出手。聂无双心中欢喜，一低头，自己身上已穿了一袭华贵非常的凤服，头上是沉甸甸的金凤冠。她抑制住心中的激动，慢慢向他走去。

忽地，身后有人狠狠拽住她的胳膊，她被那股大力一拽，诧异回过身，却不由得惊叫一声，只见父亲满面是血看着她，那至死不合的眼眸中流露怨恨，还有二哥，小哥，他们慢慢向自己走来……

她的喉间仿佛被一只无形的手扼住，不能出声，泪滚滚而落，她拼命摇头。不，不是她的错，她不是不报仇，她只是还没办法……

"无双，朕的皇后……"萧凤溟的手依在前方，他含笑如昨。聂无双的心跳得几乎要跳出胸腔。忽地，自己被搂进一个怀抱中，她又猛地回头，只见萧凤青轻佻地捏着她的下颌，妖魅的眉眼流露出她心惧的戾气："无双，你又去哪里？你生是本王的人，死也是本王的鬼！"

聂无双拼命摇头，浑身颤抖，终于，她发出声："不——"

她抬起泪眼，却看见萧凤溟冷冷收回手，不再看她一眼，转身隐没在那片明晃晃的光影之中……

她猛地惊醒。这才发现自己坐在殿中的椅上沉沉睡去。四周寂静无声，只有光影在金水砖上静静流转。一身的凤服精美得刺眼。

梦，只是梦而已。可是这样的梦是否也预示着她将来的结局？齐国还未灭，萧凤溟自有他的皇图霸业；顾清鸿还在苦苦支撑；还有她的血仇……她的路才走到了一半却为何觉得前面已寸步难行。

一道明黄的影子慢慢走近来，他清俊的面容沉静欢喜："梓童，原来你在这里。"

他朝她伸出手，聂无双怔怔站起身来，沉默地依在他的怀中，手底的温热提醒着她这不是梦。

"怎么了？"萧凤溟察觉到她的异样，温和问道。

"没什么，在想，以后会是怎样。"她轻轻地说。

"以后？"萧凤溟失笑，搂紧了她，"你答应过朕，生死不离，不是吗？以后自然是永永远远在一起的。"

永永远远吗？她越过他的肩膀，怔怔看着天边金灿灿的晚霞，久久无法言语……

日子过得很快，八月十三，吉，百事宜行。萧凤溟的封新后圣旨下得匆忙，钦天监的一帮老侍郎为了迎合皇帝的心意，翻遍皇历，终于勉强定在了这最近的一日。但是有人夜观天象，有道这一日破军星似又近了紫微星几分，这一日恐怕不吉，但是这种不中听的声音很快被长篇大论的吉言所湮灭。

八月十三，两日后便是八月十五，月圆人团圆，聂无双当上新后之后，在八月十五这一日就能与皇帝一起祭拜太庙，不至于在太庙之前只有帝王而无皇后。

八月十三，卯时，一轮红日从东方才刚升起，第一缕晨光才刚照耀在那皇宫中最高的金顶。宫中的钟声就重重敲响，声动四方。晨曦中的层层宫阙重楼在圣洁的天光照耀下，无形中比往日多了几分庄严肃穆。自从萧凤溟封后圣旨下的那一刻，皇宫上下洒扫结彩，右置一新。

永华殿中，聂无双看着一人多高的铜镜中的自己，不由得红唇微微一勾，划出一抹模糊的笑意。

"皇后娘娘。已经是卯时了。"杨直扶着她的手微微颤抖。从午夜开始，聂无双就沐香汤，梳凤髻。满宫上下无人入眠。即使调来礼部的官员以及年老有经验的嬷嬷，亦是忙不过来。

"封后的时辰是辰时是么？"聂无双轻轻地问，内殿中再无人，俱是静候在殿外操持要开始的封后大典。

"是的。皇后娘娘。"杨直跪坐在她身边，抬头看着凤冠下妆容无瑕的聂无双。

"皇后娘娘,从最末的采女到皇后,您的成就应国前无古人,以后,亦是无人可追。"

聂无双听着长长的钟声又敲响,卯时一刻了。时间竟这般快,她恍恍惚惚地看着自己膝上那紫珮加幪。

"前无古人?无后人可追?"她淡淡笑了,"杨公公,你说以后史官怎么评价本宫呢?"

杨直摇头。

"本宫不盼他们为本宫写什么好话。本宫只要他们写一句:皇后聂氏,某年某月与帝合葬于皇陵。"

杨直手微微一抖,这才发现她竟落了泪,一颗颗豆大晶莹的泪水滴在他手腕上,竟有了令他不安的灼热。

"皇后娘娘?!"杨直大惊,跪在她面前,深深叩头,"今日是皇后娘娘的吉日,千万不要说这等不吉利的丧气话啊!"

聂无双抬起头来,金冠玉珠帘之后,她的面容隐约难以辨认。

"这句话是不吉利的吗?"她轻笑,"在本宫看来,这一句已是本宫最好的结局。生同衾,死同穴。与一位自己爱的男子白头到老,不要像我的母亲,早早抛了丈夫子女,孤单埋入黄土。这一辈子,本宫只奢望这样的结局。"

殿外所有的声响在这一刻通通远去,她仔细听着隐约的钟声又传来。

"皇后娘娘,吉时已到了!请皇后娘娘上凤辇!——"长长的唱和声在殿外响起。

聂无双站起身来,握了杨直的手,昂首走了出去。殿外,金光耀眼,金甲武士肃立殿外。

她深吸一口气,终于勾起红唇,露出倾世笑靥。

(完)